陈昔的飞换人生

右耳 —— 著

北京联合出版公司
Beijing United Publishing Co.,Ltd.

一未文化　非同凡响

北京一未文化传媒有限公司
www.bjyiwei.com
出品

世间并无任何偶然,所有相遇都已注定。

目 录

第一章	连锁反应	… 001
第二章	花非花，雾非雾	… 017
第三章	既来之，则安之	… 041
第四章	遇见"我"	… 057
第五章	不识庐山真面目	… 085
第六章	人生忽如寄	… 119

Chen Xi De Fei Huan Ren Sheng

第 七 章	物是人非事事休	… 161
第 八 章	日光之下皆覆辙	… 205
第 九 章	真正的英雄主义	… 225
第 十 章	摇摇欲坠	… 263
第十一章	深刻的错	… 305
第十二章	原来你就在这里	… 347

Name:ChenXi　14 SEPT 2022 11:20　Flight:FO3095　Gate:02A　Seat First Class:2D

第一章
连锁反应

> 陈昔笑着反问:"一半?那事业和家庭让你选,你选哪个?"
>
> "事业!"女记者斩钉截铁地道,"只有事业是别人拿不走的。"
>
> 又是一个理想家,陈昔想。大城市里的未婚女孩,全都被自媒体培养成了理想家,但没有一个理想能够真正落地。
>
> 生活不需要理想,生活需要的是哲学。

陈昔的飞换人生

这个世界上所有古怪的事，在最初始的时候，顶多只能算是蹊跷。

那天，陈昔草草开完会，赶着去幼儿园接孩子。H市市中心幼儿园所在的地段寸土寸金，以至于园门外就是大马路。园方为了安全起见，大门始终落锁，不到放学不开门。

陈昔让司机把车停在转角的地方等，自己则守在大门口，准备看到孩子被老师领出来就通知司机开过来。交警对于这种因为接孩子而造成的违章，往往睁一只眼闭一只眼。

16:00，放学时间到，很快就看见老师领着一队小朋友出来，稳稳和定定两个小兄弟手拉手走在中间，穿着同样的园服，眼睛大大的、皮肤白白的，简直可爱极了。

陈昔赶紧拨号给司机，头一抬，稳稳和定定已经看见了她。两个孩子不约而同地对妈妈露出了笑脸，但他们还是克制住了自己向外跑的冲动，乖乖地等着老师把大家按照顺序"发"到相对应的家长手里。

轮到稳稳和定定了，陈昔蹲下来，满面笑容，张开双臂。两个孩子迈着小短腿飞快地跑来，一左一右扎进妈妈的怀里。

"妈妈！"

"我爱你!"

"我爱你!"

"是我先爱的!"稳稳说。

"不,是我先爱的!"定定不服气。

最近幼儿园在教孩子们"爱"的课程,小兄弟俩这几天每天都争着表达"爱"。

陈昔被这一声一声"我爱你"喊得骨头都酥了,旁边有路人羡慕地说:"多么漂亮的孩子啊!真是好福气!"陈昔嘴上谦虚地说着"谢谢",心里却是骄傲得不得了。

她站起来,朝车的方向张望,看到自家那辆别克 GL8 正在试图突破行人的"封锁",以比乌龟爬快不了多少的速度朝这边挪。就在这时,旁边突然有个人冲了过来,一下子撞开了陈昔的手,抓住了稳稳和定定的胳膊。

"稳稳!定定!"年轻女人喊着。

说时迟,那时快,陈昔来不及思考,立刻扑上去,抓住那个人的手臂狠狠甩开,再一把将小兄弟俩拉到自己身后。她瞪圆了眼睛,狠狠地大声喝道:"你要干什么!"

对方是个年轻女人,穿着超短裙,目光极度惊骇地盯着陈昔,仿佛她不是那个抢孩子的人,而是被抢的。

"你是谁?"陈昔大喝一声,"这是我的孩子!"

这时,旁边的路人也纷纷围过来,GL8 也开到了。司机匆匆下车,陈昔顾不得多想,立马和司机一人一个,把稳稳和定定抱上车,用安全带绑好。直到 GL8 发动开出一段,她才回过神来,只觉得心脏扑通扑通狂跳——光天化日之下的 H 市市中心,居然有人当街抢小孩?

"陈总,没事吧?"司机老许担心地问。

"没事了。"陈昔惊魂未定。

车速很慢,陈昔扭头朝后看,看到那个年轻女人还在幼儿园门口,正死死地盯着陈昔的方向。虽说看不清脸,但陈昔还是清晰地感受到,那女人正处于极度沮丧中,简直可以说是失魂落魄。

或许那女人不是有意抢孩子,只是认错了人?陈昔刚这样想着,就立刻否定了自己的想法——那女人一看就很年轻,绝对不会超过30岁。而且她还穿着一条超短裙,通常带孩子的妈妈都不会穿超短裙。

如果不是认错了自家孩子,也不是人贩子,那又是什么?

…………

"妈妈?"

"妈妈?"

陈昔猛地回过神,眼前是稳稳好奇的眼睛,还有后排的定定,两个孩子都系着安全带,好端端地坐在位置上。

"妈妈,你怎么又睡着啦?"定定咯咯地笑起来,"妈妈是瞌睡虫。"

稳稳立刻附和:"对,妈妈是瞌睡虫。"

司机老许也从后视镜往后看,关切地道:"陈总,你最近是不是太累了?"

"有可能,"陈昔揉了揉太阳穴,"最近好像一坐下就能睡着,已经好几次了。"惊魂未定的她将刚才的噩梦和老许讲了一遍。

"一定是平时工作压力太大了,要多保重啊,身体才是革命的本钱。"老许劝道。

陈昔笑容勉强,这个梦实在太真实,她到现在还心脏怦怦直跳。

她立刻给老公齐浩打电话,电话响了半天没人接。她就改了发微信:"今天很奇怪,梦到个抢孩子的,是个年轻女人。我今晚出差,明天你接送,一定要亲手把稳稳和定定交到老师手里,放学你早点儿来,一定要看着孩子被老师送出来。"虽然只是个梦,但陈昔总觉得心绪不宁。

老许拍着胸脯说:"到时候我和齐总一起到校门口等着,孩子出来我们一人抱一个,保证别人抢不走。车子罚款就罚款,小孩安全最要紧。"

陈昔点了点头。老许跟了她三年,老成持重,有时候办事比老公还放心。

回到家里,拍摄团队已经等候待命。陈昔经营着一个名叫"稳稳妈"的母婴类公众号,粉丝数量高达100万,经济效益也相当可观,随之而来的便是铺天盖地的工作。幸亏孩子上幼儿园了,两边父母又轮班过来帮忙,陈昔这才能后顾无忧地投入事业。

婆婆和保姆把小兄弟俩接过去吃点心,公公拿出个泡泡机,吹得泡泡满天飞,两个孩子被逗得咯咯笑。

陈昔看着这其乐融融的景象,心想,算了,抢孩子的事还是别和老人提了。

化妆师给陈昔做了个看似随意的造型,又给她围上一件漂亮的围裙。陈昔走进自己豪华明亮的厨房,微笑着对着镜头说:"我经常收到后台私信,说宝宝不爱喝水,嘴唇都干裂了也不肯喝。今天我就教大家一道虾仁黄瓜盅,这道菜不但好吃,水分还多,特别适合干燥的秋天……"

"啊!"

拍摄助理忽然尖叫起来,原来稳稳不知从哪儿找到一把剪刀,偷摸跑到助理身后,剪了人家的辫子。

"稳稳,快住手!"陈昔一下急了,"妈、阿姨,快把稳稳抱走!"场面一时间鸡飞狗跳的。

等场面控制住,导演镇定地喊:"再来一遍!"

拍完已经快 7 点,虾仁黄瓜盅被端去给稳稳和定定当夜宵。陈昔匆匆地脱了围裙,换了套舒服的衣服,拿上行李箱——小兄弟俩扒着二楼栏杆跟妈妈道别。

"妈妈拜拜!"

"妈妈早点儿回来!"

陈昔眼眶有点热:"妈妈后天就回来,一回来就去幼儿园接你们。"

"妈妈拜拜!"

"稳稳拜拜、定定拜拜!"

陈昔不敢多说,和孩子的道别必须得克制,否则就会变成梁山伯与祝英台,十八相送没完没了。她一狠心,头也不回地走了。

老许已经在门外等候,接过她的行李箱,向她汇报:"记者已经在车上了。"陈昔这才想起来,"爱家"公众号约她做一个专访,然而她实在没空,就把采访安排在了自己去机场的路上。

我为什么要这么折磨自己!陈昔在心底呻吟一声,车门拉开的时候,她已经切换出亲切的笑。"你好,抱歉让你久等了。"陈昔说。

女记者受宠若惊:"哪里、哪里,陈总您太客气了。"

采访内容是早就沟通过的,主题是陈昔对家庭与事业的完美平衡——这也是陈昔在外人眼中的人设:一份蒸蒸日上的事业,一个英俊潇洒又支持自己工作的丈夫,两个聪明可爱的双胞胎儿子。她需要同时做好老板、妻子和妈妈三个角色,换成一般女人早就崩溃了,但陈昔不会,她是真正的时间管理大师,能把一切都打理得井井有条。

两人有说有笑，快到机场的时候，齐浩终于回电话来，陈昔接起电话："喂？"

"我想好了，我们离婚吧。"齐浩在那头说。

有那么一瞬间，陈昔觉得时间是凝固的。但那一瞬很快就过去了，她冷静地握着手机，故作轻快地道："我正在去机场的路上，顺便做个采访，咱们回来聊呗。"

"可以，不过我已经决定了，一定要离婚。"

"好啊，没问题。"陈昔礼貌地挂掉，仿佛这只是一个商务电话。

女记者望着陈昔说："陈总，我太羡慕您了，如果我能有您一半成功就好了。"

陈昔笑着反问："一半？那事业和家庭让你选，你选哪个？"

"事业！"女记者斩钉截铁地道，"只有事业是别人拿不走的。"

又是一个理想家，陈昔想。大城市里的未婚女孩，全都被自媒体培养成了理想家，但没有一个理想能够真正落地。

生活不需要理想，生活需要的是哲学。

出差的目的地是深市，陈昔的公众号被评为"十大领潮公众号"。除了领奖，陈昔还要和几家新的供应商碰面，此外还悄悄地约了几家投资机构。

自从进入资本寒冬，全国的公众号都惨遭霜冻。"稳稳妈"也未能幸免，用户新增遭遇瓶颈，流量数据集体缩水，广告收入不断下滑……陈昔每天夜里躺在床上，只要一想到公司还有几十号员工嗷嗷待哺，就焦虑得无法成眠。

颁奖典礼从第二天中午开始，陈昔所在的一桌上，全是新媒体领域里的佼佼者，但每一个都在哭穷，各种"生意难做，揭不开锅"。

"陈总，你们母婴还是好做的吧？"有人问陈昔。

"哪里好做，"陈昔叹口气，"竞争多激烈啊，孩子又不够。"

"可不是！所以得赶紧鼓励生育！"有人立刻附和。

"生什么啊，我连对象都找不到。"一个未婚的美妆博主抱怨，"真的，太忙了，我都恨不得去征婚了，完了让人到我公司来，在我对面坐着，这样我一有时间呢，我就跟他聊两句。"

"你可拉倒吧！"一个房产大V立马反对，"天天坐你对面？我老婆就恨不得天天坐我对面，既不带孩子，也不上班，就盯着我，对我的每一篇文章评头论足，我说你要不去买买买吧？人家还不愿意，这样的对象你行不行？"

美妆博主赶紧说："不行不行，我还是继续养猫吧。"

一番对话引得哄堂大笑。

大家又开始聊宠物：工作忙的人只配养猫，因为猫不稀罕你搭理，和缺少时间的人凑成完美的一对。不像狗，狗需要很多很多爱，人自己都不够，哪里有爱分给它？

聊到最后，都觉得还是算了，猫还要铲屎，还是电子宠物好。

有人就说，现在研发出来的电子宠物高度拟人化，你三天不看看它，它就得抑郁症死了。

简直没人性——大家都极其愤慨，抨击设计者不懂用户的需求。

现代人需要的宠物，应该是你看不看它，它都活着，并且始终爱你。

陈昔聊了一会儿，台上进入了颁奖环节，手机却响了，是幼儿园老师打来的，她捂着听筒说自己在开会。老师无奈，说，我给你留言吧。

老师嘴碎，絮絮叨叨说了 56 秒，核心思想就两条：一是稳稳和定定在幼儿园打了同学，对方家长非常生气；二是幼儿园布置的手工作业，没时间完成可以直说，但不要去网上买个成品糊弄老师。

"你们这是在教孩子自欺欺人！"老师语气很重。

作为一个母婴育儿类的公众号大 V，陈昔感觉自己仿佛被人迎面扇了一个大耳光，脸上火辣辣的疼。

她一边给齐浩打电话，一边朝洗手间走。

铃声响了又响，硬是没人接。

陈昔的火顿时绷不住了，直接发语音："……打人的事姑且不论，孩子的手工作业到底是怎么回事？你不是说你负责的吗？敢情你负责就是上网买两个成品？你别跟我说你不知道这样会教坏孩子，你能不能负点责任啊！就这你还有脸跟我提离——"

一扇小隔间的门开了，陈昔一个激灵，赶紧把"婚"字给咽了回去。

走出来的是个服务员模样的女人，陈昔正要出去，对方却一把抓住她，"稳稳妈？你是稳稳妈？"

"啊，我是，你是？"

"我是你的粉丝啊！"对方激动得满脸通红，"你每篇文章我都留言。"接着便开始诉苦：她今年 29 岁，在这家酒店当领班，孩子 6 岁，被诊断出注意缺陷多动障碍，和老公天天吵架……夜深人静的时候，就看看"稳稳妈"的公众号文章，留留言。

说着说着就泣不成声，她拉着陈昔的手："……我养娃不行、工作不行、处理夫妻关系也不行，我这人怎么什么都不行啊……"

陈昔在心底叹口气，掏出一张纸巾，放到粉丝手里。

"不好意思，我太没用了，"粉丝意识到自己的失态，使劲抹眼泪,"对不起啊……"

"你不用道歉,你说的我都理解,因为我全都经历过。"陈昔张开双臂,温柔地问,"你不是做什么都不行,你只是太累了,我可以抱抱你吗?"

粉丝怔了怔,眼圈再次红了,"哇"的一声又哭出来,扑到陈昔的怀抱里。

陈昔没有多说什么安慰的话,只是轻轻抚摸粉丝的背,粉丝靠着她的肩膀,呜呜地哭。

…………

送走粉丝,陈昔匆匆回到主会场,这里欢声笑语,歌舞升平,快乐得仿佛另一个世界。

美妆博主瞥了陈昔一眼,指着她肩头,"一会儿该你了,怎么衣服湿了?"

"没事。"

她低着头,又看了一遍手机上的发言稿。

轮到她上台领奖,台词都是事先对过的。主持人先赞美颜值,再表彰成就,接着又说道:"我相信在座的观众都和我一样好奇,像您这样又要管理公司,又要带孩子,而且还是两个孩子的女性——您是怎么把事业和家庭平衡得那么好的?"

陈昔笑了笑,对着话筒答道:"我没有平衡好啊。"

主持人愣了一下,这台词不对啊,"您怎么还谦虚起来了,哈哈——"他还想逗闷子。

"不是谦虚,是我真的平衡不了。"

台下顿时一阵骚动。

"不会吧?"主持人夸张地接话,"可是,大家都觉得您平衡得特别好,事业、家庭双丰收啊。"

"那是假象。"陈昔沉声道,"我们在媒体上经常看到的那些宣传,一些名模辣妈,左手抱一个,右手挎一个,脚下还踩着高跟鞋走 T 台的,那都是假象。照片一拍完,就把孩子交给保姆了。"

举座哗然,有人举起手机开始拍摄。

主持人笑着问:"那您呢?也是摆拍吗?"

"我当然也摆拍过,"陈昔大方承认,又道,"后来我不想再那么做。这么说吧,我现在每天在后台收到大量留言,有很多妈妈羡慕我,觉得我工作不错,家庭不错,身材也……还行吧?"陈昔故意伸手顺着腰间曲线比画了下。

台下一片会心的笑。

"但这些读者不知道,我之所以能做到这些,是因为有很多人在帮我。公司有团队,家里有父母,还有保姆阿姨,尽管如此——"陈昔停顿了一下,"我还是很累,是的,我经常觉得很累,好几次我连轴转后,都觉得自己撑不下去……"

她深深地吸了口气,接着道:"每次遇到这种时候,我都会忍不住想,我有那么多帮手,我还觉得撑不下去,那别的女人呢?如果她收入有限,独自在外打拼,身边没有父母帮助,也没有钱请保姆,可她也要生儿育女,也要养家,那她该怎么办呢?"

鸦雀无声。

所有人都被这个问题给问住了。

"她是不是也得视家庭、事业的平衡为目标呢?如果她做不到,难道她就不是一个优秀的女人了?"陈昔接着发问。

"肯定不能那么说。"主持人已经变成了回答问题的那个。

"对啊,所以这个所谓的夸奖,是不是很像整个社会,包括我们女人,在集体 PUA① 我们自己?我们精心编织了一个套子,再把自己装进去?"

"这是一种病吧?至少也是一种病态。就跟斯德哥尔摩综合征似的,明明是被绑架者、是受害者,却还帮着男人忽悠,这到底是怎么回事?"

"没有男人要求自己事业与家庭平衡,社会也从来不以事业与家庭平衡作为考核男人的指标。"

"那问题来了,我们女人,为什么要这么为难自己?"

……………

全场无声。

各种颜色的激光灯光来回打,陈昔站在舞台中央。

真好,她说出来了,她一直想写在公众号文章里的话,今天终于说出来了。

忽地有人带头鼓掌。

陈昔看过去,见是坐在主桌的一位女士。容貌美丽,气质高雅,是朱莉,著名的女投资人,她的 ZL 资本投了不少有名的企业。她的手高高举着,显然是在为陈昔助威。

"谢谢!"陈昔九十度鞠躬,"谢谢大家。"

晚宴过后,组委会还安排了夜宵。陈昔好容易应酬完,回到酒店还得码字,等终于倒在床上,已经累得脑子都不转了。直到坐到回 H 市的飞机上,陈昔这才意识到已经过去两天了,而齐浩到现在还没冒

---

① 全称 Pick-up Artist。原意指"搭讪艺术家"。其原本指男性接受过系统化学习、实践并不断更新提升、自我完善情商的行为,后来泛指很会吸引异性、让异性着迷的人和其相关行为。

过头。

去机场的路上,陈昔刷了刷手机,令她惊讶的是,她的感言小视频居然火了。很多大V转载了她的发言并展开讨论,微博热度也很高,甚至上了一次热搜榜。

新型的空客A330大飞机,头等舱安静而舒适,座位挡板设计巧妙,给乘客圈出了一方私密的小天地。

"请问您要咖啡还是橙汁?"空姐过来询问,要发欢迎饮料。

"咖啡吧,谢谢。"

陈昔头疼,急需大量咖啡因来缓解。

隔着过道坐着一个女人,伸头出来看陈昔:"哈,听声音就猜是你,果然!"

陈昔没想到竟然会在这种情况下遇到朱莉:"啊!朱总!"

"叫我朱莉。"朱莉笑得亲切,跟着又使劲打了个喷嚏。

陈昔见她鼻头红红的,关心道:"是感冒了吗?"

"不是,是贵宾厅的鲜花,我花粉过敏……阿嚏!"朱莉眼泪哗哗的,看起来过敏得非常严重,空姐忙不迭地给她送纸巾。

朱莉手忙脚乱地去洗手间。陈昔打开手机,第一个页面就是公众号的后台,刷了一下,忽地看到一则留言:

"我现在,正在出租车上,我实在是受不了了,我必须得离开。只是两岁的娃放心不下,不知道她长大后,能否理解妈妈的自私?"

陈昔眼皮一跳,看了下时间,凌晨4:20。

朱莉走了回来,抱怨道:"我这过敏真是够了……"

"等一下。"陈昔抱歉地打断她,同时打电话回公司,"昨晚那篇推送的留言你们赶紧看一下,我截图发到群里了,有个妈妈好像是离家出走了,凌晨4:20发的……我的飞机要起飞了,你们赶紧想办法

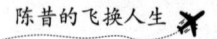

联系她!一定要找到她!"

得到肯定答复后,陈昔挂了电话,长舒一口气,靠在靠背上,发现朱莉目不转睛地望着自己。

"收到一个留言,有个妈妈看上去像是离家出走了,孩子才两岁。这种往往是抑郁症,必须得找到她,不然容易出大事,"陈昔解释,"希望是我小题大做、神经过敏。"

"希望是。"朱莉点了点头。

"我们的飞机马上要起飞了。"空姐彬彬有礼地提醒。

陈昔赶紧给司机老许打电话:"路上堵,你不用来机场接我,直接去幼儿园,我一下飞机就打车赶过去。"

起飞的过程中,陈昔终于有时间静下心来思考。她和齐浩当年属于一见钟情,齐浩原本在一家外企担任人事经理,后来陈昔的公众号越做越好,齐浩就干脆辞了职来帮她打理公司。两人妇唱夫随,在朋友间一直是令人羡慕的对象。

当然,夫妻之间肯定会有问题,特别是他们这种结婚多年的夫妻。不管是公司业务还是家庭琐事,吵架争执在所难免,上个月他俩就大吵了一架,具体原因已经记不太清。当时两人确实很生气,齐浩还摔了一个荷兰买回来的瓷盘。

但陈昔不认为她和齐浩需要走到离婚那一步,他们的事业已经捆绑在一起,还有两个这么可爱的孩子,他们没有本质上的矛盾。

难不成是齐浩有外遇了?

陈昔想了半天,也没想到什么蛛丝马迹。

30分钟后,飞机进入平飞状态。陈昔和往常一样,带着洗面奶和面膜去了洗手间,然而她刚拉开洗手间的门,飞机就剧烈地晃动起来,紧接着广播响起,空姐提醒飞机遭遇气流,请所有人返回座位。

陈昔是常旅客，拥有丰富的经验，遇到这样的情况，她当机立断放弃进洗手间，果断转身，跟跟跄跄地回到座位，飞快地系上了安全带。远处空姐也已经把洗手间旁的座椅板翻下来，牢牢地绑住自己。

　　飞机抖动得非常厉害，陈昔听到行李架在吱吱作响，不知道哪一排的小孩哭了起来。陈昔死死地抓住扶手，强迫自己转移注意力。

　　朱莉手里握着一罐打开了的可乐，涨红着脸，看上去随时都能哭出来，"我一向讨厌坐飞机，我以后再也不坐飞机了。"

　　"我有一个办法。"陈昔说。

　　"你快说。"

　　"你闭上眼睛，将身体尽可能地贴在椅子上，脑补自己是在游乐场坐过山车。"

　　"行。"

　　朱莉照着陈昔的方法，尝试了一秒就睁开眼，"不行。"

　　话一说出口，两个人都苦笑了起来，陈昔忽然发现坐在对面的空姐居然在胸口画十字。

　　你想吓死乘客吗？陈昔苦笑了下。

　　突然，飞机像地震一样轰的一声往下落。

　　啊啊啊！

　　有人疯狂地尖叫起来。

　　朱莉手里的可乐喷起了半米多高，陈昔感觉到一阵眩晕，明显的失重感，灯带变得忽明忽暗，身后的经济舱里传来乒乒乓乓的声音，估计是有行李滑落——恐怕坠落了几百米。陈昔觉得透不过气来，心里却想着，我可不能死，我还要去幼儿园接稳稳和定定。

　　接下来又是颠簸，仿佛没有尽头的颠簸。

　　"跟我说说话！"

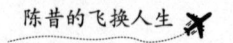

"什么？"陈昔看到朱莉在对自己说话，但听不清楚。机舱里有很多噪声。

"跟我说说话！"朱莉冲着她喊，"分散一下我的注意力，不然我要心肌梗死了！"

"好！"陈昔也喊回去，"你想说什么？"

"说——说业务，跟我说说你的业务！"

"好！"陈昔调整了下情绪，"我 2015 年开始做公众号，那会儿我在家养胎，闲得无聊就想记录一下自己的心得体会……"

"你现在的用户量是多少？100 万？"朱莉大吼。

"115 万！"陈昔在一片混乱中喊道："昨晚发了个言，一夜新增 15 万！"

…………

剧烈的晃动中，两个女人吼来吼去，大叫着聊起了业务。陈昔把"稳稳妈"的来龙去脉给朱莉说了一遍，朱莉时不时抛出问题，增幅、用户数、流量、带货……什么都问。

"我要投你！"朱莉随着飞机的颠簸而抖动着，大声对陈昔喊道，"只要这次能平稳降落，我就投你！"

陈昔觉得自己颠得快要散黄儿了，喊回去："行啊，要是平稳降落，你来投我！"

话音刚落，飞机突然不抖了。

仿佛有什么人一锤定音。

第二章
花非花，雾非雾

> 整件事太过诡异，已经不能用地球上的现有法则来解释，反倒近似于小说里写的"穿越"。陈昔的灵魂穿越到了夏小野的身上，而原来的夏小野不知道出了什么事，反正是突然消失了。
> 但这也有bug，最大的bug是，"陈昔"其实还在。如果她也还是陈昔，那这世界上岂不是同时出现了两个陈昔？

飞行变得极其平稳，稳得仿佛之前的抖动不过是一种幻觉。

陈昔想起了自然分娩的过程，宫缩给产妇带来12级疼痛，相当于同时打断10根肋骨。一旦孩子离开母体，那种疼痛就会立刻消失，速度之快，就好像那不是生了一个孩子，而是上了一次厕所。

陈昔思考这宛如神来之笔的对比，她本来还在发愁下周一的选题，现在有了，"好了伤疤忘了疼——献给所有的二胎妈妈"。

飞机还没停稳，很多人已经迫不及待地打开了手机，陈昔也不例外。

手机收到一条语音，是齐浩发来的。

"你凭什么在台上说那些？你知不知道你那么一说，所有舆论都冲着我来了？"齐浩质问她。

冲着你来才好呢！陈昔这么想。

然而齐浩又发过来一大堆，"你自己平衡不好家庭和事业，你被绑架了，你得了斯德哥尔摩综合征，关我什么事？明明是你喜欢别人夸你是好女儿、好妻子、好妈妈、好老板，是你自己绑架了你自己，你的痛苦都是你自找的！不要赖我！"

"你——！"陈昔差点破口大骂，碍于还在飞机上，她还是将到嘴边的咆哮给咽了回去。

"你很不理智,等你心平气和了我们再谈。"她竭力平静地打字回复,刚要发送又犹豫了。以她对齐浩的了解,对方这会儿应该还在气头上,这个时候如果有人劝他心平气和,他只会越发火冒三丈。

陈昔决定不回复,就当没看见。

头等舱的旅客是最先下飞机的,头等舱的行李也是最先上行李转盘。

陈昔拿了箱子,等了一会儿,没看到朱莉,她急着要去接孩子,决定不等了,匆匆地走向机场出口。前面飞机滑行的时候,她已经预约好接自己的车,她熟门熟路地穿过一道长廊,辗转了几部电梯,来到常用的接客点,一辆黑色的网约车朝她驶来,时间算得刚刚好。

司机没有下车迎接,陈昔皱了皱眉头,心想,怎么连专车司机的服务都那么差了。

她拉开车门,迎面一股浓重的烟味。

"怎么烟味那么重?"陈昔抱怨。

"乘客非要抽,我有什么办法?"司机漫不经心地道。

"你这不是专车吧?"陈昔看了一眼车内饰。

"你也没叫专车啊!"

陈昔没想到居然还有被网约车司机撑的一天,但她不想吵架,和司机吵架是世界上最愚蠢的行为。

她看看时间,想着得给老许打个电话,告诉他自己已经出发了,预计三刻钟后可以到达幼儿园。

然而,通话记录里没有老许的电话号码。

陈昔有点儿奇怪,老许是她最常通话的人之一,怎么会不在通话记录里?当她翻到通讯录时,她结结实实地呆住了。

这是一个完全陌生的通讯录,别说老许了,连一个认识的名字都没有。

陈昔下意识地将手机反过来,看到一个白色的手机壳,果然,这根本不是她的手机。她用的是苹果,而手中的是一个 OPPO[①]!

陈昔心头一凛,这年头,钱包丢了事小,手机丢了事大。可她完全不记得自己什么时候丢的手机,印象里她从下飞机开始手机就没有离过手,也是用这部手机约的车,再一路攥着手机到了停车场。

难道是在上车的时候不小心丢的?

还有一个问题,这部 OPPO 手机又是怎么到她手里的?

她赶紧转身去拿随身的包——然而座位上居然是一个布袋,文艺青年最爱的那种,白色的底子上印着哆啦 A 梦和大雄。

她彻底傻眼了。

好吧,连包也丢了,那这袋子又是谁的?

她打开布袋,里面只有一包餐巾纸,连个钱包都没有。

不管怎样,得先找到自己的手机。陈昔在 OPPO 上输入自己的手机号,铃声响了,她松了口气,希望有人捡到可以还给自己,然而铃声一直持续到断掉,也没有人接听。

陈昔深吸一口气,她只记得自己和齐浩的电话号码。鉴于刚才齐浩的态度,以及这人正琢磨着要跟她离婚,她实在不想联系他。

幸亏没有什么工作安排。

陈昔无计可施,懊恼地看向窗外。下午 3 点的高架一路畅通,远处是大名鼎鼎的陆家嘴厨房三件套,经过今天的云霄惊魂,陈昔有些庆幸自己住的是底楼大平层。

---

① 手机品牌。

还是接地气好,她想着。

光线骤暗,车子进了隧道,车速忽地慢了下来。司机很不高兴,开始骂骂咧咧地抱怨:"我敢打赌,前面肯定撞车了!"

他猜得没错,确实是有一起追尾。陈昔隔着车窗,看到一辆出租车和一辆面包车挨在一起,旁边还有一辆闪着警示灯的救护车……

世事无常,谁也不知道下一秒会发生什么。陈昔叹了口气。昏暗的隧道让车窗变成了镜面,映出一张年轻的脸。

陈昔陡然僵住。

这是谁?

车窗倒映出的那个女人,根本不是她。

那是一张完完全全陌生的脸……哦,不,也不完全陌生,是那个女记者,那个采访过她的"爱家"公众号的女记者!

一股寒气从陈昔脚底往上蹿,她手忙脚乱地打开手机,想从前置摄像头里看清自己——还没等她拿起手机,她就瞥见侧面车窗倒影里的女人也在开手机。

陈昔浑身发抖,上牙和下牙敲打在一起。

司机对后排的异变毫无察觉,"肇嘉浜路这会儿正堵,要不我给你改条道,稍微有点儿绕,但是快一点儿。"

肇嘉浜路?

陈昔尖叫起来:"我不去肇嘉浜路,我去玛丽幼儿园!"

竟然连声音都变了!

"那你修改目的地呀,叫什么叫?"司机被陈昔的语气弄得很生气,"吓死人了,不要一惊一乍的。"

陈昔大口地喘着气,打开OPPO手机,好容易才在一堆App里找到一个打车软件,打开一看,果不其然,目的地是徐汇区的漕河泾。她顾不得多想,颤抖着手去修改目的地,心里祈祷一会儿看见原版的稳稳和定定,如果两个孩子也换了人,那她真的会疯。

临时改道玛丽幼儿园就有些绕路,抵达时已经是放学时间。司机把陈昔放在了街对面,她敲敲车窗:"后备厢开一下。"

"开什么?"司机一脸莫名其妙,"又没东西。"

不出所料!

这个世界疯了。

陈昔朝幼儿园的大门望去,刚好看见排着队的小朋友们在老师的带领下往门口走。她顿时心脏狂跳,赶紧到人行横道这里等绿灯过马路。

幼儿园的侧门已经开了,老师一如既往,像发扑克牌一样把孩子发给相对应的家长。

稳稳和定定!没变!

看到小哥儿俩手牵着手,陈昔的眼眶一下子就湿了。

就在这个时候,一个女人走过来,从老师手里接过了两个孩子。

陈昔的心瞬间揪了起来,刚好轮到绿灯。她赶紧往前冲,很快就到了那个女人跟前,她一下子撞开那个女人,左手一个右手一个,抓住了稳稳和定定的胳膊。

"稳稳!定定!"她激动难抑地喊道。

然而那个女人竟然立刻反扑回来,把陈昔的手臂一下子扯开了,还拉走了小兄弟俩。

"你要干什么!"那个女人杏眼圆睁,恶狠狠地大吼。

陈昔愣住了,呆呆地望着眼前和自己一模一样的女人。她正像老母鸡护崽儿那样把稳稳和定定护在自己的身后,如果她有羽毛的话,陈昔敢打赌,那些羽毛一定会一根根竖起来。

是了，这才是陈昔。

"你是谁？"对面的陈昔大喝一声，"这是我的孩子！"

记忆如排山倒海般涌来。她终于想起，幼儿园放学、斜刺里冲出来抢孩子的陌生女人，同样的场景她曾梦到过。只不过，那次她是陈昔，而这次，她变成了抢孩子的陌生女人。

老许也赶了过来，不过这一次是站在她的对立面。她惊骇恐怖到极点，舌头也粘在嘴里，只能眼睁睁地看着陈昔和老许一人一个把稳稳和定定抱上了车，GL8缓慢地向前驶去。她看见陈昔回头，她知道陈昔在担心什么——担心遇到了人贩子，光天化日下当街抢小孩——不用担心，她不会抢小孩。她现在只想有个人过来，一巴掌把她扇醒，告诉她这一切只是个梦。

没有人过来扇她。

手机响了，她木然地看着来电显示：姚蓉蓉。又是个不认识的人。她接通电话，放到耳边，没敢吱声。

"夏小野，你在哪儿啊？"是个女孩的声音。

夏小野？

对，想起来了，那个女记者名叫夏小野，采访那晚陈昔还特意说了句，"你的名字很好听"。

"我——"她犹豫了下，含混不清地反问，"怎么了？"

"什么怎么了，你不是说出去透透气吗？怎么一透一个多小时啊，"姚蓉蓉嚷嚷着，"扒皮王找你两回了，你赶紧回来！"

嘟——

嘟——

拨号音响了，她的心扑通扑通直跳，世界上几个人能有这种体

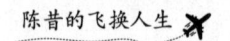

会，自己给自己打电话？

接通了。

"喂？"夏小野屏住呼吸。

那头没有人说话，隐隐传来陈昔的声音："……我真的觉得稳稳有些情绪问题，我们要不去找医生看看吧？"

"我看你是反应过激，他就是想要那个玩具，着急了才去打那个孩子的，小孩子不都这样吗？这算什么情绪问题？"是齐浩在说话，"稳稳肯定没毛病。"

"但他经常这样啊，一着急就去打人，难道不是情绪问题？"陈昔反问。

"他是有情绪，但这不是情绪问题。"齐浩说。

…………

"喂？"电话里传来一个稚嫩的声音。

"定定？你是定定？"她立刻听出来，一下子激动得不得了，"定定！定定！"她一迭声地叫着。

"你是谁？"定定问。

"我是——"

"定定，你在跟谁讲话？"陈昔在问。

紧接着，电话那头就传来"嘟嘟嘟嘟"信号中断的声音，似乎是定定，也可能是陈昔把电话挂断了。

她握着手机。电话里，陈昔和齐浩听上去关系还挺好，没有吵过架的迹象，更不像是要离婚。

"漕河泾站到了，请下车……"

夏小野随着人流往外走，跟着导航往南走了大约两个路口，就到了"爱家"公司的写字楼。

她站在大办公室的入口处,眼前密密麻麻的工位,一只只小蜜蜂在工位上忙碌着,不知道哪只是姚蓉蓉。

正犹豫着,不远处有个黑黑瘦瘦的女孩朝她挥手:"喂!"

是姚蓉蓉,夏小野最要好的同事兼闺蜜,以及……同居室友。

她早已把手机里的照片和聊天记录翻了个大概,姚蓉蓉在夏小野的微信里是置顶的。

她朝那女孩走去,果然,那女孩隔壁的工位是空着的,桌上的电脑旁放着一个哆啦A梦的玩偶,想必属于夏小野。

"你怎么才回来,这都快5点半了。"姚蓉蓉嗔怪道。

她刚想进一步从姚蓉蓉口中套出点消息,就见姚蓉蓉像眼角抽风了一样,跟着身后就传来一个阴沉的声音:"夏小野,你来一下。"

是个精瘦精瘦的男人,想必就是姚蓉蓉口中的扒皮王了。

趁着扒皮王转身,姚蓉蓉赶紧低声提醒:"你小心点,他今天气不顺。"

…………

办公室里,扒皮王把他的笔记本电脑转向夏小野,"这就是你做的方案?你知不知道,这方案要是我做的,下一秒我就从楼上跳下去,我都没脸活在这个世上!"

夏小野:"……"

"你知不知道客户已经投诉你好几回了?"扒皮王手指头点着桌面,板着脸,"我都不明白我当初是怎么把你招进来的!啊?你是不是猪啊?公司每个月给你发工资,就是为了看到这样的东西?"

听他骂得那么狠,夏小野忍不住低头看了一眼方案,这一看差点没笑起来,竟然是给"稳稳妈"做的。

扒皮王还在骂骂咧咧:"你不要觉得我说话难听,我这么批评你

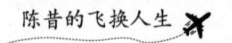

是为了你好，要是换了陆总，骂你骂得更狠！"

"不会吧……"夏小野嘟哝着。

"什么不会？"

"是客户跟你说，对这个方案有意见？"夏小野一脸困惑地问。

"对啊！客户的意见非常大，说你太笨了，要我把你换掉！"

"不可能啊，客户亲口跟我说，她很喜欢这个方案呀。"

扒皮王一愣，"客户跟你说的？谁啊？"

"'稳稳妈'的内容总监，简安，不信你可以去问她，"夏小野一脸无辜地道，"她说她很认可这个方案。"

扒皮王顿时有点儿蒙，心想，这个夏小野平时闷声不响的，什么时候跟对方的内容总监搭上了？

"哦，是这样啊？"扒皮王阴晴不定地道，"行，那我问问，看看是不是他们搞错了。"

…………

夏小野回到座位上，给姚蓉蓉讲了事情的经过。姚蓉蓉顿时惊呆了，"他们内容总监真的亲口跟你说喜欢你的方案？"

"没有亲口说，但应该是喜欢的。"

"……你怎么知道？"

"打了几次交道了，多少知道一点他们的需求。这个方案虽然不算最好，但也没扒皮王说的那么差。"夏小野微笑着道。

"你就不怕扒皮王去问对方？"

"他不会去问的。"

"为什么？"

"因为他们内容总监是个社恐，从来不亲自跟供应商沟通的，扒皮王问不着她。"夏小野轻描淡写地说道，见姚蓉蓉还是一脸惊讶，笑着宽慰,"你放心吧,那个方案真的还可以。"

"好吧。"姚蓉蓉总觉得哪里不对劲,但她又说不上来。

解决了一个难题,眼下……夏小野望着电脑屏幕上的一行字:"请输入密码"。

…………

她哪儿知道密码是什么。

夏小野瞥了一眼隔壁的姚蓉蓉,见对方正百无聊赖地在网上找着素材,哈欠连天,"我请你喝咖啡吧?"

"现在吗?"姚蓉蓉又一愣,"叫外卖还是出去喝?"

"就去楼下喝一杯,提提神,怎么样?不会很久的。"

"那要不去喝奶茶吧?"姚蓉蓉眼睛发亮,"对面不是新开了一家'喜茶'?"

"好啊。"夏小野欣然同意。

给姚蓉蓉点了一杯"多肉芒芒甘露",对方立刻打开话匣子,那小嘴叭叭的。夏小野很快获取了她想要的信息——夏小野,26岁,传媒系本科生,在"爱家"当记者兼编辑,和姚蓉蓉一起合租,后来夏小野有了男朋友,就三人合租。

"我"还有男朋友?还同居?她暗暗心惊。

姚蓉蓉满足地喝了一大口,又道:"不过,你今天等于是当面撑了扒皮王,他虽然没法去论证你说的对不对,但他心里肯定恨你。"

"我不撑他,他不也一样看我不顺眼?"用"我"这个字的时候,她还略有一些不适应。

"话不是那么说,本来他是无差别攻击,现在你一冒头,他肯定要拿你开刀了。"姚蓉蓉低声道,"人在屋檐下,不得不低头,你回头还是跟他服个软吧。"

夏小野知道姚蓉蓉是真心替她打算,点头道:"好,我回头找机会,再哄哄他。"

两人聊完,刚到工位上,屁股还没坐热,扒皮王又出来了,对夏小野说:"有个稿子,策划案已经有了,你对照着写,明早之前交给我。"

夏小野看看桌上的闹钟,快7点了,外面已经漆黑一片,"这么急着要吗?"

"对,明天早上9点我约了对方开会!"扒皮王转身就要走。

"我能不能带回去写?"夏小野喊住他,"晚上有点事,我回去加班,明早9点之前一定交给你。"

扒皮王盯着她的脸看了一会儿,面色阴沉:"行吧,那你回去写,迟了后果自负。"

他一走,姚蓉蓉立刻低声道:"你看看,这打击报复立刻就来了!这孙子就是故意整你!"又问夏小野,"你晚上什么事?"

"没什么事,就是想回去写。"夏小野无奈地道。

她总不能说,自己不知道电脑开机密码,得找个安静的地方慢慢试吧。

下了班,夏小野和姚蓉蓉在"爱家"楼下一人吃了一碗面,一起打道回府。

一路上夏小野有意放慢脚步,跟在姚蓉蓉身后,好在姚蓉蓉忙着叽叽喳喳,完全没留意同居室友的异样。

她俩合租的小区名叫光明新村,是20世纪90年代初建造的老小区。几十栋六层楼不带电梯的房子中间,见缝插针地点缀着一些绿化带。

12号楼。

两人爬楼,来到4层,姚蓉蓉终于停在403的门口。从隔壁404的铁门里涌出来一大堆杂物,空塑料瓶、破烂的椅子、一摞一摞的纸板箱……垃圾堆距离403的大门已经不到50厘米。

"真是有病,"姚蓉蓉一路骂骂咧咧,"什么垃圾都往回捡,脏死了。"

夏小野小心翼翼地打量眼前的这套小两室一厅,桌子、椅子、沙发、电视机——普通的装修,普通的摆设。姚蓉蓉径直去了朝北的卧室,夏小野顿时心领神会地走去南边那间。

房间当中摆着一张一米八的双人床,灰色人造革包的背板,边角已经破了,露出了焦黄色的海绵。床品是黄色的,上面印着些白色的碎花,枕头中间还坐着一只哆啦A梦的玩偶。

夏小野鼓起勇气,打开土黄色门板的衣柜,里头悬挂着几条连衣裙,其中一条嫩黄色的,正是原主那天采访她时穿的那条。除此之外就是一堆T恤、牛仔裤,都是很普通的牌子。抽屉里放着内衣。最底下有个皮鞋盒,打开一看,里面是一堆各种证件;抽屉靠边的地方,静静地躺着一张身份证。

姓名:夏小野
生日:1995年8月16日
籍贯:浙江丽水

照片上的女孩剪着可怕的短发,看上去像个刑满释放人员。好像每个人的证件照片,拍得都像是刑满释放人员。

她突然就觉得透不过气,猛地将皮鞋盒盖上,冲去卫生间。

镜子里的女孩比身份证照片上看起来漂亮多了，但依然很陌生。丽水人吗？那地方她曾经去过一次，"稳稳妈"团建，包下了山里的一整栋民宿，从H市开车过去，整整六个小时，路又窄又难开，好远好远的地方……

她打开水龙头，用力地洗脸。台盆旁放着一瓶洗面奶、一瓶小绿瓶精华液、几个花里胡哨的夹子，一把塑料发梳上缠着好些长长的头发，马桶垫圈套子上镶着粉色的蕾丝边。

"我下楼倒个垃圾。"夏小野飞快地走出来。

姚蓉蓉已经躺在沙发上看电视了，闻言惊讶地问："这么好？今天不是轮到我倒吗？"

"突然很想倒。"

"什么？"姚蓉蓉莫名其妙，"那随你。"

夏小野拎着一袋垃圾到楼下，绕了一圈，找到分类垃圾站。

"这是什么垃圾？"有个阿姨严厉地问。

"啊？"

"问你呢！你这一袋都是干垃圾？"

"关你什么事啊！"她终于吼出来，一股怨气喷薄而出，"我这袋子里是什么垃圾，我要怎么倒垃圾，你管得着吗？你是什么人，你是垃圾分类鉴定师吗？你有资格证吗？你凭什么管我？"

阿姨被这一连串的质问镇住，半天说不出话来。

她吼完回过神来，意识到自己的错误，赶忙道歉："对不起阿姨，我今天心情不太好。"

"神经病！"阿姨脸上抽搐了下，也不管垃圾了，扭头就走。

夏小野丢完垃圾，看看四周，已是万家灯火。

小区离大门不远有一块健身场地，这会儿天色已晚，没什么人。

她坐在一台健身器材上，打开手机，进入微信，搜索"稳稳妈"的公众号，点击"关注"。

新一期的推送已经发了。

"飞机上的救生提示，遇到危险时，先给自己戴上氧气面罩，再去协助孩子和他人。所以，妈妈们也请牢记这一点，就算在陆地上，遇到困难时，也请先给自己戴上氧气面罩啊，妈妈透过气来，孩子才会好，全家才会好。"

…………

不应该发这篇文章。夏小野想。

她清晰地记得，由于在颁奖礼上的发言火爆了一把，她连夜围绕着那个主题写了一篇稿子，发到工作群让内容部去编辑校对的，现在却变成了坐飞机引申出来的感悟。

她心里颤了颤，赶紧去查那场颁奖礼。

谢天谢地，颁奖礼没变，"稳稳妈"依旧拿了"年度十大"，陈昔也上台领了奖……

她点开陈昔的获奖感言视频：

"其实我也谈不上多成功，但我确实在时间管理上下了很大的功夫……"

"我们不要将事业和家庭对立起来……"

陈昔在台上侃侃而谈，说的全是和组委会商量好的稿子，而"自己PUA自己""斯德哥尔摩综合征"等石破天惊的话，全都没有了。

她又往前翻历史文章：

《我35岁，刚切除了双侧乳房》？

《水牛奶真的比普通牛奶好吗》？？

《生完二胎瘦回90斤，我真的做到了》？？？

……………

不对!

这些文章都不对!

陈昔一直坚持自己写头条文章,可她刚才看到的那些,远的不说,至少近半年的一百多篇文章,没有一篇是她写的!这上面的内容,她压根儿从来没看见过。

不但人变成了另一个,竟然连写过的公众号文章都变了……

她闭目沉思,寻找着问题的症结。

整件事太过诡异,已经不能用地球上的现有法则来解释,反倒近似于小说里写的"穿越"。陈昔的灵魂穿越到了夏小野的身上,而原来的夏小野不知道出了什么事,反正是突然消失了。

但这也有bug[①],最大的bug是,"陈昔"其实还在。如果她也还是陈昔,那这世界上岂不是同时出现了两个陈昔?

要不就是多重人格,她是陈昔的另一个人格?

也不对啊,现有知识里,人格不管有几个,都是存在同一个躯壳里的,没见过变成另一个人的。

她又尝试从目的倒推:眼下最重要的事,就是想尽一切办法"回去",而想要"回去",就要先搞清楚是怎么"过来"的……她忽然眼前一亮。

飞机!

没错,是那架飞机!

准确地说,是那架飞机遭遇的强烈气流。她坐过无数次飞机,从未如此命悬一线。

---

① 这里指漏洞。

FO3095，她还记得那个航班号。

再坐一次FO3095，看看能遇上什么事。她很快做出决定。

夏小野打开手机，在一堆乱七八糟的App里找到一个旅行类的，翻到订机票的页面，查找深市飞H市……

等等？

没有这个航班？

她的眼睛倏地睁大了，确实没有！她往后看了好几天，还真是没有FO3095。

她找到航空公司的客服电话打过去，心脏怦怦乱跳。

选择"中文"，输入"您查询的航班号"——

"对不起，没有找到FO3095次航班。"电子音毫无感情地播报。

怎么可能？？？

她稳住心神，又去查"已经抵达的航班"。

"FO3095次航班，9月14日下午13:45准时抵达H市浦东机场……"

正是陈昔坐的那一班。

难道那是最后一班？这航班从今往后都没了？夏小野只觉得后背一股寒气蹿上来，她赶紧再打客服电话，选择"人工客服"。

"对不起，我们人工客服的工作时间是周一到周日，8:00-20:00。"

夏小野看看时间，已经是晚上9点了，长舒一口气，喃喃道："看来还是得等明天……"

"嗷！"一声惨叫。

跟着有人从背后将她抱住。

"啊！"夏小野吓了一大跳，赶紧转过头。

是个眉目清朗的年轻男孩，个头很高，应该有一米八，鼻梁高挺，唇角细腻，头发也干干净净；身上那件白衬衫很服帖，显得他肩膀宽阔；背一个黑色的双肩包，手里还提着一只黄澄澄的玩具鸡。

那声惨叫估计就是这只鸡发出来的。

"秦禹？"她壮着胆子试着叫道。

"你怎么一个人坐在这里？"秦禹搂住她，"你在跟谁打电话？"

猜对了，正是原主的那位同居男友。

"是扒皮王。"她镇定地说道，同时不动声色地脱离对方的怀抱。

"他又针对你了？"

"没有，"她想起姚蓉蓉的话，"他针对的是所有人。"

"这人就是典型的职场PUA，"秦禹皱着眉头道，"我觉得你还是别干了，辞职吧。"

夏小野其实同意秦禹的说法，在扒皮王那样的领导手下干活，永远也出不了头，但"裸辞"肯定不行，"我还没找到下家呢，怎么能辞职？"

她已经查过原主的财务状况，感谢人脸识别功能，让她能登录OPPO手机里所有的App：微信零钱里有300多块，一张绑定的工行卡里有5000多块，除去信用卡要还的3500块，如果没有其他债务的话，她眼下的全部财产是2650元。

秦禹点了点头："那就找起来，我也帮你找找。"

他又捏了捏那只玩具鸡，那鸡"嗷"的一声叫了起来，叫得特别惨。

"它叫惨叫鸡。"秦禹介绍道。

"……"她嘴角弯了弯。

"笑啦！"秦禹很开心地道，忽然低下头，温柔地亲了亲夏小野的嘴角。

夏小野背后的汗毛唰地全体起立,根根笔直。

两人上楼,秦禹让夏小野走在自己前面,他一只手提着惨叫鸡的脖子,一只手在后面搂着夏小野的腰,想要贴着走。

夏小野心惊肉跳:"别这样。"

"哎,你看这是什么?"秦禹惊讶地道。

夏小野一回头,"什么——唔",立刻就被一双火热的唇吻住。

这人竟然诈她!

夏小野魂不附体地别过脸,"别别别,这是楼道。"

她正准备把秦禹推开,就听到有人过来,"咳!"

吓得她瞬间石化。

秦禹也不动了。

是个老头,拄了根拐杖,一边往前走,一边没好气地道:"年轻人注意点影响,这里是公共场合。"

"嗷!"

老头吓了一跳,无奈地看着这对小情侣。

是秦禹捏了一把惨叫鸡!

老头的脸黑了又红,红了又黑,总算慢吞吞地走过去了。秦禹的脸还搁在夏小野的脖子里,笑得浑身直打战。

"好啦好啦!"夏小野赶紧推推秦禹,面红耳赤,"赶紧走吧。"

回到403,姚蓉蓉依旧躺在沙发上,一条腿搭在沙发背上,看来这期间完全没挪过窝。

"原来你是接男人去了啊!"姚蓉蓉冲着夏小野一个劲儿地摇头,"跟你说了多少次,不能对男人太好!"

"那是你不懂。"秦禹拆了一包方便面。

"我不懂什么?"姚蓉蓉坐直了问。

"你不懂对男人太好的好处!"

"能有什么好处?"姚蓉蓉冷笑一声,"会变得不幸?"

"唉!女人啊,嫉妒让你面目可憎!"秦禹给方便面加了开水,端到茶几上,瞥了一眼姚蓉蓉,"让点儿沙发给我。"

"想得美。"

"起来啦!"秦禹推推她。

"不起来!"姚蓉蓉赖着不动。

"好吧。"

姚蓉蓉见秦禹走开了,正高兴呢,忽然眼前多了个黄澄澄、光溜溜的东西,跟着"嗷!"的一声惨叫。

"要死啊你!"姚蓉蓉吓得整个人弹了起来,"什么鬼啊!"

"一只死鸡!"秦禹说着,把惨叫鸡往姚蓉蓉怀里一塞,"给你拜个早年!"

"啊啊啊!"姚蓉蓉手一抖就把那鸡给扔出去了,跟着落荒而逃,逃到她卧室门口定睛一看,发现所谓的死鸡只不过是一个玩具,而那边秦禹已经趁机坐到了沙发正中。

"夏小野,快把你家狗男人牵走!"姚蓉蓉大叫。

夏小野融不进这欢乐的气氛,"我先去洗澡了。"

老公房的水压不太稳定,时大时小。

夏小野洗着洗着,忽然意识到,原主的身材可真不错!

细细的腰,之前接受采访的时候还没太注意,现在才发觉值得惊叹,这腰是一尺八还是一尺九?或许只有一尺七?陈昔最春秋鼎盛的少女时代,也不曾拥有过这样的腰。小腹紧绷的,没有一丝赘肉,哪怕使劲捏,也不会有一个坑一个坑的橘皮组织出现,还有两条又长又直的腿，从脖子到脚背，连一点儿色素暗沉都没有。

最美的是她的胸，不大，但轮廓极好，且又饱满，像两朵刚开满的玫瑰花那样骄傲地挺立。

这女孩还说她羡慕陈昔，陈昔愿意每年砸几十万，换来这样好看的胸——毕竟生了两个孩子，又是母乳喂养，哪怕曾经也是挺拔的，但到底是不行了。

还有皮肤，真如剥了壳的鸡蛋……

她陷在思绪里。

砰砰砰，有人敲卫生间的门，把她的思绪一下子拉回来，她终于看清了眼前三平方都不到的卫生间。

"小野？小野？"门外秦禹叫道。

"啊，马上就好！"她赶紧道。

她换了原主的睡衣出去，秦禹还等在门口，"那么长时间没动静，我怕煤气泄漏。"

"洗头了。"她指指湿漉漉的头发。

等秦禹进去，她望着卧室里唯一的一张床又开始发愁。

难道一会儿还要和秦禹同床共枕？这……有点儿太刺激了吧？

她回忆了下，上一次和齐浩夫妻生活，已经是两个月之前的事，倒也不是不想，是没空——算了，别自欺欺人了，就是不想。

他不想，她也不想。

但现在……她想起秦禹刚才那灼热的吻，难怪刘玉玲在《致命女人》里要感叹一声："啊，青春！"

年轻真的不一样。

正思绪联翩，忽地身后一热，一个赤裸宽广的胸膛贴了上来，腰间也多了一道强壮有力的臂膀……秦禹不知什么时候洗完出来了。

"你为什么要捂着脸?"秦禹好奇地问。

"我……"她发现秦禹只在腰间围了一条浴巾,顿时呛到了,"你……你把衣服穿上。"

"穿衣服干吗?"秦禹莫名其妙,"穿了又脱多麻烦?"

"……我今晚不行。"她强行镇定。

"为什么?"

"我要写稿,扒皮王盯着要的,明天早晨9点之前得交稿。"

"你知道他的生辰八字吗?"

"谁的?"

"扒皮王的,"秦禹沉着脸道,"我要扎个小人,诅咒他一年没有性生活。"

夏小野捧着原主的笔记本电脑到客厅里加班,姚蓉蓉已经回房间了,北卧室里时不时响起电视剧的台词声。

请输入密码。

夏小野尝试输入一串数字:950816。

密码不正确。

19950816。

打开了!

竟然打开了!

桌面用的是原主自己的照片,被密密麻麻的文件夹图标贴满,以客户的品牌名命名,每个文件夹里都有大量的素材和花絮。

她很快找到"稳稳妈"那个文件夹,果然看到了原主做的策划案,以及一些草稿和采访花絮。

"还挺有趣呢!"她托着下巴,饶有兴趣地看。

时间飞快流逝。

糟了，1点了，扒皮王要的文章还没写。

她赶紧看了看扒皮王给的客户需求，写一篇家居好物的推广软文，对她来说毫无难度。她噼里啪啦地打起字来。

…………

凌晨2点。

"搞定！"夏小野长舒了一口气，伸了个懒腰，习惯性再检查一遍，没什么问题了，再将稿子通过邮件发给扒皮王。

想想陈昔平时一篇软文，报价高达15万，某位客户也不知道何德何能，居然能用到她这样的大牌亲自执笔。

"算你占便宜了！"她苦中作乐地想。

夏小野回到卧室，见秦禹已经睡着了，小心翼翼地爬到他旁边，扯了点被子盖。

真是个帅哥啊。她看了眼秦禹的侧颜，翻个身背对着他睡。

不知道这算不算出轨……她想。算谁出轨？是秦禹出轨，还是陈昔出轨？

"稿子写完了？"身后传来闷闷的声音。

夏小野身子一僵，刚要严阵以待，就听秦禹低声道："我前面帮你投了两份简历，不知道能不能成。"他停了停，"实在做得不开心，裸辞就裸辞，我的工资养活咱俩还是够的，别把身体熬坏了。"

夏小野"嗯"了一声，发现秦禹又从后面环抱过来，脸一下子又红了，"别闹啊。"

"不闹，"秦禹的鼻尖蹭着她的后脖颈，"知道你累了，放心睡吧，我保证不吵你。"

他果然不再动弹，过了一会儿，夏小野听到身后传来稳定的呼吸声,这才一点点地放松。

她想,这个秦禹,一定是很爱夏小野的。

如果他知道女朋友已经换了个人,一定会很伤心吧?

第三章
既来之，则安之

夏小野用心感受着飞机的加速拉升，如果一会儿能遭遇气流，那多半就成了。她用力捏了捏报纸，发现报纸竟然被她手上的汗浸透了。

半小时后。

"轰隆！"

飞机剧烈地颤抖起来。

气流来了！

一丝光线透过窗帘，跳落在她的眼里。

她看看四周，还是鼻梁挺拔的秦禹，还是装修老旧的403，还是夏小野的那具身体，唯一属于陈昔的，是生物钟。

每天早晨6点，陈昔都会自己醒来，不用闹钟。

屋里静悄悄的，光线昏暗，秦禹睡得一动不动，姚蓉蓉的房门也关着。

以前家里哪有这样的清静，一大早保姆就要起来做早饭，隔一会儿就是孩子起床，两个男孩满屋乱窜，热闹得像菜市场一样。就算没有孩子，也有无数条微信和电话。每天早上打开手机，就能看到少则几十条、多则上百条的未读信息，那一个个框着数字的小红点，简直能把人逼疯。

而现在……

夏小野打开冰箱看了看，里面除了汽水，只有一盒面膜。

她下楼去，在小区门口找到一家"钱大妈"便利超市，买了些鸡蛋、蔬菜、油、面粉、牛奶……从眼下的情形看，她还得在这屋子里先住下来才行，而这屋子里似乎什么都缺。

"什么东西这么香？"秦禹睡眼惺忪地走进客厅。

"鸡蛋饼……"姚蓉蓉眼睛直勾勾地盯着桌上那几张嫩黄喷香的

"小可爱"。

"吃早饭吧。"夏小野笑吟吟地从厨房探出头。

"夏小野,你是不是受什么刺激了,怎么突然做早饭了……"姚蓉蓉边惊讶,边伸手去拿鸡蛋饼,被秦禹"啪"的一下打掉。

"干吗!"姚蓉蓉怒目而视。

"你没有刷牙。"秦禹冷冷地看着她。

"我刷了!"

"我闻到了!"

"……"

姚蓉蓉沉着脸,一言不发地转身就往卧室里冲。

秦禹见她一走,飞快地拿起盘子里的鸡蛋饼,大口吃起来。

"姓秦的!"姚蓉蓉提着牙刷,满嘴泡沫地站在卧室门口,"你不要太缺德!你给我留点儿!"

"还有呢!"夏小野又端了一盘鸡蛋饼出来,外加一盘白灼生菜。

扒皮王发来一条微信:"写得一般,先这样吧,还有一个稿子比较急,中午之前给我。"

姚蓉蓉破口大骂:"这龟儿!"

她一生气,连老家话都出来了。

乘地铁到了"爱家"公司,夏小野一打完卡,就躲到办公室外面给航空公司打电话,转人工客服,这次终于接通了!

对方问:"请问有什么可以帮您?"

"你们有没有一个航班是FO3095?"

"请问您想乘坐哪一天的FO3095?"

"随便哪一天……我在9月14日那天坐了这个航班的,但我现在又想买这一班的机票,但我在网上看不到这个航班。"

"您稍等。"

对面沉默了好一阵。

"您好,让您久等了,是这样,您9月14日乘坐的FO3095是临时加出来的,不是一直有的,您可以选乘其他深市飞往H市的航班。"

临时加的?不是正好说明这班飞机有问题?

夏小野心脏一阵狂跳,"可我就想坐这个航班……呃,对我有特殊的意义,你们一般什么时候会临时加?"

"那要看具体情况。"

"能不能帮我问问会有什么具体情况?我真的很想坐这个航班。"

客服态度很好,"请稍等。"

这一次间隔更久,夏小野耐心地等着。

对面再次回来,"刚帮您确认了,每个月都会有一到两个临时增加的航班,但都是临时调配,您现在在网上是看不到这个航班的。"

"那一般提前多久能确定有没有这个航班?"

"一般会提前24个小时放出来,偶尔48个小时。"客服回答道。

夏小野回忆了下,陈昔确实是在13号下午才订的第二天的返程。

"我知道了,谢谢。"

"请问还有什么可以帮您,如果您满意我的回答,请为我评个分……"

"……"

夏小野心头小鹿乱撞般地回到办公室,刚到工位上就发现办公室里气氛不寻常,人人神情不安,交头接耳,仿佛有什么大事要发生。

姚蓉蓉惊慌失措,"扒皮王在挨个儿找人谈话,好像要裁员。"

夏小野一怔,"这么突然?"

想想也是,裁员当然是突然的,要打员工一个措手不及。

"我不能被裁员啊!"姚蓉蓉哭丧着脸,"我'花呗'还欠了1万多呢,下个月还要交房租……你呢,你怎么样?"

"我……我账上还剩下2650,哦不,2500多,今天早上买菜花了快100。"

"完了!完了完了!"姚蓉蓉焦虑地团团转,"这可怎么办!"

"不一定会裁到你吧?"

"他们说要裁30%啊!我绩效又不好,肯定有我!"姚蓉蓉快要哭出来,"阿弥陀佛,玉皇大帝保佑……"

夏小野刚想再劝劝她,只见所有人齐齐转头,扒皮王的办公室门开了,一个满脸阴郁的男同事走了出来。

紧接着,又是一阵催命似的铃声,众人循声望去——铃声来自夏小野的工位。

"好的。"夏小野放下电话。

"小野,你——"姚蓉蓉脸色发白。

"也许他是催我稿子呢?"夏小野嘴角弯了弯。

姚蓉蓉欲言又止,胆战心惊地望着她走进扒皮王的办公室。

扒皮王一脸怜悯地看着夏小野:"哎呀,你应该都知道了吧?你看看这事儿闹得,不瞒你说,我也是今天一早接到的通知,这个……公司最近业务下滑,现金流比较紧张,老板决定业务调整,就不得不优化一部分同事。根据业绩排名,这个……你不幸位列其中。"

他见夏小野不吭声,又补充道:"以后再到别的地方去,可得严格要求自己了,像我这样为手下着想的领导是很少的——"

"既然是裁员,公司有书面通知吗?"夏小野打断他,问道。

"没有，今天先是口头通知。"

"哦，那赔偿金呢？"夏小野问。

"赔偿金啊……"扒皮王一脸意料之中，"我刚刚不是跟你说了，公司是真的很难，下个月的工资眼瞅着就发不出，外面还有一大堆欠款。陆总把自己的房子都抵押出去了，上哪儿弄钱给你们赔偿。"

"那也得赔偿啊，陆总没钱是陆总的事，我只拿我应该拿的。"

"嘿！你这人怎么——"扒皮王忽地嗤笑一声，"哎呀，你看看你们这些小青年，公司需要你们的时候完全指望不上，谈起钱来一个顶俩，这脸皮也是真厚！"

他停了停，又道："我跟你说，你现在走，这个月的工资还能拿全，你要是拖着，没准这个月工资都拿不着。不是不给你，是账上真没钱，先走的先拿，后走的没有。而且，你现在同意走，我们还可以说你是主动离职的。你要是不答应，那就只能耗着，回头离职证明出来，就说是被裁，你还得找工作呢吧？这好说不好听的，以后谁要你啊？"

他接着道："再退一万步讲，咱们这个圈子小得很，谁不认识谁啊，除非你回老家种地去。要不然，我不瞒你，我这会儿一个电话出去，你后面就别想找着工作……你怎么不说话？"

"我听着呢！"夏小野笑笑，拿出手机晃了晃，屏幕上正在秒钟计时，一个小红点正一闪一闪，"你接着说。"

"你他妈敢录——"扒皮王刚想破口大骂，话到嘴边又赶紧咽回去，"行啊你，你给我关了！"

夏小野"从善如流"，"关了就关了，这些也够用了。"她停止录音。

"这录音你打算放给谁听啊？劳动局？"

"放什么劳动局啊，"夏小野笑眯眯地道，"咱们'爱家'一个MCN（多频道网络）机构，我怎么也得放在网上啊。在公司干了这些日子，虽然没挣到什么钱，但好歹还认识几个大V朋友，大伙儿一起传播一下呗，就当给您拜个早年了。"

扒皮王气得差点没昏过去，这会儿他算是看出来了，这个夏小野绝不是印象里那个软柿子，虽然还不明白怎么人的变化能那么大，但眼下也顾不上想那些。

"哎哟我的姑奶奶，你是想干什么呀？"扒皮王瞬间换了一套话术，"是，我说的话是不好听，但话糙理不糙对不对？这公司不是我王伟德的，我王伟德就是个小总监，但凡公司账上有钱，我用得着替老板节省吗？我说的不算哪！"

"那行，"夏小野站起来，"闹了半天你说的不算，我去找陆总吧。"

陆总就是"爱家"的一把手。

"你给我站住！"扒皮王急了，夏小野去找陆总不要紧，到头来还是怪他办事不力，"你找陆总干什么？我刚说的这些，你就算放给陆总听，他也不能说我错！"

"我想给陆总看点别的。"

"看什么？"

夏小野在手机上点了点，将屏幕面朝扒皮王。

"……我他妈烦死这陈昔了，一本正经，假模假式的，还说什么没试过的东西她不想推，那尿不湿她自己穿穿看啊？装什么×啊，有本事别来直播间挣钱！"

"你！"扒皮王气得脸都变形了，"你他妈偷录我？"

"我也没想到能用上。"夏小野依旧笑吟吟的。

这段视频，就是她在原主的文件夹里找到的。

夏小野又点了点手机，"我发现你私底下的奇谈怪论还挺多。"

下面一条是扒皮王吐槽某精华液品牌的市场部总监，说人家"老女人嫁不出去""自己都长着一张便秘脸，还好意思说她家产品抗衰老"。

又有他点评某口红商家，"这家还真是傻，居然肯花那么多钱做推广。看来下回我得再报高一点儿，让他傻得再透彻一点儿。"

总之，全是扒皮王"舌灿莲花""口吐芬芳"的花絮记录。夏小野剪辑到一起，凑成了一段"集锦"，不多不少，刚好29秒，发到网上，利于传播。

…………

"你想怎么样？"扒皮王果然是老江湖，这会儿反倒冷静下来，"要挟我？"

"不要挟，我只想要我该拿的，我在公司工作两年，N＋1就是三个月，我要三个月的工资作为离职赔偿。"

"N＋1很难，我只能说尽量，"扒皮王一咬牙，"我得去跟陆总申请。"

"我相信你有这个权限。"夏小野看出他色厉内荏。

扒皮王瞪了她半响，"行行行，算你狠，我给你想办法行不？但你可别往外说。"

"不说，别人能拿多少，别人自己谈。"夏小野笑笑，"除此之外，我还有一个要求。"

"什么要求？"

"姚蓉蓉在裁员名单上吗？"

扒皮王一愣，"在，怎么着？"

"别裁她，留下她吧。"

"我去你的吧！"扒皮王急眼了，"裁谁不裁谁是我说了算的？"

"我相信你有那个权限。"

"……"

夏小野离开办公室好一会儿，扒皮王满脑子还是那张似笑非笑的脸，以及那句"我相信你有那个权限"。

"我呸！"扒皮王恨恨地吐了口吐沫，"老子怎么不知道老子有那么大权限？"

晚上，夏小野在厨房里煎炒烹炸。姚蓉蓉在旁边一脸匪夷所思，"你被裁员了哎，你怎么还有心思炒菜？"

"当然有心思啦，我账上多了两个月的工资，而你保住了工作，挺好的啊，"夏小野想了想，不无遗憾地补充道，"可惜Ｎ＋1还是没谈成。"

"你别这样行不行，"姚蓉蓉一脸不忍，"你越是这样，我心里越难受……"

"别难受了，"夏小野往她嘴里塞了一筷子红烧肉，"帮我尝尝咸淡。"

"哦哦，我去！这太好吃了吧，夏小野？"姚蓉蓉大叫起来，"我明白了，你是不是想改行当厨师？"

"可以考虑啊。"夏小野也尝了一块，品了品，再往锅里撒了点儿糖。

大门开了，秦禹带着风，大步流星地进来，一把搂住夏小野。

"你俩慢慢抱！"姚蓉蓉识趣地躲了出去。

"好啦！"夏小野觉得有点儿呼吸困难，"快放开……我没事。"

"真的?"秦禹认真地看着她。

"真的！我本来就想辞职了，现在账上多了两个月工资，我刚好带薪求职，有什么不好的，简直求之不得。"

夏小野说的是实话，她现在急需要钱……买机票。

她已经想好了，每天刷订票网站，只要看到FO3095放出来，就立刻订票赶去深市，第二天再坐FO3095回H市。还好，深市飞H市的机票都在400元以内，可以负担得起。

如果短时期里"回不去"，那估计还得先找份工作。对这一点她倒是不担心，陈昔大二就在咖啡馆打工自食其力了。现代社会，只要有手有脚有知识，想挣一份活命钱总是能做到的。

她稳稳地将红烧肉盛到碗里，心境已经比昨天平稳很多。

考虑到夏小野刚刚失业，晚上秦禹没有要求什么，这让夏小野大大地松了一口气。

第二天一早，秦禹和姚蓉蓉分头前去上班。夏小野倒了两班地铁，赶到玛丽幼儿园门口，反正闲着无事，她想看看孩子。

她运气不错，没等几分钟，就看到齐浩那辆白色的宝马SUV开过来。

这么说来，陈昔早晨是有事绊住了，否则不会是齐浩来送孩子。

夏小野寻思齐浩应该不认识自己，索性走到离校门近些的地方。

这会儿是进园高峰，各种行人车辆、大人小孩、老师家长，乱成一团。稳稳不肯进园，小手扒着铁门死活不肯放；定定站在门口观望，既不进去，也不出来。稳稳哇哇大叫，双脚同时起跳，"我不要上学，我不要上学！"

班主任老师过来，劝了稳稳两句，无效，就先去拉定定。

齐浩被稳稳哭出一脑门的汗，"什么叫不要上学，不上学的人，长大了就只能捡垃圾了！"

"你让我捡垃圾好了呀！"稳稳一边哭一边喊，"我要捡垃圾，我要捡垃圾！"

"你——！"齐浩气得脑门青筋直跳。

夏小野却忍不住笑了出来，发现齐浩朝自己看过来，忙道："对不起、对不起，这孩子太可爱了。"

"可爱什么，上了那么久幼儿园了，每天早上还是要演一出大戏，"齐浩满脸愠怒，可当着外人又不好发作，只能沉着脸对稳稳吼，"好了，你别哭了，再哭我真揍你了。"

"哇哇哇！"稳稳哭得更响了。

夏小野啼笑皆非，她想了想，走到稳稳面前蹲下来，稳稳虽说还在哭，但还是警惕性很高地往后退了一步。只是夏小野一开口，他就立刻停住了，大眼睛一闪一闪地望着夏小野。

"转个圈儿吧，大大的圈、圆圆的圈，大家手拉手，大家手拉手……"

夏小野在稳稳的耳边哼着歌，右手在稳稳的背后轻轻地往下捋，一下、两下，不一会儿，稳稳就平静下来。

"我们坐下吧，我们坐下吧……"稳稳跟着夏小野一起唱。

一首歌唱完，夏小野将稳稳交到老师手里。稳稳一边往幼儿园里走，一边回头，"阿姨拜拜，爸爸拜拜。"

夏小野直起身，发现齐浩正用一种奇怪的眼神看着自己，"怎么了？"

"没什么，"齐浩回过神来，"谢谢你啊。"

"不客气，他喜欢听歌……我是说，大多数孩子都喜欢听歌，你可以去问问孩子妈妈，她应该知道。"

"我知道，我听他妈妈哼过这首歌，但不知道叫什么名字。"

"叫《转个圈》。"

齐浩点了点头，夏小野看着白色的 SUV 开走，心里泛起一丝柔软。

回到光明新村，夏小野把原主的东西好好整理了一番，可惜没什么收获。她又用原主的电脑再次进入陈昔的邮箱，几封还未读过的邮件不好打开，但陈昔已经看过的邮件是可以打开来看的。

绝大多数是与业务相关的：公司钱花得很快，财务张老师建议减少支出；用户数又掉了 2%，这个时空里陈昔并没有提出"放弃平衡"的观点，还是坚持"事业与家庭平衡"，所以也就没了那 15 万一夜增长出的新粉丝；内容部新定下来的选题若放在过去看，也都算优秀，但以她现在的角度看来，几乎都没有爆款相……

可惜没法子提醒陈昔。

她想着，忽然心里一动，抓起手机来刷了刷：9 月 23 日，深市至 H 市，FO3095！

想不到这么快就又加了一班！

她顿时有些口干舌燥，强忍着激动，飞快地下了订单，再订一张返程机票。

"我周二要去一趟深市。"她在姚蓉蓉和秦禹的三人微信小群里说。

秦禹：为什么？

姚蓉蓉：去干吗？

"刚接了一个活儿，以前的客户介绍的，做一个人物采访。"夏小野打字回复，"对方在深市，我得飞过去。"

新媒体的责编,尤其是做生活方式的,常常要全中国飞来飞去。

秦禹不疑有他,"什么时候回来?"

"周三。"

如果还回得来的话。她在心里默默地补充了一句。

周三,深市。

昨天夏小野抵达后,直接就在机场旁的一家小旅馆住了一晚。那屋子一股臭烘烘的下水道返潮味儿,但一点也不妨碍夏小野激动得彻夜未眠。

"飞往 H 市的 FO3095 次航班,现在开始登机。"

她站在登机口排队,期待着接下来的飞行。

"……肯定要投一家做内容的公司,内容是源头。"一位穿着卡其色风衣的女士边打电话,边从她的身边走过。

夏小野顿时眼皮一跳。

朱莉?她竟然又要乘坐这个航班?

她越发兴奋起来,看着朱莉走进隔壁的头等舱、商务舱通道,将登机牌递给地勤人员。

"阿嚏!"

朱莉打了个大大的喷嚏,幸亏她戴了口罩。

"你们为什么要在这里摆花啊……"朱莉指着柜台上那盆作为装饰的无名花朵,无奈地抱怨,"阿嚏!"

夏小野忍不住笑了笑,朱莉的过敏真严重。

36 排 A 座。

夏小野坐下来,系好安全带。坐在她旁边的是一个中年男人,正捧着一台 iPad 看得津津有味。

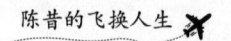

"先生，我们的飞机就要起飞了，麻烦您先关掉好吗？"有空姐过来提醒。

"你叫我关掉可以啊，你给我张报纸看啊！"男人提出要求。

空姐给他送来一份《深市商报》，顺便给了夏小野一份。

…………

夏小野用心感受着飞机的加速拉升，如果一会儿能遭遇气流，那多半就成了。她用力捏了捏报纸，发现报纸竟然被她手上的汗浸透了。

半小时后。

"轰隆！"

飞机剧烈地颤抖起来。

气流来了！

夏小野又紧张，又喜出望外。果然来了。

灯光忽明忽暗，有小孩短促地尖叫了一声，又停住了，不知道是不是被家长捂住了嘴。

机舱广播在播报："我们的飞机正在遭遇气流，请乘客们系好安全带，飞机上的厕所暂停使用……"

夏小野一边死死地抓着扶手，一边闭着眼，这无疑是值得记住的一刻。

"这抖得有点儿厉害啊！"隔壁男人哆哆嗦嗦地道。

夏小野看了他一眼，安慰他："你闭上眼睛，将身体尽可能地贴在椅子上，脑补自己是在游乐场坐过山车。"

"你看你看，那行李架是不是要散架了啊？"男人一脸惊恐。由于抖动过于剧烈，那里正在发出瘆人的嘎吱声。

"不会散架的。"夏小野低声道。

"我就不应该坐这个航班！"男人抱怨道，"这个航班是临时加出来的，不知道哪里弄来一架老飞机。我看过这个机型，老得一塌糊涂。"

夏小野决定闭嘴，这位其实不需要安慰，他只需要发泄紧张。

……

一个半小时后，飞机安全降落，停靠在远机位。

机舱里响起噼里啪啦的鼓掌声。

夏小野望着那些急于下机的乘客，完全开心不起来——舷窗能隐约照出她的脸，不是陈昔，还是夏小野。

究竟是哪里不对？她苦苦思索。总不会是只有9月14号的航班是"有效"的吧？那样就没戏了，她再也回不去——但那不可能，因为气流"如期而至"了，这不可能那么巧。

下飞机的时候，她特意问站在门口送客的空姐："这条航线是不是总是遇到气流？"

"不是总是，"空姐微笑道，"偶尔吧。"

"9月14号那个航班，就遇到了气流！"夏小野说。

"哦，那天不是我当班。"

夏小野失望地朝前挪去，忽地就听身后一位空少在说："9月14号那天遇到了气流，上个月也遇到了。哎，你别说，这条航线好像确实经常遇到气流。"

那就对了。夏小野有点儿高兴。

遇到气流的时间和上一回是一样的，都是平飞后大约15分钟发生，再持续半个多小时。这充分说明她的猜想没错，这趟每周三临时加出来的航班绝对另有玄机，很有可能就是一个"切换"通道。

这次没有成功，只能说明还没有满足"穿越"要具备的条件。

她一边想，一边顺着队伍走下舷梯。她看到地面上，头等舱和商务舱的乘客已经先行一步，上了一辆单独的考斯特，朱莉是最后一个上车的。

考斯特在所有经济舱乘客羡慕的眼神中缓缓驶出。

夏小野"哎呀"一声。

她想起来了，问题出在舱位上。

上一周的FO3095，陈昔乘坐的是头等舱！

第四章
遇见"我"

夏小野心一横,干脆就往办公室里走,到会议室门口一看没人,走进去就将那盆盛放的百合花搬出来,一路送到公司最里头的库房。

"你在干什么?"

库房门口,陈昔正一脸狐疑地盯着她。

陈昔的飞换人生

高杨名苑,陈昔的娘家。

之前妈妈体检查出来甲状腺结节,去深市前一天,陈昔特意带着她去三甲医院做了检查,也不知道结果如何。自己横竖已经失业,时间大把,早晨先去玛丽幼儿园"旁观"稳稳和定定上学,再搭地铁回娘家"看望"爸妈。

夏小野站在5号楼楼下,琢磨着自己该以什么名义上去。

是送外卖的,还是走错门的?

最终还是放弃。

小区对面有一家"全家"便利店,她走进去,要了一杯咖啡,现在是午饭的点儿,陈昔爸妈有餐后散步的习惯。果然,没过多久,透过玻璃门,她看见爸妈就从小区门口走了出来,顿时高兴极了,假装不经意地跟了上去。

她其实非常兴奋,但不敢表现得太醒目,只是慢慢地跟在后面。

爸妈散步有固定路线,沿着附近一条小河走一段,在十字路口转弯,到旁边的街心花园坐一会儿,再原路返回。

回程的路上,爸妈停留在一家水果店的摊位前。夏小野走了过去,假装挑着水果,听到爸妈在聊去哪里旅游的事。能够考虑旅游,说明甲状腺结节多半没大事。

"这个橘子好吃的。"

夏小野愣了下,竟然是妈妈拎着一袋香蕉在对自己说话。

原来是她手里一直攥着个大橘子又不做决定,让妈妈误会她不会挑。

她张了张嘴,最后只发出"啊"的一声。

"你别看它长得丑,非常甜的,水分又多,渣滓还小,"妈妈热心地向她介绍,"你随便拿,个个好吃的,这一家我经常买,放心的。"

摊主乐呵呵地道:"谢谢你啊,阿姨。"又对夏小野说:"真的好吃的,不骗你。"

"哦哦,那我买一点。"她手忙脚乱地拿橘子。

头一抬,爸妈已经往外走了。

"十八块五,扫码还是?"摊主忽然"咦"一声,"小姑娘,你怎么哭啦?"

"过敏,"她笑着解释,"我有点儿过敏。"

"哦,秋天到了,是容易过敏。"

…………

夏小野提着一袋橘子朝地铁站走,忽地手机响了。她看着那个再熟悉不过的座机号,顿时眼皮一跳,这不是"稳稳妈"的座机号码吗?

她下意识地看看路边橱窗里自己的倒影——还是夏小野。

她颤巍巍地接起来,"你好?"

心慌。

"请问是夏小野吗?我这里是'稳稳妈'电子商务有限公司,你现在方便说话吗?"

"方便。"她紧张极了,听出对方是"稳稳妈"的HR(人力资源)。

"我们收到了你的简历,请问你明天下午有没有时间来面试?"

她稳住心神,"有的,几点?"

"下午两点半,地址是……"

挂了电话,夏小野还没来得及平复心情,秦禹的电话就打过来了:"接到面试电话啦?"

"你怎么知道的?"夏小野感到奇怪。

"我替你投的简历。"秦禹快活地道,"'稳稳妈'就在我们公司楼下,我和他们HR关系不错,她们这段时间一直在招人,我就把你的简历发过去了。"

这招先斩后奏还真是……不错呢。

第二天下午1点,夏小野就到了安怡国际的楼下,比约定的时间足足提前了一个半小时。

她熟门熟路地摁电梯,22F,电梯门一打开,迎面就是"稳稳妈"的大标识——一个女人和两个孩子手拉手的剪影。

她情绪翻涌,好不容易才控制住,走到前台自我介绍:"你好,我叫夏小野,我是来面试的。"

前台眼皮都没抬,"那边等一下。"

夏小野有点儿意外——以前她一直觉得这个叫蕾娜的前台不错,有亲和力,没想到对面试者这么冷漠。

她坐在等候区,看着一张张熟悉的面孔来来往往、进进出出:财务总监张老师、内容总监简安、商务总监贾思柏、资深编辑贝拉……

这是她的团队啊!夏小野觉得又亲切又新奇。

不一会儿有快递送来样品,满满当当好几个大箱子。蕾娜一脸没好气地搬，夏小野主动走过去，"我帮你吧。"

"哦？"蕾娜上下打量她几眼，一点儿没客气，"好啊，送到走廊尽头那个房间，门上贴着纸，写着库房。"

"好。"

夏小野把几个箱子全都搬到库房里，出来时嘴有些渴，就到旁边的茶水间倒水喝，发现水桶里没多少水了，下意识地把空水桶搬下来，刚准备提起一个新的水桶放上去，忽然手上一轻，水桶被一双男人的手接过去，稳稳地放在饮水机上。

"是你？"齐浩惊讶地道。

"啊……我来面试的，"夏小野忽地想起自己应该表现出吃惊，又忙道，"怎么那么巧，你也在这家公司？"

"是啊，真有缘，怎么称呼？"

"我叫夏小野，你呢？"

"我叫齐浩，"齐浩冲她笑笑，"那你加油。"

夏小野又等了半个多小时，忍不住去问蕾娜，"请问什么时候能轮到我啊？"

"你面试的是陈总助理，得等她亲自看过才行。"

"那她什么时候回来？"夏小野问。

"不知道，她今天在外面开会。"蕾娜说完就不再理她。

快四点了，秦禹给夏小野发来微信："面试得怎么样？"

她回复："还没开始，老板还没回来。"

"老板嘛，肯定比较忙。"

"再忙也不能让面试的人这么等，万一对方是企业急需的人才呢？这给对方的印象多不好啊！"夏小野很不满意，"也未必是老板的问题，是HR有问题，没有把他们老板的时间安排好。"

…………

"内部管理也有点儿乱糟糟的,"夏小野压低声音,接着道,"有一个编辑一直在我不远处和男朋友打电话,聊了半个多小时了,卿卿我我,还有两个新人无所事事,在看网络小说。对了,刚才还是我帮前台把样品搬到库房的,饮水机没水了也没人换,行政不知道在忙什么!"

"哇!"秦禹都惊了,"这才多一会儿,让你看出这么多事!"

"找工作是双向选择,我肯定得多看看,"夏小野理所当然地说,她不满地瞥了眼还在打电话的编辑朱迪,"那编辑还在打电话!"

秦禹沉吟了两秒,说道:"有一句话我不知当讲不当讲。"

"你讲。"

"我发现你有扒皮王的潜质。"

夏小野:"……"

等到快五点半,陈昔终于来了,穿了一套米白色的套装,拎着一只硬朗的Fendi包,风一般地走进来。夏小野一看见她,久等的不满突然就烟消云散,她不由自主地站了起来,手心也开始大量出汗。

"陈总!"她走过去,和陈昔面对面,有些许激动,"你好。"

"你好……你是?"陈昔满脸疑惑地看向蕾娜。

"是来面试的。"蕾娜低声提醒。

"面试?"陈昔拍了下脑门,"啊对,是有这事,嗐!我真是转晕了……我是不是在哪儿见过你?"

"我之前在'爱家'的时候采访过你。"夏小野笑了起来,世界真奇妙,她在和她自己对话。

"对对对,我对你有印象……老贾,等等!"陈昔招呼经过的商务总监,"等下朱莉要来公司,你跟我一块儿见见。"

"好啊！"贾思柏高兴地道，"那可是财神爷。"

陈昔又回过头来，对夏小野说："抱歉啊，今天临时有个重要的客人来访，要不咱们改天吧？"

"啊……哦，好吧。"

陈昔冲她笑了下，拉着贾思柏到自己办公室去了。蕾娜见夏小野愣在那里，提醒道："要不你回去等通知吧？"

夏小野一阵无语，眼看电梯就要到了，她忽然想起一件事，又赶紧回去。

蕾娜惊讶地看着她，"你怎么又回来了？"

"你们会议室里的百合花会让人过敏的，最好搬走。"

"什么意思？"

"朱莉一会儿不是要来吗？她对花粉过敏。"

蕾娜一脸困惑，"朱莉是谁？"

"就你们老板一会儿要见的，一个著名的投资人。"

"啊？"

蕾娜刚要说话，又有电话进来，她忙着接电话去了，把夏小野撂在一边。

夏小野心一横，干脆就往办公室里走，到会议室门口一看没人，走进去就将那盆盛放的百合花搬出来，一路送到公司最里头的库房。

"你在干什么？"

库房门口，陈昔正一脸狐疑地盯着她。

"我刚听说朱莉要来，她对花粉过敏。"夏小野如实说。

"你怎么知道朱莉对花粉过敏？"陈昔皱起眉。

"我以前写过关于她的稿子。"

"那你也不能随便搬我们公司的东西啊,谁知道你是干吗的——"陈昔一脸不高兴,"你叫什么名字?"

"夏小野。"

"哦——"陈昔还是将信将疑,叫住旁边一个同事,"去把乔伊叫来。"

乔伊是"稳稳妈"的HR,夏小野见陈昔摆出一副要验明正身的样子,顿时无语,"你没必要这样。我跟你们前台说了朱莉对百合花过敏,她没空,我就自己进来搬了,是我考虑欠妥,不好意思。"

这时,齐浩也过来了,"怎么了?"

陈昔指了指夏小野,"这个人来面试的,莫名其妙地要把会议室的花搬出去。"

"搬出去干吗?"

"她说朱莉对百合花过敏。"

齐浩一脸疑惑。

HR乔伊匆匆赶来,"陈总,这是……?"

"你看看,这个夏小野是不是约了来面试的?"陈昔问道。

"哦,是,是约过的。"

夏小野又好气又好笑,"算了,你们要是不信,就再搬回去吧,我走了。"

"你等等!"陈昔叫住她,"如果你真是来面试的,那这盆花你从哪儿搬来的,再送回哪儿去。"

夏小野终于不高兴了——她当然知道陈昔计较起来是个非常厉害的人,但这份厉害作用到自己头上,也是吃不消。

"可以,"夏小野沉下脸,"我现在就给你送回去。"

"算了,这盆花挺重的,也不着急这一会儿,"齐浩对夏小野说,

"你先回去吧。"

"喂！"陈昔瞪眼，"你怎么回事？"

"我一会儿跟你说。"齐浩低声道。

夏小野想，齐浩或许要跟陈昔说她安抚稳稳那件事。她也不想真的把花搬回去，泥人也有三分土脾气，就算是陈昔也不能这么撑她啊！

出了写字楼，夏小野给秦禹打了个电话，告诉他面试多半没成。秦禹让她别急着走，他准备早退，两人一起吃晚饭。

夏小野在广场上转了两圈，找了个石墩子坐着，刷了刷手机，FO3095还没放出来。

远处，一辆黑色的商务车驶来，下来一个身着千鸟格套装的女人，正是朱莉。接着，她又看到陈昔、齐浩和商务总监贾思柏几个人快步从写字楼的旋转门里走出来，朝朱莉迎了上去。

陈昔和朱莉亲热地拥抱了下，陈昔做了个"请"的手势，几个人一起走进安怡国际的旋转门，与此同时，秦禹正好从他们另一侧的门转出来。

"等急了吧？开会拖了一会儿，"秦禹一把搂过夏小野，"我刚问了他们HR，她说你今天其实没面试，你怎么就说不成了？"

"肯定不成，人家说得比较委婉而已。"夏小野把百合花的事讲了一遍。

"你贸然进人家会议室搬东西肯定不对，"秦禹皱眉道，"既然已经说清楚，她还叫你把花从哪儿搬来送回哪儿去，这有点过分了！"

"她不是过分，"夏小野淡淡地道，"她是不相信我搬花是因为朱莉会过敏，叫我把花送回去，是想看看我会不会有什么马脚露出来。"

"这么谨慎的吗？"

"嗯,我估计,她还会叫行政去调监控,看看我是不是真的只搬了一盆花。"

秦禹愣了一下,才道:"那这人有点儿难相处,算了算了,面试不成也好,给这种人当手下太痛苦。"

夏小野轻轻"嗯"了一声。

"好啦,别想这些有的没的,"秦禹揽住夏小野的肩膀,"走,我请你吃饭去。"

夏小野见他掏出手机打车,"去哪儿吃呀?"

"别问,到地方你就知道了,"秦禹笑眯眯地,"你肯定喜欢。"

秦禹打了一辆车,在外滩源的一家西餐厅门口停了下来。

"这是我们的秋季菜单。"服务生彬彬有礼地将菜单递给秦禹。

秦禹翻了翻菜单,每道菜都印了老长的字,看得他有些云里雾里。

前面他知道夏小野面试出了岔子心情不好,特意请同事推荐晚餐地点。同事一听是请女朋友,就说肯定得吃西餐。实际上秦禹不爱吃西餐,一来那些生菜生肉的没什么好吃,二来他每次吃西餐都吃不饱。

"你点吧,"秦禹对夏小野说,"你看看你爱吃什么就点什么。"

夏小野看了一眼定价不菲的菜品——哪怕一道沙拉也是三位数起。以秦禹每个月到手不到一万的收入,实在不应该来吃这样的贵价餐厅。

但她知道秦禹是好意,人家想哄女朋友高兴,问题是她并不是真正的夏小野,就更觉得受之有愧。

夏小野想了想说:"看着都不太好吃的样子,不想吃西餐了,要不我们换一家吧?"

秦禹觉得她是怕花钱,"这是我同事推荐的网红餐厅,很多小姐姐来打卡的,你试试。"

"那就更不行了,越是网红餐厅就越是形式大过内容,"夏小野笑了笑,"这价格里有一半是推广费,我自己就是做新媒体的。我不能上这个当,走吧!"说完站起来径直往外走,秦禹只得跟上。

外滩源周边都是上百年的老房子,几条马路的名称都是历史教科书上留名的。秦禹平时住在光明新村那种城乡接合部,对外滩这一带是两眼一抹黑。然而他发现夏小野似乎对这一片特别熟,脚下都不带停的,带着他在各条里弄里穿来穿去,最后把他带到一家小饭馆门口。门面又小又旧,看上去还脏兮兮的,门头上挂着四个字:玲玲餐厅。

"这家是?"秦禹往里看了一眼,人倒是挺多的,肯定是因为便宜,"你别净想着给我省钱啊!"

"这家好吃的。"夏小野指指窗户上贴着的两行标识。

一行写着:禁止占桌,人不到齐不可落座。

一行写着:请勿催菜,越催越慢,再催没有。

秦禹瞪大眼睛:"这么牛的吗?"

"就是这么牛,"夏小野笑吟吟地探头进去,对着烫了三层楼那么高刘海儿的老板娘说道,"玲玲阿姨,今天两个人。"

老板娘瞥了夏小野一眼,冷冷地扔下一句:"等着。"

夏小野一拍脑袋,怎么忘了自己已经不是陈昔,不再是这家餐馆的熟客了!

秦禹已经怒了,"你这是什么态度!"

"我什么态度?"老板娘冷笑一声,"我几十年都是这个态度,要吵架的赶紧走，我没空理你。"

夏小野差点笑出声来，赶紧拉住秦禹解释道："你别生气，老板娘就这个性格，面冷心热。老房子穷人多，老板娘靠这家小饭馆，资助了不少老邻居。"

老板娘听到这话，以为是哪个常客，再次疑惑地看过来，仔细看了看夏小野："小姑娘讲话还像个人，那边那张台子好了，你们去坐。"

"好嘞！"夏小野欢乐地道。

秦禹挨了老板娘一顿撑，其实挺郁闷的，但看夏小野这么开心，便决定忍了。

夏小野连菜单都没要，飞快地在单子上手写，"醉鸡、椒盐排条、红烧豆腐烩黄鱼、腐乳空心菜，再来一个油爆虾……是不是点多了？"她问的是老板娘。

老板娘白眼一翻，"你也知道点多了？把油爆虾去了，今天的虾不灵。"

秦禹看这老板娘直来直去的劲儿，倒是对这家饭店产生了一丝期待。

"好的，"夏小野乖乖听话，"再来一瓶啤酒。"

老板娘一转身，秦禹实在忍不住了，问道："你怎么对这家饭店那么熟？"

"我们以前来做过报道的，"夏小野早就想好了说辞，"这家才是真正的网红餐厅，20世纪90年代初就开了，网红几十年了。"

不一会儿菜上齐了。夏小野开了啤酒，挽着袖子，胳膊横到对面，先给秦禹倒一杯，再给自己倒一杯，漫不经心地喝了一口，眼睛眯了眯，再去夹一筷子菜，"这个椒盐排条要趁热，冷了不好吃。"

"哦哦。"

秦禹看得有点儿怔住，夏小野一直是小家碧玉那一款的姑娘，说得好听是我见犹怜，说不好听是畏畏缩缩，他还从未见过她如此"江湖"的样子——说"江湖"也只是乍一看，再一看你会觉得她其实是特别自在，一举一动都宛如行云流水。

秦禹觉得，夏小野的气场似乎发生了些变化，和以前不太一样了。

"你们公司HR一直没给我答复，我明天去问问。"秦禹想起正经事，"另外，我还有一个朋友在ZARA负责新媒体的，回头我看看他那儿要不要人。"

"不急的，现在工作难找，"夏小野从对美食的沉迷中抬起头，回到了现实，"你也不要太为工作的事去麻烦别人。"

"没关系的，都是朋友，"秦禹皱眉，"你干吗跟我那么客气？"

"那好，我就不客气了。"

正聊着，秦禹的手机忽地响了，是乔伊，"喂——哦，好的好的，我问问她。"

挂掉电话，他一脸兴奋地对夏小野说："乔伊让我问问你，愿不愿意明天再去'稳稳妈'面试一次。哈，也不知道怎么突然转过弯了！"

夏小野沉默了两秒，"不是转过弯了，是朱莉真的对百合花过敏了。"

对于这第二次面试机会，夏小野的心情已经没那么激动了。以前她不觉得，但现在她有点同意秦禹的看法了，陈昔这个人过于谨慎，心思又重，在她手下干活日子未必好过。

"稳稳妈"会议室里的鲜花已经全都不知去向。她等了一会儿,就见齐浩端了杯咖啡匆匆进来。

"不好意思,麻烦你又跑一趟。"齐浩温和地道。

伸手不打笑脸人,夏小野站起来,"齐总,你好。"

"坐吧,"齐浩在她对面坐下,"陈昔太忙了,让我替她面试你。对了,朱莉确实对花粉过敏。"

夏小野笑了笑,"是吗?"

"嗯,她一开始打喷嚏,我就意识到你没瞎说,都不用问,赶紧把花都挪走了,"齐浩笑着解释,"所以还是要谢谢你。"

"没事,我昨天那么做也确实欠考虑,"见齐浩和气,夏小野也大大方方承认错误,"应该先征求你们同意。"

齐浩翻了翻简历,"那我们开始面试?你能说说你对我们'稳稳妈'的看法吗?"

"从哪个角度?"夏小野反问,"是内容角度,还是运营角度?"

齐浩脸上闪过一丝意外,"你可以都说说。"

"从内容角度来看,'稳稳妈'紧紧围绕孩子的'吃喝拉撒睡'五个点,踩着时令做内容的策略还是很有效的,新增的短视频版块以教学实战为主,和文章相辅相成,效果也挺好,国内同类的公众号里,像'稳稳妈'这么全面的基本没有;至于运营,唔,说实话,我觉得还是有一点问题。"

"什么问题?"

"矩阵号始终没做起来。"

"你觉得原因是什么?"

"应该还是对整个微信生态没吃透,打法上的问题。"

夏小野笑笑,她看到齐浩脸上的惊讶都藏不住了,心里飘过一阵得意。

别的公众号她不敢说，但对"稳稳妈"，她绝对是了如指掌。

齐浩眼里流露出欣赏，"这些都是你自己想的？"

"是，"夏小野胸有成竹地道，"我很喜欢'稳稳妈'，你们的每一篇文章我都看过。"

"有没有你特别喜欢的内容？"

"有啊。有一篇说夫妻关系在生育前后关系变化的，我觉得很打动人。哦，还有一篇，说的是均值回归，就是家族的智商会始终在一个平均值上下浮动，父母如果上了清华、北大，孩子考上清华、北大的概率就会非常小……"

"嗯，智商税。"

"对对对。那篇文章里就说，这个是真的为智商交税，智商越高，交得越多，很好玩的。"

"那个选题是我做的。"齐浩道。

我知道。夏小野心想。面试嘛，总要投其所好。

"真的呀？"她装出一脸惊讶，"我觉得这篇文章特有意思。"

"谢谢你的肯定。"

门被敲了两下，夏小野回过头去，是陈昔来了。

"陈总。"她站起来。

陈昔淡笑着对夏小野点点头，又看向齐浩，"你有没有10分钟？"

"我们快好了。"齐浩说。

"我在我办公室等你。"陈昔又看了夏小野一眼，匆匆离去。

齐浩低着头，又一次翻了翻夏小野的简历。

"你为什么要来应聘'稳稳妈'？"他冷不丁地问。

"我觉得'稳稳妈'很有前途，我也很喜欢'稳稳妈'上的文章。"

"你是未婚吧？"

"嗯。"

"一个未婚的女孩，为什么会追一个母婴号？"

"我有个闺蜜是陈总的忠实粉丝，她从备孕就开始看你们的号，还安利我一起看，我就看了。"夏小野早有准备。

齐浩点了点头，合上本子，"那今天先到这里，我们会尽快给你答复。"

晚上到家，秦禹问起面试感觉。夏小野觉得这次十拿九稳，像她这样对"稳稳妈"了若指掌，又与老板思路契合的候选人——不是上哪儿找去了，是根本不可能有！

秦禹洗完澡又抱住了夏小野，然而后者从包里拿出一本病历卡。

"这是……"

"我这两天时不时觉得不舒服，今天面试后，我跑了一趟医院，发现得了尿路感染，"夏小野面不改色心不跳地说，"治疗期间是不能啪啪啪的。"

"啊？"秦禹如遭雷劈，"你为什么会得这个病啊？"

"原因有很多啊，医生说主要还是免疫力下降的缘故。"

"……那得什么时候才能好？"

"不好说，吃一阵药再去复查吧。"夏小野模棱两可地说。

"哦——"

夏小野靠在枕头上刷着手机，秦禹在她旁边打游戏，隔了一会儿，夏小野的微信上忽然弹出一个红包，520元。

"怎么突然给我发红包？"夏小野不解地问。

"你是病人，给病人发红包不是应该的？"秦禹揉揉夏小野的脑袋,"快点儿好起来!"

夏小野本想嘲笑他一句"你不就是想啪啪啪",但看他笑得一脸光明磊落,又觉得自己可能有些小人之心了。

两天过去,"稳稳妈"杳无声息。FO3095 也没刷出来,以至于夏小野整个人都有点儿蔫。

秦禹率先沉不住气,找"稳稳妈"的 HR 乔伊打听了下。对方支支吾吾的,大意是说,老板觉得夏小野不行。

夏小野有点儿困惑,"我觉得我和陈昔老公聊得还不错啊,陈昔为什么觉得我不行?而且又不是她给我面的试?"

姚蓉蓉盘腿坐在沙发上,嗑着瓜子,"你和老板的老公聊得不错?"

"是啊!"

"你面的是什么职位?老板助理?"

"对。"

"那不就结了,人家当然不要你了,谁让你跟人家老公聊得不错?"

"呃,为什么?"

"这还要问为什么?这老板是女的吧?人家肯定是怕老公看上你呀。"姚蓉蓉拍拍手上的瓜子壳。

"不会吧?"夏小野愣了。

"就是,不会吧,"秦禹下意识地反对,跟着又看看夏小野,"会吗?"

"会呀,怎么不会。你刚不是说面到一半,陈昔突然进来,又没说什么事就走了?她就是来看你的!"姚蓉蓉拍拍手,指着夏小野,"她进来一看,长发飘飘,楚楚动人,还跟我老公有说有笑的,得!

073

这女的千万不能要!"

"还真是有这个可能,"秦禹点了点头,"我们老板原先有个助理,长得很漂亮,后来被他老婆强制要求换了,换成一个已婚妇女。"

夏小野一时说不出话来。

其实她很想说陈昔从来不在意这些,但现在她又吃不准了——在那个时空,齐浩可是提出离婚了的,谁知道是不是有了外遇呢?

姚蓉蓉还在说:"退一万步讲,你的老板是一个中年妇女,找助理肯定要找比自己难看的,那才能显得自己美,找个年轻漂亮的美少女放在身边,这不是纯粹给自己添堵吗?你们去看那些女明星身边的助理,有美女吗?没有的!"

"陈昔也不是非常中年妇女,"夏小野忍不住维护陈昔,"她还是很美的。"

"再美也是生过孩子的人,跟年轻女孩不能比的。"姚蓉蓉说。

"别这么说,"夏小野皱皱眉,"再年轻的女孩也有结婚生孩子的那天,我们也会老的。"

姚蓉蓉愣了会儿,"也是,算了,你还是找个男老板吧,男老板比女老板好伺候。"

"不行,"秦禹严肃道,"我现在觉得男老板也很危险。"

"那就只能不上班了,你多挣点钱,把夏小野养起来吧!"姚蓉蓉没好气地道。

谁知秦禹一脸认真,点头道:"很好,我现在有动力了。"

姚蓉蓉"喊"了一声,"你可拉倒吧。小野,你别信他,女人还是要自己挣钱才靠谱。对了,你明天要不要跟我一起去住华尔夫?"

"华尔夫?那家酒店?"

"对呀,给'爱家'砸了一笔推广费。"

"可我们住不起吧？"

华尔夫是 H 市最豪华的酒店之一，最基础的房型每晚也要两千块以上，想挣这份推广费可不容易。

"拼单，"姚蓉蓉晃了晃手机，"算上你就够 8 个人了，每人 160，住套房，住完了写 500 字，连照片一起发到小 × 书平台上，能挣 300 块钱，还可以往别的地方发，一鱼多吃。"

"行！我跟你去。"夏小野毫不犹豫地同意了。

FO3095 虽然还没刷出来，但只要一出现，她就要去买机票，还得是头等舱，那可比经济舱机票贵多了。这次万一又不行，她肯定还要接着尝试，说不定还要试好几次。这动不动坐头等舱，钱包可就受不了了，她现在又是无业游民，回头人没回去，钱先没了，那才叫一个悲催。

所以，只要有挣钱的机会，还是要尽量争取。

到达华尔夫酒店的时候是傍晚，最后一丝余晖从酒店的多立克柱上依依不舍地离去。霓虹灯亮了起来，配合着大门口的音乐喷泉，显得既美丽又贵气。

姚蓉蓉搞错了参与拼单的人数，不是 8 个，而是 16 个，分上下两场。上半场是中午 12 点到晚上 8 点；夏小野和姚蓉蓉拼的是下半场，晚上 8 点到第二天早晨。

入住的过程像间谍接头一样精彩，姚蓉蓉和夏小野装出贵妇的样子手挽手走到电梯口，有个娃娃脸的女孩在那儿拿着房卡等着接她们。夏小野刚想说话，姚蓉蓉就使劲瞪她——前一阵有个 40 名网红拼单住总统套房的事被人爆料了，在网上引起了群嘲，酒店拼命澄清。

那次事件把"网红"这个职业的面纱撕去了许多。在此之前,"网红"还是个令人有些仰望的职业,以为只有长得漂亮钱又多的人才能干这行。拼单事件出来以后,大家才明白,原来网红也是"社畜"一枚。

姚蓉蓉她们订的是一间华尔夫的"卡洛琳套房",面积大约100平方米,有一面270度的落地窗,正对着景色无敌的陆家嘴。

房间里8个女孩,环肥燕瘦,根本顾不上说话交谈,各自占据一个角落拍照。娃娃脸女孩带了个28英寸的大箱子,里面装满了各式各样的衣服。

"她们几个人的粉丝都过万了,平时发一篇内容,能挣差不多150块。"姚蓉蓉低声给夏小野介绍,"我现在已经有2000多粉丝了,等到了5000粉丝,也能接到推广了。"

没有人聊天,大家都兢兢业业地忙活。有人开始拆床垫,想把床垫推到落地窗前去,这样可以背躺在床垫上,两条腿搁在窗户上,和江对岸那一排摩天大楼并列——据说纽约网红就喜欢和曼哈顿这么合影。

有个波波头女孩从浴缸里爬起来时,"哎哟"一声倒栽葱倒了回去,大家赶紧冲过去,她摸摸脑袋,"没事。"她接着拍。

两三个小时很快过去,外滩熄灯了。女孩们也终于收工,七零八落地坐在窗前,大都在刷手机,也有闭目养神的,但都累得不想说话。

夏小野是拍得最少的,她拍到够发平台完成任务了就停下来。相反地,她拍了不少花絮,认真化妆的、匆忙换装的、疲惫不堪的、孤单寂寥的……台前和幕后,有着天壤之别的落差。

"你在想什么?"姚蓉蓉冷不丁地问。

"我在想……总是忙于展示高大上的生活，把自己包装成白富美，久而久之，是骗了观众，还是骗了自己。"

"都骗，"姚蓉蓉果断回答，"最成功的骗局，都是连自己一块儿骗的。"

"这是个好选题，很适合'爱家'，你应该写一篇稿子，说不定就火了。"夏小野调侃。

姚蓉蓉迟疑了一会儿，才轻声道："我也要被裁员了。"

夏小野难以置信，"什么？"

"上周宣布的，做到这个月底。"姚蓉蓉脸色黯淡下去。

"不是已经裁完了吗？30%？"

"扩大了，大老板决定把整个事业部都关掉。"姚蓉蓉苦笑了下，"对了，扒皮王说，我上一轮之所以没被裁，是因为你要挟了他？谢谢你。"

"他为什么要告诉你这个？"

"因为他也被裁了。"

…………

"是不是很滑稽？"姚蓉蓉嘴角扬起一抹嘲讽，"之前还耀武扬威，好像掌握了生杀大权，谁知转眼就轮到自己了。"她停了下，又道，"不知道为什么，突然知道他也被裁，我好像就不恨他了。"

夏小野不知道说什么好，"你掩饰得也太好了，我和秦禹一点儿也没看出来。"

"真的？"姚蓉蓉哈哈一笑，"要不是你今天突然说到做选题，我还不想说呢。"

夏小野无语，只能张开双臂，"来，抱抱。"

"抱抱！"

姚蓉蓉紧紧地抱了夏小野一下才放开,"没什么,本来我还挺害怕的,可事情真的发生了,好像也没什么可怕的。工作丢了就再找,实在不行,我还可以去做微商,卖保险。"她又道,"对了,这一轮有好几个刺头,公司补偿了N+1,我请你和秦禹吃饭啊。"

"吃个屁,你赶紧打住吧!"夏小野没好气地道,"老娘的眼泪都要被你说出来了。"

"哈哈哈哈!"姚蓉蓉大笑起来,引了好几个女孩看过来。

她俩赶紧噤声,沉默了一会儿,姚蓉蓉指着江对面的几栋豪宅,低声道:"你说,住在那几栋楼里,天天看这样的景,是什么感觉?"

夏小野想了想,"住在那几栋楼里的人,大概没工夫看景。"

"对啊,我老家不少人在H市干保姆。主人都忙着挣钱,家里只有保姆和孩子,"姚蓉蓉扯动了下腿脚,"回头我也当保姆去。"

"你不行。"夏小野说。

"为什么?凭什么我不行?"

"按照你的理论,你太漂亮了,女主人不放心。"

"去你的!"姚蓉蓉在夏小野胳膊上轻轻掐了一下,笑嘻嘻的。

隔一会儿,就听姚蓉蓉的声音闷闷地传来:"夏小野,我真怕我会去当保姆,我不想当保姆。"

"嗯,咱们不当。"夏小野拍拍姚蓉蓉的胳膊。

"好饿啊,想吃烧烤了。"不知是谁嘟囔了一声,立刻引来所有人的附和。有人提议叫外卖,但外卖是送不上来的,没有人愿意下去拿。万一下去被酒店发现了怎么办?

"我去拿。"夏小野自告奋勇,她想出去透透气。

"不行不行,"姚蓉蓉赶紧拉住她,"还是别去了,万一被保安抓住了怎么办?"

"不会的。像这样的大套房,酒店平时不太卖得出去。我们现在自掏腰包拼单来住,住完了还把照片发到各个平台去替他们宣传,这么好的事酒店求之不得,怎么会舍得赶我们走?"夏小野说。

"那上次40人拼总统套房的事怎么解释?"有人反驳。

"上次是个意外,而且也没有后果。"夏小野解释道,"你们想想,酒店除了不承认有几十人拼单之外,还有过别的什么举措吗?我们今天16个人进来了,你们真当酒店不知道?那么多探头呢,不过是睁一只眼闭一只眼罢了。"

众人面面相觑,觉得夏小野说的还真有道理。

不一会儿,外卖就来了,夏小野拿着房卡下楼去。夜已深,华尔夫酒店豪华的大堂里回旋着似有若无的音乐,已经没什么客人了,只有一个服务人员站在前台后面。夏小野经过的时候,他警惕地看了她两眼,又看了看夏小野脚下那双白色的酒店拖鞋,最终什么也没说。

骑手把外卖留在侧门外的台子上,夏小野拿了刚要往回走,就听见一个熟悉的声音。

"再见啊。"

竟然是陈昔。今晚她穿着白色的套头毛衣,胳膊上搭着卡其色的风衣,脸红通通的,一看就是刚喝完酒。

陈昔和另外一男一女在酒店门口道别,那两人上了一辆轿车,留下陈昔独自站在大门口。门童迎上去问:"需要车吗?"

陈昔点了点头。

门童说:"可能得等一会儿,这里出租车少。"

夏小野站在花坛后,悄悄地看着陈昔,谁知陈昔低头刷了两下手机,忽然摁住胃,慢慢地蹲了下来。

夏小野吓了一跳,赶紧走过去,离近了果然闻到一股酒气,她关切地问:"陈总,你没事吧?"

陈昔抬起头,脸色煞白,艰难地开口道:"怎么是你?"

夏小野说:"我今天刚好住这儿,你怎么了?"

"突然胃疼。"陈昔跟着又一阵咳嗽,她用手捂着嘴,咳完一看,手心竟然有星星点点的血。

这是——吐血了?夏小野怔住,见陈昔也发呆。

"应该是胃的问题,"夏小野判断,又问,"今天老许不在吗?"

陈昔摇摇头。

夏小野当机立断,叫来门童,"叫一辆你们酒店的车,送我们去医院。"

门童看看陈昔,"用我们的车可以,就是有点儿贵,要不你们叫120?"

"贵没关系,120还得等。"

陈昔没说什么,一直皱着眉头靠在墙根,想必疼得厉害。

门童不再啰唆,立刻叫了对讲机,很快,一辆奔驰S600开过来。夏小野把陈昔扶到车上,又把那两袋烧烤塞给门童,"帮我送到4608房间,车钱不要从房间押金扣,我会和司机师傅现结的。"

滴水不漏。

门童看她气势逼人,立马道:"好,你尽管放心。"

夏小野让司机立刻开往最近的三甲医院,路上姚蓉蓉打来电话问怎么回事,夏小野简单地解释了下。陈昔痛苦地皱着脸,从牙缝里低低地呻吟出来。夏小野也没办法,只能去握陈昔的手,陈昔反握着她的,攥得死死的。

到了医院直奔急诊,医生一听说陈昔酒局后胃疼吐血,立刻安排她打麻药做无痛胃镜。

10多分钟后,陈昔被摇醒了,迷迷糊糊地问:"我怎么样?"

她麻药的劲儿还没过,说话慢悠悠的,像个机器人。

"胃溃疡导致的胃出血。"医生说。

陈昔质疑:"胃溃疡?什么原因造成的?我5月份刚体检,为什么没有查出来?"

医生听完,转头对夏小野说:"你还真了解她。"

夏小野笑笑,陈昔一头雾水。

医生说:"我前面要跟你朋友讲你的病情和注意事项,她让我等你醒了一块儿说,省得她转述完了,你不放心还得再问一遍。"

陈昔看了眼夏小野,没吭声。

医生解释,有些胃部症状,只能通过胃镜才能发现,普通体检发现不了,"其实你这个岁数,可以考虑每年做一次肠胃镜。"

医生安排陈昔去输液,关照她:"注意生活节奏,不要有太大压力,短时间内别再喝酒了,能完全不喝更好。"

夏小野跑上跑下,一会儿缴费一会儿领药,又扶着陈昔去输液室。陈昔这会儿已经缓过来了,胃疼得也好些,说话也利索了,她对夏小野说:"今天多亏你了,我先把钱转你,一共多少?"

"1820元。"酒店的车贵,无痛胃镜也贵。

夏小野加了陈昔的微信,陈昔给她转了钱。她点开陈昔的头像,那是陈昔没结婚时拍的照片。照片上,陈昔坐在一个粉色的海洋球池里,扎个马尾辫,笑得见牙不见眼。

陈昔闭着眼,靠在输液椅上。夏小野给姚蓉蓉发个微信,说晚上不回酒店了,直接回光明新村,让姚蓉蓉把她的包给带回去。

"你认识老许?"陈昔冷不丁地问。

夏小野没想到陈昔还记得这么细节的事,也都怪她刚才太着急,说漏了嘴。

"不认识,那天来面试,听前台小姐打电话时提起的。"

"哦,那你心挺细的。"

夏小野在心里吐了吐舌头。

"我去给我男朋友打个电话。"她主动说,让陈昔知道自己是有男友的,说不定能打消她的顾虑。

夏小野走到一边给秦禹打电话,说自己晚上会回来。秦禹听说她无意中救了陈昔,惊讶极了,又问她要不要接,她说不用。

打完电话回过头,陈昔果然在望着她,"你回去吧,我已经没事了。"

"没关系,总不能让你一个人在这儿输液。"她还是不放心。

"谢谢,"陈昔笑笑,"我先生一会儿就到了。你家在哪儿啊?"

"光明新村,在闵行的。"

"租的房子?"

"嗯,和朋友一起合租的。"

陈昔说:"挺好,我刚来 H 市时,也是和别人合租的。"

那段经历历历在目,夏小野点了点头,"合租挺开心的。"

"是呀,"陈昔看看天花板,顿了下才道,"确实开心,单身贵族嘛,做什么都开心。"

夏小野想了想,说道:"只是精神贵族。"

陈昔会心一笑。

气氛变得很融洽,夏小野忍不住问道:"陈总,我面试是不是不行啊?具体是哪里出了问题,能不能跟我说说?"

陈昔想了想,才道:"也不是不行,我觉得你还是挺好的。你再等等,HR 会给你答复的。"

听话听音,陈昔说"我觉得你还是挺好的",那就意味着另外有人觉得夏小野不好,再联系HR乔伊对秦禹说的,老板觉得她不太行,假如这个"老板"指的不是陈昔,那就只有齐浩了。

可面试时,齐浩明明很欣赏她的样子。

夏小野有点儿想不通。

药水输了小半袋,齐浩的电话终于来了,说在医院门口,医院有规定,一个病人输液只能有一个人陪,夏小野要到院外去把齐浩换进来。

夏小野走出急诊大楼,刚好看见白色宝马从大门进来,她想着挺晚了,就没打招呼,假装没看见从旁边走出去。谁知宝马特意停下了,齐浩下了车,朝她走过来,"夏小姐。"

"齐总!"夏小野只得停步。

"陈昔都跟我说了,今天真是幸亏遇到你,"齐浩微笑着感谢道,"想不到这么巧,你们在华尔夫也会遇到。"

或许是错觉吧,夏小野老觉得齐浩话里有话。

"是啊,真的很巧,"夏小野把一些单据交给齐浩,"你快进去吧,陈总在4楼D区。"

回到光明新村,秦禹正在等她。她把晚上的事讲了一遍,秦禹问:"你帮了陈昔那么大忙,她会不会聘用你?"

"不好说,"夏小野摇头,"除非陈昔是真觉得我不错,否则她是不会因为一点小恩小惠就把人招进公司的。"

秦禹不以为然,"这可不是小恩小惠,四舍五入也算救她一命了。"

"我也不希望她仅仅是因为我帮了她就把我招进去,我希望她是看中我的能力。"

看不中就是你瞎了！夏小野在心里补一句。

一夜无话。

第二天是周日，夏小野被电话铃吵醒时，发现自己竟然躺在秦禹的怀里，顿时脸红心跳地挪出来。

电话是乔伊打来的，"夏小野你好呀，之前的面试结果出来啦，我们非常欢迎你的加入。"

第五章
不识庐山真面目

自动门打开了,陈昔先上车,夏小野刚探入半个身子,忽然就见陈昔皱着眉望着自己。接着,她又发现老许也扭过头来望着她。夏小野瞬间醒悟过来,急急忙忙地退出,打开副驾驶的门坐了进去。

她心里涌起一阵莫名的感觉。诚然,助理应该坐副驾驶,可她没想到陈昔会这么介意这个细节。她以前怎么从未意识到这一点?

为了庆祝成功被录用，夏小野在403里摆了一桌，色香味俱全，还特意买了啤酒。

"我有一个东西要给你。"秦禹拿出一个红色的丝绒盒子。

夏小野心下一惊。

"天哪，秦禹你买钻戒了？"姚蓉蓉在一旁大叫。

"不不不，"秦禹不好意思地道，"就是个金坠子。"

是原主最喜欢的哆啦A梦，某个金饰品牌出的联名款，眼下正畅销。

夏小野松了一口气，"真好看，好可爱！谢谢你。"

"我会给你买钻戒的。"秦禹在夏小野额头上轻轻一吻，长长的睫毛下，眼睛里像是有星星。

夏小野顿时一阵心虚。

姚蓉蓉也拿了个纸袋，粗鲁地塞进夏小野的怀里，"给你买了个包，别激动，不是什么大牌，你随便用用，丢哪儿也不心疼。"

"哇，我刚好想买一个包，你就送我啦！"夏小野立刻背起来，冲到卫生间对着镜子左照右照，"好看的，而且也好搭，质感也很好。"

姚蓉蓉被夸得脸都红了，咕哝了一句"什么质感，又不是真皮……行了行了你别照了，赶紧吃吧……"。

姚蓉蓉一边啃着夏小野卤的鸭翅，一边口齿不清地问："夏小野，你这CEO助理，一个月工资是多少钱？"

夏小野说："面试的时候提了一嘴，好像是七千五一个月，应该还有些奖金什么的。"

"那比你在'爱家'时的工资低呀，"姚蓉蓉掐指一算，"税前七千五，到手才六千。"

"我问问乔伊。"秦禹立刻拿手机。

"等下！"夏小野赶紧拦着，"你怎么能问这个呢，问了她也回答不了。"

"就是，又不是HR定的工资，肯定是老板定的呀，"姚蓉蓉把油浸浸的指头塞嘴里嘬了下，"看来这位陈老板有点儿抠。"

夏小野："是吗？你们觉得应该给多少？"

"陆总那个助理，每个月一万五呢！"姚蓉蓉提起"爱家"，"她自己说的。"

秦禹想了想，"我不知道我们老板助理每个月挣多少，但一万以上肯定有。"

"哦——"夏小野拖长了语调。

面试的时候，她和齐浩聊到过工资，但她压根儿没把这件事放在心上，现在回想起来，才意识到当时还是"陈昔"的心态，忘了自己其实已经是打工仔了。

作为陈昔，每个月发出去的工资，那当然是越少越好……

这话不敢说，说了会挨揍。

"你就当是个过渡，"秦禹见夏小野迟迟不说话，以为她不高兴了，安慰道，"先有个工作，完了有机会再跳槽。"

"是啊是啊,至少你还找到工作了,"姚蓉蓉也说道,"我连下份工作在哪儿都不知道呢。"

"我是觉得'稳稳妈'的前景还不错,"夏小野还是想替陈昔辩护一下,"他们应该很快就要融资了,到时候肯定会给员工发期权股票。"

"真的啊?"姚蓉蓉眼前一亮,"那以后会不会上市啊?"

夏小野想,上市哪有那么容易?但还是说:"有这个可能啊,肯定是奔着上市去的吧。"

"哇,那可以啊,要真是上市了,你以后就财务自由了啊!"姚蓉蓉顿时一脸羡慕。

"是,当早期员工,就是盼着这一天,"秦禹点头,"不像我们公司,我进去的时候已经有规模了,只能规规矩矩拿工资了,没个奔头。"

"来来来,祝你早日财务自由。"姚蓉蓉举杯。

夏小野乐了,"你可真敢想,我估计我老板都还没财务自由呢!"

正吃着,夏小野的手机响了起来,来电显示是"妈妈"——她顿时心里"咯噔"一下,这当然不是陈昔的妈妈了,而是原主的妈妈。

原主一家是有个微信群的,平时很少人说话,偶尔有几条语音信息。父母这辈的人很多不耐烦打字,也不习惯闲聊,有事宁愿打电话。

本来夏小野一直防着原主爸妈会找上来,就怕露出破绽,后来发现这一家交流很少,才渐渐放心。

这一阵子下来,夏小野通过姚蓉蓉的讲述,大约摸清了原主的家庭情况。和许多国内家庭一样,两个孩子,一男一女。父母主要供儿子,成家立业买房子带孙子,全部包办。对女儿就是正常养大,正常上学，毕业后就不管了，既不找女儿要钱，但女儿也别想在父母那儿再得到什么经济上的好处。

简而言之，原主在家里的地位虽然比较边缘化，但比很多被原生家庭拖累的"扶弟魔"还是强多了。但原主父母对女儿也不是完全放任自流，至少在婚姻大事上，他们的态度还是很明确的。那就是，到年龄了，必须结婚。

夏小野硬着头皮接起电话，"喂？"同时站起来，故作自然地朝阳台上走。

"你和那个小吴，还在联系吗？"原主妈妈一口浓重的丽水口音。

哪个小吴啊……

"啊……没怎么联系……"她含糊以对。

"是吧？我就知道！你大姨去问过了，人家对你印象不好，说你全程都不怎么说话，一副勉勉强强的样子——你为什么不跟人家说话？我不是跟你说了，叫你好好表现的吗？现在条件这么好的男人很少了，你还勉强？要不是你大姨和小吴妈妈是几十年的老姐妹，根本轮不到你！"

夏小野算是听明白了，敢情原主还在相亲，照这么说来，原主家里根本不知道秦禹的存在。

"喂？喂？"原主妈妈喊道。

"哦哦，我在的。"夏小野回过神来。

"算了算了，你就是这副三棍子打不出一个屁的样子，我是要给你气死了！"原主妈妈气呼呼地把电话给挂了。

"你妈又叫你相亲啊？"姚蓉蓉的声音从背后响起。

夏小野顿时吓了一跳，赶紧回头看秦禹。

"他不在，啤酒喝完了，我叫他下去再买几罐，"姚蓉蓉得意地道,"怎么样,我这掩护工作做得可以吧?"

夏小野心念电转,看来姚蓉蓉对这事很清楚,她故意叹气道:"我妈说对方对我印象不好,说我全程不怎么说话。"

"那是因为你不知道说什么啊,"姚蓉蓉不满地道,"这一上来还不认识呢,就跟你要求这个那个的,搁谁谁受得了?真是的,都2022年了,还照着三从四德找老婆,换成我说不定当场就走了。"

"我就怕我妈接着叫我相亲。"夏小野故意说道。

"肯定的,现在你哥哥找到嫂子了,你妈的下一个任务就是你了,"姚蓉蓉发愁道,"你怎么打算的?你和秦禹老这么地下也不行吧?"

"我也不知道怎么办。"这句是真心话。

"主要是他既没有H市户口,又没有房,"姚蓉蓉长叹一声,"你家里也不会同意你跟着他回山西。"

夏小野明白了,原主家里希望原主找个有H市户口、有房子的,而秦禹一个山西小伙,什么也没有。所以,原主一直没敢跟家里提这事,或者就算提过一丁点儿,看苗头不对就干脆闭口不提了。从目前她掌握的原主性格来看,后者的可能性更大一些。

"啤酒买回来了!"秦禹推门进来,兴冲冲地道,"我还买了好多零食!"

"其实这事里头,秦禹是最可怜的,"姚蓉蓉压低声音,对夏小野点头示意了下,回头走回饭桌,"有薯片吗?我要吃薯片!"

"你别拿这包,这是小野要吃的!"秦禹喊道:"小野?"

"来了!"

夏小野甩甩头,也赶紧回去,加入抢零食的大军。

夏小野不是第一次入职了,但这次入职的心情是不一样的,甚至可以说,更兴奋一点儿。

她从原主的衣橱里选了一件基础款的白衬衫,把袖子挽起来,再解开领口最上面一粒扣子,下面搭一条阔腿裤,背上姚蓉蓉送的黑色皮包,看上去清爽宜人。

"稳稳妈"的办公室格局是极其开阔透亮的那种,夏小野的工位正对着陈昔办公室的大门,她领了电脑,又拥有了自己的企业邮箱:Vivian-Ming@wenwenma.cn。

夏小野看看这个邮箱的后缀,越看越觉得亲切。

"你来啦!"是 HR 乔伊。

"是啊!"夏小野赶紧起身,"我来报到,陈总还没来吧?"

"她上午应该有事,你来我办公室一趟。"

"哦哦!"

"坐,"乔伊指指她对面的椅子,仿佛漫不经心地道,"昨天一早,陈总突然给我发微信,说决定录用你。哈哈,还挺突然的。"

夏小野听出来,乔伊其实是想问陈昔录用她的原因,但她也不太清楚这其中的弯弯绕,"是啊,我也很意外。"

"哈哈,无论如何,这是一件好事,我也算是对秦禹有了交代。秦禹为了你这个女朋友,也是费尽了心思,给我打了好几个电话。"

夏小野笑了笑,没吱声。

乔伊又道:"你的具体工作陈总会跟你交代的,我主要是想和你商量个小事。是这样,我们公司很多人用的都是英文名。我看你简历上写的英文名是 Vivian,对吧?"

"对。"夏小野点了点头。

"嗯,你这个英文名,方不方便改一下?"

夏小野闻言一愣,"改名?为什么呀?"

"是这样,内容部这次也新来了一个撰稿人,是个非常著名的写手,也是陈总的好朋友,刚巧也叫Vivian。我是觉得,你俩重名不太好,要不你改一个名字?"

她一说,夏小野立刻知道是哪个Vivian了,那是个自由撰稿人,陈昔一直很欣赏对方,看来是终于挖到麾下了。

但夏小野不想改名。不是她对这个名字有什么特殊感情,而是没有这个道理,就算是英文名,也是别人的名字,怎么能说改就改,这也太不尊重人了。

说实话,她完全没想到乔伊竟然会有这个提议。

"能不能不改呀,我这个英文名,用挺久了,"夏小野委婉地道,"如果你们怕重名,那就在后面加上姓,这样就能区分了。"

"那太长了,而且叫起来不顺口呀。"

"那要不就叫她Vivian,我就还是用中文名,你们叫我小野就行。"夏小野也笑着道,"那个Vivian是不是周莹然?我认识她的,她这人很爽朗,不会计较这些的。"

乔伊呵呵笑了下,"其实英文名也好,中文名也罢,我都无所谓,你是陈总的助理,只要陈总叫得顺口就行。那就先这样,你先出去吧。"

"好嘞。"

夏小野走到门口,想起乔伊那笑吟吟的模样,忽然心里有了一丝了悟:乔伊不是真的想叫她改名,而是想通过这件事,给她这个未来的老板助理一个下马威。

夏小野不由得一乐,想不到乔伊还有这一面呢!有了乔伊这个启发,她突然觉得,以新人的身份重新接触一下这些熟人,没准会有不少新发现呢。

想到这里,她干脆去几个部门逛了一圈。财务张老师还是一副不苟言笑的样子,她是老员工了,对夏小野的示好也就略一点头;内容部老大简安是个社恐,看到夏小野这种会主动自我介绍的新人"社牛",恨不得绕道走;商务总监贾思柏倒是一贯的圆滑,不但和她握了手,还勉励了她好一通。

最后,她去了齐浩办公室。

"今天入职是吧?"齐浩问。

"是啊,以后还要请齐总多多关照。"说完她还鞠了个躬,扮演新人有点儿上瘾了。

下午3点多钟,陈昔终于抵达公司。乔伊先进了她办公室,接着夏小野就接到电话,叫她也进去。

她刚走进去,就听到乔伊在说:"前面我就在和陈总讲,这下公司要有两个Vivian了。"

这是怕我在陈昔面前上眼药,先下手为强啊。夏小野心中雪亮。

"是啊,我都忘了,周莹然也叫Vivian,"陈昔笑着说道,"这次新来两个人,英文名字竟然是一样的,也是巧了。"

夏小野立刻道:"我特意问乔伊姐,能不能大家就叫我的中文名字,省得撞名,乔伊姐觉得OK,但还是要看您的意思。"

她算准了乔伊上午那一出不过是为了给她个下马威,所以故意说乔伊也同意。果然,乔伊没有反驳,只是斜了她一眼。

夏小野嘴角顿时翘了起来。

"我觉得可以啊,"陈昔点头,"之前我也只知道你叫夏小野,突然用英文名我还不习惯呢,"又对乔伊说:"以后公司里人越来越多,不能总拘泥于名字的事。"

乔伊只得道:"好的陈总,那你们聊着,我先出去干活了。"临走前,又意味深长地看了看夏小野,夏小野微笑以对。

陈昔跟夏小野讲了讲工作内容,最后说道:"作为我的助理,你需要对方方面面都很熟悉,等会儿我们有选题会,还有商务部开会,你都跟着听听。"

夏小野问:"陈总,我也准备了选题,一会儿可不可以在选题会上提报?"

"你有选题?"陈昔怔了下,"对啊,我怎么忘了,你之前是记者出身,当然可以啦,这是好事。"

"那太好了!"

夏小野就等着这句话,她的挣钱大计全靠这个了。

陈昔一向鼓励群策群力,谁都可以提报选题策划。一旦被采纳,奖金 500 元;如果是完整的文章被公众号用了,奖金 800 元;如果这篇文章达到 10 万以上的阅读数,那选题奖励的奖金是 2000 元——后一条比较难,因为只有头条文章能达到这个数据,但头条素来是陈昔亲自写的。

没关系,夏小野觉得光是挣选题钱就不少了。

这个时空里,"稳稳妈"公众号上的文章和她知道的那个时空的内容不一样,换而言之,现在夏小野的肚子里,少说也装了 1000 多篇的库存。

那可都是钱!

"稳稳妈"每周一都有选题会,决定下周五天的推送,除了内容组的全体成员,几个总监级的领导也都会在。凡是提报选题的人,都要亲自上台讲述自己的选题,最后由内容部商议后决定用不用、哪天用。

选题会在大会议室举行,由内容总监简安主持。第一个上台的就是陈昔,这也是她自己的规定,哪怕她是老板,她提报的选题也必须得到众人的同意。

陈昔这次提交的选题是《如果父母需要持证上岗》——"当会计需要上岗证,当老师需要资格证,唯独当父母是无证上岗的,偏偏这份职业能影响孩子的一生……"

夏小野满心古怪地想,这篇文章在另一个时空的"稳稳妈"上是发过的,她还记得当时的标题是《当爹妈不得考个资格证吗?》

有点儿像洗稿,自己洗自己的稿。

内容部的几个人挨个儿上去讲完,夏小野正准备瞅个时机举手,就听陈昔点名道:"小野,你不是说你要报选题吗?"

所有人朝坐在角落里的夏小野看了过去,纷纷交头接耳。

夏小野走上台,清了清嗓子道:"我要提报的选题,标题是《你上一次啪啪,是什么时候?》"

夏小野话音刚落,全场眼前一亮,都精神了!

"我看到网上有个调查问卷,问的是夫妻结婚十年后性生活的频率,有一周一次的,有两周一次的,比较惨的还有半年一次的。"夏小野说。

众人哄笑。

"那我想,生育期的夫妻们,他们性生活的频率是怎么样呢?从怀胎十月到生完孩子后四个月,差不多在一年的时间里,女性的性生活应该是很少甚至没有的,而在孩子出生后的两三年里,很多家庭的重心都变成了孩子,啪啪啪的频率应该也不高吧?"

"这个让我来采访,"商务总监贾思柏笑着道,"陈总?齐总?"

陈昔笑着摇摇头:"那可不能告诉你们。"

齐浩靠在椅背上,也是笑吟吟的,"对,咱们不告诉他们。"

"这么默契,我一看就知道你们频率很高!"贾思柏搞笑地朝他们眨眨眼,又惹来一阵哄堂大笑。

陈昔赞许地道:"这个选题做出来肯定是吸引眼球的,还可以加上解决方案,比如每次吃烧烤,韭菜牛鞭羊腰子三件套必须安排上,吃自助餐,只要有生蚝,那至少得拿两盘……"

齐浩接茬儿道:"你从哪儿听说的这些,我从来不需要啊!"

陈昔白了齐浩一眼,用口型说了句"讨厌"。

旁人都在看热闹,唯独夏小野在默默观察。她望着陈昔和齐浩眉目传情,心想,或许这个时空里,他俩的感情还不错,夫妻生活也不错?

再聊下去就没完了,简安赶紧站起来控场:"那行,这个先过,有请下一位——"

"不好意思,"夏小野像个大学生似的举手,"我还有一个选题。"

全场都惊了,陈昔笑着道:"你可以啊,赶紧说吧,我们洗耳恭听。"

"我的下一个选题是《好了伤疤忘了疼——献给所有的二胎妈妈》。"

"这个想法,来自一次我和我闺蜜坐飞机的经历,"夏小野接着道,"我们的飞机遭遇了严重的气流,当时我闺蜜就说,以后再也不坐飞机了,可下了飞机她就跟公司商量下次出差的时间,我就笑话她好了伤疤忘了疼。我闺蜜是有孩子的,说着说着,我俩就聊起了二胎,她说还想再要一个。我问她,你明明一直抱怨养孩子太麻烦太辛苦了,为什么还想再要一个呢?我闺蜜的答案是:麻烦和辛苦是瞬间的感觉,而每次回忆起那些瞬间,却发现那些麻烦和辛苦都是甜的,还想再来一次。"

说这些话的时候，夏小野一直留意着陈昔的表情，但看上去没有什么特别。

下班前，夏小野收到内容组发来的邮件，《你上一次啪啪啪，是什么时候？》入选了，被安排在下周五的推送里。这是她意料之中的，因为这个选题在另一个时空就是一个经典爆款，陈昔不选才怪。另一个选题是她用来试探陈昔的，落选倒是也无所谓。

重要的是，500块钱奖金到手了。

夏小野就这样开始了她的助理生涯——早晨7点起床，简单收拾一下，30分钟之内确保出门；坐一个小时的地铁，在写字楼附近随便吃点早餐；9点钟进公司，开始一天的工作。

上午的工作就是看邮件、发邮件、安排陈昔的活动日程；中午如果陈昔在公司，夏小野会出去给陈昔买午饭，一次叉烧饭、一次寿司、一次鸡汤大馄饨，第三次时，陈昔忍不住问她："你怎么知道我喜欢吃什么？"

"是蕾娜告诉我的，"夏小野早有准备，"我特意找她打听的。"

下午陈昔通常要出去开会或见客。晚上经常加班。"稳稳妈"的业务扩张很快，每天的工作都忙不过来，如果陈昔加班，那夏小野就默认自己是加班的。公司有规定，超过晚上8点下班，可以报销出租车费。对于这一点，夏小野没什么怨言，有怨言的是秦禹。

除此之外，只要有一丝空隙，她就刷机票，可惜连续两周了，FO3095还是没出现。

周四这天，陈昔通知夏小野，要带她一起出去开会。

夏小野跟着陈昔下楼，久违的GL8缓缓驶到安怡国际的大门口。

"老许！"陈昔叫得亲切。

"呵呵。"老许冲她点点头，保持着距离。

自动门打开了，陈昔先上车，夏小野刚探入半个身子，忽然就见陈昔皱着眉望着自己。接着，她又发现老许也扭过头来望着她。夏小野瞬间醒悟过来，急急忙忙地退出，打开副驾驶的门坐了进去。

她心里涌起一阵莫名的感觉。诚然，助理应该坐副驾驶，可她没想到陈昔会这么介意这个细节。她以前怎么从未意识到这一点？

再往前看，陈昔也不是生来就是老板，相反，陈昔打过很久的工，坐过无数次的副驾驶，但现在做了老板，就也会介意助理坐在身边。而作为现在的"夏小野"，由于是区区小助理，所以就会对陈昔那种老板的凝视格外敏感？

这真是一个有意思的角度。

她从包里掏出本子，随手把想法记录下来，合上本子抬头的瞬间，意外地在后视镜里对上了陈昔的眼睛。

"你在写东西？"陈昔问。

"我有时候会有点儿灵感，就会记下来。"她解释道。

陈昔点头，"我也有这个习惯。"

陈昔说完，闭上了眼，抓紧一切时间补眠。夏小野伸出手，将车内空调风速关小，再调高一度。

开会的品牌叫"爱农"，号称是有机农产品行业里的爱马仕。陈昔打算全面开发"稳稳妈"品牌，第一步就是高端儿童食品。

然而双方聊得很吃力，"爱农"的人一直端着架子，一口一个"出于爱惜品牌的缘故"，对"稳稳妈"提出很多资质上的要求，口吻还阴阳怪气的，"你们的数据虽然可以，但比我们的要求，还是要差一点。"

陈昔没接茬儿，反倒对夏小野说："去帮我买杯咖啡吧。"

对方忙说："不用买，我们公司有。"

夏小野为难地说："可是，我们陈总喜欢喝 Dirty……"

Dirty，顾名思义，就是"脏咖啡"，这两年很流行，制作过程十分复杂。不仅要让咖啡满到溢出来，还要在上层打上细腻奶油，最后还要加上很多巧克力屑和巧克力粉，总之，正常公司不可能提供这款咖啡。

果然，对方无语了。

"爱农"附近就有一家连锁咖啡店。夏小野进去，点了一份脏咖啡，店员问她要不要试试最新出的红豆燕麦奶拿铁。夏小野笑着摇摇头，心想，燕麦奶这种智商税我可不交。

她望着柜台里那一溜儿燕麦奶盒子，忽然心里一动，问道："你们怎么没用'爱农'的燕麦奶啊？"

店员说："进货的事，我可不知道。"

她掏出手机，对着柜台里的燕麦奶拍了张照，微信传给了陈昔。

会议室里，陈昔收到照片，怔了下，跟着笑了起来，"我突然有点儿好奇，"她把手机递到了对方跟前，"这家咖啡店的总部也在这栋楼吧？怎么他们没用你们'爱农'的燕麦奶，反而用的是别的牌子？"

对方的脸色瞬间黑了下去。

等夏小野再次回到"爱农"时，会议室里的气氛已然好多了。陈昔正侃侃而谈，显然已经掌控了谈话的节奏，临走时还一脸遗憾地表示："你们的要求我们会想办法，能做到尽量做到，实在做不到，那也真的没办法。"

对方的表情既倨傲又焦虑，一时间精彩纷呈。

回到车上,陈昔问夏小野:"你猜到我叫你去买咖啡,是为了打乱他们的节奏?"

夏小野笑着说:"没有猜得那么准确,但我觉得你突然叫我去买咖啡,肯定有你的用意,谁知道那曹总还拼命拦着。我只好瞎编了,我想你公司再牛,也不至于在办公室里配会做 Dirty 的咖啡师吧?"

"哈哈,说明你反应很快,"陈昔笑得开怀,"那你又是怎么想到拍那张照片发给我的?"

"因为我在写字楼大堂,看到这家连锁咖啡店的总部也在这栋楼,用的却是'爱农'对手品牌的燕麦奶,说明'爱农'连同一栋楼的客户都没搞定。我就觉得,应该发给你看一下。"夏小野说。

"你做得对,"陈昔笑道,"你那张照片发过来,我直接给他们看了,正好杀杀他们的威风,后来他们承认了,说今年业绩做得不好。你说这种品牌是不是很烦人,明明着急做生意,偏偏还要端着架子,真是可怜又可笑。"接着陈昔又夸夏小野,"今天你做得很好,保持下去。"

周五晚上,夏小野和秦禹一起搭地铁下班回家。车厢挤得如同沙丁鱼罐头,他俩非但没有座位,连抓手都没轮到一个。夏小野一边庆幸原主身材瘦削高挑,不至于呼吸困难,一边被人群裹挟,像海面上的泡沫似的,一会儿飘左,一会儿飘右。等她终于稍微稳定下来了,她发现秦禹在不远处瞪她——几站下来,他俩之间不知什么时候挤进来一位西装男。

"啊?"她用眼神询问。

秦禹又使了个眼色。

但是她没看明白,"啥?"

"抓我的手!"秦禹只好喊出来,一圈人都看过来。

夏小野这才看到,人群缝隙里,居然伸出了一只手,她犹豫了下,也伸了过去,和秦禹的手握在一起。

秦禹紧紧地抓住了她,果然稳当了很多。

西装男低头看看交握在自己胸前的两只手,摇头叹道:"兄弟,至于吗?都挤成这样了,你还要撒狗粮。"

说得旁边人都笑起来。

夏小野也跟着笑,忽然想起什么似的,"哎呀"一声,用另一只手艰难地从口袋里摸出手机看时间,20:45,"稳稳妈"公众号准时推送,正是夏小野策划的那篇讨论无性婚姻的选题。

过了徐家汇,车厢空了一些,夏小野赶紧分享到朋友圈。

没过五分钟,姚蓉蓉飞快地发来微信,"这种文章你也敢分享?"

夏小野回复:"我屏蔽我家人啦。"

姚蓉蓉:"那你有没有屏蔽秦禹?"

夏小野一愣:"……我这就删。"

她竟然忘了,秦禹还一直惦记着她的"妇科病"啥时候好呢!

然而,当夏小野擦着头发从卫生间出来时,赫然发现秦禹正一脸认真地研读那篇文章。

"你看这干吗?"她有点儿心虚,"你什么时候关注的'稳稳妈'?"

"我没关注,我是在朋友圈看到的。"

"是吗?"夏小野一阵高兴,"那看来是出圈了呀!"

她赶紧看数据,果然,文章右下角的阅读数已经是10万+了,而距离发送也才不到两个小时。

"太棒了!"夏小野激动地挥了挥拳头,又赶紧去看工作群。群里正热火朝天地讨论着,内容组的同事在不断地报数据。

12万+

13万+

14万+

……………

齐浩发了个大红包在群里,大家全都冲上去抢。

夏小野抢到了96块,忍不住嘀咕:"好大的手笔……这一下2000块没了……"陈昔也发了一个,"我就知道,她肯定比齐浩发得少……喂,别闹啊,快放开。"秦禹不知什么时候已经从身后抱住了她。

"不放,"秦禹把她扳到面朝自己,"我不想提前加入你们的数据。"

夏小野哭笑不得,"你又不是已婚人士。"

"未婚人士就更惨了啊,"秦禹一脸认真地道,"你看我,有身材,有颜值,有激情,还有女朋友,但是呢,我每天晚上,都要洗冷水澡,你觉得这合理吗?"

"再忍忍,"夏小野揉揉秦禹那一头乱发,好声好气地哄着,"我这不是身体不舒服吗?等我好了,嗯?"

秦禹看了她半响,"……算了,我再去冲个澡。"

"我去!"

夏小野突然大叫一声,把刚转身的秦禹吓了一跳。

"怎么啦?"

夏小野指着手机,"我老板要求内容组全体成员明天上午到公司加班开复盘会,可明天是周六啊!"

"你又不是内容组的。"

"但这篇文章是我策划的……"夏小野话说出口就后悔了。

秦禹冷冷地盯着她,"说,你是不是从我俩的生活中得到的启发?"

这篇文章彻底火了,比原本那个时空更火。

这篇文章刷爆了朋友圈,不到一天的工夫,不仅阅读数过了100万,连"在看"数也达到了10万+。这个数字是什么概念呢?全国200多万个公众号,一年到头能完成10万+"在看"的公众号文章,不会超过500篇。

纵览陈昔整个职业生涯,拿到10万+"在看"的爆款文,算上这篇,也不过区区三篇而已。换而言之,"啪啪啪"这篇文章给"稳稳妈"带来的流量,很可能是整个公众号这一年的巅峰。

夏小野因此也引起了全公司的瞩目,一个刚进公司的新人,第一次报的选题就能做出这样的大爆款,不得不令人惊叹。

复盘会一结束,内容总监简安就来找她,"你要不要来内容部?"

"呃,这恐怕要陈总同意才行吧?"

"我现在就去跟她说。"简安转身就要走。

"等等!"夏小野赶紧拦住她,"那个……我暂时更想跟着陈总学习。"

简安思考了两秒,"可以,但从这周开始,你和内容组的人一样,每次选题会必须提报至少一个选题。"

"可以。"

简安嘴角弯了弯,表示满意。

夏小野却忍不住笑起来,这个女孩的性格和陈昔刚认识她的时候还是一模一样。

陈昔还在办公室,夏小野跑去跟她解释,说没想到周六会突然加班,之前约了下午办点事,陈昔这会儿正看她万分顺眼,立刻就同意了。

夏小野要办的事,其实是相亲。

昨天中午原主妈妈打来电话,说上次的相亲对象看在两家关系不错、知根知底的分儿上,答应再见一次面,增进了解。原主妈妈千叮咛万嘱咐,大意是如果夏小野这次还是走沉默是金的路线,那今年过年就不要回家了。

这第二次相亲,时间、地点都是对方定的。下午3点半,徐家汇港汇广场里的星巴克。

夏小野没刻意打扮,一件印着小猫的套头卫衣,外面罩个轻羽绒马甲,下面是条运动裤,长发飘飘。

姚蓉蓉非要她发个造型照过去,看到她这身打扮后直接无语:"我还以为你今天加班,能稍微穿得正式点儿呢。"

夏小野不以为然,"我们公司又没有着装要求,再说今天是周六,没人穿得一本正经。"

"但你这样还是太不讲究了,你看你这头发油的,你相亲之前都不洗头的吗?"

"无所谓啊,人家又不是诚心来见面的,注定是连朋友都不会做的关系,打扮好看有什么意义?"

姚蓉蓉不信,"你怎么知道他不诚心?"

夏小野发语音过去,"这不是明摆着的吗?上次见面是在饭店,这次改成了喝咖啡。喝咖啡比吃饭有弹性多了,聊得好,可以接着去吃晚饭,聊得不好,半小时喝完走人。而且喝咖啡价格便宜,成本可以控制得很好。还有3点半这个时间,进可攻退可守,再约第二场都来得及。这人给自己留了那么多余地,可见是很不情愿了。"

姚蓉蓉半信半疑,"你是不是想太多了?"

"你看着吧,3点半见面,4点钟准散。"

星巴克里人挺多的,夏小野正在排队,忽然听见有人叫自己,"夏小姐。"

"吴建?"夏小野试探着问了下。

"嗯嗯。"

看来就是这个人了,夏小野问:"你要喝什么?我来买。"

"还是我来买吧。"吴建客气地说。

"行,我要大杯冰美式,"夏小野一点儿都没坚持,"来,你站我这儿。"

她把位置让给吴建,欣欣然走到窗边。

深秋是H市最美的季节,这天多好啊,应该出去走走,这身材也好,也应该出去走走。

吴建排在队伍里,总觉得哪儿不对,想想明白了,是夏小野不对,感觉和上次不太一样。他不由得回头朝夏小野看去,见那女孩正对着落地窗揽镜自照,还叉着腰左看看右看看,不由得好笑,心想,女人果然都爱臭美。再看看,确实,这女孩似乎发生了些变化,是衣服还是造型?他也搞不清……反正精气神不一样了,上回整个人都是蔫儿的,这回看着非常精神,完全就是个青春靓丽的美少女。

是的,吴建之所以愿意和夏小野再见一次面,主要是因为她漂亮。虽说那一声不吭的性格很不讨人喜欢,条件也不符合他的要求,但人家长得好啊,男人嘛,对美女总是更有耐心一些。

要不再试试吧,吴建心想,要真的还是不行,抬腿就走也来得及。

"给。"吴建把大杯冰美式递给夏小野。

"谢谢，那个——"

话音未落，就被吴建打断了，他从裤兜里摸出手机，"嗯，方便，你说——"转头就朝旁边走，打电话去了。

他这样做其实挺没礼貌，但夏小野一点儿也不介意，她本来就是来完成任务的，估计对方也是。

隔了几分钟，吴建回来了，"不好意思，最近事情有点儿多，我一会儿可能得早点儿走。"

"没关系，你现在走都行。"夏小野淡淡地说。

吴建一愣，"我不是那个意思——"

"无所谓啊，你忙你就走，我也刚好逛逛街。"

"你真的误会了，"吴建终于意识到，夏小野答应来，其实也是敷衍了事的，对方是真的没把自己当回事，不由得有些郁闷，"是这样，我今天来，主要是我觉得有些事还是要向你当面解释一下。"

"解释什么？"

"我上次说的那些话，没有侮辱女性的意思。"

夏小野其实并不知道吴建上次具体说了些什么，即便原主对着姚蓉蓉吐槽过，应该也不会全部转述，特别伤自尊的话不会说。

她叼着吸管不吭声，摆出一副静听下文的样子。

吴建果然说下去："我希望未来的另一半负责照顾家庭，是因为我自己工作太忙，每周最多只有两天和家人见面，所以周一到周五，必然需要女方帮我照顾；我希望女方至少本科毕业，因为只有相同的教育背景，才能确保沟通顺畅，而只有高素质母亲才能培养出高素质后代；我希望女方能有一万左右的月收入，是因为我希望她是与社会接轨的，而不是与社会脱节；我希望女方最好是苏浙沪家庭，这样父母离得近，也可以帮忙搭把手；我希望婚后能生两个孩子，这是我的个人心愿，也是我父母的愿望。"

他说了一大堆，又总结陈词，"所以，我不觉得这是在侮辱女性，相反地，我在认识之初就说清楚自己的诉求，是充满诚意的做法。"

"哦，"夏小野耐着性子听完，"好的吧。"

吴建愕然，"好的吧？"

"你解释完了，我听到了，好的吧，"夏小野冲他点了点头，"我先走了啊。"

"你等一下！"吴建看她真的要走了，顿时有点儿急，"我是真心诚意来解释的，我不希望你有什么误会。"

"我误会什么呢？"

"误会我是……是什么大男子主义。"

夏小野觉得好笑，"你不是什么大男子主义，你只是精致利己。"

"精致利己"这个词，吴建很少用，但他在很多文章里读到过，知道那不是什么好话。

"你凭什么这么说？"吴建有点儿不高兴。

"同志，我们是在相亲，不是在做买卖，"夏小野摇头，"你没必要那么权衡利弊。"

"成年人不都权衡利弊吗？而且你不能否认，相亲从某种程度上来说，也是市场行为。"吴建立刻反驳，"既然选择相亲，那就等于默认是在寻找匹配项，你情我愿即可，合则来不合则去，在准入条件谈妥后，在此基础上谈恋爱培养感情，也可事半功倍。难道不是吗？"

"是是是，所以我说你精致利己啊，你说的都对，但都是站在你自己的立场上，而任何一个有点智商的女人，都不会想要找你这样的男人。"

"为什么？"

"每周只能见两天，周一到周五负责照顾对方的家庭，这样的要求，确实会有一些女人同意，比如，她经济条件很差，需要通过嫁人来改变自己的阶层；但你又要求对方学历本科以上，月收入一万元以上，再加上苏浙沪户口，这种家庭的人如果想要改变阶层，那你这个大厂副总监的水平又做不到了；至于要求生两个孩子就更离谱，万一女方身体原因不能生呢？你想怎么着？离婚吗？"夏小野摇头，"万一要是遇到符合你条件，同时也答应你条件的女人，你可得仔细了，这女的多半脑子有问题，不符合你优生优育的要求。"

吴建的脸在她说到一半的时候就已经黑了，"你很刻薄。"

"我说的是实话。我问你，如果你未来有一个女儿，你希望你女儿嫁给一个你这样的男人吗？"

吴建张了张嘴，最终还是沉默了。

夏小野替他回答，"我反正是不同意的。我会跟我女儿说，如果你实在爱这个人，那你就跟他一直谈恋爱吧，周一到周五做自己，周末两天跟他约个会，多好，何必结婚呢？"

说罢，她把空咖啡杯留在桌上，起身离开。

刚走到门口，忽然吴建追了出来，"你等等！"

"怎么了？"

"你说的有一定的道理，我得想想。"

"那你慢慢想。"

"你晚上没事吧？我请你吃饭？"

夏小野怔了下，忽然笑了起来。

吴建被她笑得脸上发烧，"你笑什么！"

"我笑你看上去挺成熟的，那么大公司的副总监了，怎么还像个小孩啊！"夏小野看了看手机，刚好4点，"饭就别吃了，咱俩不合适，先这样吧。"

夏小野扬长而去，留下吴建站在咖啡馆门口一脸怅惘。

周一一早，朱莉又一次出现在了"稳稳妈"。

在这个全民媒体化的社会，一个大爆款能带来的影响力是无可比拟的。好几个资本都主动联络了陈昔，但陈昔第一个见的投资人还是朱莉。

朱莉在陈昔的办公室从上午10点半待到下午1点，完全没有走的意思。

谁都知道朱莉是ZL资本的老板，上回已经来过了，这次又来，可见是有门儿。

于是，整间办公室表面看上去平静无波，但每个人脸上都洋溢着兴奋。商务总监贾思柏往陈昔办公室门口跑两回了，每次都看一看，然后问夏小野一句："她俩还在聊？"得到肯定的答复后，满足地摸摸脑袋离开。

最后，连最古井无波的内容总监简安，都跑到陈昔办公室来看了一眼。

前台蕾娜在微信上问夏小野："朱莉是不是准备投我们了？"

她最近和夏小野关系处得非常好，主要原因是上周四快下班时，蕾娜以为陈昔已经走了，于是提前一刻钟离开了。谁知她前脚刚走，陈昔就出现了。夏小野立刻给蕾娜打了个电话，蕾娜装作去了一趟厕所匆匆回来，这事就算无风无浪地过去了，否则以陈昔的性格，少不得要批评蕾娜几句。因为这事，蕾娜对夏小野感激不尽。

夏小野回复蕾娜："有可能。"

"太好了！那得给我们发期权吧？不知道会不会给前台发期权？"

"应该会的，你也是初始团队之一呀。"

蕾娜一连发过来二十几个龇牙咧嘴的笑脸。

看着时间不早了，夏小野点了两份套餐，给陈昔和朱莉送进去，陈昔"哎哟"一声，"你看我，真是晕头了，都忘了请你吃午饭！"

"我也忘了，聊太高兴了。"

"你难得来一次，不能请你吃盒饭呀，"陈昔看着套餐，虽说包装精致，毕竟还是盒饭，"咱们出去吃点儿好的吧？"

"不用不用，就这个很好。"朱莉完全不在意，又指着纸袋惊讶道，"这盒饭还是'新荣记'的？他们家还做盒饭？"

"没出，不过我认识他们厨师长，"夏小野笑道，"我就叫他帮我每盒配个三菜一汤，朱总尝尝行不行。"

"肯定行啊，新荣记的饭菜还有不行的？应该很贵吧？"

"还行，反正没给我们陈总省钱。"夏小野憨憨地道。

陈昔和朱莉顿时大笑起来，朱莉对陈昔说："这是你的助理吧，很会来事儿啊，你教得好。"

"是她自己聪明。"陈昔也很高兴，颇为赞赏地看了夏小野一眼，"那今天就怠慢了，下次一定要请你吃顿好的。"

"等我从深市回来，我请你。"朱莉一边吃一边道。

"哪天回来啊？"

"周五。"

夏小野闻言顿时心里一动，回到自己座位上立马打开订票软件，果不其然，FO3095航班又出现了。

她立刻下了一张头等舱的订单，又买了周四晚上飞深市的经济舱。

朱莉吃完饭就走了，夏小野一直在找机会去跟陈昔请假，然而陈昔先是召集核心团队开了个短会，接着去了齐浩办公室，又过了半个多小时，眼看陈昔回来了，脸色却阴沉沉的。

这是吵架了？

夏小野有点儿困惑。有人投资是好事儿啊，为什么会吵架？

"老板他们吵架了！"蕾娜又在微信上冒头。

"是啊，你也知道啦？"夏小野有点儿意外，办公室里别人知道也就罢了，蕾娜的前台在外面，她是怎么知道的？

"我当然知道了！嘿嘿！"隔着手机都能感受到蕾娜得意的表情，"这公司有啥是我不知道的？"

"那你知道他们为什么吵架吗？"夏小野不信。

"知道啊，但我不能告诉你。"

夏小野无奈："打你个臭没良心的！"

隔了一会儿，蕾娜的消息发过来，"你出来，我告诉你。"

夏小野好笑地走出去，到前台前面，"你故弄什么玄虚呢？微信上还不能说了？"

"不是故弄玄虚，是太敏感！"蕾娜凑到夏小野耳边，低声道，"朱莉觉得齐总的能力不行，不足以匹配'稳稳妈'的成长。陈总一不留神说漏了嘴，齐总不高兴了，说不要朱莉投资。"

她停了停，又低声道："陈总也是的，这种事怎么能说漏嘴？"

夏小野怔住了，半天没吭声。

她知道陈昔为什么会说漏嘴，因为陈昔也是这么想的！

齐浩是一个很好的职业经理人，但绝不是一个优秀的创业者。这个结论，陈昔在"稳稳妈"成立半年后就得出了，只是她从来也没有跟谁提过。

"你怎么会知道的？"夏小野问道。

陈昔和齐浩聊这些的时候，必定是关门的，蕾娜为什么会知道得那么清楚？

蕾娜不说话了。

夏小野欲擒故纵，"不方便说就算，我回去干活了。"

"你等等，也不是不方便，"蕾娜下定了决心般，"但你要答应我保密。"

"肯定啊，我是多嘴的人吗？"夏小野反问她。

蕾娜趴在夏小野耳边，嘀咕了几句。

"什么？"夏小野惊呆了，"你说的是真的？"

"不信你去听啊。"

夏小野看到陈昔又去了齐浩办公室，脑海里顿时响起了蕾娜的那句话，她想了想，宁可信其有不可信其无。她站起来往外走，经过前台的时候，蕾娜似笑非笑地冲她眨了眨眼。

夏小野站在电梯厅，假装等电梯，见四下无人，飞快地走向对面走廊，再急速右转，绕半个圈，就是22楼的公用女洗手间。

"稳稳妈"有自己的洗手间，这还是夏小野头一次进公用的洗手间。她按照蕾娜说的，来到最里面的一个小隔间，走进去，插上插销。

蕾娜就是这么说的，"你去公用女洗手间的最后一间里待一会儿，你就明白了。"

正当她望着眼前的马桶，反思自己是不是脑抽时，忽然就听到了齐浩的声音。

"……你不用解释的，我都明白。"

夏小野顿时惊呆了。

谁会想到，公用女洗手间的最后一个隔间，竟然就在齐浩办公室的后面！还这么不隔音！

就听陈昔说："你明白什么呀，朱莉也就是随口那么一说，她对你又不了解，你何必当真呢！"

"是吗？我怎么觉得不是她随口一说，而是你随口一说呢？"齐浩冷声问。

"你这话说得就不讲理了啊，我怎么可能对朱莉说你的坏话？那不是打我自己脸吗？……行啦，你别生气了，我们也未必真的要朱莉的钱，是不是？"

"这可是你说的，我确实不想要这女人的钱。我觉得我们这个阶段也未必非要融资，自己根基不扎实的时候引入外资，只会让资本家占便宜。"

"是的是的，这种事肯定要从长计议，"陈昔明显在敷衍，"不会轻易决定的，有钱的也不是只有她一家。"

过了一会儿，就听陈昔又说道："我说，夏小野第一次报选题就是一篇大爆款，这下你打脸了吧？"

夏小野一愣，怎么还说到自己了？

"我不觉得打脸，"齐浩的声音很平静，"我反而更觉得她很可疑。"

"怎么又可疑了？"

"随便一个选题就能拿到100万阅读量的人，为什么会甘心给你当个小助理？"

陈昔说："我不是跟你说了吗，她只是运气好踩上点儿了，刚好这个选题爆了，不代表每篇都爆。"

齐浩反问："是吗？那简安问她要不要去内容部，她为什么不愿意？内容组最普通的编辑，工资也比她高。"

"她那是情商高！"陈昔答道，"她当我助理这才几天，没有我发话,她怎么可能擅作主张答应换部门?还有她提醒我们朱莉过敏那件事,我想起来了,我确实当着她的面,和贾思柏提了一句朱莉要来,她才想起来的。"

"反正我说什么你都听不进去,但我真的觉得她很可疑。"

"可疑什么啊,难道是商业间谍?"陈昔失笑,"我们又不是什么上市公司,一个初创企业罢了,谁会往我们这儿派间谍……"

说话间一阵敲门声响起,是贾思柏。

"陈总、齐总,晚上的包厢我订好了,新天地的'临海阁',你们看行不行?"

陈昔说:"行啊,这个你看着办就好。"

"好。对了,你刚才不是说郭总那边来两个男的吗?我们这儿就你和齐总还有我,要不再叫个漂亮女孩吧,男女搭配,点缀点缀……"

小隔间外传来好些说话声,夏小野觉得自己已经听得够久了,见也没什么重要信息,就随手冲了下马桶,走了出去。

夏小野回到位置上,不一会儿,陈昔也回来了。夏小野看她脸色不错,忙跟着进了她的办公室,"陈总,有个事情,想跟您商量下。"

"什么事啊?"

"是这样,我有个在深市工作的大学同学,她肾脏不太好,每个月都得做一两次透析。她老家在甘肃,父母身体也不好,之前她每次透析都是我陪着。我就想问问,我这周五能不能请一天假?我打算周四飞过去,周五上午陪她去医院,完了我再赶回来。"

按理说,夏小野一个连试用期都没过的新人,不可能请这样的事假,但她觉得有一篇爆款文垫底,陈昔没准能同意。

她也想好了,即便陈昔不同意,她也是非去不可的。

"你和你这个同学感情很好啊,周五,我看看……"陈昔翻了翻日程表,"可以,你去吧。"

"谢谢陈总!"夏小野顿时松了口气。

"对了,今晚有个饭局,在新天地,你也一起来吧,"陈昔说道,"记得补补妆。"

夏小野想起贾思柏的提议,那句"男女搭配,点缀点缀",顿时明白,自己是被叫去"点缀"了,心里一阵不舒服。

"在忙什么呀?"秦禹发来微信问。

"瞎忙,今晚不能一起回家了,要陪老板去个饭局。"她回复道。

"哦哦,那你小心点儿,少喝点儿酒。"

"知道啦,不会的。"

"要不我来接你吧?"

"不用了,我们过了9点可以打车的。"

夏小野想,在这个时空里,只有秦禹这一个人在认真地关心她,简直就是她唯一的亲人了。

临海阁是H市有名的台州菜馆。别人觥筹交错,夏小野一路在回想洗手间里听到的那些话,难怪面试过后,等了那么久才来Offer(录取通知)。本来她以为是陈昔不要她,没承想,居然是齐浩。

她回想面试时的气氛,齐浩一直面带微笑,从头到尾都挺愉快,怎么就觉得她可疑了呢?

她又观察陈昔和齐浩,场面上都是陈昔在周旋,贾思柏打配合。齐浩则经常低下头看手机,说他是工作忙吧,也不像,因为他也不是打字,好几次明显是在刷朋友圈,陈昔已经朝他看了好几回了,他还是恍若不觉。两个人明明坐在一起,但那种疏远是那么明显。

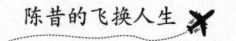

她一直在观察这俩人,以至于心不在焉,好几次都答非所问。

贾思柏咳嗽了一声,提醒她:"小野,郭总在问你话呢。"

郭总是"D&T"设计师事务所的联合创始人,旗下有好几个大IP,"稳稳妈"电子商城里卖得最好的婴儿安抚玩具盲盒,就来自他们的贴牌授权。最近授权快要到期了,其他好几个母婴电商都虎视眈眈,陈昔也紧张起来,今晚这场应酬的核心目的,就是敦促郭总尽快续约。

"啊?哦!"夏小野回过神来,对郭总客气地笑笑。

"你是不是有心事呀?"郭总笑眯眯地问。

"没有没有。"夏小野连忙否认。

郭总又问:"夏小姐是哪里人?"

"浙江的。"

"浙江哪里?"

"丽水。"

"丽水是个好地方,我去过几次,好山好水好风光,食物也新鲜。我有个朋友去那儿度假,第二天就找中介上山看地去了,要在那儿做民宿。"郭总侃侃而谈。

夏小野没敢接茬儿——她对丽水的了解实在太少了,一聊不得露馅?她抿嘴笑笑,郭总也是笑眯眯的。

刚好服务员有些忙不过来,夏小野主动站起来,"这道沙蒜烧豆面得趁热吃,晚了会有腥味,我来替大家分一下。"

她依次把小碗送到每个人跟前,轮到郭总时,他轻轻伸手挡住碗:"我不吃沙蒜,光豆面就行。"

夏小野说:"没有沙蒜。"

郭总低头一看,果然是一碗纯豆面,顿时惊讶,"你连我不吃沙蒜都知道?"

顿时一桌子人都好奇地朝夏小野看去,连因为生闷气话少了很多的齐浩都抬头看向夏小野。

郭总问:"陈昔,是你告诉她的吗?"

"我可没有,"陈昔笑着摇头,"是她自己观察力强吧。"

"是吗?"郭总又看向夏小野,"原来你在观察我呀?你是怎么观察出来的?"

"不是我观察到的,是你自己说的。"夏小野笑笑,"前面上草头圈子的时候,你说你吃东西不怕腥,但像大肠之类形状古里古怪的,就吃不下去。我就猜想这样的话,沙蒜的这个造型,您肯定也是吃不下的。"

"哇,你真的是非常细心。"郭总竖起大拇指,对陈昔说,"你可真会招助理,我也想招个这样的,一直没招到。"

坐在他旁边的男助理咳嗽一声,调侃道:"郭总,您是不是以为我喝醉了啊?我还醒着呢。"

全场哈哈大笑。

贾思柏的目光在夏小野和郭总之间来回巡视,忽然道:"小野,你今天是第一次见郭总吧?来来来,给郭总敬个酒——"

话音未落,他就发现夏小野看向他的目光突然变得极其冷冽,看得他汗毛都竖起来了,再一恍神,夏小野已经站起来了,端起杯子,"郭总,我敬敬您。"

"好好好!"郭总站起来,示意服务员给自己满上,"我喝完,你随意。"说完,一口就把整杯的红酒喝了下去。

"好!"贾思柏带头叫好。其他人也纷纷喝彩。

散场的时候,大家一起送郭总出去,郭总临关车门还特地说:

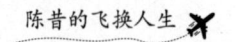

"小野同学，下回见啊。"

贾思柏笑着道："明白了，下回让小野单独请你。"

话音刚落，他发现夏小野又眼神复杂地看了自己一眼。

后半夜，秦禹起来上厕所，发现夏小野睁着眼睛看着天花板，"这都几点了，还不睡啊？想什么呢？"

"睡不着，"夏小野的声音悠悠传来，"我在想，这助理也不比老板好当啊！"

"你今晚应酬，是不是很累啊？要不我给你按摩按摩？"

"没事，就是有点儿感慨。"

"那我抱抱你吧？你放心，我知道你累，我就抱抱你。"黑暗中，秦禹的声音让人十分安心。

夏小野没法再拒绝，秦禹两条胳膊伸过来，搂着夏小野，隔一会儿又把脸埋到她颈窝里。夏小野刚想往后躲，就听秦禹说："我会好好努力的。"

"嗯？"

"好好努力，然后养你。"

夏小野莞尔，"你知不知道，男人说我养你，都是在给女人挖坑？"

"我知道，但我不是给你挖坑。我想的是，要是我有能力，我就可以给你当个坚强的后盾。你工作要是累了，想歇就可以歇一歇，一时半会儿的不用担心没钱花；什么活儿不想干了，或者老板给你脸色看，你也敢甩手就走……就这么简单。"他低声道。

夏小野看了眼秦禹，黑暗中只能看到他线条分明的侧脸轮廓，一种说不清道不明的情绪从心底涌起。

她闭着眼，在年轻男人浓郁的荷尔蒙围绕中，沉沉地睡去。

第六章
人生忽如寄

> 她坐到齐浩对面，只觉得一股说不清道不明的情绪从心底油然而起，顺着五脏六腑直冲往上，又被她死死地摁在了嗓子眼。
>
> 透过氤氲的热气，齐浩的眼神看起来明灭不定，让人觉得他正在纠结万分。
>
> 这一定是错觉。她想，齐浩有什么可纠结的？
>
> 不知为什么，之前高涨的气焰、冷静的筹谋，突然就消失无踪了，取而代之的是一股难言的惆怅。

周五，深市。

夏小野又一次来到机场，她拿的是头等舱登机牌，可以进入机场贵宾厅，然而面对琳琅满目的食物，她发现自己因为过于期待和紧张，变得毫无胃口。

她围绕着自助餐台转了一圈，最后只要了半杯红葡萄酒，喝了几口后，就看见穿了一件蓝色开襟毛衣的朱莉一边疯狂地打着喷嚏，一边朝里面走来。

"朱总！"夏小野主动招呼，"坐这儿来，这儿没花。"

"阿嚏……我的天哪！"朱莉泪眼婆娑地定睛一看，"哎，你不是那谁吗？"

"夏小野。"她笑着提醒。

"啊对对对，你的姓挺特别的……阿嚏！"朱莉擦了擦通红的鼻子，缓过神来，"我这过敏真的是够了！"

这句话似曾相识。夏小野嫣然一笑。

"你是来深市出差吗？"朱莉问道。

"没有，是来陪一个朋友看病。"

"哦，"其实朱莉最想问的是，为什么夏小野一个小助理会买头等舱，可这种问题又很难直接问出口。她看到桌上那半杯红酒，"这才刚上午,你怎么就喝上了?"

"因为我想把自己灌晕点儿,"夏小野不好意思地道,"我有幽闭恐惧症。"

朱莉的疑虑顿时迎刃而解,"难怪,我听说有幽闭恐惧症的人坐飞机,最好是坐头等舱?"

"对,因为头等舱宽敞些,会让我觉得没那么封闭,有跑出去的可能。之前我坐经济舱,那满满当当的,我都快窒息了,"夏小野笑着解释道,"其实都是心理作用,但也没办法。"

朱莉理解地点点头,"那你坐电梯是不是也挺害怕的?"

"我能忍一小会儿,超过半小时我就受不了了。"夏小野绘声绘色地道。

两人聊了会儿幽闭恐惧,就看到贵宾厅的服务员款款走来,"两位是乘坐 FO3095 次航班飞 H 市的吗?马上要登机了。"

"朱小姐,我们又见面了。"一名头等舱空姐对着朱莉微微弯腰。这女孩长相甜美,一笑起来,嘴角会出现两个浅浅的酒窝。

"是啊,又见面啦!"朱莉边往里走边笑着对夏小野道,"这趟飞机坐太多了,全都认识我了。"

"您都成空中飞人了。"夏小野笑着道。

夏小野这次的座位号是 4A,朱莉的座位号是 2C,陈昔之前坐的位置是 2D,和朱莉的座位隔一条走道。夏小野正琢磨着怎么才能坐到 2D 去,谁知朱莉突然回头招呼她,"这位置没人,你过来坐。"

夏小野心里一动,立刻求之不得地坐过去。朱莉笑着对她说:"我听说,幽闭恐惧的人不但应该坐头等舱,还最好坐靠走道的位置,那样会感觉跑得快点儿。"

夏小野佩服地点头,"还真是这样。"

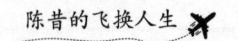

"叮！"

安全带指示灯熄灭，飞机进入平飞状态。夏小野看了眼和自己只隔了一条走道的朱莉，停了一秒，从包里拿出了洗面奶和面膜，朝洗手间走去。

为了尽可能地还原"穿越"前那一趟飞行的条件，她连洗面奶和面膜都买了之前的牌子。

夏小野的手落在洗手间的门上，心里默数：

3

2

1

…………

没有抖动。

夏小野愣了下，但也没法细想——一笑俩酒窝的空姐正笑眯眯地看着她——她只好走进去，关上门，稀里糊涂地洗了把脸，再敷上面膜回到座位上。

"你还挺会保养的。"朱莉笑着道。

夏小野干笑了一声，"我皮肤干。"心想：那气流难道不来了？

飞机依旧飞得平稳，夏小野估计这次是试不出什么了，心里叹口气，从包里拿出一个电子书阅读器。

"你在看什么书？"朱莉问她。

夏小野抬起头，"是我们公众号以前发过的稿子。"

"为什么要看发过的内容啊？是不是怕忘了再写一遍？"朱莉心情很好地调侃道。

"还真不排除这种可能，"夏小野笑道，"就像戏剧，写来写去，都离不了莎士比亚那几部经典套路。公众号文章也是一样，能打动人心的东西，永远也就那么几样。"

"哪几样？"

"亲情、爱情、友情……以及，没有以上三种联系的关怀、奉献与牺牲。"

朱莉咀嚼着夏小野后面那几句，"关怀、奉献与牺牲……"微微动容，"你想问题很深刻啊，不像你这个年龄的女孩会有的。"

"可能是因为，我这里比较老吧。"夏小野指了指自己的心脏。

"我也是，从小就早熟，"朱莉点头表示赞同，忽然又道，"我最近同时在看好几家内容类新媒体，母婴类的除了你们'稳稳妈'，还有一家，做得也很不错。"

夏小野怔了下，不明白朱莉为什么要跟自己说这个。

"你跟陈昔多久了？"朱莉问道。

"还不到一个月。"夏小野诚实地道。

"这么短？"朱莉惊讶地道，"我看你俩那么默契，还当你跟了她好几年了，才不到一个月。那我倒要问问，我看你挺有思想，应该也有点阅历，为什么要应聘一个助理岗？"

夏小野愣了下，忽然意识到，朱莉是想从侧面打听陈昔，了解"稳稳妈"的真实情形。

这是一个机会！

她立刻打起十二分精神，"因为我是陈总的粉丝啊。"

"粉丝？"

"嗯，'稳稳妈'的每一篇文章我都看过，陈总和别的那些大V博主不一样。"

"哪里不一样？"

夏小野拿出手机，点开"稳稳妈"的服务号，演示给朱莉看，

"你看这儿有个按钮。"

"'一键求援'?"朱莉愣了下,"这个按钮有什么奥妙吗?"

"这个按钮点下去,会直接连到我们值班责编的微信。那些妈妈遇到任何问题,都可以在那儿求助。"夏小野笑道,"别的公众号下方的一级菜单,都是电子商城、个人中心、往期文章这些栏目,只有'稳稳妈'留了一个'一键求援'。当初运营的人提出把这个栏目放到折叠页里去,但陈总不同意,坚持要把'一键求援'放在最醒目的位置。"

朱莉饶有兴趣地问:"会有很多求援吗?"

"有,"夏小野点头,"几乎每天都有。有些是孩子突发急病,不知道怎么处理;有些是情绪崩溃;还有一些夫妻问题,家庭琐事,反正各种各样的都有。"

朱莉若有所思地道:"那你们真是给那些妈妈帮了不少忙,功德无量啊。"

"功德无量算不上,但这确实是陈总做'稳稳妈'的初衷,"夏小野低声道,"那会儿陈总正在怀孕,每天自己都会遇到很多问题,她喜欢看书、喜欢问嘛。后来就想着,别的妈妈应该也会遇到同样的麻烦,就决定做个公众号,把一些经验分享出去,让别的妈妈少走弯路。"

"这都是陈昔告诉你的?"朱莉问道。

"不是,是她最早的时候在文章里写过。"夏小野说。

朱莉微微点头,"嗯,希望她能一直坚持这份初衷……"

正说着,飞机突如其来地抖动起来。

来了!夏小野眼前一亮,顿时死死地抓紧了座位扶手。

飞机剧烈地摇晃,低呼声此起彼伏,有小孩在哇哇大哭,机舱里乱成一片。

机舱广播开始播放:"我们的飞机正在遭遇一股强烈气流……"

座位前方的小屏幕显示,现在是 12:15。

上一次的气流,也是在 12:15 发生的。

"我们今天是不是提前起飞了?"夏小野冷不丁地问。

"啊?"朱莉被飞机晃得脸色发白,没听清楚,"什么?"

"我们今天是不是提前起飞了?"

"啊?不知道啊!"

酒窝空姐一边喊着"都回到原位",一边艰难地扶着靠背在过道上行走。

夏小野一把拽住她,把问题又重复了一遍。

"是的,提前了 10 分钟。"空姐敬业地回答,因为被夏小野这一抓,她决定放弃回到空乘的座位,而是就近选择了一个空座,用安全带把自己固定起来。

空姐刚坐下,又是一阵剧烈抖动。

"啊——"朱莉尖叫,"我再也不坐飞机了。"

这话她曾经说过!

夏小野心里一动,问朱莉道:"朱总,您是不是经常坐这个航班?"

"肯定啊,我一直深市、H 市两头跑。"

"那你记得上回你坐这个航班,有没有遇到气流啊?"

"哟,那我可不记得了,反正这气流时不时地都得来一下。"朱莉苦笑,"每回我都发誓再也不坐飞机了,完了隔天又坐了。"

夏小野见问不出什么,只能讪讪地笑了笑。

"你不是有幽闭恐惧症吗?"朱莉倏地问道,"我看你好像不怎么害怕啊？"

夏小野狂汗，"我怕啊，我只能通过不断说话，缓解一下……你看我的手。"

她翻过手掌，掌心全是汗。

"还真是！"

朱莉伸出手，一把抓住她的，"别怕，咱俩都别怕！"

…………

13:42，飞机在跑道上悠然滑行。又一次地，一切归于平静。

广播里传来机长快活的声音："我们的飞机提前到达 H 市机场，机舱外的温度是 21 摄氏度……"

排队下飞机时，夏小野故意向酒窝空姐抱怨："你们这趟飞机怎么老遇到气流啊。"

"真抱歉，让您受惊了，"酒窝空姐一脸歉意，"遇到气流是很偶然的。"

"不偶然啊，我都连着遇到三回了。"夏小野说。

"什么？"朱莉站在夏小野身后，闻言惊讶地睁大眼，"你都遇到三回啦？"

酒窝空姐也很吃惊，"这个航班是临时加出来的，上一回不是我当班。我都不知道呢。"

夏小野使劲回忆了下，"穿越"那次遇到的头等舱空乘，似乎是个短发美女，确实没有酒窝。

难道，同样的空乘也是"触发"条件之一？

那就有些困难了啊……

"真是对不起了。"空姐见夏小野脸色不悦，一个劲儿道歉。

"没事没事，"夏小野勉强笑道，"不是你的问题。"

朱莉拍了拍夏小野的肩膀,以示鼓励。

行李转盘前,朱莉拖着自己的箱子,特意走过来问夏小野:"你今天吓坏了吧,好点儿没有?"

"好多了,"夏小野有点儿不好意思,"谢谢你啊。"

"谢什么,我想想,我这没幽闭恐惧症的都吓得半死,你得多害怕呀!"朱莉笑笑,又道,"对了,你今天说的话,对我很有启发!"

"真的吗?那太好了!"

"咱们回见!"朱莉冲她挥挥手,大步朝外走去。

夏小野忽然觉得心情又明亮起来。

朱莉的动作很快,周一夏小野刚进公司,就被陈昔叫到办公室,"下周朱莉的人就要来我们公司尽调了。"

所谓尽调,就是尽职调查,意味着投资有了实质性的推进,如果尽调没问题,后面就是签投资意向了。

夏小野高兴极了,"太好了,恭喜你。"

"我们同喜,"陈昔心情很好,"昨天我俩聊到夜里两点,她还提到你了,说你非常棒。"

"哈哈,谢谢她的美言。"

"我也要谢谢你的美言,"陈昔笑着说,又关切道,"对了,你同学的病怎么样?"

夏小野愣了一下,才想起自己撒的谎,"就那个样子,这是慢性病,得一直做透析。"

"你也不容易,我听朱莉说,你有点儿幽闭恐惧?"

"是啊,"夏小野装作不好意思地说,"让她见笑了。"

"她没见笑,我跟她说,你是为了陪同学看病,她觉得你特别不容易。"陈昔从柜子里拿出一盒枸杞王递给她,"这个给你同学,可以泡水喝,也可以放在汤里,对肾脏好。"

夏小野顿时一阵大汗,"谢谢,谢谢陈总。"

她回到自己座位上,不一会儿,就看到齐浩来了,在陈昔的办公室待了不到半小时,又脸色不快地走了出来。

夏小野心知肚明,齐浩肯定不欢迎朱莉。

世界上没有不透风的墙,很快公司里就有了传闻。齐浩之所以和朱莉不对付,是因为朱莉不希望由齐浩继续负责 HR,而是想从外面另行聘请一位人力资源副总裁。

据夏小野所知,朱莉还没有做出这么具体的要求,但这传闻实在是有鼻子有眼,以至于齐浩肉眼可见地变得烦躁,有一次还借题发挥,狠狠地批评了乔伊,好几个人都看到乔伊掉了眼泪。蕾娜在背后跟夏小野吐槽,说齐浩是"有权赶紧用,省得过期作废"。

对这些并非无中生有的传闻,夏小野也只能是一笑了之,毕竟,她还有更重要的事。

选题会上,夏小野再一次站到了 PPT 前。

她又报了两个选题,一篇是《妈妈,你什么都不知道》,讲述的是孩子的情绪被父母忽略的痛苦;另一篇是《开学一个月了,降压药吃起来了吗》,讲的是父母在家辅导孩子学习,以至于心脏要装支架的笑话。

两个选题讨论的都是亲子关系,一个是从孩子的角度看问题,一个是从父母的角度看问题。

齐浩皱着眉头说:"这两个选题都很常见。"

夏小野说:"标题还可以再调整,不过我列了一个详细的大纲。"

她把打印好的大纲发到每个人手里,两篇文章先写什么后写什么,每一段核心内容是什么,已经安排得明明白白。

陈昔笑道:"你这个做法不错啊,值得推广。"

趁着大家看大纲的时间,夏小野又道:"如果用《开学》这一篇,我建议在周中发,比较轻松好笑;如果是《妈妈,你什么都不知道》,我建议安排在周一。"

"为什么?"陈昔问。

"因为这篇的内容比较沉重,用户刚经过周末的轻松,周一晚上会更愿意做一点深度阅读,更有精力去思考,也更愿意传播出去。如果放在周五,人们已经累了五天了,肯定不想再看这样令人难过的文章。"夏小野侃侃而谈,有理有据。

内容总监简安飞快地看完大纲,看了陈昔一眼,"不错。"

夏小野高兴地笑了,对简安来说,能有一句"不错"就是至高的夸奖。

从会议室出来,夏小野迎面就看见秦禹走进来。她先是意外,转念一想,秦禹应该是来工作的,"稳稳妈"的电商部分就是交给秦禹他们公司代运营的。夏小野没有打招呼,秦禹也很识趣,只是悄悄地对她眨了眨眼。

隔了半个多小时,夏小野又看到秦禹往外走,同时收到他的微信,"中午一起吃饭?"

夏小野看看日程计划,陈昔中午刚好另有饭局,回道:"好,12点半吧。"

安怡国际旁边有一家烧烤店,夏小野在门口望着"很久以前羊肉串"的招牌,被那人头攒动的景象给惊到了,这时秦禹给她打来电话:"A6桌,快进来。"

"这么多人哪!"夏小野坐下来,"怎么想起来吃烧烤了?"

"不是你说一直想吃这家烧烤排不上吗？"秦禹睁大眼，"我出了你们公司就下来排队了，刚排到。"

"是啊，是啊，我没想到你竟然能排上。"夏小野赶紧道。

"想吃什么？"秦禹拿着菜单递给她，自己打开手机扫码，"你看，我点。"

夏小野踟蹰了一下，怕自己再露馅，便道："你点吧，反正我爱吃什么你都知道。"

"行！"

上菜速度很快，服务员是用一辆小车推来的。秦禹蹲在小车前扒拉了半天，拿出一个烤盘放到烤炉上，"你最爱的烤脑花，今天管够！"

夏小野望着眼前的脑花面露难色，原来"我"口味这么重的吗？

"你是不是点太多了？"夏小野看着那层层叠叠的烤盘，明晃晃的钢钎，光羊肉串少说也得有 50 根。

"不多，不够吃，"秦禹夹了一块小酥肉，在辣椒粉里滚了滚，递给夏小野，"这个现成的，你先垫垫。"

夏小野看着那红艳艳的辣椒粉，心一横，放进嘴里。

辣！但是好好吃啊！

"怎么样？"秦禹问。

"好吃！"

秦禹抓起一把刚烤好的羊肉串递给夏小野，"尝尝这个顶级羊肉。"

确实入口即化。

夏小野一边吃得津津有味，一边扫码看了看价格，"这一盘顶级羊肉要 168 块？你今天怎么回事，发财了？"

"嘿嘿，发了一笔小财，"秦禹大口嚼着羊肉串，嚼完了才说，"我跟同事一起接了个私活儿，今天分钱。"

"分了多少啊？"夏小野好奇地问。

"一共五万块钱，我们四个人，他们一人一万，我拿两万。"

"你为什么拿最多啊？"

"整个后端都是我一个人写的啊，"秦禹喝了一口可乐，眉飞色舞地道，"当然要多拿啦！嘿嘿，怎么样，你男人是不是很优秀？"

"确实优秀！"夏小野看他这么兴奋，也很为他高兴，举起可乐，"来，我敬你一杯。"

"嘿嘿！"秦禹和夏小野碰了个杯，仰头喝完，"哎，我有个秘密要告诉你。"

"什么秘密？"

"你过来。"秦禹冲夏小野勾了勾手指。

夏小野把头伸过去，谁知秦禹忽地就站起来，身子越过整张桌子，在夏小野嫣红的嘴唇上"啾"了一下。

"哎呀！"夏小野脸都红了，这人居然搞偷袭，"别人都在看！"

"看呗，我亲我媳妇儿，有什么关系！"秦禹满不在乎，又蹲到架子前，"咱们再加点儿菜吧。"

夏小野算是看出来了，往常秦禹大概是从来没吃饱过。

"烤脑花好了！"秦禹端起烤盘，放到夏小野面前。

人生第一次吃猪脑……

夏小野强忍着恶心，硬着头皮吃了一口，没想到又鲜又嫩，简直是意外打开了新世界的大门，她没忍住，又吃了第二口。

"要是我的另外一个项目能成，我再请你吃大餐。"秦禹开心地道。

"你还有另一个项目啊?"

"嗯。"

"什么项目啊,"夏小野好奇了,"说说呗。"

"一个医疗类的 App,我带着几个人一起干的,技术是我负责。"

秦禹简单地介绍了下,夏小野听明白了,"就是有点儿类似网上家庭医生是吧?"

"对对对!"秦禹高兴地道,"我还怕你听不明白呢。"

夏小野想了想,"有没有计划书啊?"

"有啊。"

"能不能给我看看?"

秦禹惊讶地道:"你要看?你不是最不耐烦看这些的吗?"

"我们公司最近也在融资,每天都在和资本打交道,我刚好看看你的计划书,就当学习了。"夏小野回答得很自然。

"那行,一会儿回公司我发给你。"

烧烤虽然好吃,但是味儿太大,夏小野出了饭店门就后悔了,下午还要陪陈昔见客,这一身味道有点儿麻烦。

秦禹走在前面,他是吃热了,浑身火热,外套都不穿,朝后搭在肩膀上,里头一件优衣库的打底 T 恤很薄,越发显出了身材的优越,该宽的地方宽,该薄的地方薄。

这人虽然能吃,但身材极好。

"要不要喝奶茶?"秦禹回过头来,刚好看到夏小野一脸嫌弃地在闻自己的袖管。

他走回来,凑到夏小野跟前闻了闻,"唔,是智慧的味道。"

夏小野一脸疑惑,"智慧?"

"猪脑啊,"秦禹乐不可支,"你那一盒子猪脑,有四瓣,那得是两头猪的智慧结晶呢!"

夏小野忍不住翻了个白眼。

秦禹朝旁边看了眼,拉着夏小野就走。

"干吗啊,"夏小野莫名地道,"你往商场里跑干吗?我下午还有事的。"

"很快的,这儿!"

是家"丝芙兰",秦禹拉着夏小野冲进去,直奔香水柜台。

夏小野无语,"这挑香水要挑到什么时候——"

话音未落,秦禹已经拿了一盒,冲向收银台。

不一会儿,他就提个纸袋回来,塞给夏小野。

"我记得你说过,喜欢这个味道。"

"你还闻味道啦?"

"味道没闻,但我认识瓶子啊!"秦禹指了指包装,瓶盖是一朵蓝色的小雏菊。他个子很高,饶是夏小野身高一米七,站在他跟前还是得抬头。

"快拆开喷一喷,别让你同事闻到味道,给他们馋坏了。"秦禹笑着道,他目光清亮,眼睛里一闪一闪的,仿佛是一颗颗小星星。

夏小野一时间心绪复杂,只能默默地拆开包装,往衣服上喷了两下,一阵粉嫩的花香缓缓散开,是年轻姑娘喜欢的味道。

她忽然调皮心起,拿着香水瓶对着秦禹,"你也喷点儿。"

"别别别!"秦禹吓得赶紧跳开,"我是男的!"

"男的也可以喷香水啊。"

"拉倒吧,我可不好这口。"秦禹头摇得拨浪鼓似的。

安怡国际的电梯分两边,一边只停单数楼层,一边只停双数楼层。夏小野排在双数楼层的队伍里,被秦禹拉过来。

"干吗呀?"这人总有幺蛾子。

"跟我先上23楼,我再送你下楼。"秦禹在夏小野耳边嘀咕。

夏小野本想拒绝,但看到秦禹眼睛里的小星星,又不忍心了,就没再吭声。

到了23楼,秦禹拉着夏小野往安全门走。安全楼梯里一个人也没有,夏小野手被他拖着,心扑通扑通跳。

她正想着,秦禹突然不走了。

"你停下——唔——"话还没说完,嘴唇被秦禹一下吻住。

夏小野心里叫苦,这小年轻谈恋爱,真是花样百出,说不迷乱是骗人的,夏小野好几次都差点要回应……

一阵莫名的心悸,"好啦!"夏小野使劲推开秦禹,然而已经晚了,她看见齐浩从楼上走下来,目光凌厉地从她和秦禹的脸上扫过。

"齐总!"夏小野一阵心虚,赶紧立正。

秦禹吓了一跳,接着大大方方地露出个笑容道:"齐总你好,我是夏小野的男朋友。"说完,还朝齐浩伸出手去。

齐浩看了眼秦禹的手,没握,"嗯"了一声,径直从22楼的安全门走了出去。

"好大的架子!"秦禹挠挠头,又不解地道,"这人好端端的,走这儿干吗!"

"肯定是单数楼层的电梯先来,他懒得等,直接上了23楼再走下来,"夏小野倒是有些不安,"我先回去了。"

"等等,"秦禹把她拉回来,"你很怕他?"

"没有。"

"还说没有,你脸色都变了。"秦禹伸手捏捏夏小野的脸。

"我才来没几天,这种事让老板看见不好。"夏小野勉强扯了下嘴角。

"嗯!"秦禹重重地点头,"所以我才要加油啊!"

说着,还很热血地握拳向上挥了挥,喊了声:"进击!为了夏小野而努力!"倒是把夏小野给逗笑了。

夏小野回到工位前,情绪已经好了不少。想想她刚才的不安还真不是怕齐浩,更多的是不自在——但齐浩现在也不能算是她丈夫了,顶多算是……前夫?

不一会儿秦禹就把项目计划书发了过来,夏小野正看呢,内容部在工作群里发了下周的选题,夏小野报的两个竟然都入选了,《妈妈,你什么都不知道》安排在下周一,《开学》安排在周三。

夏小野挺高兴,上一篇《啪啪啪》的成功,不但给她带来了2000块的选题奖,陈昔还额外给她发了2000块的奖励。这回两篇选题入选,至少每篇500块的入围奖已经到手了。

她给秦禹发微信:"晚上我请你吃饭吧。"

今晚玛丽幼儿园的家委会有个晚餐会,陈昔要去参加。所以,夏小野就没事了。

然而秦禹一直没回复,夏小野也没太在意。陈昔让她负责和ZL资本对接尽调的事,对方要来七个人,都需要她协调接待。

送走了陈昔,夏小野又一路忙到快7点。秦禹那儿终于有动静了,"我好了。"

"OK,10分钟后楼下见。"

夏小野很快就把手机等杂物装进一个布袋里,搭电梯下楼,刚出安怡国际的门,就看见秦禹高大的身影,不知朝天边看着什么。

她兴冲冲地跑过去,越来越觉得自己有年轻人谈恋爱的感觉了,

"你干吗戳在这风口啊，不冷吗？"

秦禹回过头，"什么？"

"我说，你站在风口冷不冷？今天下午降温啦。"

"我不冷，你冷吗？"秦禹关心地问，说着又去抓夏小野的手，"你手好凉，我们快走吧。"

"嗨！"夏小野笑了起来，"我下楼前洗了手，办公室空调好热，我脸都缺氧了。"

"哦哦，不冷就好。"

夏小野觉得秦禹有些不在状态，但又说不上来哪里不对，"想吃什么，这顿我请，我报的两个选题都入选了。"

秦禹犹豫了一下，"算了，咱们还是回家吃吧。"

"怎么了？出什么事了吗？"

"没有……可能是中午吃多了吧，也不太饿。"

他说话的时候，眼神闪烁，夏小野一看就明白了，肯定有事，便识趣地道："那行吧，其实我也不太饿，回家下面条吃。"

他俩一起搭地铁，照例是没座位的。秦禹仗着人高，一只手撑着天花板，一只手搂着夏小野，下颌搁在夏小野的额头上，当她是个什么小动物似的，时不时地蹭那么一下。只是一连坐了几站路，都一声不吭。

等到过了几站，人少点了，夏小野忍不住低声问道："你是不是有心事？"

"没有。"

"反驳得太快，就是肯定。"

秦禹怔了下，才道："我是在想那个项目的事。"

"哦，你那个计划书，我都看完了，"夏小野点头道，"有一些想法，你需要的时候，可以交流一下。"

秦禹一脸惊讶，"你有什么想法？"

"市场总量很大，有不错的前瞻意义，是国家当前支持的方向，也有技术壁垒，可以做出很好的'护城河'。"

秦禹笑了起来，"谢谢夏总。"

"但是——"夏小野拖着长调，"我要说但是了……"

"你还有'但是？'行，你说。"秦禹不以为意地道。

"你们的盈利模式不太清晰。"

"哦哦。"

"哦你个头啊，"夏小野知道，秦禹其实没把她的话当回事，"我跟你说认真的，盈利模式不清晰，这事很严重。"

"你这都是跟谁学的，"秦禹笑了起来，"我跟你说，盈利模式没问题，我们在计划书里写了的，你估计没看清。"

"我看清了的，但那么写不行，"夏小野想了想，换了个说法，"我问你，从投入运营到正式盈利，需要多长时间？"

秦禹一愣，张了张嘴，刚想说计划书上明明写了三到五年，但仔细一想，还是有点儿心虚，"五年吧。"

想到这里，秦禹意识到夏小野不是在开玩笑，表情也渐渐严肃起来，"这种网络家庭医生式的App可以有效利用医疗资源，提高就诊效率，考虑到国内用户长期以来的就医习惯，我们测算下来，五年内可以实现盈利。"

"五年啊……"夏小野笑了笑，不再说话，看到秦禹脸色渐渐凝重，知道他已经意识到了问题所在。

资本选择投钱的第一天起，想的就是什么时候能赚钱退出，你跟对方说五年盈利，而一个基金的设立时长最多也就七年，何况还是一个虚无缥缈、几乎无法估算的项目,再加上眼下又是资本寒冬,投资人选项目更是慎之又慎。

秦禹迟疑了片刻,问道:"你们'稳稳妈'在盈利这块儿是怎么预计的?"

"我们公司本来就是盈利的,不融资也能活下去,最多做不大。现在投资人都越来越谨慎,宁肯锦上添花,也不愿意雪中送炭。"

秦禹沉默了半天。

夏小野看他站在那儿不动,觉得自己是不是话说得太直了,伤害了小伙子的自尊心,想想又道:"你们这个项目的方向是很好的,符合国情大势,故事也说得不错,就是在测算盈利的时候,得再费点儿心,可以找个懂行的人帮着把把关。"

"嗯,哈哈,"秦禹忽地回过神来,抱着夏小野的脸"吧唧"又亲了一口,"明白了,你说得可真棒,我回头跟搭档再好好研究研究。"边说边紧紧地搂住夏小野。

"你放心,"他的声音从夏小野的耳边传来,"我会做好的,一定会。"

夏小野隐约觉得这话有哪里不对,但具体怎么了又说不上来,加上被这人死死搂着,思路都打乱了,"你松一点儿……"她使劲推了推秦禹,从怀抱里挣扎出来,"我气都透不过来啦!"

夏小野对投资人的判断一点儿也不错,朱莉嘴上说下周派尽调团队的人进驻,谁知周二对方只派了一个姓李的项目经理过来,美其名曰"先遣部队"。夏小野只得把手头的事先放下,着重接待这位李经理。

对方开出整整几页纸清单的需求和问题,要求"稳稳妈"提前做好准备。夏小野对照着清单上的内容，把任务派发到各人，完成一项勾掉一个，越勾越觉得，秦禹的那个项目计划书，确实还需要大幅度完善。清单是不可能发给秦禹看的，那是机密，但她可以有选择地用嘴说，让秦禹和他的团队对照着修改，有的放矢。

对秦禹，夏小野的心态可以说是三分歉疚、三分无奈、三分感激……外加，一丢丢的好感吧。当然，这一次"帮忙"，她打算讲究点方式方法，不能伤害对方的自尊。

下午，陈昔又叫她一起去一家奶粉公司谈代理。

陈昔一路上都心情不错，主动聊起一些生活琐事，感慨道："这投资一进来就更忙了，不瞒你说，我之前其实挺犹豫的，就怕没时间陪孩子，可明明能发展而不发展，又说不过去。唉，要不对不起自己，要不对不起孩子。"

夏小野完全理解陈昔的纠结，想了想道："其实稳稳、定定放学后，偶尔可以接来公司的。"

"接来公司？"陈昔笑了起来，"接来干什么？看我上班吗？哈哈哈，那不是乱套了？而且我作为CEO，不能带头这么干，别人家也有孩子的，别人也想和孩子一起上班啊。"

"那就也来呀。我一直觉得，咱们公司可以有一个托管中心，我们仓库里有那么多样品，什么儿童家具啊、玩具啊、奶粉啊、尿不湿啊，什么都有，都用不完，放那儿也是浪费。"

"你这个主意好！"陈昔倏地眼前一亮，"这不仅仅是托管中心，还是样品陈列室，不不不，应该是选品试用间……场地也有，等投资进来后，本来就要把对门的办公室也租下来的！"

"我们连网课都有很多套，都是现成的，不用花钱。"夏小野笑着道。

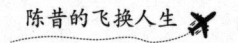

陈昔点头道:"没错,只需要再请一两个保育员就行了,这样既帮大家托管了孩子,又等于试用了产品,至少商务这一块选品时完全有的放矢。"

"对没有孩子的同事,也是最直观的实习,省得她们写文章做选题还要打电话请教有孩子的朋友。"

"你这是在说你自己吧?"陈昔闻言笑了起来,"你的几个策划都做得不错,你那些有孩子的朋友帮了大忙。"

夏小野一阵心虚,"是的,多亏了她们。"

陈昔越想越满意,"你这个提议还真是很有可行性,额外支出不多,有效利用了现有资源,还解决了大家的后顾之忧。"

"操作得当的话,对公司也是一个很好的宣传!"夏小野补充道。

"对对对!你说得没错!"陈昔是个很果断的人,"这样,你先写个计划,我们再一起探讨。"

"没问题!"这个想法是夏小野这段时间刚形成的,能和陈昔一拍即合,她也很高兴。

"你好好干,有什么新的想法,或者好的选题,都可以告诉我,不用非要等到选题会上,"陈昔又鼓励了她几句,忽然带了一丝抱歉地道,"对了,你男朋友那件事,我也没想到会那么发展,倒是有点过意不去。"

夏小野一愣,"我男朋友?他怎么了?"

"你不知道吗?"陈昔意外,又立刻主动理解地道,"看来是怕你不高兴,没告诉你。是这样,昨天你和你男朋友在楼道里有些亲密举动对吧?刚好昨天下午齐浩和'王鼎'的人开会,就随口提了一句,没想到对方误解了齐浩的意思,居然把你男朋友给调组了。"

王鼎就是王鼎科技,秦禹的公司。

夏小野心里倏地蹿出一股火来。

难怪昨天秦禹的表现那么反常！这所谓的"调组"绝不是表面看起来的轻描淡写，相反，后果一定很严重，秦禹一定是挨批了，说不定就是半下岗。

这年头代运营公司生意都不好做，"稳稳妈"是"王鼎"最重要的客户，齐浩和秦禹的上级说起那楼道亲密，他或许是当个笑话，别人就会理解为客户投诉——不对，齐浩绝不是当个笑话随口一说的，他是"稳稳妈"的副总，他和"王鼎"的人开会，怎么可能"随口提起"两个小职员亲热？肯定是有意提的。她回想起安全楼梯里的那一幕，齐浩那阴沉的脸色，充分说明了他对这一幕是很不满的。

夏小野这样想着，脸色也随之难看起来。且不论齐浩为什么会对这件事耿耿于怀，他又凭什么动动嘴皮子，就去破坏别人的工作呢？

陈昔看夏小野半天没吭声，猜到她肯定不好受，又说道："你别着急，这样，你今天回去，跟你男朋友了解一下具体情况。如果有需要，回头我让齐浩再去跟他公司说说，看看有没有转圜的余地。"

夏小野一听就知道，陈昔这是在说空话，堂堂公司老总，怎么会去帮助理的男朋友讨个工作……

事已至此，也只能后面看怎么解决了，夏小野按捺下不满，"我回去问问他再说吧，我确实不知道怎么回事。"

到了对方公司，夏小野跟着陈昔往里走，刚到前台，却看见一个熟人。

扒皮王？

想不到这人被"爱家"裁员，居然跳到奶粉公司了，还当上了渠道负责人？看来这扒皮王有点儿人脉背景……要不就是这家奶粉公司瞎眼了！

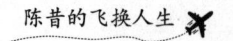

夏小野正胡思乱想，扒皮王已经眼前一亮地走了过来，指着夏小野的脸，"咦，这不是……不是那个……那个谁吗？"

这厮就是故意的。

陈昔笑着道："王总你好，这是我的助理夏小野。"

"对对对！"扒皮王一拍大腿，"夏小野！哈哈！"

夏小野一阵无奈，"王总你好。"

"托你的福，好着呢。"扒皮王阴阳怪气地道。

陈昔问道："怎么，你们认识啊？"

"认识，太认识了，"扒皮王阴恻恻一笑，"特别是最后那一哆嗦，简直印象深刻，终生难忘啊！"

他说话粗鄙，陈昔微微皱眉，看向夏小野。夏小野只得说："我来'稳稳妈'之前，在'爱家'工作，王总是我老板。"

陈昔微微点头，对于"爱家"的惨烈裁员，她是有所耳闻的，估计眼前这位王总也被裁了。然而三十年河东三十年河西，甭管之前混得有多惨，现在人家是甲方了，手里握着陈昔想要的代理权，那就得高高捧着。

想到这里，陈昔立刻对夏小野道："你不用一起开会，在外面等我吧。"

夏小野会意，安安静静等在会议室外，隔了半小时，又收到陈昔的微信，"我这儿还需要挺长时间，你先回公司吧。"

夏小野心如明镜，扒皮王肯定没说什么好话。

果然，她刚回到公司，HR乔伊的电话就来了，"你来一下。"

乔伊寒声问道："你之前从'爱家'离职，是因为绩效不合格，被裁掉的？"

"嗯。"

"你怎么能撒谎呢,刚才齐总来问我了,我都被他问蒙了!"乔伊非常不满地道,"还有你那个男朋友,我看在朋友的分儿上帮他递简历,他倒好,这么重要的事瞒着我,你俩太坑人了吧!"

夏小野心里忍不住翻了个白眼,谁会主动告知自己是被裁员啊,那还能找到工作吗?

但她对乔伊还是很抱歉的,"对不起啊,他也不是故意的,我们也没想到会这样,真的对不起。"

"什么叫不是故意的!"乔伊使劲地在桌上摁了一下,"他是失忆了还是智障了?你们就是故意的!"

夏小野在心里叹口气,继续道歉:"对不起,真的对不起。"

"你现在说对不起有什么用,被老板骂的人是我!"乔伊在齐浩那儿受的气全部发泄到夏小野头上,"还有,你俩是不是还在楼道里卿卿我我?注意点影响啊大姐,至于那么饥渴吗?我真是受不了!"

夏小野一听这话,顿时不乐意了,"一码归一码,我们没有告诉你裁员的事,确实是我们不对,但我和秦禹谈恋爱,跟这事没关系。"

"没关系?"乔伊立刻冷哼一声,"怎么没关系!那可是上班时间,你用上班时间约会亲嘴,这还没关系?"

莫名其妙地变成夏小野后,还真没被人这么指着鼻子骂过。被乔伊这么一说,她顿时也不爽了,冷冰冰地道:"按照公司规定,那个时间是午休的点儿,我和谁约会,和谁亲嘴,那是我的自由,这没什么可说的吧?"

"哎,你还有理了?"乔伊气得胸口上下起伏,"难怪你会被裁呢,就没见过你这号人!"

"乔伊!"夏小野忍无可忍,"有些话我觉得没必要再讨论了,隐瞒裁员的事是我的错,你就说怎么处理吧。"

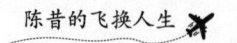

"我也不知道怎么处理了,"乔伊撇着嘴道,"你那么能耐,你说怎么处理吧?"

"要不我主动辞职?"夏小野也不耐烦起来,"我辞职,这就什么问题都没了吧?"

乔伊一愣,她不过是发泄一下不满,谁知道夏小野这么愣头青,居然主动提辞职。

"想辞职是吧,"乔伊冷笑一声,"你是陈总的助理,我可不敢随便答应你,你去跟齐总或者陈总请示吧。"

"没问题!"夏小野爽利地点了下头。

乔伊看她出去,立刻拎起电话——夏小野是陈昔的助理,还刚出了一篇大爆款,手里又正负责和ZL资本的对接,这突然辞职,谁知道老板乐不乐意?她不能背这个锅!

回到座位上,夏小野已经平静下来,她很清楚,以她现在和陈昔的投契,再加上朱莉对她的高度评价,陈昔是不会让她辞职的。

她想了想,对着电脑噼里啪啦一通打字,不到五分钟,一封简单的辞呈就写好了,她正准备打印出来,桌上分机响了,是齐浩。

不出所料。

"你来一下。"齐浩用命令的口吻道。

夏小野无声地冷笑了下,"好的,齐总。"

她不慌不忙地把辞呈打印出来,折好放在口袋里,朝齐浩的办公室走去。

门一开,桌后的人抬起头来,四目相对。

"坐。"齐浩淡淡地道,手边一杯咖啡正冒着热气。

那是一杯摩卡,五分糖,加奶油。夏小野鬼使神差地想起这杯咖啡的配方。

她坐到齐浩对面，只觉得一股说不清道不明的情绪从心底油然而生，顺着五脏六腑直冲往上，又被她死死地摁在了嗓子眼。

透过氤氲的热气，齐浩的眼神看起来明灭不定，让人觉得他正在纠结万分。

这一定是错觉。她想，齐浩有什么可纠结的？

不知为什么，之前高涨的气焰、冷静的筹谋，突然就消失无踪了，取而代之的是一股难言的惆怅。

是该惆怅。

苏东坡在《江城子》里写道："纵使相逢应不识……相顾无言，唯有泪千行。"她和齐浩，不至于泪千行，但也是实打实的相顾无言了。

"齐总。"她低声应道，心里感慨万千。

"你要辞职？"齐浩表情复杂地问。

"嗯，"夏小野苦笑了下，"我也不知道应该怎么办，既然做错事了，就主动承担呗。"

她从口袋里掏出那封辞呈，递到齐浩面前。

齐浩打开辞呈，飞快地看了眼，没说话，仿佛又陷入思考。

夏小野是想以退为进的，齐浩叫她来，多半是要用一招缓兵之计，最后还是把这件事丢给陈昔去决定。

她只是想争取一个谈判的机会，看看能不能帮秦禹把调组的事扭转回来。

"行吧，"齐浩终于开口，"人各有志，我也不留你。"

夏小野愣住了，继而一股怒意喷薄而出——齐浩居然同意她辞职，连问都不问陈昔一声！

这人是不是有病？

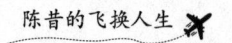

"该交接的工作要交接好,你一会儿去找乔伊办离职手续吧。"齐浩一脸平静地道。

夏小野只觉得喉咙口火辣辣地疼,"OK!既然我离职了,能不能麻烦你一个事?"

"什么事?"

"请你跟'王鼎'的老板说一声,把秦禹调回来吧,"她冷冷地道,"这本来就是一桩意外,调组的事对他影响很大,既然我走了,能不能让他接着回来,负责'稳稳妈'商城的代运营?"

齐浩深深地看了夏小野一眼,"这是两码事。"

"两码事?"夏小野瞬间就怒了,"我不明白你为什么要那么针对我和秦禹。是,我们俩确实是在楼梯间亲热了,可那是午休,我们没有占用工作时间!秦禹的工作能力是有目共睹的,'稳稳妈'商城从最初搭建到正式运营,再到眼下的规模,一直是他在负责,从来没有出过岔子,你现在把他换掉,对公司也是有损失的……或者,你是觉得他代表供应商,而我是甲方老板的助理,担心我们之间存在利益输送,那更不可能,我试用期还没过呢!你不要想多了。"

"你说完了吗?"齐浩皱着眉。

她一口气说那么一大堆,有些气喘吁吁,"说完了!"

"想多的人不是我,是你。"齐浩平静地道,"我作为甲方老板,没必要针对一个供应商的小职员,退一万步说,我就算要针对他,不想看到他,又有什么不行?"

夏小野被他的态度彻底激怒了,"是,没有什么不行,只是你别忘了,你在当甲方老板之前,也打过工,也当过供应商的小职员!你轻飘飘一句'不想看到他',很可能就毁了一个年轻人的前途!"夏小野说完,看都没看齐浩一眼,转身离开了办公室。

夏小野径直走出公司。

先是乔伊，再是齐浩，两场仗干下来，她只觉得胃里空空如也，再仔细一想，是了，她原本是要带ZL资本的李经理去吃午饭的，谁知陈昔突然叫她出去开会，她把李经理托付给贾思柏，就匆匆跟着陈昔走了，吃午饭的事情完全忘诸脑后了。

话说多了伤精神，得吃顿汤汤水水的，她想。

安怡国际的大门是旋转门，夏小野从里往外，突然从外头挤进来一大堆人，把门都卡住了。

夏小野头一抬，就看见一张熟悉的脸——吴建。

吴建也看到了夏小野，四目相对，夏小野冲他点点头，继续往外走，就是点头之交嘛。

"夏小野！等一下！"

她头一回，见吴建绕了个圈，赶下台阶追她，"这么巧。你在这里上班？"吴建问。

"嗯。"

"那正好，我们公司今天在这儿搞发布会，就在三楼，你要不要过来看看？有几个产品还是很酷炫的。"

"还是算了。"

"真的很有意思，来看看吧。"

"我要去吃东西，"夏小野如实相告，"我到现在还没吃午饭。"

谁知吴建说："那正好，我也还没吃午饭，我们中午订了无数盒饭，肯定吃不完，你能不能帮个忙吃一点？"

夏小野被逗笑了，"我想喝汤，你们的盒饭配汤了吗？"

"有蛋花汤，还有酸奶，行不行？不行我给你单买。"吴建一脸真诚。

话说到这份儿上,已经没法再拒绝,夏小野爽快地道:"不用单买,就蛋花汤吧。"

发布会场面盛大,吴建领着夏小野往里走,一路都有人主动跟他打招呼,看得出来,他在公司的地位还挺高。

一份三荤两素的盒饭、一份速溶蛋花汤、一罐酸奶、一根香蕉。

"不愧是大厂,这盒饭规格很高啊,"夏小野点评道,"这一份应该不便宜。"

"这一份要 52 块钱。"

"真是财大气粗。"

"什么财大气粗,"吴建不以为然,"公司大了,某些人就开始浪费了。"

"就这么抨击你们公司啊?"

"这有什么,我还在内网上抨击过这种现象,我们内网是实名的。"

"我知道……"

"怎么了?"吴建见夏小野一脸若有所思,"在想什么?"

"我在想,不管外人怎么看你们大厂,这么多年下来,你们的底色和格局始终还在,这就很能说明问题了。"

"说明什么问题?"

"说明你们屹立不倒,是有道理的。"

这下轮到吴建困惑了,"你不是做母婴号的吗?怎么那么有深度啊?"

"瞧你这话说的,母婴号就不能有深度了?"夏小野翻翻白眼,"母婴母婴,那是人类的起源,是人世间最有深度的好不好?"

吴建服了，对着她直拱手，"厉害厉害，你们老板找到你这个助理，一定如虎添翼。"

夏小野笑笑，"哪儿啊，我刚被扫地出门。"

话赶话说到这里，她就把偶遇扒皮王、被乔伊责问的事说了一遍。

吴建惊呆了，"就这么小点事，你就主动辞职了？"

"对呀。"

"为什么啊？你是真不想干了吗？"

"那倒没有……"

"那你是想以退为进？"吴建试图理解夏小野的思路，"可你这样，就把HR给得罪死了啊。"

"我……"夏小野无言以对，"我是真没想那么多，大概是觉得……气氛到那儿了吧？"

吴建只觉得匪夷所思，"气氛到那儿了，你就辞职了？"

"那你是没看到她质问我的样子，"夏小野学乔伊，"她说，你说怎么处理吧？那我能怎么处理啊，我只能说那要不我辞职？不然怎么办？我总不能给她跪下磕一个吧？"

吴建哈哈笑起来，又摇头，"归根结底，还是你不珍惜这份工作。"

"有吗？"夏小野吃了一惊，"我很珍惜的啊。"

"不，你不珍惜，珍惜工作的人，都是能忍则忍，绝不会轻易辞职。"

夏小野调侃道："你该不会是在说你自己吧？"

"就是说我自己，"吴建顿了顿，才道，"我上一份工作的时候，那时候刚毕业没多久，每天都战战兢兢的，被领导骂了，就一直在自

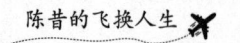

己身上找原因，从来也没敢想过辞职。"

"那怎么会换到大厂的？"

"是猎头来找的我，"吴建幽默地道，"我可以忍受批评，但我忍受不了诱惑。"

夏小野歪着脑袋，"这么看来，你从未有过年少气盛的时候。"

吴建沉吟了两秒，点头道："是的，从未有过，也不知道是好事还是坏事。"

这属于哲学范畴了，夏小野不置可否，这时手机响了起来，"陈总？"

"我到公司了，你在哪儿？"陈昔问道。

"我在公司附近，中午忘记吃饭了。"

"吃完回来找我一下，"陈昔轻描淡写地吩咐，"有事跟你说。"

夏小野挂了电话，发现吴建正惊讶地瞪着自己。

"我现在明白你为什么那么无所谓了，"吴建感慨地道，"原来你是有恃无恐。但我不明白，为什么你老板那么喜欢你？"

"当然是因为我有用啦，"夏小野笑吟吟地道，"而且我是我老板的助理，她还没同意我辞职呢，她老公就先同意了。就冲这个，我老板也不愿意，她最不喜欢被人越俎代庖。"

吴建讶然，"你这是把你们老板夫妻都看透了啊！"

临走时，吴建把夏小野送到电梯口，忽然问道："本周日有没有空？"

"怎么了？"

"别人给了两张音乐会的票子，想请你一起去听。"

夏小野笑了起来，"不会吧？"

"什么？"

"我应该不符合你的择偶标准呀。"

吴建顿时尴尬，"你怎么说话那么直接。"

"一把年纪了，凡事直接点好。"

"你哪里一把年纪了？"

"心老呀。"

"既然你直接，我也不想绕弯子，我觉得你挺好的。"吴建认真地道，"其实我那些所谓的要求和标准，我也知道是有问题的，但我认为改不改要看对象是谁。如果是为了结婚而结婚的，那就没必要改，愿者上钩；如果是真心喜欢的人，那……那就改了也没关系。"

他说完，摊了摊手，终于有些不好意思，"之前让你那么生气，对不起啊。"

夏小野没想到吴建竟能这么坦诚，一时间对他多了几分好感，"我也有对不起你的地方。"

吴建以为夏小野是指她那些批评的话，"没有没有，你说的话都很有道理。"

"不是那个，"夏小野停一停，才道，"我要道歉的是，其实我有男朋友。"

吴建一愣。

"我爸妈不知道，所以才给我介绍相亲的。无论如何，是我隐瞒你在先，对不起。"

吴建愣了半晌，才哑然失笑，"原来如此。我就说，你长得这么漂亮，怎么会没有男人追？呵呵，原来如此。"

他一连两个"原来如此"，可见受到了巨大冲击。

"为什么不告诉你爸妈？"吴建问道，"怕他们不同意吗？"

夏小野点了点头，不想过多解释："还得请你帮个忙，别把我有男友的事告诉介绍人。"

"我不会说的，说了我多没面子，"吴建自嘲道，又好奇地问，"你为什么要告诉我呢？你可以随便找个理由拒绝我的。"

"我觉得你挺坦诚的，用别的理由搪塞你，就不太好了。"夏小野笑笑。

她刚回到22楼，就收到吴建的微信："你最后那句话，我可不可以理解为，如果你没有男朋友，其实还是愿意和我交往的？"

夏小野吓了一跳，赶紧回道："也不能那么理解，我们还是做朋友吧。"

这个吴建，当朋友相处是很不错的。

她去找陈昔，陈昔一看见她，就沉着脸直截了当地问道："听说你要辞职？是下定决心了，还是一时气话？如果是一时气话，我可以当你没说过；如果你下定决心了，那我也不留你。"

"是一时气话，"夏小野一脸诚恳，"其实我出了门就后悔了。"

"后悔了？"陈昔狐疑地盯着她，"我怎么感觉不到你后悔？"

"真的后悔了！陈总，我还想给你当助理。"

陈昔扯了下嘴角，"你知不知道王伟德是怎么跟我说你的？"

夏小野眨了眨眼，"能大概猜到一些。"

"他说他一开始看走眼了，说你表面上文静和气，其实胆大心黑路子野！说你是只披着羊皮的狼，叫我一定要防着你。"

夏小野一阵无语，"我就知道，王总是非常记恨我的。"

"我不管你和他之间有什么故事，你既然说后悔，那我就相信你，再给你一次机会。"陈昔冷静地道，"但你把被'爱家'裁员说成主动离职，确实也属于撒谎，所以对你的试用期要延长三个月。"

"行。"夏小野点点头。

"你现在出去,给乔伊道个歉,"陈昔放缓了语气,"她是 HR,又是推荐你进公司的人,你应该跟她搞好关系,而不是贸然得罪她。"

这是有意在提点她了。"谢谢陈总!"夏小野真心实意地道。

她去找乔伊道歉,乔伊已经知道陈昔把夏小野给留下了,但还是拿着些架子,半开玩笑半认真地道:"还没说你两句就撂挑子走人了,以后我可不敢批评你了。"

夏小野讨好地笑道:"不不不,乔伊姐姐,陈总说我了,我也认识到我的错误了,以后我要是再犯错误,你只管批评!"

回到工位上,夏小野又是一通忙活,等到终于忙完,窗外已经是华灯初上。

秦禹在微信上冒头,"几点下班?"

她朝陈昔办公室看一眼,发现陈昔已经走了,"半小时内。"

"行,我在楼下等你。"

夏小野收拾了下东西,琢磨着一会儿遇到秦禹,究竟是主动提调组的事,还是配合他装傻。

"齐总?"没想到居然在电梯口遇到齐浩。

齐浩淡淡地瞥她一眼,"嗯"了一声。

夏小野颇为尴尬,正如她对吴建所说,她认为陈昔之所以把自己留下来,一部分原因是不满齐浩没问她就同意了夏小野的辞呈。

这是人家夫妻间的 Battle(较量)了,她变成中间的夹心。

电梯里竟然没有第三个人,夏小野站在电梯门前,默默地注视着楼层字数,不敢去看身后的齐浩。

门开了。夏小野飞快地冲出去。

齐浩看着她朝一个高高大大的身影走去,心中一动,快步跟了上去——

"那个,等一下!"

夏小野转过头来。

下班的人群里,秦禹正朝这边走过来,看见夏小野被齐浩叫住,脸上的笑散开,皱起了眉头。

齐浩没看秦禹,只对着夏小野说:"我没有让金总把你男朋友调组。"

金总就是王鼎科技的那位负责人。

夏小野皱眉,一脸疑惑。

秦禹也吃惊地睁大了眼睛。

"我随口跟他提了一句,你们俩在谈恋爱,当时还有别人在,还开了个玩笑,说是一段佳话。没想到,他回去就把人调走了。"齐浩平静地道。

"他为什么要这么做?"秦禹忍不住问道。

"那你应该问你自己,"齐浩看着走过来的秦禹,淡淡地说道,"如果你真的那么优秀,那他的做法就很奇怪了。"

这话的意思很明显,金总之所以把秦禹调组,另有原因,而且原因在秦禹身上。

齐浩说完就走,留下秦禹站在原地,面红脸烫。

夏小野只觉得诧异,齐浩向来处事温和,但在这件事里他整个的表现都很奇怪,尤其是最后那几句话——他明明是来解释调组不是他的要求,那又何必对秦禹说得那么冷血无情?

"那个,是我老板告诉我你被换组的,然后因为又发生了一点别的事,我就找齐总理论了一下,所以他才来这么说的。"夏小野见秦禹一直不说话,以为他心里不舒服,解释道,"你也别因为他这么说就去瞎琢磨,老板要摆布员工,有 10000 种理由,其中 9999 种,和你优秀不优秀没有关系——唔！"

秦禹忽然低下头，吻住了夏小野的唇。

周围忙着下班的人们顿时看了过来。

夏小野面红耳赤，连忙低下头，"你干吗啊！"

"谢谢你，"秦禹的眼神温柔极了，"我怕你担心，特意没告诉你，想不到你还是知道啦。不过，你们这位齐总说的不对。"

"嗯？"

"我老板要调我走，我问自己有什么用，我应该问他啊！"秦禹理直气壮地道，"我现在就找他去，你一个人先回家行不？"

"行！"

夏小野本来觉得秦禹这么做有点儿冲动，后来一想，其实当面锣对面鼓地说清楚，未必是件坏事。

夏小野回到家，她心里反复想着齐浩的态度，又记挂着秦禹和老板的谈话，连公众号发布的推文都忘了看，还是微信里接二连三有人@她，她才知道。她策划的那篇《妈妈，你什么都不知道》在发出一小时后，已经斩获了10万+的阅读量。

工作群里喜气洋洋，负责后台的编辑小伙伴说，新粉丝增长速度噌噌的，就这一会儿已经增加了1万多。陈昔发了个大红包在群里，底下一片"谢谢老板"的表情包图。

秦禹一直到后半夜才回来，轻轻地推开卧室的门，探头探脑地朝里看。

夏小野感觉到一股深秋的寒气从外面进来，"你回来啦？"

"你还醒着？"秦禹一下子扑上来，抱住夏小野，结结实实地亲了一口，"想死我了。"

"怎么样?"夏小野望着他黑亮亮的眼睛,"谈得好吗?"

"还行,反正都说开了,"秦禹笑着道,"老金知道我创业的事了。"

"啊?"夏小野顿时坐起来。

"他以为我要出去单干,顺便带走客户,刚好你老板提起咱俩恋爱,他就借这件事,把我从你们公司的项目调了出去。"

"那你怎么说的?"

"我跟他说,我就算创业,也不会干代运营,不会抢'王鼎'的客户,让他把心放在肚子里。"

这么直白的吗?夏小野一阵无语,"你这不是等于承认了?你们金总得气死吧?"

"没有没有,"秦禹赶紧道,"他没生气,他说如果我不是要另立山头抢客户,那他就不介意了。他人还挺好的,说我们公司其实一直在拓展新业务,我们大老板还和人成立了一个新的基金,就是生物医疗方向的,他让我拿着项目去申请看看,如果能通过,没准可以算是内部创业。"

"那你现在的岗位呢?"

"换组呗,你们公司肯定不能再归我负责了,"秦禹笑笑,"反正我也不想负责,省得你们老板胡思乱想。"

夏小野舒了口气,一时也说不好这转折是好是坏。

"你先睡吧,我再改改计划书。"秦禹兴冲冲地说。

"现在啊?"

"对,刚回来路上跟搭档讨论了几个点,尤其是针对你说的盈利模式那块,我们想到完善的方法了,不立刻改心里难受。"

"你等会儿,"夏小野指着他的头发,"你头发为什么是湿的?"

"哦，"秦禹摸了摸一头乱发，不好意思地道，"刚开始老金有点上头，指着鼻子骂起来了，泼了我一脸茶。"

夏小野有点儿心疼。

"后来我俩好了啊！他还请我吃麻辣烫了呢！"

第二天夏小野进公司时，那篇《妈妈，你什么都不知道》已经彻底爆了。具体数据还在统计，负责运营的小伙伴说，后台粉丝一夜间涨了60多万。

夏小野心里大叫"好家伙"，这个成绩比原本那个时空更厉害。她清楚地记得，那一次发这篇，粉丝也就增加了十几万。

到了第三天，数据已经破了60万。

公众号文章这种东西，向来都是"赢家通吃""强者恒强"，一旦出现一篇大爆款，那就会把所有的流量都吸过去，第一名能甩第二名几个零的身位。相当于第一名可能是珠穆朗玛峰那么高，第二名撑死了也就是一座佘山……

陈昔在复盘会上分析，说可能是因为上一周刚出了一篇50万＋，那一波的余威还未过去，于是，两篇爆款形成了一次叠加，相互推动借力，使得这一篇攀登上了新的数据高峰。

第三周的选题会，所有人都摩拳擦掌地看着夏小野，连陈昔都半开玩笑地点她的名，"这次又有什么爆款选题？"

夏小野一脸不好意思地道："这次没有了。"

她当然不是思路枯竭，但她决定先消停几周。木秀于林，风必摧之。一个人不可能一直出爆款，那样太不真实了。而且她要是一直出爆款，过不了两个月，就会有人来挖她，到时候岂不是更麻烦？但你叫她拿两个"绝不会爆"的选题出来，她又过不了心里那道坎。所以干脆两手一摊,表示暂时没有了。

11月的第四个周一,朱莉的尽调团队正式进驻了,一行七人坐进了夏小野专门安排的办公室里,对"稳稳妈"进行为期半个月的尽职调查。

有两篇爆款文的加持,有近在眼前的融资,"稳稳妈"整个公司都被一种"一夜暴富"的气氛给笼罩着,尤其是一众管理层成员——他们手里都有陈昔承诺的大笔期权,这下更是人人喜气洋洋,走路带风。

不过,当尽调组开始做管理层访谈后,这种兴奋肉眼可见地淡了下来,尤其是当陈昔分别约了人事副总齐浩、财务总监张宇、商务总监贾思柏、内容总监简安单聊,并且齐浩又一次黑着脸从陈昔办公室离开后,各种各样的闲言碎语就蔓延开来。

"你说,别最后钱进来了,领导们都换了一拨吧?"吃午饭的时候,蕾娜跟夏小野八卦。

夏小野早已在心里把对每个人的评价过了一遍,"都换掉是不可能的,但个别……确实危险了。"

"我看陈总也挺纠结的,都是跟着她打天下的人,这留谁不留谁,怎么抉择啊。"蕾娜心有戚戚道,"特别是里头还有一个老公。"

"何止是纠结,"夏小野叹了口气,"陈总都好几个晚上没合眼了。"

"还是我们这种小员工好啊,"蕾娜又高兴起来,"虽然能力不强,但既不用接受灵魂拷问,也不用扛事儿操心,回头投资进来了,大钱让大老板们去挣,咱们就跟着拿点儿小钱,又安全又舒服,多好!"

夏小野笑了起来,"瞧把你给美的!"

"可不就是美滋滋吗?"

微信上，秦禹又发来一个表情，一门巨大的高射炮，不停地向夏小野射来爱心炮弹。

"夏小姐，今天能不能早点儿下班？"

"有什么事吗？"

"有个开心的事，想跟你一起庆祝。"

夏小野猜，多半是内部创业的事有了眉目，便回到公司对陈昔撒了个谎，说有点儿不舒服，能不能到点下班。陈昔挥挥手，就批准了。

秦禹打了一辆车，接上夏小野，对司机说："去无界美术馆。"

无界美术馆展现的是光影艺术，其中一个展厅里是一大片花海，姹紫嫣红，美不胜收。

"这儿太美了，"夏小野赞叹，忽然脚下一空，"啊！"

秦禹一把将她抱起来旋转，夏小野既是惊吓又是惊喜，头又晕乎乎的，眼前的流光溢彩都化作一团团霓虹，她想尖叫，但又怕太突兀，硬生生忍下来。

"好晕！"夏小野总算脚踏实地，却不敢睁眼，只能把头埋在秦禹胸口。

就听到秦禹在她耳边说："这片花海，代表我的心意，热烈庆祝我们相识 1000 天。"

夏小野愣住，"1000 天了呀？"

"对啊，历历在目，你不记得了吗？"

"记得呀，当然记得，"夏小野有点心虚，"我还以为你说的是你那个项目的事。"

"那个也开心，"秦禹笑了起来，露出一口洁白的牙齿，"我们大老板想约我搭档一起聊一次，看看是作为内部创业，还是干脆重新做一个子公司。"

"哇,那太好了!"夏小野说着,别开脸去——她有些不敢看秦禹的眼睛,怕自己无法面对那份真挚。

幸好,手机及时地响了起来。

"小野啊?"浓重的丽水口音。

"妈!"夏小野赶紧应道。

秦禹脸上的兴奋迅速褪去,朝旁边走了几步。夏小野看他装作欣赏花海,心里一阵无奈。

还是老话题。夏小野挂了电话,久久无言。

秦禹走过来,故意开着玩笑:"怎么啦,咱妈有什么吩咐?"

"我妈说,她和我爸周五要来 H 市,打算住在我这儿……"

第七章
物是人非事事休

> 夏小野眼睛直直地看向齐浩,"张老师之所以能想到拿U盾、公章,是有人在背后给了她什么指点?"
>
> "你!"齐浩的喉结飞快地上下滑动,眼睛里几乎喷出火来,"你在胡说八道!"
>
> 刚好他的手机响起来,他匆匆接了电话,"我在外面,现在进来。"夏小野目送他的身影走进饭店,好半天,终于幽幽叹出一口气。

夏小野爸妈决定住在光明新村，就意味着秦禹必须另找住处，以及清除夏小野与男人"同居"的所有痕迹。

因为这个消息，他俩也没心情继续看展览了，草草吃了个饭就回了家。夏小野看着秦禹闷头收拾东西，越来越过意不去。

"秦禹。"夏小野走过去，蹲在秦禹面前。

"嗯？"

"对不起啊……"

秦禹飞快地看了夏小野一眼，笑了笑，捏捏她的脸，"咱俩用不着说这个。"

"还是要说的，就像你和你们金总说开了一样，我们俩也应该说开。"

"不用，我们俩没什么需要说开的，你别胡思乱想。"

"不是我胡思乱想，"夏小野无奈地道，"是太委屈你了啊！"

秦禹手上一顿，"我不觉得委屈。"他说着，转身站起来，去衣柜里拿那些大件的冬季衣服，故作轻松地道，"你要是闲得慌，就帮我把这些拿到姚蓉蓉屋里去。"

他俩和姚蓉蓉说好了，一些不好带的东西，暂时放在姚蓉蓉卧室，等夏小野爸妈走了，再搬回来。

"可我觉得对不起你,"夏小野忍不住道,"要不咱俩算了,你考虑考虑别人?"

"什么?"秦禹一下子回过头,"喂,夏小野,我警告你,饭可以乱吃,话不要乱说,我再给你一次机会,想清楚了再说。"

"或者我们可以开放式恋爱,你可以同时再看看,有没有更适合你的人?"

"你是不是疯了?"秦禹两条剑眉都拧了起来,"怎么,你爸妈一来,你不但要我搬出去,还想彻底跟我分手是吗?是你故意叫他们来的吗?"

"当然不是——"

"那你想干什么?好端端的,为什么要分手啊!"

"哪里好端端了,我们现在这样,对你是很不公平的——"

"我不觉得不公平,"秦禹没好气地打断她,"你要是真觉得对我不公平,就少去相亲!"

话脱口而出的瞬间,两个人的脸同时僵住。

秦禹站在那里,看着眼前的夏小野,只觉得心都痛起来,那些奋力拼搏的勇气,那些展望未来的期待,已经被完全碾碎。有些东西,有些执着,就如同肥皂泡泡,一针戳破后,才知道自己那点自尊,薄如蝉翼,不值一提。

"我出去走走,东西你放着,我回来接着收拾。"秦禹说着,像一阵风似的带上门走了出去。

姚蓉蓉趿拉着拖鞋走过来,"你们怎么吵起来了?"

夏小野黯然,"原来他一直知道我在相亲。"

"哎——"姚蓉蓉也怔了下,"也是,你俩白天在一栋楼,晚上在一张床,他知道了也正常。"

"我就觉得对不起他。"

"本来我还想劝你快刀斩乱麻,可我刚才看到秦禹那小眼神,我也不忍心了。"姚蓉蓉叹了口气,"算了,我还是帮你搬东西吧,你这道题我解不出来。"

夜凉如洗。

秦禹总算回来了,夏小野听到门响,赶紧把背转过去。不一会儿,就听到秦禹进来了,接着又去了卫生间,水流哗哗的,应该是在洗澡。

夏小野哭笑不得,这位还挺慢条斯理的,这是心态平复了?

就听到某人的声音传来,"小野、小野,你醒着吗?"

夏小野再也装不下去,"醒着呢,怎么啦?"

"我的衣服呢?都被你收走啦?"

夏小野一敲脑袋,可不是吗?她赶紧下床,从秦禹的两个旅行袋里找出他常穿的睡衣,从门里递给他。

"你大半夜的上哪儿去了?"夏小野皱着眉头问。

"跑步,"秦禹顶着湿漉漉的脑袋,"我跑到江边去了。"

"……"这能有将近10公里吧?真是年轻人。

"出了一身汗,心情好多了!"秦禹笑呵呵地道,走过来拉一拉夏小野的手,还摇一摇,"以后别跟我提分手了,这话太刺激了,受不了。"

夏小野突然就觉得喉头一哽,噎了半天,才胡乱点点头。

兴许是前一晚实在太晚了,夏小野和秦禹头挨着枕头就睡死过去,第二天闹钟响了都没听见,结果是双双迟到。夏小野到公司已经快11点了,幸亏上午陈昔去了幼儿园,她也不算太耽误事。

尽调组的李经理一看见她来,立刻走来问道:"陈总什么时候来啊?"

"可能要下午了,怎么啦?"

"有几笔账要问一问,可你们那位财务总监张老师突然休年假了,就想问问陈总怎么回事。"李经理皱着眉。

夏小野一怔,"给她打电话了吗?"

"HR说打过了,联系不上,"李经理抱怨道,"公司在尽调呢,她怎么能休假呢?真是服了。"

夏小野越想越觉得不对劲。尽调工作分两大块,其中一块财务是重头戏,需要财务总监全力配合,张老师和陈昔认识近10年,一直对陈昔忠心耿耿,平时工作也认真负责,她怎么会在这个节骨眼儿上休年假?还联系不上?

夏小野想了想,忍不住给张老师打了过去。出乎她的意料,铃声响了几下,张老师就接了起来,"喂?"

"张老师,我是夏小野,尽调组的人有几笔账想问问你。你是突然休假了吗?"

那头沉默了一会儿,才道:"不休也没什么,我现在赶回来。"

夏小野挂了电话,总觉得张老师的语气也有点儿怪怪的,具体怪在哪儿,又说不清楚。

一个小时后,张老师风尘仆仆地回来了,一来就领着尽调组的人进了财务室,夏小野这才放下心来。

陈昔不在,她就比较悠闲,打开手机刷了刷FO3095——还没出现。她也不再像先前那么焦急了,这航班说不定还要乘坐个十次八次的,才能看到点儿苗头。

她接着又去商务部,找贾思柏讲了讲修建托管中心的思路。贾思柏挺兴奋，拍着胸脯说不管是物资还是师资，商务部都可以解决。

手机忽然响起来，是陈昔，"小野？你看见张宇了吗？"

"张老师？刚才来公司了，应该在财务室吧？"

"她不在。"说完就挂了。

夏小野莫名其妙，但还是跑去财务室和尽调办公室分别看了一眼，果不其然，张老师又走了。

"她什么时候走的啊？"夏小野问李经理。

"我也不清楚，我问完我的问题，就没注意了。"

又过了一阵子，陈昔和齐浩一起回来了。两人都脸色凝重，径直进了陈昔办公室，还把HR乔伊也叫了进去，三个人在里头嘀嘀咕咕了10多分钟，乔伊又一溜小跑地出来。夏小野看着她像一阵风似的跑出公司大门，越发想不通这是怎么回事，犹豫片刻，发了条微信给蕾娜，"你知道乔伊去哪儿了吗？"

蕾娜很快发来回复，"去了三楼，应该是物业。"

夏小野更想不通了，乔伊从陈昔办公室出来，为什么要去物业呢？她又不是行政。

不一会儿，夏小野的分机也响了，陈昔叫她进去。

"晚上本来要请郭总吃饭的，突然有点事，去不了了。我跟郭总说了，你替我去。"陈昔语速飞快地吩咐道，"招待得好一点儿。"

"哦哦，就我一个吗？会不会级别不太够？"夏小野问。

"够了。"陈昔说。

"哦，好，"夏小野迟疑了一下，忍不住又问道，"是不是出什么事了？"

"没什么，你不用管，跟你没关系。"陈昔不肯说，旁边齐浩也是眉头紧蹙。

餐厅安排在安怡国际旁边的一家粤菜馆，夏小野在餐厅楼下等着，她一直在想公司究竟出了什么事，连郭总迎面走来都没看见。

"Hello！"郭总伸手，在她眼前晃了晃。他今晚穿了件印着他们公司 IP 图案的 T 恤，足蹬一双潮流椰子鞋，看着比上回年轻很多。

"哎呀，郭总！"夏小野忙回过神。

"我每次看到你，你好像都有心事，"郭总笑呵呵地道，"上次吃台州菜，你也总走神，这次也是走神。你年轻貌美，前途无量，为什么总是一副心事重重的样子？"

夏小野哑然失笑："不是有心事，我是在想，一会儿给您点什么菜。"

郭总顿时哈哈大笑起来："你还挺会打马虎眼。"

夏小野这时已经彻底找到感觉，笑道："陈总临时有事，让我给您赔罪，真是不好意思。"

"没事没事，我们是老朋友了，不差这一顿饭，而且她不来也很好，我们可以畅所欲言，"郭总笑着道，"陈昔这人什么都好，就是太认真，跟她聊天，动不动就要聊业务，想聊点轻松愉快的都带不动。"

夏小野一看，他似乎真的心情不错，也松了口气。

包厢订的是十人桌，郭总说："这个桌子太大了，我们不超过四个人，换小桌吧。"

服务员为难地道："包厢是有最低消费的，你们订了，我们也没法再卖给别人了。"

夏小野立刻道："没问题，换小桌我也按照包厢的最低消费给你。"

换到大厅的小桌，郭总按照两个人的饭量点了菜，服务员一脸担心，"你们这么点可不够。"

夏小野接过菜单，又点了几道菜，"这些做了直接打包，这下你放心了吧？"

服务员顿时无话可说。

郭总那边又来了两个男人，都不是生意上的，一个姓汪的律师，一个姓蒋的医生。郭总指着他俩跟夏小野解释，人过了35岁，交际圈里必须要有一名医生、一名律师。

夏小野问："那是不是还要有一名老师？"

"为什么要老师呢？"

"可以教育孩子呀。"

"我目前没有孩子，"郭总笑道，"不过你的建议很周到，我要考虑收集一下老师了。"

接着又开始聊股市，一会儿私募，一会儿基金，一会儿又是期货什么的。夏小野趁着几位男士聊得热火朝天，便找借口去洗手间。

吃到快9点半的时候，郭总叫买单，服务员指着夏小野说："这位女士已经买过了。"

郭总"哎呀"一声，"你居然买过了？上洗手间时买的，对吧？"

夏小野抿嘴一笑，"对，说好了我们请您吃饭呀。"

"嗐！这路子不对，"郭总直摇头，"失算，失算了！"

汪律师和蒋医生都起哄，笑话郭总久经沙场，竟然被一个小姑娘抢了单。郭总拍着胸脯保证说下次他来组局，原班人马再聚一次，必须挽回颜面。

"看不出来，你年纪不大，心眼儿可真不少！难怪陈昔那么器重你。"郭总一个劲儿地说夏小野。

送走郭总和他的朋友，夏小野给陈昔发个微信，汇报了一下情况，陈昔就回复了她两个字，"嗯嗯"。

夏小野估计陈昔多半还在公司,就带着打包的饭菜回去。这些饭菜她本来就是照着陈昔的口味点的,如果陈昔还没来得及吃饭,就正好用得着。

她回到22楼,绝大多数灯已经关了,只有走廊尽头的灯还开着,隐约有声音传来。

她心里一动,绕到外面的公共洗手间,走进女厕那个小隔间。

"……你打算怎么处理她?"齐浩寒声问。

"处理谁?张宇?还是夏小野?"陈昔的声音清晰传来。

"夏小野,不是已经查出来了吗?是夏小野给张宇打的电话,她才回公司的。"

夏小野听得一头雾水,她打电话给张老师叫她回来配合尽调,这有什么问题吗?

就听陈昔说道:"没什么好处理的,夏小野不知道我们故意给张宇放假!"

"你怎么知道她不知道?你是不是太相信她了?"

"我不是太相信她,是她没有给张老师通风报信的动机。"陈昔没好气地道,"你能不能别每次出了问题,不想着怎么解决,老想着追究责任行不行?真要追究责任,我看你应该追究你自己。"

"首先请你就事论事,不要总是使用'每次''老是'这种词,"齐浩带着愤怒,"其次,我有什么可追究的吗?"

"我跟你说过多少次了,让你完善公司各种流程制度,你做了吗?"

"我没有做吗?"

"你做的那是什么啊!"陈昔语气不善。

"我做的你不认可,不代表我没做吧!"

"真受不了,和朱莉谈是这样,现在这事也是这样。"隔着墙壁,夏小野都仿佛看见陈昔扼腕的样子,"你能不能不要老局限于你的个人得失?你不是打工的,你做的东西不需要我认可,而是要对公司有用,我求你了,麻烦你看看整个公司好吗?这个公司是我和你两个人的,请你多少有点儿主人的心态!"

"你真觉得这公司是我和你两个人的吗?"齐浩冷笑,"我怎么觉得,你纯粹是把我当员工看呢?"

"拜托,如果我真把你当员工,就你现在这个对待工作的态度,你已经被我开除了。"

砰!

一声重重的砸门声。

夏小野回到陈昔办公室前,看到陈昔面朝窗户,一个人静静地坐在夜色里。

"陈总?"夏小野走进去,"怎么不开灯啊?"

陈昔没吭声,表情透着一股疲惫。

夏小野想了想,又道:"有没有吃晚饭?我带了些吃的,你胃不好,不能饿。"

陈昔没接茬儿,问了别的,"和郭总聊得怎么样?"

"挺好的,不过他没提续约的事。"

"哦,不急于一时,"陈昔皱皱眉,"不早了,你回去吧。"

夏小野决定挑明,"公司出的事,是不是和张老师有关?我今天是不是不应该把她叫到公司来?"

陈昔看了她一眼,在脸上揉了两下,才道:"张宇今天来,把公司的U盾和公章都拿走了。"

夏小野蒙了,她怎么也没想到这一点,"她不还了吗?"

"应该是不打算还了,现在连人都找不到。"陈昔苦笑,"我们调了监控,报了警,警察说她是公司股东,公章被股东拿走算不上是丢失或遗失,叫我们自己想办法解决。"

夏小野脑子转得飞快,"这事不能传扬出去。"

陈昔深深吸了一口气,"可不是,我们正在融资呢,这事一旦张扬出去,不知道多少人要看我们笑话。"

夏小野沉吟了两秒,"是不是该跟朱莉说一声?我觉得尽调组的人一定有所察觉,而且后面他们还得接着对账。张老师总是不在,肯定瞒不过去。"

"我也是这么想的,如果明天上午还是找不到张宇,我就要约朱莉谈谈了,"陈昔扯了下嘴角,"反正她也算是始作俑者。"

"啊?"

"她嫌弃张宇能力不行,说她连财务都算不上,只能算个会计。"陈昔言简意赅地道。

夏小野一阵无语。

"行了,不早了,你回去吧。"陈昔站了起来,往后押了押背,"虽然是你通知张宇来的公司,但这事不怨你,你还是该干什么干什么,但记得保密。"

夏小野有些感动,"其实,我还是有错的。"

"嗯?"陈昔意外地看向她。

"即便我是无心之失,终归是给公司造成了损失,而且我还在试用期内,就犯下了这么大的错误,还是很有问题的。"

夏小野笑着捋了下头发,低声道:"我觉得,公司还是有理由处理我的。"

第二天是周五,早上秦禹就提着两个大箱子搬去光明新村对面的"如家"。夏小野把家里收拾干净,就赶往火车站接人,高铁还没到,蕾娜的电话就到了。

"你被陈总开了?"蕾娜劈头就问。

夏小野"嗯"了一声。

"你犯什么错误了?"

"不瞒你说,我也不知道,"夏小野闷声道,"昨晚我应酬完郭总,就接到陈总电话,让我今天不用去上班了。"

"啊?这么狠哪?"

"是啊,"夏小野苦笑道,"我都不明白我做错什么了。"

"你也不问问?"

"问了,她不说啊,我又是还在试用期,还不是人家说不要就不要了。"

"唉,"蕾娜长叹一声,"你别说,我觉得公司肯定是出什么大事了。陈总一早来公司就去找尽调组的人开会,到现在还没出会议室;齐总也是,脸黑得像包青天。"

"对了,你怎么知道我被开的?"夏小野好奇地问。

"我是听贝拉说的,她应该是听乔伊讲的吧。我一听到传言,就立刻来问你了。"

"嗯嗯,"夏小野好笑道,"这么说,看来全公司都知道了。"

她挂了电话,又给张老师打了一个。

不出所料,电话关机了。

夏小野在到达出口处又等了十几分钟,就看到"双亲"大包小包地出来了。原主和爸爸长得很像,大眼高个儿,因而夏小野一眼就认出来了。

　　午饭是夏小野事先预备好的，看上去很丰盛，实际上是以半成品菜为主，只有一道西红柿炒鸡蛋出自她手。毕竟原主不擅长做饭。她对姚蓉蓉的解释是——不能让爸妈知道她会做饭，否则以后过年回家就永远是她做饭了。

　　夏小野爸妈这次来 H 市，是专程为了筹备夏小野哥哥的婚礼。整顿饭下来，夏小野妈妈都在抱怨未来的儿媳妇。

　　"第一次上门，我们吃完饭，她站起来，假模假式地说她来洗碗，我说你别洗了，难得来一次，谁知道她立刻就说好的，就这么坐回去了！你说说，怎么这么懒！我早上 5 点就爬起来买菜烧菜，她倒好，连个碗都不肯洗！"

　　夏小野："嗯嗯。"

　　夏小野爸爸："嗯嗯。"

　　"父女俩"嗯完，不禁对视一眼，心照不宣地笑了。

　　夏小野妈妈还在继续："人不但懒，长得也不好看，黑漆漆的，也不知道你哥看上她什么了，回来催着我去给女方交彩礼。"

　　"给多少啊？"夏小野随口问。

　　"16 万。"夏小野妈妈比画了个数字，"8 万礼金、8 万礼物。"

　　"这么多！"夏小野也吃了一惊。

　　"不多，你侯叔家儿子结婚，光礼金就给了 20 万。还有老于家小二，娶了一个老师，不肯住家里准备的婚房，非要在县里买一套，这一下就是 80 多万，还要装修……"她说着，又问夏小野爸爸，"你儿子说，雯雯家答应陪嫁一部车的，是不是？"

　　夏小野爸爸咪了一口黄酒，"不知道。"

　　"你怎么能不知道呢，说这话的时候，你不是也在吗？"夏小野妈妈一下急了。

"我在吗？"夏小野爸爸纳闷地道，"哦——"

夏小野坐在对面，差点儿笑出来，这个爸爸还挺有意思。

"你哦个屁！"夏小野妈妈没好气地看向夏小野，"你怎么到现在一句话也不说？"

"我不知道说什么呀，"夏小野无辜地道，"你们给我嫂子置办彩礼，我能说什么，你们说了算呗。"

"讲到这个，我想起来了，"夏小野妈妈放下筷子，正色道，"你和吴建什么时候再见一次吧，要不就趁着我们在上海，我们也见一见，看看到底是个什么样的人。"

夏小野顿时傻眼，"不用了吧，他不是没看上我——"

还未说完，她的手机就响了起来。是个陌生号码。

"是夏小野吗？"对方问。

"张老师？"夏小野喜出望外，"你换号码啦？难怪我电话打不通。"

"你找我什么事？"

"也不是什么大事，"夏小野尴尬地说，"我被陈总开除了，说是因为我通知你来的公司。"

电话那头没吭声。

夏小野想了想，接着道："我给你打电话，其实也就是想问问这到底是怎么回事，死也要死个明白吧。我这班上得好好的，怎么就突然失业了呢？"

她说完，等了一会儿，才听到张老师幽幽叹了口气："你也是被我连累了。"

"到底是怎么回事啊，"夏小野咬着嘴唇，委屈地道，"我真是冤死了。"

"你这会儿有时间吗？出来当面说吧。"张老师说。

夏小野顿时心头一喜。

本来她只想找到张老师，没想到还能见到本人。

"有的！"

她挂了电话，一转身就迎上两张严肃的脸。

"你被公司开除了？"

夏小野："……"

张老师约的地方是一家必胜客，夏小野到的时候，张老师已经坐那儿了。她顶着两个大黑眼圈，眼袋也是肿的，可见也是没休息好。

"你还好吧？"张老师瞅了一眼夏小野。

"就那样，"夏小野扯了下嘴角，"昨晚一宿没睡。"

"我没想到会牵连到你，"张老师叹了口气，"我也是被陈昔逼急了！"

"陈总对你做什么了？"夏小野顺着杆问。

"和她对你做的一样，"张老师冷笑一声，"她想叫我走。"

"为什么？"

"其实也不是她想让我走，是那个朱莉。那女人就是要变着法地换个自己人进来管钱，偏偏陈昔看不清。"

虽然张老师话说得含糊，但夏小野还是听明白了。

多半是朱莉要陈昔把张老师换掉，张老师反戈一击，拿走了公司的U盾和公章。

"我也是够傻的，她说什么财务部分的尽调要包给会计师事务所，让我尽管休假，我还真信了！其实是他们想绕过我看账，故意把我支开,"张老师咬着牙,"人心哪,真的是善变,上个月还在跟我画大饼,说什么未来一起上市,财务自由如何如何,这才几天,就想赶我走了!"

夏小野一时无语。

"我跟陈昔认识那么久,当初她刚开始做'稳稳妈',请我帮她做代记账,我都没要她钱。后来她非要拉我一起干,说财务这一块必须要交给一个信得过的人,那就干呗。前半年一个月工资才4000多块钱,这可是H市,饭店服务员挣的都不止这些,我也不计较;后来业务做得好,我也从来没跟她提过任何要求。无论是涨工资,还是换办公室,都是她提的,包括最近公司拿到投资,别人都琢磨着什么期权股权,我是一个字都没有提过,这有什么可提的呢?我觉得大家姐妹那么多年,这种时候,我就不要再去抢什么了,不要给她添麻烦,反正该我的总归是我的,我是信任她的。"

"谁知道,我把她当姐妹,她把我当抹布,"张老师说到激动时,眼圈都红了,"需要的时候用一用,不需要的时候,说丢就丢了!"

夏小野沉默不语。

一个月前,陈昔也不过是刚和资本接触,陈昔肯定也没想到,朱莉会要求"稳稳妈"换财务总监。

但有些事是明摆着的,在资本介入之前,大家一门心思往前冲,很多问题都被忽略了;尽调组一来,每个人的短板也就相应暴露。这其中,第一个暴露短板的人是齐浩,第二个,就是张老师。

说起来,陈昔和齐浩的矛盾也是基于同样的原因。

张老师擤了擤鼻涕,又道:"这次是我连累了你,你是好心办了坏事,话说回来,像陈昔这种老板,早点儿离开对你来说没准是好事。"

"嗯嗯。"夏小野劝道,"你也别太生气了。"

"我不生气了,我都看透了,"张老师冷笑道,"资本家嘛,都是这样的,天下乌鸦一般黑。别说你我了,我告诉你,就算是她老公齐浩,她也看不上——"

"张宇,说这话就没意思了吧?"背后一个声音传来。

说话的居然是陈昔,旁边还有齐浩,或许是因为听到了张老师的话,齐浩的脸色显得很不自然。

"你们是怎么找到的?"张老师吓了一跳。

"对不起,张老师。"夏小野低声道,说完转过身,"陈总、齐总。"

陈昔对夏小野点点头:"辛苦你了。"又再次看向张老师:"咱俩聊聊?"

张老师张大了嘴,目光在夏小野和陈昔之间来回往复几次,最后还是落在陈昔脸上,"你真可以啊,居然这么耍我。"

"我也是没办法,"陈昔一脸平静地道,"你不接我电话,我怎么都找不到你,只能出此下策。你有什么想法可以告诉我,我们好好谈一谈。"

"我们有什么好谈的?"张老师突然失控,对陈昔大喊,"你别再骗我了,朱莉跟你提过很多次了,对不对?可你从来都没跟我说过,你也没打算跟我好好说。陈昔啊陈昔,你是把我当成傻子玩啊,我张宇什么时候做过对不起你的事?你为什么要这么对我?你还有没有良心!"

"我的良心一直都在,"陈昔也有些动感情,"如果我没有良心,我就找律师起诉你了,告你泄露公司机密,非法侵占公司财物,反正先告了再说。我也可以报警,就说你窃取公司情报,那警方至少能找到你。再退一万步，我还可以发声明宣布公章、U盾挂失，直接作废就好了。但这些我都没有做，不是吗？"

张老师欲言又止。

陈昔叹了口气，"咱俩10年了，你真不知道我是什么人吗？"

"你跟我出来一下，"齐浩对夏小野说，"我有话问你。"

夏小野跟着齐浩走出餐厅，来到街面上。

"齐总？"

"我听陈昔说，今天这主意，是你给她出的？"齐浩沉声问道。

"嗯，我也就是提议了一下，陈总觉得可以试试看。"夏小野低声道。

夏小野觉得，张老师其实是个老实人，她是实在气不过了，才做出抢公章这样极端而幼稚的事。人有了怨气，就要发泄出来，最好是对着一个息息相关的人发泄。所谓息息相关的人，那就是"稳稳妈"的人呗。张老师不愿意和公司的人联系，但和公司对立的人联系，那就没什么心理障碍了，非但没有心理障碍，还可以同仇敌忾。

所以，夏小野就建议陈昔将她"开除"，再把这个消息想办法传到张老师的耳朵里。

正如她所料，张老师"听说"夏小野"被开除"了，而且是被她"连累"的，果然心里过意不去。

"你很聪明。"齐浩平静地道，声音带着一丝讽刺。

夏小野干笑一声，"呵呵。"

"但类似的聪明，我还是希望你少用。"齐浩说完，不等夏小野开口，转身又往饭店里走。

夏小野迟疑了片刻，终于按捺不住心头的怒火，"你等一等。"

齐浩转身。

"你没必要这样阴阳怪气地批评我。"夏小野直截了当地道。

齐浩眉头皱了起来,"我没——"

"你就是在批判,"夏小野打断他,"你觉得我利用了张老师的心理骗了她。"

"难道不是?"

"确实是。但公司正在接受尽调,张老师身为公司股东和财务总监,在这个时候拿走公司的U盾和公章,拆公司的台,难道就是对的吗?"夏小野冷静地道,"我是陈总的助理,我完全有理由有义务,帮陈总想办法解决这个问题,相反地,我不明白你批评我,又是站在什么立场?"

"你知道你在说什么吗?"齐浩脸色一沉,难看到可怕。

"我当然知道!"夏小野毫不相让地道,"我不理解的反而是你,你是陈总的丈夫,是公司的创始人,你为什么要讽刺我呢?还说什么'类似的聪明少用',难道我为公司做事、挽救公司损失有错吗?还是你觉得张老师的做法其实是对的?或者——"

夏小野眼睛直直地看向齐浩,"张老师之所以能想到拿U盾、公章,是有人在背后给了她什么指点?"

"你!"齐浩的喉结飞快地上下滑动,眼睛里几乎喷出火来,"你在胡说八道!"

刚好他的手机响起来,他匆匆接了电话,"我在外面,现在进来。"夏小野目送他的身影走进必胜客,好半天,终于幽幽叹出一口气。

"我是不是做错了?"

安怡国际23楼的安全通道里,夏小野低声问秦禹。

她离开必胜客后,在街上逛了逛,发现离公司不远,但这会儿进"稳稳妈"肯定不合适,便干脆上楼去找秦禹。

秦禹说:"你会问我这个问题,说明你心里也拿不准。"

"我就是拿不准啊!"夏小野无奈地摇摇头,"张老师说陈总没良心,是冷血的资本家,我就在想,我是不是给资本家当帮凶了?"

"我觉得你跟你们齐总说的那些话,一点儿毛病都没有。你就是员工,给公司效力,"秦禹歪着脑袋,"倒是你们陈总,我觉得,其实最难受的人是她。"

"真的啊?"夏小野有些意外,"你真这么觉得?你不觉得她是资本家?"

"她就算是资本家,也是无奈的资本家。"秦禹笑笑,"你知道我那个家庭医生的项目,我们大老板那儿已经通过了,决定还是作为内部创业,职级给我升一级,另外还给了我七个人的编制。"

"那是好事儿啊!"夏小野惊喜道。

"是好事儿。问题是,这个项目是我带着几个小伙伴一起弄的,其中一个写交互的,不是我们公司的,就在你来找我之前,我们大老板跟我说,这个人水平不行,不要他进来。让我请这个人出局。"

"啊?"夏小野讶然,"那他水平到底行不行?"

秦禹摇了摇头。

"这——"

"他确实是我们这几个人里的短板,但我启动这个项目时,他是第一个站出来支持我的,也是最有干劲的,"秦禹苦笑了下,"你知道我们大老板怎么跟我说吗?"

"怎么说?"

"他说,这人水平有限,我现在不叫他走,但只要这个项目往前做，我早晚要请他走的，而到时候，他会更痛苦，我也会更难过。你刚才说，那位张老师跟了你们陈总 10 年？我猜这也是你们陈总不敢面对她、跟她说出实情的原因。她心里也一定不好受，所以她就拖了拖，又想找别的方法蒙混过去，"秦禹叹了口气，"但她越是拖，越是隐瞒实情，对方知道了后就越扎心。"

夏小野心有戚戚。

"那你打算挑明了？"她问。

"对，我一会儿就给他打电话，把事情一五一十地说清楚，再尽我所能，替他找我老板多要点儿好处。总之，我尽我所能。"

夏小野弯了弯嘴角，"你这样是明智的。"

"那也是你给了我灵感，"秦禹笑着搂住夏小野，下巴轻轻蹭着她的额头，"你来找我，我特别高兴。"

"高兴就好，晚上要委屈你住旅馆了。"

"觉得我委屈，你半夜来找我啊！"

"去你的，"夏小野白他一眼，"不早了，我先回去了，还得给我爸妈解释一下我没失业，他们以为我被开除了。"

"替我问候咱爸妈！"秦禹挥着手，笑得一脸阳光。

一夜无言。

周六一早，夏小野把自己收拾得利利索索，到陈昔家附近的一家咖啡馆见面。坐下没多久，陈昔就到了，穿了一套白色裤装，化了妆。夏小野一眼就看出她用的是 Dior 那支 999 号唇膏，那支的颜色特别提气，能让整个人都显得神采奕奕。

"怎么样，你爸妈该相信你了吧？"陈昔一看到她，就笑着问道。

"信了，"夏小野笑起来，"有你亲自电话保证，他们肯定信。"

昨晚不管夏小野怎么解释，爸妈都认为她是失业撒谎，直到陈昔给夏小野打来电话，夏小野灵机一动，让陈昔替自己和爸妈通了个话，爸妈这才放心。

"张老师那儿都解决了？"夏小野问道。

"解决了，下周一正式离职。"陈昔点头，"话也都说开了，这么多年，她是了解我这个人的，我不会亏待她的。"

夏小野点了点头。

"倒是你——"陈昔无奈笑道，"她对你意见很大呢。"

夏小野笑了笑，"那我也没办法。"

对她有意见的又何止张老师。她犹豫过要不要把对齐浩的怀疑告诉陈昔，但话到嘴边，还是没说出口。

"是啊，你是为了帮我，"陈昔盯着夏小野的眼睛看了一会儿，忽然拿起菜单，"来，先别急着聊工作，看看想吃什么，这家的西式早餐做得很地道。"

陈昔要了一份水波蛋，夏小野点了英式全餐。

"哇，你敢吃英式全餐？那可是足足 3000 大卡的热量！"陈昔惊叹了。

"没事，我吃不胖！"

"你要不要对着我这么显摆啊？"陈昔无语了。

夏小野顿时哈哈大笑起来，谁会想到，她竟然能对着陈昔讨论身材。

"你真的是很开心啊！"陈昔困惑地望着她，这女孩嘴都合不拢。

"托你的福。"

"真是羡慕你们年轻人。"

"千万别羡慕，"夏小野大摇其头，"要不是你请客，我可吃不起这一餐。"

"哈哈。"陈昔笑起来,"想想还真是,光吃不胖的时候,欲望却被价格限制得死死的,等到有钱了,又不敢吃了……呃,你这是在记选题?"

她看着夏小野放下刀叉,从包里掏出一个本子和笔,开始记录。

"突然有点儿启发。"夏小野头也不抬。

陈昔欣赏地笑笑,"这是个好习惯,保持下去。对了,这次这件事,我要感谢你,所以你的试用期提前结束了。不仅如此,我还让HR重新给你出了一份劳动合同,已经发到你邮箱了。"

夏小野点开邮箱,果然收到一份合同。她粗略地看了几眼,原本"稳稳妈"给她的年薪是税前10万,现在直接翻倍,20万,另外再加1万股期权。

夏小野半天没吱声。

"有问题吗?"陈昔敏锐地发现了她的异样。

夏小野低了低头,笑道:"比我想象的少了一些。"

按照眼下的行情,有些写手,一篇10万+的爆款文,可以要价3万到5万不等。以夏小野目前体现出来的策划能力,陈昔给她开年薪20万,纯属占她便宜。

陈昔扬了扬眉毛,往后一靠,"挺好,我这人就喜欢实话实说的,你有什么想法,不如说出来。"

"陈总,我确实很佩服您,也很喜欢咱们公众号。要不这样,期权我不要了,年薪给我30万,行不行?"

陈昔皱起眉头来,"你不要期权?为什么,你是对我们公司没信心吗?"

"不是不是。"夏小野想,她该怎么告诉陈昔,她恐怕不会有时间在这个时空等到期权兑现,还是现钱好,落袋为安,"你误会了,我是最近有点儿缺钱。"

"缺钱?"

"嗯,我不想跟人合租了,想自己单独找个房子住,所以——"她笑笑。

"原来如此,"陈昔点点头,"年薪这一块公司有规定,我最多给你加到 22 万,但以后你做的内容奖金,全部加一倍,4000 块一篇;如果达到 10 万+,那就再翻番,给你 8000 块,如何?"

陈昔还在笑道:"另外,1 万期权也继续留给你,以你的策划能力,恐怕每个月的奖金要比工资高。"

"行,"夏小野知道陈昔的脾气,过多讨价还价,她就该不耐烦了,"那就这样。"

"好,我叫乔伊改了再发你。"陈昔满意地笑笑,"对了,你一会儿有没有时间?"

"有什么事吗?"

"帮我做件事,替我去给郭总送份续约合同。"

"他同意签啦?"夏小野知道陈昔一直在求 D&T 续约,如果能签下来,她也很高兴。

"不好说,就说先把我们盖了章的合同拿过去。"陈昔正色道,"你是个聪明人,你到他那儿之后,帮我留意下他的态度,是真的愿意续约,还是有可能拖着我玩。"

夏小野点头,"没问题。"

D&T 事务所比"稳稳妈"的规模大多了,占据了一座甲级写字楼整整两个楼面。郭总的办公室也很大,目测至少也有 100 多平方米,全透明的墙,里面摆着各种各样的潮流玩具,其中一只巨型的紫色大兔子十分吸睛，正是 D&T 旗下最火的大 IP"娜娜兔"。

郭总亲切地给夏小野拿饮料，"辛苦你了，大周六的还要加班。"

"您不是也在加班吗？"

"我没家没口的无所谓，你不一样啊，你要谈恋爱的。"

夏小野"哎"一声，"那我还是工作第一的，"她把文件袋交给郭总，"这是授权的续约文件，我们公司已经盖章啦。您看看，要是没什么问题，干脆也盖了章，我正好带回去给陈总。"

"哎哟，我还头一次遇到这么催盖章的！"郭总指着夏小野，"你要不要这么急？"

夏小野抿嘴笑，"就是急啊。"

眼看着授权都快到期了，虽说合同内容已经谈定，可一天没盖章，那就一天没落定。

"你先放下，不要着急。合同这种东西，我一个人过目没用，还要给法务看，顾老板也得看呀。"

顾老板，就是 D&T 设计师事务所的另一位创始人顾言，几个最主要的 IP 都是他设计的。

夏小野见郭总把文件袋塞进抽屉里，心里一凉，但面上也不好说什么，只好说："行，那您可得记在心上。"

"我记在心上，你记得催我，"郭总笑吟吟地，"你别老学陈昔，就知道说工作，晚上有没有空？你再请我吃顿饭呗。"

"郭总，您怎么能把'请我吃顿饭'说得那么流畅？"

"那就我请你吃，也行啊。"

"改天行不行？"夏小野无奈地道，"我爸妈来 H 市了，今天本来说好陪他们的。谁知一大早就被陈总叫去干活，完了又派我来给您送合同，要是再吃晚饭，我爸妈这一天就泡汤啦。"

"哈哈哈，行了行了，看你说得这可怜巴巴的，行吧，那这顿饭先记在账上，等下次我再找你还。"

出了 D&T，夏小野给陈昔打了个电话，如实汇报："我觉得郭总还是会磨一磨，多半还要拖。"

"我猜也是！"陈昔磨牙，"这个家伙，实在是捉摸不定，还是得想想他要什么。"

夏小野爸妈这次来 H 市，最主要的任务就是购物，给未来儿媳置办 8 万块的礼物。丽水虽说是个小地方，但人的眼光都高得很，还容易攀比。夏小野爸妈明确表示，要去环球广场买奢侈品。

陈昔家在 H 市中心，D&T 事务所在西北角，环球广场在东。夏小野一天跑这三个地方，光地铁就坐了好几十站，从环球广场的地铁站出来，被那满目的霓虹光影一照，竟然觉得有些头晕。她赶紧买了一杯美式咖啡，大口喝下去，才觉得好了些。

"你怎么那么晚，等你老半天了！"夏小野妈妈埋怨道，又朝不远处的队伍一指，"快走吧，我已经叫你爸去排队了。"

第一家进的是首饰店。夏小野妈妈本想买一枚钻戒，一看价格立马打了退堂鼓，嘀咕道："要死了，这么贵的东西还要排队！"于是退而求其次，改成买对戒，千挑万选，终于选了一对镶着单颗碎钻的，就这一下，8 万预算已经用去一半。

接着又去买镯子，老人家的想法，彩礼里头必须要有一只玉镯。夏小野又陪着她去专柜挑，结果是她的手遭殃了，一只只镯子套上去、捋下来，饶是她抹了护手霜，两只手的骨节处还是磨得通红。

完了又要去买包，夏小野爸爸早就扛不住了，一进店门就往沙发上一坐。倒霉的还是夏小野，每个包都要她背着试，还要正面看，侧面看，挎在胳膊肘上看，把她累得够呛。试到第五家店，夏小野妈妈也走不动了，叫夏小野，"你去帮我挑吧。"

夏小野一阵头疼，"那就挑个最新款吧？"

"哪个是最新款？那个啊？那个不好看。这是给你嫂子的见面礼，你别图省事。"

"那就选这个白色的？"

"白色不吉利吧？"

"那就这个红色的桶包？"

"不好看，这造型怪里怪气的。"

夏小野吃不消了，"要不你叫她自己来挑吧。"

谁知夏小野妈妈一下生气了，"又没叫你干什么重活，让你给你嫂子挑个包还这么不情不愿！"

"什么我嫂子、我嫂子，我都不认识她是谁！"夏小野也不高兴了，"再说我不情愿了吗？我这都陪你逛半天了，一会儿项链一会儿包的，我今天忙了整整一天，我也很累的好不好？反正我不挑了，又不是给我的，你爱买什么买什么！"

"你凶什么！"夏小野妈妈也嚷嚷起来，"你想要东西，那你也去找个婆家，让你婆婆给你买去呀！"

夏小野被噎了回来，一阵颓然。

是了，眼前这位，在"灵魂"上并非她的母亲，她哪有立场去跟人家吵架呢？

"算了，你慢慢买吧，我出去等，买好了给我打电话。"

夏小野一路朝商场中心走，找了张长椅坐下。

头还是晕晕的，思绪被明亮的灯光一照，竟漫无目的地飘忽起来。5岁那年，H市开了第一家肯德基，那时候陈昔爸爸的工资才一百多块钱,而一块原味鸡就要两块五,区区一块炸鸡要花工资的百分之二点五,但爸爸给陈昔买了两块,让她一手拿一块,自己却一口也舍不得吃;还有陈昔妈妈,只要在路上看到哪家孩子穿了件漂亮衣服,那就想方设法地要给陈昔找一件,实在找不到,就自己动手做,所以从小到大,陈昔都是班里穿得最好的孩子。再后来,陈昔生了稳稳和定定,陈昔妈妈给两个外孙各做了一套小睡衣睡裤,顺便给陈昔也做了一套。陈昔妈妈说,不能光给外孙做,我女儿也得有。

想到这里,她内心一阵汹涌,忍不住拨通一个号码。

铃声响了几下。

"喂,哪位啊?"陈昔妈妈的声音传来,还是那样温文尔雅。

夏小野喉头哽了一下,才道:"哎呀,对不起,我打错了。"

"哦,没关系。"

夏小野放下手机,捂住眼睛,觉得掌心莫名有些湿漉漉的。

"生气了?"

身边不知什么时候多了个人,是夏小野爸爸。她赶紧擦擦眼睛,往旁边让让,"还好。"

"给。"

夏小野爸爸递给她一个漂亮的白色纸袋,上面是某个著名的标识,里面还有一层透明的软纸,打开一看,是一块漂亮的丝巾。

她知道这个牌子,非常昂贵,别看小小一块丝巾,也要将近两千块。

"这是?"夏小野惊讶地道。

"你妈给你买的,"夏小野爸爸冲她咧了咧嘴,"她磨不开脸,叫我拿给你。她就是这个脾气,你别跟她计较。"

夏小野张了张嘴,也不知道怎么说,只得"嗯"一声。

"你妈自己也舍不得买什么，我刚劝她，给自己也买个包吧。她不肯，她自己那个包，还是你舅妈用剩下给她的，这都快 10 年了。"

夏小野捏了捏手里的纸袋，问道："妈在哪家店？我们去找她吧。"

"就这个店，"夏小野爸爸指指白色的纸袋，"去吧，你不在，她什么也挑不出来。我在这儿坐着等你们，我逛得头都疼了。"

夏小野走向那家店，远远地看见夏小野妈妈站在店里，背着个旧旧的包，身上那件淡蓝色的外套倒是很新——那还是因为来 H 市特意穿的新衣服。她身材矮小，**鼓鼓囊囊**地站在奢华亮堂的店里，对着几米高的货柜摆弄手机，显得特别茫然无措。

"妈，选这个吧，"夏小野指着一个玫粉色的挎包，"这个包看着小，其实很能装，款式也好看，各种场合都能背。"

"不着急，"夏小野妈妈抬起头来，"前面介绍人给我发微信，说明晚吴建要请我们吃饭。"

夏小野愕然，所有的伤感、怜惜、感慨瞬间一扫而空。

她立刻到一边给吴建发微信，"怎么回事？你干吗要请我爸妈吃饭？"

吴建回复道："我不是故意的，介绍人特意给我打电话，说你爸妈来上海了。那我还能怎么着，我只能说请二老吃个饭啊，不然我不是太没礼貌了吗？"

晚饭在一家上海本帮菜馆，格调高雅，菜品美味。夏小野实在不想再营造什么其乐融融的景象，所以，她一直就没吭声。吴建只好陪着夏小野爸妈聊些老家的事，一顿饭吃下来，气氛颇为沉闷。

夏小野妈妈一进家门，见姚蓉蓉不在，立刻就批评夏小野："人家请你吃饭,你倒好,丧着个脸,难怪人家看不上你。"

"我不丧个脸,人家也看不上。"夏小野没好气地回道。

"你别胡说!我看他对你还是有意思的。"

"你怎么看出来的?"

"今天这顿饭,四个人吃了近两千,他要是对你没意思,他能请我们吃这么贵的饭店?"夏小野妈妈一针见血。

夏小野一阵无语。

夏小野妈妈说得不无道理,吴建嘴上说既然夏小野有男朋友,他就不掺和了,实际呢?吴建和夏小野第二次相亲,请的是一杯星巴克,这一次却选了人均五百的餐厅,要说他不是别有用心,夏小野打死也不信了。

男人心,海底针啊!

"吴建家里的条件好,人也稳重,踏踏实实的,"夏小野妈妈越说越满意,"这样的小伙子真不多。小野啊,我说句良心话,这个小吴比你哥哥强多了。"

"那倒是,吴建至少不啃老。"夏小野直撇嘴。

夏小野妈妈狠狠地白了夏小野一眼,又对夏小野爸爸说:"明天星期天,要不我给介绍人打个电话,我们去跟吴建爸妈碰一碰?"

夏小野吓了一大跳,躲到卫生间给吴建打电话,"你可把我给坑苦了!"

"怎么啦?伯父伯母今天吃得不好?"

"你别装傻行不行,"夏小野无语道,"算了,还是我自己挑明吧。"

"等等,"吴建叫住她,"你就那么不愿意跟我试试?"

夏小野半天没吭声。

"好吧，"吴建苦笑，"明白了，我去跟介绍人说吧，我说容易些。"

吴建这次的行动力很强，不一会儿，介绍人的电话就来了，本来夏小野妈妈还是春风满面，说了不到两句，顿时面如死灰。

夏小野爸爸皱着眉，"怎么，人家不愿意？"

"嗯，说是觉得性格不合适，"夏小野妈妈纳闷地道，"如果不合适，为什么要请我们吃这么好的饭店呢？"

"人家是给介绍人面子。"夏小野爸爸最好面子，没好气地道，"都怪你，我叫你别说，你非要去跟介绍人讲我们到 H 市了，那不是上赶着要求人家请吃饭吗？"

"你放屁！"夏小野妈妈一下子跳起来，"我又没叫介绍人去跟他说，我就是说我来 H 市给儿子准备彩礼，是她自己要去跟吴建讲的，这怎么能怪我？好你个老头子，这会儿出来怪我了？我就算是上赶着求人家请吃饭，我图什么呢？我不也是为了你女儿的婚事吗？她都多大了还没个对象？你一点儿都不张罗，还要来怪我？怎么，觉得我害你丢面子了？你有什么面子？那一桌饭你可没少吃，一碗鲍鱼红烧肉，大半碗进了你的肚子！"

"你这东扯西扯地说什么呢，"夏小野爸爸刚起了个头，就兵败如山倒，"我不跟你讲了。"

"我也不跟你讲！"夏小野妈妈气得一屁股坐在沙发上，胸口上下起伏。夏小野乖乖地给她倒了一杯水，谁知又听夏小野妈妈说："这个吴建不行就算了，我们再找。我还认识一个人，是你二大妈的妹妹，就是那个儿子在 H 市的银行里当行长的，她这个人十分热心肠，认识的人又多，我这就去托托她。"

夏小野心力交瘁，"妈，咱们要不要先缓缓——"

砰!

门外传来重重一声闷响，跟着就是一堆东西稀里哗啦倒下的声音。

夏小野赶紧去开门。门外是秦禹，404老太太的一座垃圾山倒了，各种硬纸板、皮鞋盒子、塑料瓶撒得满地都是，秦禹就站在那一堆垃圾里。

"不好意思啊，这垃圾堆得太多了，让我碰倒了。"秦禹说。

他表现得太自然了，夏小野一时都不知道怎么接。

"谁啊？"夏小野爸爸走过来。

"叔叔好，我是姚蓉蓉的男朋友。"秦禹笑着说。

夏小野一脸错愕，马上反应过来，干巴巴地道："姚蓉蓉还没回来。"

"我知道，我的一个U盘忘了，过来拿一下。"秦禹一边往姚蓉蓉房间走，一边说，"你们隔壁这家的垃圾堆得也太多了……阿姨好。"

"你好。"夏小野妈妈上下打量着他。

姚蓉蓉的房门从来不锁，秦禹推门进去，捣鼓了一会儿就出来了，临走时还客客气气地说了句，"叔叔、阿姨再见。"

夏小野越想越不踏实，好容易等到爸妈上床睡觉，姚蓉蓉又没回来，便轻手轻脚地一个人下了楼。

秦禹蔫蔫地躺在床上，电视机开着，里面已经在放电视购物了，他都没有察觉，手机在地板上振个不停，他压根儿没听见。

直到门铃响了好几下，他才无精打采地问了句，"谁啊？"

"是我。"

听到夏小野的声音，秦禹顿时精神一振，赶紧开门，"你来啦！"他关上门，一把抱住夏小野。

夏小野在他怀里靠了一会儿，才分开，调皮地笑道："你怎么样啊？姚蓉蓉的男朋友？"

"不怎么样，茶不思，饭不想，"秦禹扮个鬼脸，"满脑子都是姚蓉蓉的闺密夏小野。"

夏小野哈哈笑起来，"怎么还油嘴滑舌呢！"

"我是真的想你，"秦禹低声道，"我想到你离我只有500米，我却看不到你，我就过去了……"

夏小野一时怔然。

秦禹这明明云淡风轻的眼神，却看得她心生波澜。

"你看你这屋子，"她强行转移话题，打量着四周，不到20平米的房间，堆得乱七八糟。桌上电脑开着，旁边半杯咖啡、半瓶可乐，以及，一只袜子？"真可怕……回头你退了房，旅馆得重新装修了……"

"我觉得你对我比以前冷淡了。"秦禹在她身后道，"你今晚是在外面吃饭的吧？你是不是外头有人了？"

夏小野挑眉，走到他跟前，右手拇指、食指掐他胳膊，"你在胡说些什么？你在跟踪我吗？"

"松手。"秦禹龇牙。

夏小野眯起了眼，手上暗暗使劲。

"松手。"秦禹再次沉声道，语气带着警告。

夏小野从未见过他这个样子，忽然有些犯怵。

她正犹豫要不要结束这个玩笑，秦禹突然抱住她的腰，竟然将她打横抱了起来。

"啊！"夏小野低呼，下意识地搂住秦禹的脖颈。

下一秒，她就被秦禹困在了旅馆的大床上。

秦禹弯腰上前，把她整个人圈在身下，这个姿势几乎无缝贴合，夏小野的腿刚好是分开的，秦禹的膝盖顶在中间。

夏小野迅速放开搂着秦禹的手，秦禹的右手臂依旧垫在她的腰下，完全没有放开的打算。

"你别。"夏小野低声求饶。

秦禹的眼睛湿漉漉的，一眨不眨地盯着她，"为什么？"

她心慌起来，"我爸妈还在家等——"

"别提你爸妈！"秦禹打断她，眼神难过、自怨、纠结，种种情绪，让夏小野几乎不敢和他对视，"你还是我的女朋友，对吗？"

夏小野浑身一震。

"我……我当然是。"她结结巴巴地道。

下一秒，秦禹身子忽然往下一沉，竟是落在了她身上，声音闷闷地，在她耳边响起，"那就好……我是真的害怕……我怕你离开我……你不要离开我。"

夏小野满脑子筹备着的各种借口，在此刻，全都化成了糖水，默默地咽了回去。

"我没离开你，"她低声道，"你先松开我。"

秦禹摇头，"不想松开，一松开你就跑了。"

"大半夜的，我不能出来太久……"夏小野回避掉"我爸妈"三个字，"……会怀疑的。"

"那你说爱我。"秦禹命令道。

"……"夏小野在心里叹气，"我爱你。"

"我也爱你。"

秦禹露出心满意足的笑容，夏小野趁机往旁边一滚，到床边站了起来，"我真的得走了。"她拢拢头发，心脏狂跳，"我爸妈周一就回去，到时候我通知你搬回来。"

"你等等。"门边，秦禹再次拉住夏小野的手。

一个荡气回肠的吻。

夏小野这一次回到公司，立刻成为最引人瞩目的人，对她被开除了又突然回来，陈昔的解释是在和夏小野的一次深谈后达成了和解。别人其实无所谓信不信，反正人回来了，还继续做陈昔的助理，就充分说明陈昔对夏小野"宠幸不减"。

张老师离职了，理由也很冠冕堂皇，说是儿子要中考，她打算回家陪读一年。没人在意她，虽说大部分人并不知道张老师偷拿公章和U盾的事，但隐约还是有风声传出来，再加上尽调组对张老师业务能力的不满早已不是秘密，大家私下都在猜，张老师其实是被陈昔"干掉了"。

虽不中，亦不远矣。

夏小野从乔伊那儿签完新的劳动合同出来，发现自己的办公桌上多了一个精美的大盒子。

盒子四面是透明的，能清楚地看到里面是一只深紫色的娜娜兔玩偶，全身还镶着璀璨的水晶。

好几个同事都围过来，"你这限量版的娜娜兔是哪儿买的啊，应该还没上市呀。"

"朋友送的。"夏小野胡乱搪塞。她觉得这么贵重的礼物十有八九是郭总送的，有心想打个电话给郭总问问，但权衡之下，决定还是先按兵不动。

结果没过一会儿，郭总自己先打过来了，"兔子收到了？"

"啊，原来是你送给我的啊？"夏小野决定先装傻。

"是啊，你喜欢吗？"

"喜欢是喜欢的，但这个很贵，我不能收啊。"

"有什么贵的，一个公司样品而已，拿去吧，我这儿多的是。"郭总笑着道，"对了，你们陈总邀请我这个周末去东钱湖秋游，我正在纠结，你去不去？"

其实大家都心知肚明，陈昔之所以邀请郭总出去玩，还是为了续约合同，而郭总堂堂客户老板，居然因为纠结来问夏小野一个助理，显然醉翁之意不在酒。

夏小野笑笑道："陈总还没跟我说，估计我会去的吧。"

"哈哈，好！"郭总满意地挂了电话。

夏小野想，郭总对她的意思，也挺明显的了。

女孩遇到这种事，其难度和瓷器店里抓耗子差不多，既要完成公司的任务，又不能伤害关系，更不能把自己赔进去，考验的是情商和手段。

转眼就到了周五。

老许开着那辆商务车，夏小野坐副驾驶，后面载着陈昔、齐浩、稳稳、定定以及保姆，一行人浩浩荡荡地朝东钱湖进军。

夏小野看到两个小朋友的那一刹那，灵魂都要出窍了，一路上，她透过后视镜不断地往后看。稳稳还是很皮，喜欢去撩定定；定定越来越乖了，会主动照顾稳稳，偶尔也抱怨一句"妈妈，稳稳不听话"。

陈昔就说："你教他呀。"

于是，定定就摸摸稳稳的脑袋，说："乖！"

老许瞥了夏小野一眼，"你哭什么？"

"啊？哦哦哦，"夏小野手忙脚乱地擦眼泪，"这两天有点儿过敏。"心里又懊恼，要是早点儿知道小兄弟也一起来就好了，她就可以给他们准备一些礼物。

酒店就在湖边，仿的徽派建筑，连绵的马头墙，黑白相间的房屋，十分雅致。

陈昔叫她："小野，你跟我去大堂迎一下郭总，贾思柏把他接到了。"

夏小野这才知道，原来贾思柏也参加。

她十分舍不得离开孩子，"稳稳、定定要去亲子乐园，要不一会儿你们去玩，我帮你看孩子吧？"

陈昔笑起来："怎么能让你看孩子，有阿姨的，你只管去玩。"

贾思柏从郭总的后备厢扛出一个巨大的球包，背在身上，跟在郭总的后面。郭总应该经常来，一路上，好几个球童主动跟他打招呼。

绿草如茵。

陈昔、郭总和贾思柏走在最前面，贾思柏八面玲珑，时不时把陈昔和郭总给逗笑。齐浩在他们后面几步，慢慢地跟着，也不说什么话。

夏小野挂在最后，完全置身事外。

不知道是不是助理当久了，她对应酬越来越没有兴趣。

齐浩脚步也渐渐慢下来，走到她旁边，"我去过松阳。"

"啊？"

"你不是丽水人吗？"

夏小野这才回过神来，松阳是丽水下面的一个县城，齐浩这是在聊她的"老家"呢，"嗯嗯，是。"她敷衍地点点头。

自从上一次在必胜客门前发生争执，她和齐浩之间的关系就变得很微妙，基本属于能不说话就不说话，非得说话那就言简意赅。

"你上次对我说的那些，怎么没跟陈昔说？"齐浩斜了她一眼。

夏小野警惕地看着齐浩，迅速思考着他这话的用意。

她确实怀疑张老师背后有人指使——即便不是"指使"，也有人"教"。因为张老师要是真有胆量，就不会只是偷拿公司的公章和U盾那么简单，作为财务总监，她要真的想坑陈昔，方法多的是。所以，张老师是"傻"的，而她背后的那个人既不想真的伤害陈昔和公司，又想给陈昔一个警告，于是就利用了张老师的"傻"。

夏小野思来想去，觉得这个人只可能是齐浩。

因为齐浩和张老师的处境何其类似，若非齐浩是陈昔的丈夫，恐怕陈昔第一个要动的就是他。

"我只是一时猜测，没有证据。"夏小野实话实说。

齐浩微微一笑，"嗯，因为我没有那么做。"

夏小野耸耸肩："那好吧。"但她不明白齐浩为什么要对她说这些。

齐浩的下一句话，解答了她的困惑，"陈昔很器重你，朱莉也对你称赞有加，所以，我不希望你对我有所误解。我是公司的创始人之一，陈昔是我的妻子，而朱莉——她始终只是一个外人。"

他停下脚步，看着夏小野的眼睛，"你懂我的意思吗？"

夏小野点了点头。

"小野，来，打一杆！"不远处，贾思柏叫她。

"啊，不啦不啦，我打不好的，你们在打比赛呢！"

"没关系，快过来！"郭总也朝她挥手。

陈昔也笑着道："来吧，郭总一直赢到现在，你就算打不好，那也是给我帮忙了。"

夏小野无语了，别别扭扭地接过一根7号杆。

"来，我教你。"郭总果然这么说。

"郭总还真是怕输给陈总呀！这就现场教学了。"贾思柏立马凑趣。

然而郭总刚走到夏小野身后就愣住了，只见夏小野娴熟地将右手小拇指插入左手食指和中指之间，这是非常标准的互锁式握杆。

在场众人都愣了下，谁都没想到，夏小野居然异常熟练。

夏小野站在方地的左侧，与方地里的洞穴呈45度角，飞快地抬手挥杆。

"砰！"

只听沉重的一声，高尔夫球飞了出去。在所有人的目瞪口呆中，稳稳地进了洞。

"哇，抓了个鸟啊！"郭总的球童兴奋地举起双手，继而发现激动的只有他自己，全场观众，包括打球的那位，全都目瞪口呆中。

谁会想到，夏小野一个小助理，一摸球杆就直接进洞了！

夏小野自己也很震惊，她刚才满脑子想着，千万别让郭总有机会从背后搂着自己挥杆，那画面她不敢想，就赶紧击球吧——谁承想就一杆进洞啦？

"什么叫抓鸟？"夏小野装傻充愣。

郭总跟她解释："抓鸟的意思，是选手用比标准杆少一杆的成绩完成一个洞。"

"这很厉害吗？"

"厉害啊，一般人能打标准杆就谢天谢地了，一年里也抓不上一次鸟。前年我遇到一回，朋友圈我炫耀了一个礼拜，天天请人吃饭。"

"那我运气真不错啊，"夏小野微笑道，"不过，天天请你们吃饭我可请不起。"

"我来请，你这一杆算我的！"郭总此刻彻底相信了夏小野纯属

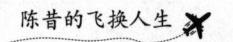

运气好，乐呵呵地冲着陈昔喊道，"来来来，交钱交钱。"

晚饭是烧烤，酒店专门派人来，在湖畔架起了烧烤架。厨师手艺娴熟，不一会儿就满院飘香。

青山绿水，配上鲜美多汁的烤肉串，再加上运动了一天，夏小野终于放松下来。刚好阿姨也带着稳稳、定定来了，夏小野主动上去帮阿姨给俩孩子喂饭。阿姨感激不尽，一个劲儿地夸她人好。

贾思柏走过来，手里还端着一杯酒，"小野，过来一下？"

"贾总？"

"你别光顾着跟孩子玩儿，去，给郭总敬敬酒，"贾思柏把酒杯塞给夏小野，还眨眨眼睛道，"人家可是冲着你来的。"

夏小野心里一阵反感，又不好推辞，刚好郭总也朝这边看过来，便拿了酒杯朝郭总走去。

"郭总，我敬敬您。"她双手举杯。

"我喝完，你随意。"

郭总仰头喝完，又招呼服务员："麻烦调个桑格利亚。"他对夏小野说："那个酒比你手上的淡，又有水果味儿，适合你们女孩。"

"谢谢。"

"你别那么客气，咱们都那么熟了，"郭总笑道，"我听你们陈总说，你爸妈来 H 市了？"

"周一已经回去了。"

夏小野很清楚自己在这场社交会谈里的"作用"，既然已经起了话头，那就不必矫情，她笑着聊了几句爸妈那点事。郭总点头感慨："其实你父母的做法，完全符合婚姻的本质。婚姻从一开始就是一种经济行为，通过男女互补，对男女双方的家庭资源进行资产配置和整合,达到经济效益最大化。后来,人们在婚姻的基础上,添加了一个要素,爱情。偏偏这个要素又极其不可控,它是个变量,于是,婚姻就被搞得复杂起来……哎,你这是要记录吗?"

夏小野掏出小本子,咬掉笔帽,"您说得很好,请继续。"

"哈哈哈哈!"郭总忍俊不禁,大笑起来。

"哇,好香!"夏小野吸吸鼻子,走到烧烤炉前,拿起一串烤鸡胗,"这个陈总爱吃的,哎,陈总呢?"

"好像去那边了。"保姆朝一个方向指了指。

"哎呀,那这凉了不好吃了,我给她送去吧。"夏小野拿了个盘子,装了些食物,快步朝酒店宴会厅的方向走去。

她是陈昔的助理,照顾好老板是首要任务,谁都说不出来什么。

夏小野端着一盘烧烤走到宴会厅的另一头,这一带有很多死角,她正准备找个别人不容易看到的地方大快朵颐,却看到陈昔和齐浩站在离自己不远的地方,似乎在争吵。

"这个嘉年华很重要!"是陈昔在说话。

"你觉得重要你就去啊,拉着我干什么?"齐浩非常抵触。

"我不是拉着你,我周一要去苏州办事。"

"那你就别去,上个幼儿园而已。"

"那怎么行,我好不容易才进的家委会!你是孩子爸爸,你替我去一下怎么啦?再说,稳稳的情况你又不是不知道,我们一直是需要幼儿园多加照顾的,那就应该为幼儿园多做点事!"

"给幼儿园办事也要量力而行,难道我们不帮他们做事,他们就不照顾我们孩子了?我上教育局告他们去!"

"你这说的是什么废话!"陈昔急了,"这么大人了,这点做人的道理难道还要我教你?"

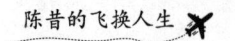

"反正我不去,你周一要办事,我也有一天的工作!"

"你——我以 CEO 的身份告诉你,你周一的工作取消了!"

…………

夏小野躲在一根柱子后面,已经明白了事情的来龙去脉。

H 市市中心的幼儿园,向来苦于缺少地皮,很多园区连个像样的小操场都没有。像玛丽幼儿园这种师资高端,还拥有一个属于自己的小操场的双语幼儿园,那就是堪比黄浦江一线江景房般的稀缺资源。所以,当初陈昔还是用了不少人脉,才把稳稳和定定送进去的。

当初朋友指点陈昔,要想让孩子在幼儿园过得舒坦,最好父母能进家委会,也就是家长委员会。于是,陈昔又是承诺自己时间弹性,又说自己做的是母婴类公众号,能带来诸多福利,结果顺利入选。

接着问题就来了。

稳稳、定定上小班的时候,陈昔还能帮着家委会组织组织活动。随着"稳稳妈"的业务越来越忙,陈昔连接送孩子的机会都不断缩水,已经错过了好几次幼儿园的活动。现在幼儿园又搞什么嘉年华,如果陈昔再不去,估计很快就要被踢出家委会了。

要是换成那些能力强的孩子也就罢了,偏偏稳稳有情绪问题,需要幼儿园额外的照顾……

"齐浩,你不要太过分!"陈昔大声地喊。

"是你不要太过分!"齐浩吼了回去。

齐浩怒气冲冲地大步经过,夏小野吓得赶紧往里缩一缩,幸好没被发现。她本想着等陈昔走了再出来,谁知等了几分钟也没见陈昔出来,她只好自己走出来,看到陈昔竟然朝酒店外面的方向走远了。

这会儿太阳早已落山,东钱湖比较偏僻,到了晚上附近都没人。夏小野看看外面这黑灯瞎火的,有点不放心,赶紧尾随而去。

还好，陈昔没走远。大门口有个音乐喷泉，旁边有几把椅子，陈昔坐在其中一把上，夏小野刚走近，她就警惕性很高地回过头。

"我看你很久没回来，"夏小野关心地问，"不回去吃东西吗？"

"哦，我坐一会儿就过去。"

夏小野正犹豫自己是留下还是离开，就听陈昔说道："周一苏州那个会，你叫他们换周二吧。"陈昔说。

"周二不行啊，周二约了律所的人，"夏小野对陈昔的行程很清楚，"有两个人是深市过来的，机票都买了。"

"那换周三？不行不行，周三还有个采访！"陈昔自我否定，敲了下脑门。

"是不是周一有什么突发事件？"夏小野装作毫不知情。

"幼儿园的事，不是什么大事，"陈昔苦笑一声，"但又是天大的事……唉！"

"幼儿园的事啊，那我能不能找人替你去？"

"找谁？"陈昔没好气地撇嘴，"人家齐总比我还忙。"

"要不……我去行不行？"

"你？"陈昔乐了，"不行，不行。这是家委会开会，你又不是家长。"

"我虽然不是家长，但我是家长的助理啊。到时候我替你出席，咱们全程连线，我向你实时汇报，不就行了？"

陈昔果然意动，"没准真的可以……就怕人家觉得我们摆架子。"

"不会，真摆架子就不去啦。"

"也是，"陈昔笑了，她本来也是果断的人，"好，那这事我就交给你了，周一你早点儿下班。"

第八章
日光之下皆覆辙

> 夏小野一阵默然，秦禹的话正是她想的，也是她心里最不舒服的地方。

她原以为按照陈昔那刚烈的性格，说什么也会替她讨回公道。谁知她竟一上来先是一副黑不提白不提的态度，以此来试探夏小野打不打算追究。这就说明，在陈昔眼里，她夏小野不过是个小助理，打一巴掌就给个红包、给套护肤品，安慰一下就行了，不值得另外为她争取什么。

这还是陈昔吗？

周一下午,夏小野站在玛丽幼儿园的门口,隔着铁门看着园区里的美景。草地像绿色的绒毯那样铺开来,几棵红枫摇曳生姿,几个校工在搬着一些装饰品,很多漂亮的南瓜,还有一些鬼怪骷髅装饰——万圣节要到了。

每次看到玛丽幼儿园的怡人环境,想到小哥儿俩可以在这样美好的园所接受教育,夏小野都觉得由衷的快乐。这所幼儿园和朱莉的投资一样,都是对陈昔成就的最好肯定。

"唐师傅你好,我是代表齐稳和齐定来参加家委会会议的。"夏小野笑容可掬地向玛丽幼儿园的门卫自我介绍。

门卫谨慎地打量着眼前的年轻女人,一件开襟毛衣,一条包臀牛仔裤,满脸的胶原蛋白,怎么看都不像孩子妈,倒是有点儿像现在流行的家庭教师,但家庭教师又怎么会来开家委会?

"你是孩子的谁啊?"门卫疑惑地问。

"我是齐稳妈妈的助理,刚下飞机就赶来了。"

门卫瞥了眼夏小野的拉杆箱,拎起电话,寥寥数语后,得到的答案是放行。

陈昔提前和园长打过招呼,说会派自己的助理来一趟幼儿园,但只说是来送些东西。家委会虽然在园区有一间独立的会议室,但运转是独立的,园方对他们具体在做什么,不是很清楚。

家委会连同陈昔在内,一共六名家长,分别来自不同年级。

会议的主题是秋季嘉年华的筹备工作,夏小野一进会议室,就发现其他人看自己的眼神不善。

"稳稳妈妈可真有想法,居然派助理来幼儿园开会。"凯文妈妈挥舞着胳膊,露出讥讽的笑。她身材娇小,讲话时的动作却特别多,声音也十分高亢。

凯文妈妈的丈夫是有名的胸科医生,考虑到人总有一天会需要医生的帮助,因此凯文妈妈总能得到别人的尊重,她也因此变得尤为张扬。

"听说你们公司在融资,应该快成了吧?"一位孩子爸爸倒是和颜悦色,这家的孩子叫小水晶。小水晶爸爸原本是一家互联网公司的人力资源老大,两年前那家公司被收购,他作为创始团队套现走人,在家除了做点儿股权投资,就是带孩子,俨然是玛丽幼儿园里的好爸爸典范。

"您消息好快啊。"夏小野笑道。

"好项目不多,你们公司现在备受瞩目,"小水晶爸爸笑道,"陈总肯定是忙到飞起。"

"既然那么忙,不来就不来呗,也无所谓的呀,还非要派个助理来。"说话的是小宇妈妈,她先生是做美妆品牌的,所以她任何时候都是全彩妆出场,有一次甚至连儿子小宇都被她画上了眼线。所以私底下也有传言,说小宇爸爸的性取向是不是有些问题。无论如何,小宇妈妈永远都是比较张扬的一位。

小宇妈妈弹了弹精致的美甲,捋了下长发,"我们这种家庭主妇也就算了,上班的人还要来拼这些,何苦呢!"

"我们陈总比较倔强,觉得答应了的事,就一定要做到,而且必须要做好,"夏小野笑着道,"一会儿我得和陈总连线,她要全程听的。我也得在老板跟前好好表现,请大家千万帮帮我。"

"哈,这又不是公司上班,如果可以网络会议,那我岂不是可以让我家保姆来开——"

"小宇妈妈!"另一位身材高大、表情严肃的女士打断了小宇妈妈的絮叨,"她只是一个助理。"

说话的这位就是家委会的主席安东妈妈,她丈夫在一家著名媒体身居要职。她家大儿子安东已经离开玛丽幼儿园上小学了,小女儿安妮还在读中班,但大家已经习惯用大儿子的名字称呼她。

众人都听出了安东妈妈的言下之意,也是,夏小野只是一个打工的助理,她哪儿懂家委会的那些弯弯绕?她只知道给老板办事罢了。

"彤彤妈妈,你有什么想讲的吗?"小水晶爸爸问一位始终一言不发的妈妈。

彤彤妈妈摇了摇头,她一向是家委会里比较低调的那位,很少发言。陈昔一直不明白这样的人为什么会进家委会,唯一的解释是彤彤家很有背景,而且是别人想不到的那种,这种传言也给彤彤妈妈增加了一丝神秘的色彩。

安东妈妈摁了下桌子,"那我们就开始吧。"

她开始介绍活动的时间、地点和规模,家委会要负责的是整个主题策划、搭建筹备、后勤保障,外加一个亲子节目……与此同时,夏小野从拉杆箱里搬出一台手提电脑,外加一台网络会议的外接设备,动作麻利地接好各种线路。

好几次,安东妈妈的目光都被夏小野的动作吸引,思路都乱了。

"时间紧,任务重,"安东妈妈表情严肃,双手交叠,"先从主题开始讨论，大家各抒己见吧——你？"

夏小野高高地举起手。

"陈总做了一个策划方案，我想替她向各位汇报一下。"夏小野站起来说。

众人都不反对。

"你说吧。"安东妈妈点头。

"我还要接一下投影。"

众人无语地看着夏小野摘下白墙上的卡通装饰，又从箱子里拎出一台投影仪，很快，白墙上就出现了"玛丽幼儿园 2022 年秋季嘉年华活动规划"的字样，下面是这句标题的英语翻译。

"你居然做 PPT 了？"凯文妈妈惊讶地道。

"是陈总做的。"夏小野笑道。

"还有中英文对照？"彤彤妈妈脸色不太好。

"对，咱们幼儿园不是双语的吗？"

彤彤妈妈嘟哝了一句："太空了……"

夏小野站在投影旁一张张地翻页，讲解，拿出给投资公司做路演时的架势侃侃而谈，从三期准备、人员分工、物资保障等几个方面分别规划，20 多张 PPT 如行云流水。

"好了，我就先说到这里，"夏小野翻到最后一页，"大家有什么不明白的，或者有任何建议或者意见，都可以告诉我。我回去向陈总统一汇报后，再进行调整修改。"

众人面面相觑。这也太专业了，一时间别说建议和意见了，话都不想说。

结果还是小水晶爸爸来了句："麻烦你把这个 PPT 发到我们的电子邮箱，我们看好后，再给你反馈。"

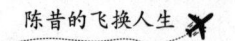

"没问题，我也为各位准备好了打印稿，一人一份。"夏小野从箱子里拿出一摞打印好的 PPT，挨个儿发给众人。

网络连线那头，陈昔一只耳朵戴着耳机，电脑屏幕上开着小窗，全程跟进夏小野的会议进程。

看到凯文妈妈那几个人表情麻木地接过夏小野的打印材料，陈昔忍不住笑了起来。苏州供应商这头的几个人面面相觑，心说，这儿聊儿童餐具的品类呢，你笑什么啊？

他们老板忍不住问："陈总，发生什么事了？"

"一个好玩的事，哈哈，跟你们没关系，咱们继续。"陈昔揉了揉脸，恢复正常。

幼儿园里，其他人也开始发言，但他们都是直接说的，没有人做过夏小野那样的准备，而因为有夏小野的珠玉在前，导致其他人讲的方案都显得格外草率……

正讨论得热闹，一个女老师慌慌张张地跑了过来。

诸位家长都回过头，每个人都变得紧张兮兮。这个点已经到了课后班时间，玛丽幼儿园的课后班以体育活动为主，无论是体能课，还是足球课、轮滑课，磕磕碰碰都在所难免。

"彤彤妈妈！"女老师用力地咬了咬嘴唇，"请跟我出来一下。"

夏小野看到，彤彤妈妈波澜不惊的神情突然就垮了。她站起来，跟着女老师走到会议室的外面，其他人则全都如释重负。

10 分钟后，救护车抵达了玛丽幼儿园，声音极其刺耳，简直让人心惊肉跳。

夏小野低头给陈昔发微信："彤彤好像出什么事了，救护车来了。"

郭总打电话给夏小野，可以说是临时起意，但所有的临时起意，其实都是蓄谋已久，否则你怎么不会"起意"想到别人？

这一段时间，D&T 设计师事务所忙着搞新品发布会，推出全新的 IP 系列"雨师"。为了这个 IP，光媒体投放的费用就超过了两千万，设计师本人赵老板是绝不接受采访的，于是所有对外的事情都交给了郭总。

郭总觉得自己快要忙疯了，整整一个星期，每天只睡不到五小时。他总是想，"996"算什么，他是"007"。可他是不能抱怨的，因为他是老板之一！

郭总秘书的微信状态已经变成"忙到深处自然平"，郭总觉得自己忙到深处，就会想起一个人。

好些日子没见着夏小野了，想来她也在忙。"稳稳妈"在拿到 ZL 资本的热钱后，就像坐上了直升机，在母婴界声名鹊起。郭总经常在朋友圈看到陈昔出席各种场合，夏小野是她的助理，肯定也忙得不可开交吧？

那女孩年纪轻轻，思想却极为成熟。和她在一起，既可以看到年轻貌美的容颜，又能聆听到深刻犀利的洞见，简直是一种享受。

郭总上大学时，有一位学姐也是如此。明明年轻，却同时拥有美貌和睿智，可惜那时候郭总是穷小子一枚，对女神只有仰望的份儿，对方也只把他当小弟弟看。

郭总这样想着，手机已经拨号出去，打给夏小野了，就听到夏小野在说："Sorry, I have to take this.[①]"没想到，她的英语居然说得也不错。

---

① 抱歉，我得接个电话。

"你这是在干吗呢?"郭总轻松地问。

"我在幼儿园,刚刚一名外教来找我讲话,我让她等一下。"

"是你们陈总孩子的幼儿园吧?哪家幼儿园啊,那么高端。"郭总完全是唠嗑儿的心态。

"玛丽幼儿园,"夏小野问,"您找我有什么事吗?"

"没什么大事,晚上有时间吗?一起吃个饭?"

郭总刚说完,就听到电话那头一个人插嘴进来:"Sorry, this is serious, OK?①"

夏小野"OK"了一声,又匆匆忙忙地道:"郭总,我这儿有点儿急事,我先挂了。"

挂掉电话,夏小野看向那名外教,用英文问:"到底出什么事了?"

彤彤妈妈离去后,家委会的会议还在继续,又开了40分钟才解散。夏小野刚走到大门口,就被同一名门卫拦住,接着,一名外教匆匆跑来。夏小野认识她,她是彤彤班级的英文主班莫妮卡老师,但夏小野不明白,莫妮卡老师为什么要找自己。

"请跟我来,园长要见你。"莫妮卡老师说。

夏小野只觉得莫名其妙,既然是园长有请,那就只能等,她又给陈昔发了条微信,但陈昔没有回。

不一会儿,她就到了园长办公室。

"你是稳稳妈妈的助理?"园长皱着眉,"你能联系到她吗?我给她打电话,她一直都不接。"

"陈总今天出差,比较忙,有什么事您可以跟我说,我来转达。"

---

① 打扰一下,这件事很严重,好吗?

夏小野忙道。

"好，就在不久前，我们有一个孩子在滑滑梯时被同学推了一下，没有从滑梯上下去，而是从滑梯入口掉到了地上，造成了轻微脑震荡。孩子醒来后，说当时排在她后面的同学，是齐稳和安妮。"

夏小野心头一震："当时有监控吗？"

"那个位置是露天的，又是死角，没有监控，"园长摇头道，"你赶紧通知稳稳妈妈吧，彤彤的家长情绪比较激动。"

夏小野顿时明白过来，立刻打电话给陈昔，果不其然，仍然无人接听。

"我会想办法找到她。"夏小野保证道，她打算回公司找找苏州那家供应商的厂址和电话，看看有没有可能让别人通知到陈昔。

"稳稳、定定已经回家了吧？"夏小野不放心地问。

"已经接走了，我也是刚得到消息，否则我不会让他家长走。"园长沉着脸道。

夏小野顿时不高兴了，园长的态度，分明认定罪魁祸首就是稳稳。虽说她也觉得稳稳比安妮更有可能些——毕竟安妮是女孩，但园长的态度还是有失公允。

不管夏小野怎么想，她也不会无知到和园长争辩。

她匆匆往外走，刚到大门口，就见一辆豪华大轿车停了下来。先下来的一位是彤彤班级的中文主班老师，紧跟在后面的，是彤彤妈妈，她的脸涨得通红，眼睛里却像是结了冰。

彤彤妈妈大步冲着夏小野走来，高高地扬起手，"啪"的一巴掌，重重地甩在了夏小野的脸上。她冷冷地道："你去告诉你老板，这事我们没完！"

夏小野被打得眼冒金星，脑袋里嗡嗡直响，她下意识地想抬手打回去，却被彤彤妈妈的司机摁住了手。她气得想吐血，胃里上下翻腾，又恶心得想吐。

郭总停完车，从马路对面走来，远远地就看见夏小野在幼儿园门口和人争执，旁边有两个人拽着她。郭总是老江湖了，一看就知道，那两个人不是帮夏小野的，相反在控制着夏小野不让她反击。

"你不要再狡辩了，"彤彤妈妈狠狠地道，"你把你老板叫来，我要好好问问她。她儿子把我女儿害成这样，脑门上肿那么大一个包，她想怎么赔我！"

"谁说就是稳稳干的！"夏小野一边挣扎着想摆脱旁边的人，一边大声反驳，"当时安妮也在，你凭什么认定了就是稳稳？没有真凭实据，你不要随意下断言污蔑小孩！"

"我污蔑？"彤彤妈妈冷笑起来，"安妮和彤彤关系一直很好，又是女孩子，现在也吓得直哭！齐稳是男孩，力气大，而且谁不知道那孩子脑子有问题？一直要打人的，小小年纪没有教养——"

"你闭嘴！"夏小野听着她骂稳稳，心都抽疼起来，咬着牙，"你再骂一句试试？那就不是你跟我没完了，是我要跟你没完！"

彤彤妈妈先是愣了下，接着尖锐地笑了一声，"真是什么样的老板就有什么样的手下，你一个小助理就敢这么狂，由此可见，这一家是个什么素质水平！"

"你不分青红皂白污蔑一个儿童，还在公众场合打人，你的素质也可见一斑！"夏小野反唇相讥。

"你！"彤彤妈妈气急，又一次抬起手来，还没落下，就被一股大力推了出去。

"你再敢动手试试！"郭总瞪着她，又严厉地看向旁边看热闹的教职员工，"这什么破幼儿园？有人吵架打架也不管管吗？这是教书育人的地方吗？"

园长终于出现了，"都冷静一下，两位别在这儿吵了，有什么问题可以好好谈。这样，明天两位上午来学校一次吧。"她又看看夏小野，"请稳稳妈妈自己来。"

郭总拉着夏小野上车，这时夏小野脸上的五根手指印彻底浮凸出来。郭总看得怒火中烧，"那女人什么来路，怎么这么凶狠……你在给谁打电话？"

"齐总，"夏小野头也不抬，"陈总一直不接电话。"

电话那头，齐浩的声音终于响起来："怎么了？"

夏小野迅速地把事情说了一遍，又道："安妮是女孩，她的妈妈又是家委会主席，大家自然都倾向于不是她干的，而稳稳是男孩，平时又容易和同学打架。所以，现在事情对他很不利。"

"什么利不利的，肯定就是这小子干的，"齐浩咬着牙，气呼呼地道，"稳稳平时就喜欢恶作剧，对别人推推搡搡。"

"你怎么能这么说！"夏小野声音一下高了八度，"没有证据，你怎么就怀疑稳稳？即便是稳稳，也多半是彤彤先惹的他！稳稳每次和同学打架，都是别人先起的头。"

齐浩愣了会儿，"行，我知道了，我先跟他们老师联系。"

"你等等！"夏小野叫住他，"你不应该问老师，你应该先去问稳稳！"

"他说不清楚！"

"那就先去问定定，"夏小野果断地解释着，"稳稳最信赖的人是定定，而且事情发生的时候，定定也不会离得太远，定定说不定知道事情的真相。"

齐浩沉吟一秒，"好，我去问。"

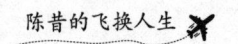

"态度好一点儿,别太严肃,别吓着孩子。"

夏小野急急忙忙地叮嘱完,挂了电话,才发现郭总一脸古怪地望着自己。

"怎么啦?"她问道。

"我发现你对陈昔家里的情况很熟啊,对她那俩孩子了如指掌?"郭总挑眉问道。

"……也还好吧。"夏小野打着马虎眼。

"何止还好,那天在东钱湖,我就发现她家两个孩子跟你关系特别好,你对陈昔是真的用心。不过,你跟齐浩说这一大堆,怎么不说说你自己也被人打了呢?"

夏小野被他一提醒,这才觉得脸上火辣辣的疼,"忘了。"

"忘了?"郭总被她逗乐了,"你真行。"

他说着,拿起手机发语音:"陈昔,我这会儿接到小野了。她让那幼儿园的家长打得很惨,这委屈可受大发了!"

郭总又问夏小野:"我送你回家?"

"先不回家,我想去一趟医院。"夏小野摸了摸滚烫的脸。

郭总点头,"也好。"

郭总开车,带着夏小野去了一家就近的医院。夏小野对医生描述症状,头脑发涨,眼冒金星,恶心反胃,外加时不时地耳鸣。

"那得做个 CT,"医生严肃地道:"别看区区一下耳光,多的是致残的,很容易导致非常严重的后果。"

夏小野不以为然,倒是把郭总吓了一跳。好在仪器检查出来,并没有什么严重的问题,医生权衡后,也给夏小野判了个"轻度脑震荡",叮嘱她三天后来复诊。

两人离开医院,又在附近随便找了个小吃店吃了点东西,快买单的时候，陈昔的回电终于来了。

"我已经到家了，下午那会儿在看厂子，穿了无菌服，所以没接到电话，谁知道就出了这么大事，"陈昔的声音很疲惫，"前面一直在问稳稳和定定，一会儿我再给园长打个电话。"

"怎么样？你问过稳稳了吗？"夏小野急急地问。

"问了，稳稳说，不是他推的，是安妮推的。"

陈昔到家时，齐浩已经问完了。稳稳说得很清楚，当时他们排队玩滑梯，彤彤排在前面，他和安妮排在后面。彤彤坐在滑道口迟迟不下去，安妮就和她吵了起来，彤彤犟脾气上来了，死活不肯滑，结果安妮用力一推，就把彤彤推了下去。

"当时稳稳等不及，已经跑下了滑梯，"陈昔说道，"定定也作证了，他当时就在不远处，看到稳稳下来的。"

"原来是安妮。"夏小野认识那个小姑娘，喜欢披着头发，说话轻声轻气地，想不到也会一言不合就把同伴推下滑梯。

"就怕人家不信。"

"孩子说的话她们也不信吗？"

"安东妈妈一口咬定不是安妮干的，彤彤妈妈平时和她关系也更好些，现在也死咬着稳稳不放，"陈昔疲惫地道，"我刚才知道，原来彤彤的爸爸是聚云集团的董事长。"

夏小野顿时明白了，安东妈妈的先生是做媒体的，而聚云集团是有名的运动品牌上市公司，每年在媒体投放上的金钱数以千万计，换而言之，聚云集团是安东妈妈丈夫的大金主。

"难怪安东妈妈说什么也不肯承认。"夏小野喃喃道。

"是的，他们要是闹翻了，就不是两个孩子的事，而是两个企业之间的事了。"陈昔叹了口气，"我对幼儿园的信息还是缺乏了解，唉，头疼。"

郭总望着夏小野，她站在角落里抱着电话小声解释，头发乱蓬蓬的，显得楚楚可怜。

唉！

郭总在心里叹了口气，想起当年自己刚开始奋斗时，也吃过一次类似的亏。那会儿他是推销员，到写字楼扫楼，挨家挨户地发小广告，结果被其中一家老板一拳打了出去……

他挨了打，什么也没做，从地上爬起来，该干什么干什么，但这件事却记到今天。

郭总走到夏小野旁边，冷不丁地道："陈总，我的那条语音你听见没？"

夏小野感觉电话那头的陈昔明显一震，"郭总，你和郭总在一起吗？稍等啊——"

隔了几分钟，多半是陈昔去听了郭总的语音，她很快又回来，又急又气，"怎么回事？彤彤妈妈竟然打你？你受伤了吗？现在怎么样？"

"还行，查了一下，怀疑轻微脑震荡。"

"太过分了！"陈昔愤怒地道，"就算是稳稳干的，那她冲着我来啊，凭什么打你！"

她一着急就呛了起来，咳了一阵才道："你赶紧回去早点休息，明天也不着急上班，我把这些事处理完来找你。"

"好。"

"你把电话给郭总吧，我要谢谢他，今天救了你。"

郭总拿着夏小野的手机，没说实话，"没事，我是刚好顺路……嗯嗯，行，你先忙你的，我替你把小野安全送到家。"

他挂了电话,冷不丁又来一句:"你们陈总也是挺精的,哎,人心哪。"

夏小野琢磨了半天,也不知道他这话是什么意思。

终于回到光明新村。

由于脸上有指印,这件事便也瞒不住。夏小野一边用冰敷伤口,一边老实交代了自己的遭遇,秦禹气得整个人都不好了。

"我找那女的算账去!"秦禹说着就要往外走。

"你怎么算账啊,"夏小野拦着他,"你是男的,她是女的。难道你还能动手打她?"

"我不打她,我就问问她打算怎么解决,如果她给不出个合理的说法,呵呵——"秦禹冷笑一声,"那不好意思,我从明天起不上班了,我天天跟着她!"

夏小野"扑哧"一声笑出来,"看不出你还挺无赖的。"

"喂,我是心疼你,你还骂我!"秦禹叫屈。

"要不咱给她扩散扩散?"姚蓉蓉也很生气,因为夏小野受伤,连晚上的约会都取消了,"我去联系我那几十个网红小姐妹,把这事给捅出去。你不是说她是什么上市公司的老板娘吗?正好,我给她扬扬名。"

"其实这些法子,我回来的路上都想过了,"夏小野把冰袋换了一面,摇头道:"就算捅到媒体,效果也不会很好,因为大家会觉得彤彤妈妈是因为孩子受伤、情急之下才对我动手,而且我受的伤也没多严重。"

"那怎么办,"姚蓉蓉有些泄气,"总不能让人白打了吧。"

"这件事关键还是要看我老板的态度,"夏小野沉声道,"说白了,我这一巴掌是替她挨的。"

"对哦！"姚蓉蓉连连点头，"你老板得好好弥补你。"

秦禹黑着脸往外走。

"你怎么还走啊！"夏小野急着拽住他，"不是跟你都说了吗？你找她算账占不着便宜。"

"我去买点儿吃的！"秦禹没好气地道，"你前面不是说泡面没吃饱吗？"

夏小野顿时笑了起来，"那行，我想吃酸菜鱼，外加一杯奶茶。"

"能不能给我也买一份，"姚蓉蓉眨眨眼，"我晚饭也没吃饱。"

第二天下午，夏小野脸上抹着姚蓉蓉给的芦荟胶，啃着秦禹买的柠檬鸡爪，躺在沙发上一边看电视，一边刷手机——FO3095已经好些日子没出现了。

屏幕上不是老片就是电视购物，夏小野看得昏昏欲睡，陈昔电话来了，说要来看望夏小野。

夏小野一下坐了起来，赶紧收拾屋子，又洗了水果。这是陈昔第一次来她的地方，她有点儿亢奋了。

陈昔是带着齐浩一起来的，齐浩手里还提着一个巨大的果篮。

"手印还是很明显，"陈昔一进门，就端详着夏小野的侧脸，咬着牙道，"这女人，下手怎么这么重。"

"医生怎么说？"一旁的齐浩问道。

"也没说什么，就说会慢慢消肿的。"夏小野请他俩坐沙发，又泡了茶，自己坐在旁边的一把椅子上。

陈昔打量了下四周，"你男朋友上班去了？"

"嗯。"

过问秦禹不过是常规寒暄，陈昔从包里拿出一个信封，放在茶几上，"这里是五千块钱，你买些好吃的，补一补。"她又拿了一套护肤品出来，"这个系列主打的是细胞再生、肌底修护，挺好用的。我买了两套，这套给你，你用用看。"

夏小野没有去碰这些东西，"现在是什么情况？"

"哦，其实也没什么太严重的情况。医院诊断下来，彤彤没受什么伤，脑部没有水肿，额头也不会留疤，现在连恶心都渐渐消退。我把稳稳说的话录了音，交给了园长，并且同时发给了彤彤妈妈和安东妈妈。"

"一开始，她俩谁都没回复，"陈昔接着道，"我就直接给刘艾琳打电话，就是彤彤的妈妈。她还是不接，我就给她发语音，我说你再不接我电话，我就给你老公打了，她立刻就打了回来。她对我说，安东妈妈坚持安妮是无辜的。"

"她信？"夏小野挑眉。

"她没说，我估计她是信了，但她没多说，我猜是因为她老公做了工作。"陈昔冷静地分析道，"他们两家爸爸的公司之间有很多利益，本来就不方便撕破脸，既然彤彤没有受什么伤，他们大概就打算不了了之了，毕竟小孩子在一起玩，磕磕碰碰在所难免。"

"那我呢？"夏小野心里涌起一阵不满，陈昔说了这一堆，倒像是在劝她息事宁人，"那个刘艾琳不想有所交代吗？"

"我正要说这个，"陈昔柔声道，"我在电话里已经说过她了，她也承认自己当时心急，一冲动就对你动了手，希望你原谅。哎，真是让你受委屈了。"

"然后呢？"

"然后？"陈昔不安地和齐浩对视一眼，"什么然后？"

"她不分青红皂白打了我，原谅也是在电话里让别人转达的，"夏小野脸上浮现一丝讥讽，"那也太没诚意了吧。"

"你想怎么做？"陈昔问。

"我要起诉她，"夏小野平静地道，"昨天我已经在医院开了验伤单，伤势比彤彤还严重。小朋友是未成年人，就算打架了也没什么。但刘艾琳是成年人，她对我动手，就是故意伤害，要负法律责任。"

"你认真的？"齐浩一下坐直了，"没必要吧，你这不能算重伤，起诉她很难判下来什么，起诉还有一大笔花销——"

他在劝说时，陈昔一直看着夏小野的神情，看她眼睛里毫无波澜……

"还有一点儿麻烦，你要是起诉了，等于我们跟彤彤妈妈撕破脸了。稳稳、定定毕竟还在玛丽幼儿园，和彤彤也是好朋友——"

"齐浩！"陈昔忽然出言阻止他，"你别说了，我知道小野的意思了。"

"什么？"齐浩眉头拧在了一起。

陈昔干脆利落地道："这件事的利弊我就不多说了，我知道你都明白。无论如何，你在这事上确实吃了个冤枉亏，你是替我挨打的，我理应为你撑腰。"

"陈昔！"齐浩表情闪过一丝震惊。

陈昔摆了摆手，接着道："这样，你也别着急起诉，你给我一点时间，我去跟刘艾琳交涉，尽快给你一个解决方案。如果你不满意，咱们再去起诉她，行不行？"

"行，"夏小野点头，"那我等你的答复。"

晚上，秦禹和姚蓉蓉下班回来，听说了下午的事。姚蓉蓉捧着那套护肤品左看右看，感慨道："你厉害，你老板也厉害。"

秦禹撇撇嘴，"她老板不是厉害，是太精明。今天是因为小野不答应，她才说她去交涉。如果小野不提，那她就不了了之了。"

"老板嘛，不都是这样的！"姚蓉蓉笑道，"总算她还大方，这一套护肤品要好几千，老贵了！"

夏小野一阵默然，秦禹的话正是她想的，也是她心里最不舒服的地方。

她原以为按照陈昔那刚烈的性格，说什么也会替她讨回公道。谁知她竟一上来先是一副黑不提白不提的态度，以此来试探夏小野打不打算追究。这就说明，在陈昔眼里，她夏小野不过是个小助理，打一巴掌就给个红包、给套护肤品，安慰一下就行了，不值得另外为她争取什么。

这还是陈昔吗？

这还是那个在公众号后台看到有妈妈读者求救，说什么也要去把人找到救回来的陈昔吗？

抑或是——她本就是这样权衡利弊、当忍则忍的人？

"喂，喝奶茶啊，"秦禹看到她捧着杯子发呆，忍不住提醒道，"再不喝都凉了。"

"喝不下。"

"你怎么了？"

"我很失望，"夏小野皱着眉头道，"我对我老板非常失望。"

秦禹刚想安慰，手机恰好响起，是陈昔打来的。

"刚和彤彤妈妈聊完，她答应向你赔礼道歉，具体时间我再和她确认。"

夏小野郁结的心情瞬间舒缓了好多。

"谢谢陈总。"她由衷地道。

"别谢我,是我的想法错了。你本来就是无辜的,我就不该替她劝你。"陈昔柔声道,"其实她打你,我和齐浩是很愤怒的,不,应该说这件事从头到尾都令人愤怒,可怎么办呢,孩子还在那里就读。"

"要不换个幼儿园吧?"夏小野脱口而出道,"我觉得玛丽幼儿园的风气很不好。"

"是啊。"陈昔显然有点吃惊,"确实,可哪有十全十美的幼儿园?"

夏小野没再延续这个话题,她很清楚陈昔为了让稳稳、定定进玛丽幼儿园费了多大力气,而以陈昔的执拗怎么可能轻易放弃?

挂了电话,夏小野一边往脸上补芦荟胶,一边刷着手机,忽然手一抖。

FO3095!

时隔一个多月,这个临时航班再一次出现了。

第九章
真正的英雄主义

> 挤压声，分明的挤压声，仿佛一艘船在海上破冰前行，那些冰块与船身交错时发出令人牙瘆的声音……
>
> 夏小野汗如雨下，而她身边的其他人则浑然不觉。无数的压力迎面而来，她感觉自己身陷黑暗，而这黑暗里又闪烁着一片星星点点的银光，那些银光好像突然发现了她，一瞬间，大放光芒。
>
> 她再也承受不住，晕了过去。

陈昔的飞换人生

深市。

夏小野在机场酒店安顿好，已经快夜里 11 点。她这两天在家养伤，虽然不用再向陈昔请假，但还是发微信说了一声，说辞延续之前的，去陪同学看病。而对秦禹，她也还是老套路，之前的那个私活，对方公司就在深市，请她过去谈谈。

两头撒谎，终究不是长久之计。夏小野戴着口罩一边往机场里走，一边默默地想。

机场有一家肯德基是 24 小时营业的。夏小野点了一个辣堡套餐，刚吃了两口，发现没拿番茄酱，正准备到收银台去要两包，忽然听到一个熟悉的声音。

"你确定陈昔能同意？"一个面容白净、鼻梁有点儿尖、戴着一副无框眼镜的男人沉声道，"齐浩的水平再不行，也是她老公！退一万步说，即便陈昔同意，齐浩难道也同意？他是个男人，和女人不一样。"

那不是小水晶的爸爸彭志云吗？

夏小野怔了怔，再一看，坐在他对面的女人，果然是朱莉。

她立刻放弃拿番茄酱，坐回原来的位置，背对着那俩人，竖起耳朵。

"有什么不一样？你不是回家天天带孩子了？"朱莉调侃道。

"我回家带孩子，不影响收入，"彭志云笑道，"我老婆也不是陈昔那样的，就是个小公务员，我还能嫉妒她吗？"

"你的意思，要是陈昔是你老婆，你就要嫉妒她了？"

"嫉妒啊。我在家赋闲，她在外厮杀，我当然嫉妒，"彭志云乐呵呵的，"我还不是她老公我就嫉妒了。前两天我们幼儿园家委会开会，她派了个助理来参加，PPT啊、投影啊、网络连线啊，搞一大堆，当时我可嫉妒了！"

朱莉扑哧一下笑出来，"那么嫉妒，那就赶紧的，出来一起干吧。'稳稳妈'就缺一个你这样的，有把公司从创业初一路送到收购上市、经历过全过程的HR老大，你的经验对我们太重要了。"

夏小野的心脏怦怦直跳。

朱莉是要把彭志云挖到"稳稳妈"来当HR负责人啊！难怪他们要讨论齐浩，彭志云一来，齐浩肯定就要出局。即便陈昔给他在公司安排个闲职……创业上升期的公司，怎么会允许有闲职，连前台都恨不得身兼数职好不好。

"我还是那句话，陈昔能不能有这个决断，让齐浩彻底回家当家庭煮夫！"彭志云正色道，"齐浩不是外面找来的职业经理人，他是老板的配偶，是这个公司的创始人之一。如果他在公司的权力、对公司的影响力没有切割干净，那我就算当了HR副总裁，我也会非常难受。有这么个人天天在老板耳旁吹枕边风，谁受得了？"

"我明白你的顾虑，"朱莉冷静地道，"但这些你不用担心，齐浩如果退到幕后，就一定会退得干干净净。你只要告诉我，你对这个机会有没有兴趣？"

彭志云沉吟两秒，往后靠了靠，下决心道："我可以试试。"

朱莉笑了起来，手里的一根薯条递出去，和彭志云的那根交叉着碰了碰，轻声道："我替陈昔先说一句，欢迎加入。"

……

朱莉和彭志云走了很久，夏小野才回过神来。有一说一，如果"稳稳妈"能请到彭志云，那的确是如虎添翼。朱莉能这么费劲巴拉地替陈昔张罗各种人才，由此可见，也是对"稳稳妈"用心了。

那么，问题来了，朱莉这么替陈昔应承，究竟是她在自说自话，还是她已经和陈昔商量好的？

第二天，FO3095，头等舱贵宾厅。

夏小野喝了一杯咖啡、一杯红茶，吃了块小蛋糕，又刷了会儿手机，眼看都要登机了，才看到朱莉大步流星地走来。

"朱总！"夏小野笑着主动挥手。

"小野！"朱莉走来，劈头就道："你的脸怎么样了，给我看看。"

夏小野怔了下，只好依言扯下点口罩，"我已经没事了。"

"嗯，没事就好，我听说这事，都气得不得了。"

"我没想到陈总会把这事告诉你。"

"她也不是故意告诉我的，"朱莉笑笑，"刘艾琳是我弟媳，你不是想叫刘艾琳赔礼道歉吗？我支持你，你做得对。"

夏小野一下明白了，她之前还想不通，以刘艾琳那种高傲的性格，怎么会答应向区区一个助理赔礼道歉，原来是朱莉在居中调和。

她想起之前看过的一篇报道。朱莉出身显赫，某著名商学院毕业，在华尔街打拼数年后终于回国。家里原是希望她进入家族企业的，她偏不愿意，带着自己积累的人脉独闯投资界，开辟出一片完全属于自己的天地。如此说来，她家的家族企业，就是聚云集团。

"刘艾琳是个傻女人，"朱莉挥挥手，说道，"虽然我弟弟也不是什么好东西，但她确实是个傻女人。我早跟她讲过，与其跟我弟弟这么耗着，不如拿一笔钱带着孩子自己过，趁着还年轻，未来可期。可她不愿意，明明是想不开，还非要装出一副云淡风轻的样子，结果呢？把一肚子的怨气撒到你的头上！换成玛丽幼儿园里的任何一个家长，她最多只敢放点儿狠话，哪敢真的动手？"

"是您叫她答应向我赔礼道歉的？"夏小野好奇地问道。

"陈昔托我递了个话。"朱莉豪爽一笑，"我跟她说，你打的这个女孩我认识，是个很有魄力的姑娘，她策划的文章都是50万＋的大爆款。你要是再不服软，人家惹急了，给你写篇文章散出去，孰是孰非姑且不论，我弟弟肯定更不待见你了！她一听，立马怂了。"

夏小野听得目瞪口呆，嘴角扯出一个无奈的笑。

"两位，FO3095开始登机了。"贵宾厅服务员走过来提醒。

"好啊，谢谢！"夏小野站起来。

"一路顺风啊，"朱莉挥挥手，"哦，不对，坐飞机不能说一路顺风，应该祝你一路平安。"

夏小野大惊，"你不坐这一趟吗？"

"不坐了、不坐了，我被这一班抖怕了，"朱莉一脸心有余悸，"我买的12点半的机票。"

夏小野："……"

"我挺佩服你的，你一个幽闭恐惧症，居然还敢坐这一趟，"朱莉说完，又赶紧道，"当然了，说不定今天没气流，不抖了，哈哈。"

…………

光线柔和的机舱里，夏小野坐在2D的位置上。长着一对好看酒窝的空姐微笑着道："夏小姐，今天没和朱小姐一起啊？"

"是啊,唉!"夏小野唉声叹气。

朱莉不上这趟飞机,这触发机制就不对了啊,这可怎么办?要是从今往后,她都不再坐这趟飞机,那又怎么办?亏她还特意找办票柜台要了个2D座位,这不是白瞎了吗?

不一会儿,上来一位老先生,坐在了2C——本应属于朱莉的位置上。这位一看就是常旅客,直接脱鞋脱袜子,拿出拖鞋换上,对空姐喊"来份儿报纸"。

夏小野点了几下座位前方的屏幕,想着反正没指望了,要不就看看电视吧。

飞机准点起飞。

夏小野握着遥控器,在一个人物采访合辑里挑选,各种商界精英、名门淑媛、影视红星……忽然,一张熟悉的照片映入眼帘。

那是个漂亮女孩,染着蓝紫色的头发,嘴角有一颗俏皮的痣。夏小野认识她,是位美妆博主,和陈昔一起拿到了这一年的"十大领潮公众号"。

记得当时这姑娘一直在抱怨太忙,忙得完全没工夫找对象。

夏小野饶有兴趣地点了进去。

"你向往的生活状态是什么样的?"主持人问。

"肯定不是现在这样的!"女孩想了想,说道,"唔,我希望是一对夫妻、两个孩子、一栋房子、三餐四季。"

"听着像是电冰箱广告啊……"

"哈哈哈哈!"女孩和主持人笑成一团,又道,"之前我不是拿了一个奖吗?当时遇到了另一个博主,她是做母婴号的,很有名的,具体是谁我就不说了,其实我特别羡慕她的状态。"

"她是什么状态?"

"她有自己的事业，有一个和她一起打拼的老公，还有两个非常可爱的孩子。"

这是在说陈昔啊……夏小野微微挑眉。

主持人点头笑道："听着就是人生赢家。"

"其实我最羡慕的不只是她的生活状态，而是她的思想状态。"美妆博主表情认真地道："她当时拿了奖，不是要发表感言吗？她就说，她说她之所以看起来家庭与事业都很成功，不是因为她个人有多厉害，而是因为她有很多帮手，有公婆、有父母，还有丈夫、有保姆，很多人在帮她。完了她说，绝大多数女人，结婚以后是不具备她那样的条件的，而那些人是最辛苦的。

"她说，媒体不应该赞美她家庭与事业两全其美，因为这种赞美，是对绝大多数女性的不公平，更是一种误导，让别的女人觉得必须两样都兼顾好，不然就是失败的。你知道吗？作为一个未婚女孩，我特别佩服她说出这些话，真的是人间清醒。

"我、包括我的一些小姐妹，我们事业上大都还不错，但是找对象都很困难，有时候我们就会陷入自我怀疑，还自嘲说工作好不是真的好，连个男朋友都搞不定，觉得自己挺失败的。听了她说的话，我突然就松了一口气。我知道了，哦，原来生活的真相、婚姻的真相，以及生育的真相是那样的，那我还愿不愿意找对象、愿不愿意结婚生孩子呢？我还是愿意的。

"有一句名言怎么说来着？世界上只有一种英雄主义，那就是看清生活的真相之后，依然热爱生活。"

夏小野像是听到什么耸人听闻的话，身体不受控制地颤抖起来。

这位美妆博主口中的陈昔，不是这个时空的陈昔，而是原本那个时空的！她转述的那些话，是原来那个时空里，陈昔在受到齐浩、幼儿园等轮番刺激后才产生的感悟。而在这个时空，陈昔根本没有说过这些话！

一阵熟悉的剧烈颤抖。

气流来了！

12：15，夏小野飞快地扫了一眼屏幕右下角。

机舱里乱成一团，2C的老头面如土色，但他还是顽强地一言不发。

"叮！"

正在播放的节目戛然而止，广播里乘务长在说："由于遇到强烈气流，机上一切娱乐设施暂时关闭。"

一声闷闷的巨响。

夏小野赶紧扭过头去，就看见左侧的舷窗外，一道灰色的光影一闪而过。

那是什么？

这是9000米的高空，这里不应该出现蓝天白云以外的任何东西。

是闪电，还是什么别的东西？

又来了！

这一次她看清了：那是一根灰色的柱状物，从舷窗外经过时，宽度超过了舷窗很多，直径至少也有半米，有点像钢筋混凝土浇筑的大柱子，又有点像一堵厚墙的侧面，反正绝不可能是闪电。

"你看见了吗？"夏小野冲着2C的老头喊，"你看见了吗！"

"看见什么？"老头莫名其妙。

"喂！你呢？"夏小野扯着嗓子，冲着2A靠窗的一个中年男人喊道，"窗外，窗外，你快看！那根柱子。"

又是一根！

"什么啊？"中年男人一脸惊慌，"你不要吓人行吗？什么柱子，哪儿来的柱子！"

夏小野不再说什么，直觉告诉她，那灰色的柱子，很有可能就是穿越两个时空的裂缝。

第三根！

她看着那根灰色的柱子迎面而来，立刻死死地握住了扶手。

咔啦啦！

飞机一头扎了过去。

挤压声，分明的挤压声，仿佛一艘船在海上破冰前行，那些冰块与船身交错时发出令人牙瘆的声音……

夏小野汗如雨下，而她身边的其他人则浑然不觉。无数的压力迎面而来，她感觉自己身陷黑暗，而这黑暗里又闪烁着一片星星点点的银光，那些银光好像突然发现了她，一瞬间，大放光芒。

她再也承受不住，晕了过去。

"夏小姐、夏小姐……"

似乎有很多声音在喊她。

夏小野费劲地睁开眼，发现自己依旧坐在机舱里，面前围着两名空姐，以及一名白大褂。

医生？

夏小野下意识地低头，"我的手机呢？"

"在这儿！"酒窝空姐立刻递过来。

还是那个OPPO，夏小野一阵失望。

看来又没成功。

"体温38.4摄氏度，有点儿发烧，但心跳、脉搏、血压都是正常的,"医生皱着眉道,"这位小姐,你以前有没有发生过类似的情况?"

"我……"夏小野想了想,"我有点儿幽闭恐惧症。"

"原来如此!"不仅医生,在场的所有人都露出宽慰的笑。

飞机已经降落在 H 市机场。酒窝空姐告诉夏小野,气流持续了大约五分钟,他们一开始以为夏小野睡着了,直到飞机降落,才发现夏小野是晕过去了,赶紧叫了机场医生过来。

她回味着在飞机上看到的那一幕幕奇景,这次经历验证了很多东西。第一,原本那个时空,陈昔的发言确实存在,而且"流落"到了这个时空;第二,那些灰色的柱状物、那经过柱状物后看到的银河,很有可能就是两个时空之间的"门"。

虽然这次没有"回去",但夏小野觉得她有理由相信,成功的曙光已然出现。

检查报告出来了,她很可能是因为幽闭恐惧受到惊吓从而导致发烧,但医生还是要求她在机场住一晚。

夏小野只好给陈昔打了个电话,说自己只能明天从机场出来后再进公司,陈昔关照她好好休息。她又给秦禹打电话,秦禹听说她被"关"了,也是无奈,问了问地址,很快快递就给夏小野送来了一大包零食,至少也是一周的量。

酒店是机场附近的一家四星级酒店,条件不错。夏小野吃了几口晚饭,洗完澡就上床歇着了,不一会儿就睡着了,结果是做了一晚上的梦。醒来时是早晨 5 点,一摸一脑门的汗,烧已经退了。

第二天检查状况良好。夏小野又给陈昔发了个微信,结果陈昔对她说:"你别进公司了,来玛丽幼儿园吧。"

"现在?"

"对，一会儿刘艾琳会来。"

"啊！是要堵她吗？"

"谈不上堵，就是换个地方。"陈昔语气轻快地道，"她是想找个饭店大家吃个饭就结束了，我觉得不好，还是要当着园长的面。"

夏小野笑了起来，果然，陈昔还是那个陈昔，她会有一时的权衡利弊，一旦做了决定，她就能做到极致。

"你可以进去了。"门卫放下电话，看向夏小野的眼神十分闪烁。

他们都是刘艾琳打夏小野耳光事件的目击证人，半小时前，陈昔和刘艾琳先后来了，现在夏小野也出现了，可想而知是要解决什么。

夏小野没想到园长办公室里竟然有那么多人，不仅有园长、陈昔和刘艾琳，居然还有彭志云。

一看到夏小野，刘艾琳的表情顿时闪过一丝尴尬，她其实是有心理准备的。所以，她很快换上了笑脸，走到夏小野面前，笑吟吟地道："那天真是一场误会，我也是气急啦，当妈的都这样啦，看到孩子出事，整个人都六神无主了……魏园长，您说是不是？"

"是啊是啊，"园长赶紧和稀泥，"好在是虚惊一场，把事情说开了就没事了。"

"没有说开啊。"夏小野眨巴了下眼。

园长和刘艾琳都愣怔了下。

"你还没向我道歉呢！"夏小野直视着刘艾琳。

刘艾琳不吭声了，梗着脖子，眼里冒出丝丝寒气。

"你想要我怎么道歉？啊！知道了！"刘艾琳仿佛幡然醒悟，拍了下额头，转头从沙发上拿起她那只精美的皮包，从里面拿出一个信封，捏住靠后的位置，单手往面前的茶几上一放，"喏，给。"

夏小野看看那沓钱，怎么也有大几千块，代表了刘艾琳的"歉意"。哦，她不是"歉意"，她只是想赶紧把这事了结。

"赔偿我收了，回头我把验伤单医药费的票据寄给你。"

"不用不用，"刘艾琳皱着眉直甩手，"我要那干吗，行了，我还有事，我先走了——"

"你还没道歉呢！"

刘艾琳一愣，瞪向夏小野，夏小野也毫不示弱地回瞪。刘艾琳只得又看向陈昔，化解尴尬般地笑道："我说稳稳妈妈，你这个助理可真是——"

"这跟陈总没关系！"夏小野立刻打断她，"你打在我脸上，疼的是我，你得向我道歉，跟我说'对不起'。"

刘艾琳使劲地抿了抿嘴角，似乎还想说什么，这时，彭志云突然"咳"了一声，"彤彤妈妈，你就说声'对不起'吧，你大她那么多岁数，不掉价的。"

夏小野立刻明白，彭志云应该是和陈昔聊过进"稳稳妈"的事了，所以他才这么帮腔。

"哈！"刘艾琳气笑了，终于飞快地来了句，"对不起。"

"收到了，希望你下次可以收敛你的脾气。"夏小野淡淡地道，"别忘了，你也有女儿，你女儿也会长大，会上班工作，你不会希望她也有我的遭遇吧？"

"我女儿才不会给人当助理！"刘艾琳白她一眼，恨恨地一跺脚，转身扬长而去。

…………

幼儿园门口，夏小野望着不远处，陈昔和彭志云时而低语，时而放声大笑，就知道彭志云加入公司已经是十拿九稳的事了。虽说齐浩应该还不知道，但陈昔这人一旦做了决定，就不容改变。

陈昔和彭志云握了握手，"我周末之前给你电话。"

"好！"彭志云笑眯眯的。

夏小野顿时明白了，陈昔恐怕要在这个周末之前，找齐浩摊牌。

陈昔一上车，脸上的笑容顿时就垮了，瘫倒在座位上，掐着眉心，唉声叹气。

"是不是身体不舒服？"夏小野装傻问道。

陈昔隔了会儿才睁开眼，疲惫地道："不是不舒服，是心累。以前听人说，创业是孤独的，一步一步走向孤家寡人的道路。那会儿听不懂，觉得有小伙伴，有团队，怎么会孤家寡人？现在才知道，这是句真话。"

夏小野只能装听不懂。

晚上回到光明新村，夏小野在饭桌上抒发感慨："我老板是真为难啊，留下老公吧，投资人不答应，影响公司发展；干掉老公吧，老公肯定要生气，影响夫妻感情。"

秦禹想了想，说："你们齐总应该自己主动退出，这样好歹可以走得漂亮点。"

"哪儿这么容易放得下，"夏小野摇头，"我们公司是陈总夫妻一手创立的。最早的时候，陈总在家怀孕，每天写文章，和读者互动；齐总一边在原来公司上班，一边负责商务、招聘还有别的乱七八糟的事。后来孩子出生，陈总又要哺乳又要写稿；齐总就干脆辞职，全力帮助陈总打理公司，就连安怡国际这间办公室，也是齐总在全市看了好多地方后，选出来几家再领着陈总去决定的，他对公司有很深的感情。"

秦禹沉吟了两秒，说道："等到我的项目上了正轨，如果你愿意，

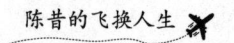

也可以辞职来加入,帮我打理公司,我保证未来不会把你干掉。"

夏小野一推他脑袋,"去你的吧!"

姚蓉蓉扒拉着饭,含混不清地道:"还好我既没有钱,又没有老公,不用思考'怎么干掉老公'这样的送命题。"

"你没有老公吗?"秦禹挑挑眉,"那前天晚上送你到门口的男人是谁?"

姚蓉蓉顿时筷子一滞。

夏小野也看向她,八卦地问:"你谈恋爱了?谁啊?哪儿的?帅吗?"

"还行,没我帅。"秦禹替姚蓉蓉回答。

"去死啦!"姚蓉蓉脸通红,飞快地夹了几筷子菜,端着碗站起来,"没有谈恋爱,就是个普通朋友!"说完端着碗跑到自己卧室里,连门都关上了。

夏小野大笑起来,"你这是此地无银三百两。"

陈昔忽然打电话来:"之前郭总在玛丽幼儿园遇到你,又送你去医院,有没有跟你提起过续约的事?"

"还真没有。"夏小野一下想起来,D&T的续约合同到现在还没回来,然而授权日期还有一周就过了。

"嗯,这样,明天你去找一趟郭总吧,我看他对你还挺另眼相待的。"陈昔吩咐道。

夏小野想了想,说:"好。"

上午。

非高峰时段的地铁很空,夏小野坐在位置上静静地思考。

郭总对她的意思其实很明显,但她绝不可能和郭总发展出什么牵扯，而 D&T 的续约对"稳稳妈"来说又极其重要。要怎么处理，才能既不得罪郭总，又能拿到续约合同？夏小野着实是有些头疼。

夏小野一到 D&T 公司，就被前台请进郭总办公室。

"脸怎么样了？快坐。"

"好多啦，"夏小野笑笑，开门见山地道，"郭总，您的续约合同，到底什么时候给我们呀？"

"你看你，还真是无事不登三宝殿。"郭总直摇头，"怎么，你们陈总搞不定，又把你派来了？"

"不是，之前是我送的合同，到现在也没签回去，我心里着急呀。"

"当着你，我也不想说瞎话，还有另外两家公司在跟你们竞争这个独家授权，我们还在考察，所以没法立刻决定。"郭总看着夏小野的眼睛，摊了摊手。

夏小野心里"咯噔"一下，"哦。"

"'哦'一声就完了？不争取争取？"郭总逗她。

"我也不知道怎么争取，"夏小野苦着脸，"我就是替我们陈总难过。"

"一个续约合同而已，不至于难过吧？"

"你不知道这对我们陈总的意义。"

"什么意义？"郭总好奇地问。

"没什么，"夏小野站起来，"我先走啦。"

"回来！"郭总指着面前的椅子，"坐下说，话到嘴边留一半怎么回事？"

"可这关系到我们陈总的隐私啊。"

"说嘛，我保证不告诉别人。"郭总的胃口完全被吊起来了。

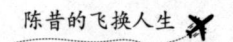

"行吧,"夏小野想了想,说道,"你知道我们陈总,为什么那么喜欢 Dony & Tony 这个 IP 吗?"

"为什么?"

"因为陈总的两个孩子,和 Dony 与 Tony 一样。

"Dony 和 Tony 是两只可爱的卡通小猪,Dony 是哥哥,脾气不好,总是爱闯祸;Tony 是弟弟,每次都抱怨哥哥带来的麻烦,但也每次都替哥哥收拾烂摊子。

"直到有一次在森林里玩,遇到了大野狼。Dony 挡在 Tony 身前,对大野狼说,你吃我吧,请不要吃我的弟弟。"夏小野低声复述着那个简单的童话故事,"稳稳也是,总是闯祸。可有一次在游乐场,定定被大孩子欺负,稳稳冲上去,一个人和三个大孩子打了起来,脸都被打破了。"

"在陈总心里,Dony 和 Tony 就像是稳稳和定定的童话版,"夏小野语气低下去,"她对这个 IP 是有很深的感情的。"

听完夏小野的陈述,郭总若有所思,但并没有立刻答复,只是让她先回去,自己会重新评估这次合作。

夏小野一回到公司,就立刻被陈昔叫进办公室,出乎意料的是,贾思柏也在。夏小野把郭总的原话复述一遍,陈昔得知"稳稳妈"还有两个竞争对手,顿时脸色难看起来。

"你聊下来,觉得郭总是什么态度?"陈昔问。

"我说不好……"夏小野实话实说,她也一直想揣摩郭总的心态,可郭总滴水不漏,她看不出什么。

陈昔还在琢磨,反倒是贾思柏先急了:"什么叫说不好啊,你俩关系不是挺好的吗?他那么喜欢你,你怎么不探探他的口风呢?"

夏小野顿时不乐意了,"贾总,我就是个小助理,郭总是公司老板，我和他再怎么熟，也就是打个招呼的交情，他怎么可能和我聊公司业务？而且，这次续约从头到尾，都是陈总和您跟他谈的，很多细节我压根儿不知道，你叫我怎么探口风呢？"

贾思柏没想到夏小野会突然发飙，当着陈昔的面顿时下不来台，"你跟我吼什么呀，我又不是为了我自己，我也是为了合同，为了公司啊！算了算了，你当我没说过。陈总，我先忙去了。"说完，冷哼一声，气呼呼地走出了陈昔办公室。

陈昔见贾思柏出去，瞪了一眼夏小野，"他好歹是公司总监，你怎么跟他这么说话？"

"谁让他说郭总喜欢我啊，"夏小野委屈地道，"这种话怎么能瞎说。"

"他也是随口一说，郭鑫年确实也对你不错。"陈昔有些烦躁地甩甩头，"实在不行就不合作了，市场上那么多IP，也不是非得跟他们家合作。"

郭总晚上喝了不少酒，他的那位"御用"大师对他说，爱情是什么，爱情就是两个人之间的风水能契合，你是青山，她是绿水，你俩自然能相互交融；若你是秃山，甚至是钢筋水泥混凝土山，那甭管遇到什么水，也浸不进来。所以，要想收获爱情，就要让秃山上长草，也就是改变自己。

大师借着酒劲对郭总说，如果你不改变自己，那你甭管换什么样的老婆，也都和你前妻一样，兴奋不过三个月，接下来全是索然无味。

那我应该怎么做才能改变自己？郭总问。

忠于自己的感受和内心。大师说，要知行合一。

这是一句心灵鸡汤式的废话,但废话之所以废,因为那往往是真理。再往深处想一想,这些年起起伏伏,什么时候知行合一过?

郭总慢慢地散着步,新天地这一带到了晚上就变得活色生香,连路人的颜值都比别的区域高出好几个档次。他经过一家淮扬菜馆,忽然想起就是在这家饭店,他第一次遇到了夏小野。

下午刚见了夏小野一面,这会儿居然就有些想她了。

郭总走进路边一家店铺,里面琳琅满目地堆满各种护肤品,但他看都不看,"我要一套海蓝之谜。"

什么年轻人应该选用适合年轻人的保养品,都是瞎扯,无非是觉得年轻人钱少,不得不把价格定低罢了。

坐到车上,郭总给陈昔打了个电话:"抱歉、抱歉,合同拖得久了些,主要也是最近的事太多,刚散会。顾言本来还想再看看,我说算了,还是给'稳稳妈'吧,合作方最重要的还是用心。难得你和Dony、Tony那么有缘,不瞒你说,Dony的原型其实就是顾言,找机会,让稳稳和顾言见见。"

陈昔听得一头雾水,但郭总要和"稳稳妈"续约这个核心还是听懂了,"好的、好的,明天上午你在公司吗?我过来拿。"

"呵呵,我在。"郭总笑着说。

陈昔放下电话一琢磨,就觉得郭总话里暗藏玄机。

这个时候,夏小野正跟着秦禹参观他那个项目未来的办公地点。

接近郊区的一个工业园区,老厂房改建的,各种钢筋管道刷个黑漆就堂而皇之地裸露在外,粗犷原始,深受创业年轻人的喜爱。

"你觉得这地方怎么样?"秦禹期待地等着夏小野的评语。

"很不错,"夏小野点点头,"重要是属于你自己的地盘。"

"没错!"秦禹兴奋地道。

"更重要的是还不用你花钱!"

"那还是花了的,"秦禹垮下脸,"我还是投钱了。"

"又投了?"夏小野颇为意外"不是说你们内部创业,由你们公司全投吗?"

"本来是那么说的,但后来大老板说,我和我搭档还是要放点儿钱进去,不出任何成本,容易不把项目当回事!我觉得他这话也不算错,我就投了一点儿。"

"投了多少?"

"30万,找我妈借了25万,"秦禹低下头去,"对不起啊。"

"你干吗跟我说'对不起'?"

"这个钱本来是我妈存着给我娶老婆的,现在被我提前支取啦!我当然要跟你说'对不起'。"

夏小野哭笑不得:"支取就支取吧,早点儿回本就行。"

秦禹立刻在夏小野脸上亲了一口:"我就知道你最好啦!"

"既然交了钱,那就是正儿八经的股东,你记得跟你们公司的合同要签明白。"夏小野提醒道。

"当然啦!来来来!"秦禹拉着夏小野的手往里走,"我们到里面看看。"

里面全是打通的大开间,秦禹站在开阔的空地中央,向夏小野展示自己的规划,"不做隔断,除了两间必要的会议室,其余就这么坐。本来我还打算我和我搭档也不要办公室,后来一想觉得不行。"

"为什么不行?"

"因为你要来看我的啊!"秦禹睁大眼,"你来看我,我们要是亲热,总要有自己的地方。"

"谁跟你亲热,"夏小野嗔怪,"还没开张呢,老板净想着跟人亲热了!"

"不是那样的,你是我的动力呀!"秦禹笑着,又指着一个地方,"对了对了,这里要放一台冰箱。"

放冰箱有什么值得说的吗?

"里面装满可乐!"秦禹认真地道,"这是我的梦想,有一个自己的公司,角落里放着冰箱,门一拉开,里面满满当当的冰可乐,谁口渴了就去拿一瓶喝!"

"你也不怕得糖尿病。"

"已经得啦!"

"啊?"

"被你甜的呀!"

夏小野哭笑不得。

秦禹忽然指着一个门洞,"你觉得这间作为我的办公室怎么样?"

"嗯?"

夏小野走进去,看到这连门都没装的房间的地上,竟然放着一束白色的玫瑰花,在昏暗的光线里静静绽放。

"给你的!"秦禹拿起花,塞给夏小野。

"你戏真多……"她嘴上那么说,心却还是迷醉了。

浪漫的气氛,被陈昔的一个电话打破了。

"刚跟郭鑫年通了个电话,他说还是和我们续约。你明天不用先进公司,直接去D&T把合同拿来吧。"

"哦,好!"夏小野淡淡地回复道。

陈昔挂了电话,再给郭总打过去:"不好意思啊,我上午临时有个电话会,我叫小野来拿,行不行?"

"行啊,没问题。"郭总笑呵呵地爽快应了。

陈昔豁然开朗。

贾思柏没胡说，郭总就是喜欢夏小野，带着男女之意的那种喜欢。

夏小野又一次去 D&T 公司，郭总正开着会，让夏小野在办公室里等他，等了半个多小时才来，"来啦。"

"来了，"夏小野笑笑，"陈总让我来拿合同。"

"知道、知道。你怎么一看见我就说合同，也不寒暄两句，人不能那么势利。"郭总开着玩笑。

"可看不见合同，我心里不踏实啊，"夏小野苦着脸，"要是再拿不到合同，老板要扒我的皮。"

"哈哈哈，你们陈总那么狠。算了，你来我公司上班吧，给我当助理，我肯定好好呵护你。"

"我才不信呢，天下的老板都是一样的，你万一比陈总还狠，我就惨了。"夏小野半真半假地装出童言无忌的样子。

年轻有年轻的好，偶尔撒个娇，不但不招人烦，还显得亲昵。换成陈昔的年龄，这样说话，大概要被人打出去。

"哈哈哈，被你说对了，我就是挺狠的！"郭总配合着她，又打电话叫他那个男助理，"去把公章拿来。"

"谢谢郭总！"夏小野赶紧道。

"哈哈，瞧你高兴的。哦对了，"郭总拍了下脑门，"你来得正好，有个东西给你合适。"

他极其自然地从桌肚下拿出一个墨绿色的纸袋，"给。"

"是给我的吗？"夏小野看着这套海蓝之谜，有些惊讶。

"对，别人送我的，但我一个大老爷们儿，要这女人的保养品有什么用,还是给你吧。"

"那多不好意思啊。"

"拿着吧。"

"哦,谢谢啊……"

夏小野迟疑了下,还是接过了纸袋,轻轻放在脚边。

男助理带着公章回来了。郭总从抽屉里拿出合同,当着夏小野的面盖了章,又签了日期,"给,这下放心了吧。"

"放心啦。"夏小野一边笑,一边又检查了一遍合同内容。

"没问题吧?"

"没问题!"

"你们陈总今天晚上要请我吃饭,你也来吧?"

"不知道啊,她还没跟我说。"

两人又东拉西扯了一阵子,夏小野才起身告辞。走了不多时,郭总忽然想起什么,站起来一看,果然,那个墨绿色的纸袋还在地毯上搁着。

郭总本想给夏小野打个电话,转念一想,她那么谨慎的人,肯定是故意留下的,忍不住笑了笑。这个夏小野真有意思,他郭鑫年自打大学毕业,浪了近二十年,还是第一次遇到用"假装忘了"这种方法拒绝他的女人。

晚上陈昔和齐浩做东,带着贾思柏、乔伊和夏小野一起宴请招待D&T的人,算是庆祝续约。饭局直接订在KTV里,叫饭店把菜送进来,一边吃饭一边唱歌。D&T这里除了郭总和顾言,还有好几位高管都来了。出乎众人意料的是,朱莉也来了,还带着几个资本的人,再加上"稳稳妈"的贾思柏和夏小野,一共二十来号人,把包厢挤得满满当当。

夏小野是最后进来的，之前她一直在前台点单。她现在是陈昔的小管家，既负责点单，又负责埋单。

"小野！"郭总一看见她，顿觉眼前一亮。

从他发现夏小野故意把海蓝之谜"忘"在他的办公室，他就觉得自己对这姑娘上头了。他甚至觉得自己有些情圣，别的男人进KTV这种地方，都是左拥右抱，花天酒地；只有他，一把年纪了，就为了等着见一个小姑娘，简直是纯情之至。

这种纯情让他自我感觉良好，谁还没有纯情过呢？

当年大学里混BBS，流行戴望舒的诗，"我希望逢着一个丁香一样的结着愁怨的姑娘"。他觉得夏小野就是一个丁香般的姑娘，她穿件白色的大衣，亭亭玉立地站在那里，黑发如瀑，目光如水。

遇到夏小野，郭总觉得自己更年轻了，重新回到了青春岁月。

"小野，你坐在这儿！"贾思柏忽然冒出来，拉着夏小野不由分说地就把她安排到郭总的身边。

夏小野心里一阵不舒服，但又不好说什么。

郭总闻到夏小野身上有股幽幽的香，很淡，很干净的味道，"你不喜欢海蓝之谜吗？"他直截了当地问。

"啊？"夏小野一脸惊讶，"什么？"

"你把海蓝之谜故意落下，不就是不喜欢吗？"

"没有、没有，您误会啦，"夏小野微微笑道，"我是真的忘记啦。"

"原来如此，"郭总点头，"那给我个地址，我叫司机再给你送过去。"

夏小野一阵无语，只能苦着脸说："行呗。"

郭总开心地笑了，觉得夏小野很有意思。别的女孩看到那么昂贵的护肤品，早就趋之若鹜，但夏小野不一样，她是真的不想要。

"来，喝酒。"郭总给夏小野倒酒。

夏小野没法推辞。

吃了会儿东西，就开始唱歌。职场的规矩，小字辈的先热场子，大佬们坐在下头推杯换盏。陈昔和齐浩是东道主，酒是逃不掉的，按理说，齐浩应该替陈昔挡挡酒，但齐浩今晚一直都非常沉默，独自坐在很边缘的地方刷着手机，一副众人皆醉我独醒的样子。于是只能由夏小野这个老板助理挑起重担。

几杯红酒下肚，夏小野心跳有些加速。

她的酒量比原来的时空进步了不少，准确地说，是夏小野的酒量比陈昔强很多，换作陈昔，两杯就歇了，但这玩意儿也不好说，不能随意试探底线。

酒过三巡，场上也热闹起来。郭总是K歌达人，不管是张学友还是周杰伦，都能唱得有模有样。他一时兴起，又点了一首男女对唱的《屋顶》，拿着话筒，"谁陪我唱？"

"陈总、陈总！"大家起哄。

陈昔直摇头，"这歌不行，音太高了，我唱不上去。"

"朱总、朱总！"众人又叫朱莉。

"我不行，我五音不全。"朱莉果断拒绝。

"小野你来唱，你肯定能行！"又是这个贾思柏！

夏小野不能当众给贾思柏没脸，只得接过话筒。

"……在屋顶唱着你的歌，在屋顶和我爱的人，让星星点缀成最浪漫的夜晚，拥抱这时刻这一分一秒全都停止，爱开始纠结……"

夏小野闭着眼唱，郭总睁着眼，他俩唱得都不错。夏小野自己都惊讶，原主竟然有一副好歌喉，连她自己都有些陶醉了。

一曲终了，掌声雷动。

贾思柏起哄道："这里最应该对唱一首的人，是陈总和齐总。"

"对对对！陈总、齐总来一个！"大家都鼓掌。

陈昔笑着摇头，"老夫老妻了，对唱什么。"

齐浩却站起来，"唱吧。"

"哇哦！"欢声雷动。

"唱什么啊？"陈昔很无奈。

齐浩走向点唱机，一番操作，屏幕上出现的是朴树的《清白之年》。众人都愣了，这首并不是对唱歌曲。

陈昔也怔了下，但还是接过话筒，"你先，我先？"

"你先。"齐浩点头。

…………

"……人随风飘荡，天各自一方，在风尘中遗忘的清白脸庞。此生多勉强，此身越重洋，轻描时光漫长，低唱语焉不详……"

齐浩望着陈昔，缓缓开口。

"数不清的流年，似是而非的脸，把你的故事对我讲，就让我笑出泪光。是不是生活太艰难，还是活色生香，我们都遍体鳞伤，也慢慢坏了心肠，你得到你想要的吗？换来的是铁石心肠。可曾还有什么人，再让你幻想……"

他俩说是对唱，可陈昔一直回避齐浩的目光，齐浩却一直看着陈昔。结合这歌词，就连傻子都看出来了，老板夫妻怕是出了问题。

夏小野此时已经喝了不少，听着这首歌，一边头晕目眩外加心怦怦直跳，一边尴尬得能在地板上用脚抠出三室一厅，总算熬到一曲终了，趁着好几个人上厕所，她站起来就往外走。谁知刚到门外，就感觉"嗡"一声，脑袋和腿像同时灌了铅，不但一步也走不动，还分不清东南西北。

完了！后劲上来了！

夏小野心里叫苦。

她之前几杯下肚没感觉，还当原主的酒量深不可测，谁知道后劲来势凶猛，挡都挡不住。

"你怎么了？"一个声音忽然从背后响起。

夏小野像隔着一层雾看去，"齐总？"

"你是不是喝多了？"齐浩皱眉，他从包厢一出来，就看见夏小野靠在走廊墙上。

"是啊……"夏小野笑得醉眼蒙眬。

"你在这儿等着，我去给你拿外套。"

"好啊……"

"你除了外套还有什么吗？"

"还有包……"

夏小野稀里糊涂的，眼皮都睁不开了，但想着对方是齐浩，不知怎么的，还挺安心。

一阵热风袭来，包厢门又开了。齐浩出来给她披上大衣，扶着她往外走。夏小野上了一辆车，齐浩关照说："路上注意安全啊！"话音刚落，车就启动了。

"光明新村，"夏小野下意识地报出地址，"我住光明新村。"

"我知道。"司机回答。

不知过了多久，手机响了起来。夏小野想去摸电话，谁知身子一晃，竟然"咕咚"一下滚了下去，一头撞在了前排位置上，这一下子，她的酒醒了一大半。

"郭总？"夏小野这才看清坐在旁边的男人。

怎么会是郭总坐在她旁边,不是齐浩安排人送她的吗?

"嘘!"郭总转过头,在唇前竖起一根手指,示意她噤声。

夏小野只能闭嘴看向窗外,越看越不对劲——这不是去光明新村的路!

司机把车停在D&T事务所的外面。

郭总终于打完了电话,对夏小野说:"我回公司拿点儿东西,你一起上去坐坐?"

"我不用了,我自己打车走吧。"夏小野说完,果断推门下车,然而脚步踉跄,差点摔倒,幸亏郭总眼疾手快,一把扶住了她。

"你这个样子,怎么自己打车走?"郭总摇头,"你去我公司等一会儿,我拿完东西,就送你回去。"

"不用了,"夏小野有气无力地说,"我还是自己回去吧。"

她走到路边,可这个点,马路上空空荡荡的,哪里有车可拦?她哆哆嗦嗦地想去摸手机……手机呢?

"别往前走了,"郭总叹着气,揽住夏小野的肩膀,好声好气地道,"你都走到马路中间去了——"

砰!

一个拳头从天而降,把郭总往后一下砸出去好远。

秦禹?!

郭总二话不说,站起来就转身朝秦禹扑了过去。他今晚也喝了不少,此前借着三分酒意、三分真心,再加四分"确实要拿东西",就想领着夏小野去办公室坐坐,孤男寡女,能坐出什么事儿来。郭总知道,但他也没太认真,气氛到了的话,水到渠成,气氛没到,就真的只是"坐坐"又如何?

谁知半路上杀出个程咬金来,还一照面就开打。

郭总没见过秦禹，但他一看就知道，这应该就是夏小野那个男朋友了。男人嘛，说得好听是血性，说得不好听就是冲动。他莫名其妙挨了秦禹一拳，一下就被激怒了，也不问别的，先干了再说。

问题是他打不过秦禹，秦禹不但比他年轻，还比他能打。他见郭总挥拳上来，闪身一让，跟着一脚伸出去，就把郭总给放倒在地。

"别打了，"夏小野一把抓住秦禹的胳膊，"先离开这儿。"

秦禹本来也不是真的要打架，闻言立刻收手，拉着夏小野转身往外走。

"大江！"郭总厉声道。

司机从侧面冲了过来，手里还拿着一根黑色的甩棍——

"我去——"秦禹也被激怒，正想迎战，被夏小野一把拉住。

"快跑，"夏小野拉着秦禹想换个方向跑，可她毕竟喝多了，跑得慢，"成功"拖慢了秦禹的速度。

夏小野心一横，倏地转身，刚好拦在司机和秦禹之间。

"你——"秦禹急了。

"你别说话，我来说。"夏小野飞快地道，又凛然不惧地看向司机。

她虽一言不发，但眼神冷冽，不怒自威，气场极强。司机是郭总的身边人，车上的情形、老板的意思他都是清楚的，见状也不敢随便动手，回头看向郭总，寻求进一步指示。

"郭总！"夏小野见状，立刻高声喊道，"今晚喝多了，就是一场误会，回头我向您赔礼道歉！"

郭总喘着粗气，沉吟两秒，狠狠地道："算了！"

夏小野顿时松了口气，一把拽过秦禹，飞快地跑向马路对面。

他俩好容易打到一辆车，夏小野一上车就瘫倒在靠背上，"你怎么会跟着我们的车？"

"我给你打电话，打了好几个没人接。后来是你们齐总接的，他说你喝多了，叫我来接你。"秦禹闷闷地道。

齐浩？

夏小野有些惊讶，没想到他会这么做。

"我赶到KTV门口，还没下车，就看见你上了那男人的车，我就赶紧追了上去，幸亏——"他说着，忽然转过身，一把把夏小野扯进怀里，"以后别这样了，知道吗？"

"嗯？"

"别挡在我前面，"秦禹认真地道，"我是男的啊，怎么能让你挡在我前面？"

夏小野顿时哭笑不得，"没关系的啊，而且当时那情况，我挡在你前面比较好，对方看我是女的，就不会轻易动手——"

"那也不行！"秦禹表情受伤打断她，"不管发生什么情况，都不应该让你挡在我前面，我又不需要你保护。"

"哦哦哦，好的好的，"夏小野赶紧点头，"好啦别生气啦，下次再遇到这种事，我保证一动不动等着你保护我。"

"你讽刺我！"

"没有没有，"夏小野哄着他，看他心不甘情不愿的样子，感觉十分好笑，忍不住伸手去捏他的脸，"你这样还蛮可爱的——"

"撒手！"

"不撒——"

"跟你说撒手！"

"咦，你哭了？多大点事儿啊！"

"谁哭了啊！"秦禹急吼吼地辩解，顺便背过脸去。

夏小野看着他线条分明的侧脸，又好气又好笑，接着，一股酸酸胀胀的情绪在心里蔓延开来。

在这个时空里，只有这个年轻男人，是全心全意在意她的。

她想了想，斟酌道："我得跟你解释解释，刚才也不是你想的那样，是我喝多了，他以为我要走到马路当中去——"

"别提那人。"秦禹皱着眉，强硬地道。

夏小野乖乖闭嘴，下一秒，秦禹的吻便落了下来，吻得又重又急。他使劲箍着她的腰，仿佛要将她揉到自己的身体里。夏小野有气无力地勾着他的脖子，被吻得眼睛都睁不开了……

她感觉到自己的衣服被推了上去，秦禹的手落在她光洁的背上……

"别，"她恳求，"别在这里啊。"

……

回到403，秦禹几乎是一脚踢开的卧室门，将她摁倒在床上，果断地压了上去。

"啊！"

夏小野低呼了一声，心是乱的，脑子也是乱的，身体却不由自主地有了反应。酒是色之媒，她的欲望被完全点燃了。

"别，别这样。"她缩成一团求饶。

秦禹从未见过这样勾人的夏小野，嘴唇殷红，媚眼如丝，偏偏还带着哭音在讨饶。他想到那些扶着她从KTV里走出来的男人，想到那个把她塞进车后座的男人，愤怒和情欲交织流淌，"就这样，"他一点一点向下吻去，"你是我的女人。"

"啊！"夏小野战栗起来。

她再也想不清什么了，也实在无暇去想。她沉浸在感官的体验里，身体变成了一片羽毛，绵软无力地在空中飘来荡去，灵魂也被放了一把火，熊熊燃烧起来。

她开始做乱七八糟的梦。梦见站在舞台上，她一张口，麦克风就发出滋啦一声尖叫，她赶紧闭嘴，台下一个观众都没有……忽然又到了机场，她穿一件风衣，拉着拉杆箱在机场里乱转，到处问人家登机口在哪儿，终于找到了登机口，眼看要关门了，她赶紧冲过去，地勤问她，"小姐，你的登机牌呢？"这才发现原来两手空空……又到了一栋房子里，顶天立地的大书柜，摆得像书城那么壮观，拿下一本，发现里面全是白纸，一个字也没有，再拿一本也是这样，她念念叨叨地跑到大街上跟陌生人讲："只有家庭和事业平衡得当，才算是成功的女人。"

醒来的时候，头疼，脚疼，五脏六腑无不酸痛，像刚刚从地狱回来似的。她倏地睁开眼，看见光线从窗帘缝隙洒落进来，她的身边躺着一个正在沉睡、英气勃发的年轻男人。

夏小野一骨碌从床上坐起来，一阵腰酸脚软袭来，差点整个人朝后栽倒。昨晚那被翻红浪一晌贪欢的回忆瞬间浮现在眼前，害得她的脸顿时温度升高一百摄氏度，烫得能烙饼。

真是昏头了啊……她望着还在熟睡的秦禹的侧脸，喃喃道。

眼前摆的是两笔伦理账：头一个对不住的就是原主，她占了人家的身体，又睡了人家的男人；第二个对不住的人是秦禹，她一直冒充人家的女友，还把人家给睡了……哦，还有一个人——齐浩。他俩毕竟还是在婚姻里的，眼下这情况，算不算她先出轨？

真是疯了！

明明想好了要"回去"的，也一点一滴地在往前走了，为什么还要搞出那么多麻烦事来！

她真恨不得甩自己一嘴巴……

"你为什么要打自己的头？"

一个慵懒的声音在夏小野身边响起，她还没来得及回头，就又被某人拽回了被窝，一个翻身压了上去。

"别别别——"

"哈哈！"秦禹笑了起来，鼻尖蹭着她的脸，又在她唇上啃了一口，"你怎么那么可爱。"

"我——"

心里那只小蝴蝶又在扑棱翅膀，夏小野慌极了，可不能一错再错，"别别别，我还要上班的……"

"你好像变了很多。"秦禹的脸埋在她的肩窝里。

夏小野闻言一僵，难道他发现什么了？果然，即便是同一具躯体，只要有亲密接触，还是能发现不同的！

"你以前从来不说'别别别'。"

"我……我以前不说的吗？"

"嗯。"

"那我以前说什么啊？"夏小野装傻，"我都没注意……"

"你以前什么也不说，也不叫，也不掐我。"秦禹箍着她的腰，抵着她的额头，"我喜欢你现在这样，就是有点儿疼……"

"……"

秦禹慢慢说着，瞳孔的颜色又深了下去。夏小野感觉到腿又被分开，暗叫不妙，赶紧弱弱地道："我真的要上班。"

"现在才6点多，早着呢，"秦禹把她的手拿去枕边，"我就亲亲。"

"真的吗……喂？你别……别别……"

年轻人的事,哪是一句"亲亲"就能结束得了的。

…………

等到夏小野终于开始上班,眼圈都是青的了,脚底也在打飘,经过前台时,蕾娜叫了她好几声,她才反应过来。

"有新大佬。"蕾娜朝里面努努嘴。

嗯?

夏小野立刻打起精神,走到自己工位前,发现身后陈昔的办公室关着门。她眼珠一转,随便找个借口敲门进去,果然,屋里除了陈昔,还坐着一个男人——某互联网公司前HR副总裁、小水晶的爸爸彭志云。

夏小野装作平静,将一份稿子拿给陈昔,"这个内容部催了两次了。"

"你放在这儿吧,"陈昔顺手把稿子放在一边,介绍道,"这位是彭总,这是我的助理小野,你们见过。"

"当然见过,印象深刻。"彭志云笑吟吟地点头。

"小野,你来得正好,中午我陪彭总吃个饭,帮我订个饭店,就公司附近。"

"好啊,彭总爱吃什么菜?"夏小野立刻问道。

"我爱吃辣,湘菜、川菜都行,但不知道陈总能不能吃辣。"彭志云很爽快,一点儿都不虚伪客气,很拉好感。

"我能啊!"陈昔笑起来,"我很喜欢吃辣。"

夏小野看看她,陈昔喜欢吃辣不假,但她的胃可能不喜欢。

"要不就吃那家'青城山下'?"夏小野提议。

那是一家著名的川菜馆,不仅辣菜做得好,几道不辣的也很棒,例如开水白菜、锅巴肉片、老妈蹄花、清蒸江团鱼等，都是陈昔爱吃的。

"可以，"陈昔笑起来，对夏小野的意图心领神会，又对彭志云道，"那家不错。"

夏小野带上门出去，走到前台假装找快递，"里面那位什么时候来的？"

"就今天一早，和陈总一起到的。"蕾娜低语。

"齐总呢？"

"还没进公司，"蕾娜撇了撇嘴，"说不定这两天都不会进，多尴尬。"

虽说早就知道彭志云要进"稳稳妈"，但夏小野依旧觉得很震惊。

不一会儿，陈昔就陪着彭志云出来了，挨个儿给他介绍公司同事，说得依旧是"这位是彭志云彭总。"大家都是人精，早嗅到气味了，人人笑得像朵花儿似的喊："彭总好。"

没过多久，人力资源部就群发了两封邮件，第一封是任命齐浩为公司常务副总裁，第二封是宣布彭志云出任"稳稳妈"的人力资源副总裁。

中午，夏小野把陈昔和彭志云送去"青城山下"用餐，自己朝商场对面走去。那边拐一个弯，就有一个中等规模的街心花园。

路旁有餐车在卖快餐熟食，夏小野要了一份手抓饼加蛋、一杯豆浆，打算到花园里的小池塘畔坐着解决午餐。

刚到池塘边，她就看见齐浩坐在那里。他穿着薄羽绒的马甲、灰色的运动裤，头上戴一顶鸭舌帽，完全不像个上班人士。

"齐总？"夏小野微微有些意外，没想到齐浩会坐在公司方圆五百米以内的地方，但不上楼。

齐浩也露出些许讶异，"你怎么会来这里？"

"随便走走，没想到这里还有个小花园。"

"吃过饭了？"

"还没。"夏小野举了举手里的纸袋。

"哦，"齐浩点点头，冷不丁地道，"要不我请你吃饭吧。"

夏小野本来想拒绝的，但想了想，自己还欠齐浩一个人情，只好答应。

附近有一家咖啡店，兼顾售卖简餐。夏小野点了一份焗饭、一杯柠檬红茶，齐浩要了一份意大利面。阳光透过落地窗洒在店里，确实很舒服。

"那天晚上要谢谢你。"夏小野说。

"谢我什么？"

"你让我男朋友来接我。"

"哦哦，那事啊！"齐浩笑了下，"你完全醉了，他一直在打电话，我担心你不接他该着急了，就接了起来。后来怎么样，接着你了吗？哎，不对啊，我记得后来是郭鑫年送你回去的吧？"

"嗯。"夏小野没多解释什么，但心里还是警惕起来。

她发烧这三天，郭总杳无音信，看起来平静无波，问题是他是结结实实揍了秦禹一拳的，他能咽下这口气？

想到这里，夏小野有些心烦意乱。

就听齐浩平静地问："公司里今天，流言蜚语不少吧？"

"呃，有一点。"

"呵呵，难免的，我都知道。"齐浩轻轻地往外吐了口气，"我其实不介意另外找个人来管 HR，我对彭志云的能力也很认可，我只是担心朱莉。"

"朱莉?"

"嗯。从投钱开始,先换 CFO,再换 HR,然后就是商务运营,最后就要干涉内容。渐渐地,公司味道变了,公司的老员工被赶光了,就开始增资扩股,玩各种股权变动的套路把戏,一点一点地蚕食,最后,等到创始人反应过来,发现公司已经和自己无关了。"齐浩讥讽地笑了起来,"这样的故事简直不要太多。"

"还真是,"夏小野皱起眉来,"你提醒过陈总吗?"

"提醒?哈哈,还能怎么提醒啊,再说下去,就是我心胸狭窄、嫉贤妒能了!"齐浩摇头,"难怪人家都说,夫妻老婆店不好开,果然如此。"

夏小野一时无言。

"不说这些了,说说你吧。你那男朋友还是不错的,我听说被王鼎的大老板调去别的项目了?"

"是啊,内部创业。"

"挺有前途的,也很关心你,"齐浩笑道,"这样的潜力股你可得抓住了。"

夏小野干笑一声,不想就这个话题讨论下去。

"你和我一个朋友有点儿像。"齐浩冷不丁道。

"嗯,"夏小野意外,"哪个朋友啊?"

"一个……不算太熟的朋友。"

"是吗?是长得像吗?"

"有一点,主要是感觉很像。"

夏小野有点儿茫然,刚想再问,陈昔打电话来,问她在哪儿。

"我这就回公司。"夏小野忙道。

齐浩买了单,"我跟你一起走。"

"你也回公司吗？"

"回啊，我可是常务副总裁呢。新的HR副总裁第一天报到，我要是不出现，那得传得多难听，哈哈。"齐浩自嘲地笑了起来，"再说，我的气量也没那么小，毕竟这公司有一半是我的，我跟个员工计较什么。"

他说着，带头走了出去。夏小野有些好笑，又有些同情——齐浩最后撂下的那几句话，乍一听挺厉害，其实恰恰证明了他对此事极为在意。

他俩一前一后走进公司。齐浩直接进的陈昔办公室，不一会儿，彭志云也来了，齐浩主动和彭志云握手，"你看看，玛丽幼儿园一共就你这一位模范爸爸，都被挖来'稳稳妈'了！"

彭志云一本正经地道："爸爸想要当得好，那还是得靠为妈妈服务。"

陈昔莞尔笑道："这句说得好啊！"

他们三人谈笑风生，门一直是开着的。不一会儿，全公司都明白了，"稳稳妈"即将迎来一位新的人力资源副总裁。

随着彭志云的加入，不到一周，"稳稳妈"正式对外公告，宣布A轮融资完成，ZL资本以4000万注资换取公司20%的股权，这在资本寒冬是一个非常罕见的好价格。首期1500万在合同签订的下午就顺利到账，充分显示出资本对陈昔的信任，"稳稳妈"也由此正式走上奔腾的快车道。

面对这巨大的成功，陈昔表现得非常克制，和某些创业者刚成功时的挥金如土相比，她只是让行政在思南公馆租了一栋带花园的别墅，举行了一场简单清爽的午餐会，向全公司正式介绍新股东朱莉、新任CFO李长青，以及新任人力资源副总裁彭志云。

几位新高管轮流上台讲话。夏小野望着台下微笑鼓掌的齐浩，总觉得那张斯文的脸上笼罩着无限怅惘。也是，所谓常务副总裁，其实就约等于"没务"，不管朱莉是不是真的想蚕食"稳稳妈"，至少在当前，陈昔是公司唯一的女王。

一阵热烈的掌声。

创始人夫妻被要求当众秀恩爱。齐浩拥抱着陈昔，在众人拍着巴掌吹着口哨的起哄中，不得不亲吻了她一下。陈昔脸都红了，齐浩儒雅地笑着。蕾娜凑到夏小野跟前，低声道："说实话，其实他俩挺般配。"

服务员给每个人发了一个"幸运饼"，就是那种菱角形状的小点心，里面是空心的。打开后可以看到一张带字的小纸条，上面写着一句箴言，或者鸡汤。

夏小野看向自己抽到的那张小字条，大约是罗曼·罗兰那句原话太长了，所以进行了缩写。

认清生活真相，依然热爱生活。

主持人在台上兴奋地嚷嚷："今天所有的签语，都是陈总亲自选出来的哦。"

夏小野轻轻吐了口气。

很多事，冥冥之中自有定数。

第十章
摇摇欲坠

前面,齐浩忽然喊她:"小野。"

夏小野一回头,就看到齐浩表情不太对,接着,他往旁边又让了让。

走廊的尽头,秦禹悄无声息地站在那里,用一种前所未有的复杂神色,望着眼前的这……一家三口?

夏小野心里咯噔了一下,这个秦禹,在搞什么鬼?

隔天，夏小野的工作是陪陈昔去拍外景。

"稳稳妈"的服装版块进展飞快，陈昔不仅在母婴品类里能带货，在服装版块竟然也很有号召力。以她为模特的衣服都卖得很好，上周一款开襟羊毛衫，刚上线就卖了2000多件。陈昔尝到了甜头，决定自己多拍一些。

最近天已经开始降温，休息的时候，夏小野给团队买了几杯热饮，给陈昔的是一杯红枣姜茶。陈昔这两天正是生理期，接过杯子，闻到那股浓郁的姜味儿，掌心传来温暖，抬头看了眼夏小野。

"什么？"夏小野回过神。

"我说，你在想什么？"陈昔好奇地问道，"你一直在走神。"

"我——"夏小野苦笑，这可从何说起？她总不能说，她一直在为如何阻止秦禹的求欢而苦恼吧？

昨天和前天两晚，夏小野都以之前一次折腾太狠为理由，拒绝了秦禹，但老用这样的借口显然不行，眼看今晚就要躲不过。

"家里有点儿事，没什么。"夏小野掩盖道。

陈昔看出她不想说，微微一笑，换了话题："前面朱莉在跟我聊，她打算明年开春就做B轮。"

夏小野的注意力瞬间被转移，"这么快？咱们A轮不是刚做完吗？"

"是啊，但朱莉觉得我们公司和一般的初创企业不同，没必要死守着 A 轮、B 轮的规矩，需要用钱那就去融，关键是要趁着风口赶紧往前冲。我想她说的也有道理，毕竟谁也不知道风头哪天就过去了，趁着还有力气，那就跑快一点、跑远一点。"

这番话确实无懈可击，但不知怎的，夏小野又想到齐浩的担忧。

"你又走神了。"陈昔指出。

"我在想，如果融 B 轮，你的股权又要被稀释了吧？"夏小野直言不讳道。

陈昔挑了挑眉，笑了，"你想得还挺多，不过，这的确也是我的顾虑。如果有大笔的外部资金进来，那我手里的股权肯定要被稀释。但这些都是事先可谈的，可以通过一些条款做个保护。"

"那就好！"夏小野放下心来，她只不过是想提醒一下陈昔，"那我就先恭喜你啦。"

"同喜同喜，"陈昔笑道，"先保密啊，还没到公开的时候，我是第一个告诉你的，连齐浩都没说。"

"肯定保密。"夏小野忙道，也很高兴，她和陈昔也有共同的秘密了呢。

摄影师叫陈昔过去开工，夏小野忙帮她脱下羽绒服。一阵冷风吹过，陈昔打了个喷嚏，揉揉鼻子，袖着手小跑着去拍照。

夏小野留在原地替陈昔保管东西。她远远地看着陈昔，大冷的天，陈昔拍的却是春装，一件薄如蝉翼的绿色真丝衬衫，下面是一条洋洋洒洒的白色阔脚裤，手里拿着一杯夏小野买的红糖姜茶，大步走过街道，风扬起她的长发，简直明星风范。

夏小野情不自禁地用手机给陈昔拍了一张照片，发在朋友圈，配上文案：我老板真美。

不到两分钟,底下一片点赞,姚蓉蓉留言:拍得挺好。

夏小野回复:是吧是吧!

姚蓉蓉:是啊,马屁拍得好啊!

夏小野忍不住哈哈大笑起来。

手机响了起来,是陈昔的,来电显示是魏园长。她心里顿时一紧,别是稳稳和定定生病了,赶紧拿着手机给陈昔送过去。

"喂,"陈昔立刻接起来,"打架了……泼水吗?哦哦,好的,知道了,我现在就过来。"

"是稳稳还是定定?"夏小野忍不住问。

"是稳稳。"陈昔也不瞒她,"园长说,他今天不听指令,用鞋子在卫生间装水,泼了许多小朋友满身都是。这样,先拍别的模特,我去一趟幼儿园。"陈昔挥挥手,示意团队自己先走一步。

"要不要我陪你一起去?"夏小野主动请缨。

陈昔点头,"好,也不知道具体什么幺蛾子,有你在,也给我搭把手。"

到了玛丽幼儿园,被告知孩子们已经在午睡,陈昔径直去了园长办公室。

夏小野等在幼儿园大堂,暖气呼呼吹着,她看着墙上挂着的儿童画,忽然想起,这事不对——稳稳时不时闹出点儿幺蛾子,过去老师告状,都是等放学时和家长说一声,还从未有过今天这样,孩子还在上课,就把陈昔叫过来,还要由园长亲自谈,这是要说什么?

她越想越不踏实,忍不住悄悄朝园长办公室走去,刚到门口,就听见陈昔尖锐的声音。

"……你想叫稳稳退学?"

夏小野心里"咯噔"一下,退学?

园长似乎在解释什么，但她声音低。夏小野耳朵都贴到门上了，还是听不清，急得她手心里都冒汗了。

"你找谁？"有保安大步走过来。

"我——"夏小野刚要解释，办公室门就开了，陈昔走在前面，脸色极其难看，后面还跟着园长，"真的不好意思，我们也是实在没办法，毕竟还有那么多孩子……"

"真的没有转圜余地了吗？"陈昔请求道，"他们班主任不是也说了，这会儿稳稳情绪已经稳定了，也可以自己吃午饭……他在这里已经上了一年多学了，对老师同学也都很熟悉，如果换到新的幼儿园，肯定更难适应，能不能再观察一段时间？如果实在不行，我们再退……"

"其实我们已经观察很久了，确实是为难，比如今天，好些孩子都被泼了一身水，这很容易感冒的，家长们也纷纷抗议，老师们压力也很大。"园长口吻客气，态度却很坚决，"对不起啊，稳稳妈妈……"

"可是……"

夏小野没见过这么虚弱的陈昔，她难过极了，"陈总，要不我们——"

"我可以捐款，"陈昔忽然说道，"我愿意给幼儿园捐款。"

夏小野一愣——陈昔这是病急乱投医了，哪能在走廊上说要给人家捐款，还有好几个人在呢。

园长的脸色果然僵硬起来，"这不是钱的问题，我们幼儿园也不是一切向钱看。过两天你有空来办手续吧。那个，我还有点儿别的事。宋老师，你帮我送送？"

"等一下！"说话的是夏小野。

园长惊讶地回头，陈昔也一脸不解地看向她。

"你还有什么事？"园长认出了她。

"我有个问题,您能不能借一步说话?"夏小野话音刚落,旁边人的表情就更古怪了。

"不能,"园长果断拒绝,"你不是我学生的家长,我没时间,也没义务回答你的问题。"

"那我呢?"陈昔立刻道,她虽然不明白夏小野要问园长什么,但夏小野肯定是帮她的,因此她立即主动配合,"我是学生家长,您现在要我家孩子退学,我想多问几句也正常吧,好歹我也是家委会成员。"

"你们——行吧!"园长无奈地摇摇头,又返回办公室,陈昔一使眼色,夏小野立即跟上。

办公室里,夏小野在陈昔耳畔低语几句。

陈昔立刻问道:"魏园长,您刚才说,您也不想这样,碍于家长们纷纷抗议,能说说是哪些家长在抗议吗?"

园长一愣,"你问这个干什么?有什么意义?"

"当然有意义,您刚才说,往孩子身上泼水是午饭后洗手时发生的,现在距离午饭还不到两个小时,那些家长是怎么知道这件事的?又是怎么抗议的呢?难道是园方挨个儿通知的吗?"

"这——"园长一下噎住。

"小水晶爸爸现在就在我们公司,我们来的路上陈总还给他通个电话,他说他都不知道这件事。"夏小野毫不相让地道。

"小野,别咄咄逼人,"陈昔刚才是一时心乱,现在已经明白过来,问弦歌知雅意,立刻和夏小野配合起来,放软语气道,"魏园长,我们认识那么久,我的为人您是知道的,我不是不讲理的人。稳稳拿水泼别的孩子肯定不对,但也不至于非要他退学,是不是?"

"是不是其实不是孩子的问题,而是某些大人有问题吧?"夏小野负责扮黑脸。

"……"魏园长眼神闪烁,沉默不语。

陈昔又叹道:"好吧,您实在不想说,我也没办法,我回头再去问问小水晶爸爸……"

"是彤彤妈妈。"魏园长无奈地道。

"刘艾琳?"陈昔愣了一下,"怎么又是她……她还在搞事情?她有完没完?"

"你上次就不该非要逼她给你这个助理道歉,"魏园长直摇头,"她这个人很要强的,你叫她丢了脸,她肯定要还回来——"

"那我就不明白了,魏园长,她刘艾琳是什么人啊,王母娘娘吗?"陈昔也急眼了,"怎么她叫我儿子退学,我儿子就得退啊,你为什么要那么听她的啊?"

"我不是要听他的,我是为了你们好!"魏园长没好气地从抽屉里掏出几页纸递给陈昔,"你自己看吧。"

夏小野赶紧走到陈昔身边,第一页纸上标题写着"请愿书",大意是 K2 班学生齐稳多次攻击同学,怀疑有严重的精神类疾病,希望园长联系家长尽快带孩子去做检查,让其他同学家长安心。下面是好些家长签名,粗略看去,少说也有 20 多个。

后面几页,则是一桩桩事例,列举了大量稳稳"破坏秩序、攻击他人、造成危险"的证据,时间地点人物一应俱全,显然是精心准备了很久的。

"我本来是不想拿出来给你看的,怕你看了难过,"园长沉着脸道,"如果真的按照这上头的诉求,你就得去带孩子做检查了。问题是这种检查理应是非常保密的,可现在没法保密了,你只要去检查,甭管什么结果,说出来就是'稳稳去做精神检查了',那多难听啊!还有,小朋友们要是知道了稳稳做了精神检查,再受到某些家长的影响，会不会乱说话？会不会对稳稳造成心理伤害？人言可畏啊！"园长凝重地道，"这句话对成人适用，对孩子更适用，因为孩子的心灵更幼小，更脆弱，更需要我们去好好守护。很多时候，回避不代表软弱，而是一种战术。我建议你给稳稳换个幼儿园，如果要去检查，就悄悄地去，谁也别告诉，你觉得呢？稳稳妈妈？"

陈昔张了张嘴，陷入沉思。

GL8里，陈昔面无表情，一言不发，手里死死地捏着那沓写满证据的纸。

老许小心翼翼地问："孩子呢？"

"还在幼儿园。"见陈昔不吭声，夏小野只好替她回答。

"哦，那我们现在去哪儿？回公司？还是——"

这问题夏小野回答不了了，只好又看向陈昔。

陈昔回过神来，哑着嗓子道："回拍摄地点，接着拍。"

"哦哦！"老许赶紧发动车子。

夏小野发信息到工作群："大家准备下，陈总还有半小时到，咱们接着拍。"

陈昔低头，一页页翻着那沓东西，脸色越来越难看。夏小野看见她擦眼角，心里难受极了，"陈总，那上面写的未必都是真的，再说，小孩都是猫一天狗一天的，谁家孩子经得起这么用放大镜记录？"

陈昔只轻轻"嗯"了一声，头都不抬。

夏小野闭了闭眼，扭头看向窗外，再睁开时，就听到陈昔已经在打电话，"我记得你认识儿童医院的王主任？能有机会见见吗？……嗯，孩子有些问题，想找他咨询，具体哪一科我也不确定……你帮我问问吧，看是康复科还是精神科……"

这就是陈昔的典型作风了，接受焦虑，并用行动去解决。

老许忍不住回头看了眼，目光交会时，夏小野微微摇了摇头，老许轻轻叹了口气。

忽然传来一阵细细的呜咽声。夏小野浑身一震，朝陈昔看去。

她哭了，她捂着脸弯着腰，哭声压抑地从她指缝里传出来，手机滚落在地上……

夏小野用最小的嗓音对老许说："能靠边不？"

GL8在路边停下，夏小野立刻下车，替陈昔关上门。老许也下来，和夏小野一起走到旁边的沿街店铺门口。

"到底是什么情况？"老许皱眉问道。

夏小野想，老许不是外人，他经常接送孩子，很多事没必要瞒他，"幼儿园叫稳稳退学。"

"因为——精神问题？"老许睁大眼。

"就是这么一说，幼儿园建议去查。"

"查个屁！"老许骂了句脏话，"瞎了他们的眼了，稳稳我从小看到现在，有没有问题我能不知道？谁家孩子不打架？要我说，稳稳好得很！"

夏小野不知道怎么说，只能吸吸鼻子，埋头在工作群里发消息："各位抱歉啊，堵车了，得迟到一会儿。"

老许从口袋里摸出一包烟，点燃抽了一大口，背过头吐了眼圈，才又道："这小孩子的事真的……挣多少钱都遭不住这个，受不了。"

"是啊……"

"你怎么也哭了？"老许冷不丁地问。

"啊？"夏小野赶紧在脸上抹了一把，手心湿漉漉的，抹完眼前一黑，糟了，忘了今天化过妆。

老许从裤兜里摸了一包纸巾递过去。

"谢谢,谢谢。"她手忙脚乱地擦。

夏小野的手机响了起来,是陈昔,"我好了,你们回来吧。"

车里,陈昔看到夏小野两只眼睛通红,顿时愣住,"你眼睛怎么了?"

"哭了,"老许替她回道,"刚一出去就哭了。"

"不好意思,"夏小野使劲睁大眼睛,"我有点儿失态了……"

陈昔怔了一会儿,才轻声道:"谢谢你。"

夏小野勉强笑了下,"谢什么——"

"哈哈,不说这些废话,"陈昔深呼吸,然后又道,"我跟齐浩明天会带稳稳去首都做检查,公司的事,你帮我多留意——"

"我跟你们一起去吧!"夏小野立刻道。

"你也去?"

"对啊,你和齐总带稳稳做检查,那肯定得各种跑医院,你们还要兼顾公司的事,没个帮手怎么行呢?我跟着你们去,不管是挂号、排队,还是打车拿外卖,都是有用的。"

"这话有道理,"老许也插嘴道,"有三个人,就能倒倒班,不至于太累。"

"也好。"陈昔点头,"有你在,哪怕公司有事,我告诉你,你也可以立刻帮我传达出去,那你明天跟我们一起出发吧。"

"好!"

夏小野高兴地答应,心里暗暗松了一口气。

这去首都检查,至少也得一星期,可以避免与秦禹"亲密接触"。

其实她也知道,这种暂时的逃避,解决不了根本问题,可眼下的情形,就算她跟秦禹说"我不爱你了,我们分手吧",人家也得信啊!

飞往京市的航班商务舱，陈昔和齐浩坐一边，夏小野和稳稳坐另一边。说来也奇怪，稳稳看到夏小野，就非说要"和姐姐坐一起"，夏小野对此求之不得，于是他俩就坐在了一起。

本来陈昔还担心稳稳会在飞机上闹腾，谁知稳稳看了会儿动画片，就要求夏小野讲故事，讲着讲着，居然歪着脑袋睡着了，真是乖到了极点。

"我就说这孩子没问题，你非要带他瞎折腾。"齐浩皱着眉，对于陈昔兴师动众带孩子做检查的行为，他是反对的。

"不查一下，我不放心，"陈昔低声道，"幼儿园那些例子你也看到了。"

"那都是污蔑！人家为了赶你走，胡编乱造，无所不用其极，偏偏你还信了。"齐浩没好气地说。

陈昔斜他一眼，"是不是污蔑，医生说了算，不是你说了算。"

"医生说了算？我是孩子爸爸，哪个医生能有我了解我儿子？"

"你别胡搅蛮缠行不行，在家明明都说好了，你上飞机了还跟我闹？"陈昔不耐烦了，"你要是实在不愿意，一会儿到了，你买张机票飞回去吧。我也不想要你去了，净添堵。"

"你又来了，每次都这样，不占理就使用强权——"

"嘘！"夏小野食指竖在嘴巴前面，又指了指熟睡的稳稳。

陈昔和齐浩顿时都闭上了嘴。

酒店特意订在了医院隔壁，第二天一早，他们就开始了求医之旅。稳稳似乎对这次的集中检查有些明白了，变得非常脆弱，连手推车也不肯坐，动不动就要抱，还问了好几次"我是不是病啦"或者"我是不是变成笨蛋啦"，听着让人心酸。

到了医院，陈昔和齐浩陪着稳稳进诊室，夏小野在外面等。她在手机上处理公事，把有需要陈昔回复的都集中记下来，按照轻重缓急做好标记。

不到十分钟，陈昔他们就从专家诊室出来了，稳稳坐在小推车里，表情怯怯的。

"怎么样？"夏小野忙迎上去。

"说要做头部核磁共振。"陈昔皱着眉。

"啊，"夏小野吃了一惊，"核磁好像很吵吧，小朋友能做？"

"要用麻醉剂，睡着了才能做。"齐浩说。

麻醉药水很有效，稳稳做完核磁共振，出了医院还在睡。回到酒店，陈昔要开电话会，夏小野主动提出，可以让稳稳睡在自己房间。

"这太打扰你了吧？"陈昔不安。

"不打扰，他睡觉呢。"夏小野笑笑。

陈昔便没再拒绝。

夏小野手脚轻快地把稳稳安顿好，打开电脑，开始写新的选题策划。这段时间她连续摸鱼了好几期，简安已经有意见了。

写了没几行字，她就心痒痒了，站起来回到床前，看着熟睡中的稳稳。小朋友脸蛋红扑扑的，可爱得想让人咬一口。

夏小野小心翼翼地在稳稳身旁躺下来，侧着身子，一只手将稳稳空搂在自己怀里。

反正没人看见。夏小野想。

她悄悄地低头，轻轻地在稳稳脸上亲了一下，满足地笑了。

两小时后。

当齐浩走进夏小野的房间时，他看到的是一个战场。床上高高地搭着枕头、被子、靠垫，地上也摆着垃圾桶、凳子等障碍物，而夏小野和稳稳则是每人裹着一条浴巾，只留一颗脑袋在上面。

"你们在玩什么？"

"我们在玩采蜂蜜，"夏小野笑吟吟地介绍，"只能用脚，不能用手，从这里爬过去，一路到卫生间，拿到蜂蜜罐！"

"爸爸一起玩。"稳稳盛情邀请。

"还是算了吧，"齐浩头疼，对夏小野说，"陈昔到二楼餐厅点了菜。本来以为稳稳还在睡，她叫我来换你，既然醒了，那就一起下去吃饭吧。"

"不要吃饭！"稳稳立刻嚷嚷起来，"爸爸一起玩。"

"不行，该吃饭了，赶紧回去换衣服，你午饭都没怎么吃！"齐浩沉下脸。

"喀！"夏小野咳嗽一声，低声用英语说："你还是陪稳稳玩一局吧，孩子主动邀请爸爸，说明他很爱你的。"

齐浩诧异地扬了扬眉，用英语反问："你为什么突然说英语了？"

"用中文稳稳可以听懂啊。"夏小野忍不住瞪了他一眼，这个家伙，在带孩子上真是毫无长进。

齐浩笑了起来，"行吧，那怎么玩啊？"

"浴巾、浴巾！"稳稳大喊着跳起来。

夏小野赶忙又去拿了一条给齐浩。

"怎么弄啊？"齐浩笨拙得很。

"这样，"夏小野帮他，"得把自己的胳膊裹在里面……"

丁零零，有电话响，是床头的酒店电话，夏小野接起来："喂？"

"是我。"

秦禹？

夏小野微微皱眉，"什么事啊？"明明有手机，却要打房间分机？

"没什么事，就突然想你了。"秦禹有些不自在地道。

夏小野又好气又好笑，"那你怎么知道我正好在房间？我要是不在呢？"

秦禹："……"

"爸爸！"是稳稳。

齐浩一低头，见是稳稳，手里拿着一只漱口杯，"这是什么？"

"是我采的蜜，"稳稳一脸骄傲地把漱口杯高高地举起来，递给齐浩，"给。"

夏小野对着电话说："我这儿有孩子，先这样啊。"

夏小野匆匆挂了电话，见齐浩还没动，只得提醒："你快喝呀！"

"哦哦。"

齐浩赶忙接过漱口杯，做出仰头就喝的样子，喝完还意犹未尽地舔舔嘴唇，"哇，好甜啊，好好喝。"

稳稳咯咯咯地笑起来。

齐浩又看了眼同样在笑的夏小野，见她脸红扑扑的，头发也乱了，眼睛却笑成两弯月牙，里面盛满了温柔。

齐浩觉得心里似乎有什么东西，正像蜂蜜一样，慢慢地融化。

"我们快走吧，"夏小野麻利地给稳稳穿上外套，"别让陈总久等。"

三人出了房门，稳稳缠着夏小野抱，被齐浩阻止，"你那么重，小野姐姐抱不动你，下来自己走。"

稳稳噘着嘴下来，被齐浩拉着走了两步，忽然又转身往夏小野跟前跑。

"齐稳——"齐浩眉头一皱，就要呵斥。

谁知稳稳抓住夏小野的一根手指头，"我要拉小野姐姐，不要拉爸爸。"

夏小野扑哧一声笑了出来。

齐浩一脸无可奈何，"就你这脑子，你还看什么病，坏得要命。"

稳稳顿时得意扬扬。

"你就跟着你小野姐姐吧，我求之不得！"齐浩故意大步往前走。

"哎呀稳稳，爸爸吃醋了呢！"夏小野笑着道，捏捏稳稳的小脸。

前面，齐浩忽然喊她："小野。"

夏小野一回头，就看到齐浩表情不太对，接着，他往旁边又让了让。

走廊的尽头，秦禹悄无声息地站在那里，用一种前所未有的复杂神色，望着眼前的这……一家三口？

夏小野心里咯噔了一下，这个秦禹，在搞什么鬼？

"小野姐姐？"稳稳拉拉她，又看看齐浩，不明白两个大人怎么突然变成了木头。

秦禹终于迈开脚步，迎着夏小野走来。齐浩见势不妙，赶紧道："你俩聊吧，我先带稳稳去吃饭。"说罢，也不管稳稳抗议，一把抱起他就去坐电梯。

"你怎么来京市了？"夏小野蹙眉。

秦禹一声不吭。

"你是跟踪我来的？"夏小野接着问。

秦禹还是不说话，表情晦暗不明，连带着气氛都凝固了。

夏小野心里有些气，"算了，到房间里说吧。"

她转身往回去，秦禹跟在她后面，进了房间。秦禹打量四周，"刚才，那个齐浩在你房间啊？"

夏小野霍地转身,"你刚才打电话来,是查岗,对不对?"

"先回答我,刚才齐浩在你的房间?"

夏小野被激怒了,"对啊,你不是都听见了吗?还有孩子也在,有什么问题吗?"

"你跟齐浩到底是什么关系?"

"我跟他什么关系,你看不出来吗?"夏小野心里恼火,口气也冲起来。

"看不出来,"秦禹皱着眉,眼神痛苦,"我只知道,你们两个,还有那个小孩在一起的场面,看着不对劲。"

夏小野怔了怔,"不对劲?所以你悄悄跟踪我?还打电话到房间查我的岗?"她无语了,语气也变得尖锐,"秦禹,你不是应该在创业吗?你是不是有点儿尸位素餐了?"

"你为什么要骗我?"他向前一步,眼神纠结,情绪痛苦,"你为什么要骗我?"

夏小野愣住了,"我骗你什么了?"

"你还想瞒我?"秦禹眼神暗下去,"那个深市的私活!"

夏小野的脑袋"轰"的一下,炸了!

她怎么忘了这茬儿!

"你说的那个什么约稿,我打电话去那家公司问过了,人家从来没跟你约过稿!也没有人约你去采访!我又问了乔伊,是不是你们公司派你到深市有工作。乔伊说,你是去陪你的同学做透析,问题是我从来没听说过你在深市有什么同学。这两个月,你去了好几次深市了,你到底去那干什么?你在那儿做什么?"

说到这里,秦禹的声音已经有些颤抖,但他还是竭力维持着镇定,有逻辑、有层次地发出质问。

夏小野无言以对。

饶是她的大脑已经开足马力，搜刮肚肠寻找一切可以当成借口的理由，但还是找不到，她一时想不出什么合理的解释。

"你说话啊！"秦禹见夏小野始终不吭声，思路朝着深渊滑去，"你是不是去深市和别的男人约会？是齐浩吗？还是那个郭鑫年？你们究竟是什么关系？"

"我跟他们没关系！"夏小野心里乱极了。

现在问题的重点，不是她和齐浩、和郭鑫年是什么关系，而是她根本无法解释她为什么动不动就要跑一趟深市。

更要命的是，她还要接着跑！

"那你到底在那儿干什么？"秦禹的眼底泛起一抹潮红。

"我干什么不干什么，不需要向你交代！"夏小野被问急了，又回答不出来，顿时心情烦躁，"我不想跟你解释什么，我也不希望你再这样跟踪我，我们分手吧！"

"什么？"秦禹脸色唰地白了，"你要跟我分手？"

"对，分手。"

夏小野已经想明白了，一切的错误都源自她一开始没有及时离开。她顶着原主的身体，和原主的男朋友谈恋爱，还上床，所以才把事情搞得一团糟。

"我们分手吧，不是你的错，是我的错，"她冷静地道，"具体理由我没法告诉你，但我们不能再在一起了。"

"可是、可是——"秦禹只是向深渊思考了一步而已，万万没想到，竟然一下子就掉到了深渊的底部，"为什么？"

夏小野差点就脱口而出"因为其实我不是你女朋友"，但一看到那双通红的眼睛，顿时说不出来了。

"我就知道,我就知道……你这段时间不对劲,你变了好多,你真的和别人在一起了,对不对?是齐浩还是郭鑫年,或者是别的什么男人?"

秦禹忽然蹲了下来,双手捂着脸,"都怪我,我不该介绍你去'稳稳妈'的。都怪我,我恨死我自己了。"

夏小野心里一痛,内心深处的某个地方,一道伤口正缓缓裂开,发出咔啦咔啦的声音,一路响到她的骨髓里。

"和别的男人没关系。"她软弱无力地道。

"那就是你爸妈?是不是他们发现什么了?他们在逼你吗?"秦禹焦灼地抬头,眼里仿佛又有了一丝希望,"你有没有跟他们说我已经开始内部创业了?我们大老板说很看好我那个项目的,而且我们俩都还年轻,你让他们别催你——"

"和我爸妈也没关系,"夏小野竭力维持着平静,无奈地看着那丝希望被扑灭,"我没法跟你解释具体原因,以后你或许会知道,但我们真的不能再在一起了。"

"你一定有事瞒着我,"秦禹摇头,"我不信。"

"信不信都是这样。"她硬起心肠。

"是我做错什么了吗?"

"你没有。"

"那就是你做了对不起我的事了?"

"我——也没有。"

"那是为什么啊?为什么好端端地要分手啊?"秦禹都快疯了,他上前一步,抓着夏小野的肩膀,脸色苍白得可怕,"难道就因为我跟踪你到京市?那,那我向你道歉行不行?我不问了,我不问了行不行?你不要突然说分手啊!这到底是为什么啊?"

"……"夏小野连头都不敢抬。

"我不要分手,"秦禹咬着牙道,"我拒绝,你不可以想分手就分手。我看得出来,你还是爱我的。"

"我不爱你。"

"你看着我再说一遍。"秦禹急促地呼吸起来。

夏小野抬起头,直视他的眼睛,"我不爱你。"

秦禹的脸色一点点冷下去,一层水汽迅速地弥漫上他的眼睛。

他向前一步,夏小野本能地往后退,可酒店的房间并不宽敞,她往后一步就碰到了床架,腿一软,就坐了下来。

谁知秦禹一把又将她拎了起来,一张脸阴沉沉地,两人凑得那么近,呼吸相闻。夏小野被他那么死死盯着,顿时心乱如麻,又害怕得不行,"你,你别冲动——"

"我不信!"秦禹说。

下一秒,他粗鲁地将她拉近,接着,重重地吻落了下来。

夏小野脑子一炸,还没来得及反应,就被秦禹推倒在床上,紧接着铺天盖地的吻接踵而至。她一着急,刚想挣扎,就发觉脸上一凉。

是秦禹的眼泪。

秦禹一边哭,一边吻着她。

她已经石化了,连动都不敢动,直到身上一轻,秦禹松开她,放任自己滚到床的另一侧。

夏小野一激灵,立刻跳起来下床,走到门边。

秦禹看着她的动作,这动作太明显了,她不信任他,她防着他,担心自己会受到伤害。他想,他这次就不该来,也不该去调查什么,为什么要捅破这一切呢,最后逼死的是自己啊!

"你是个坏女人,"他喃喃着,"你欺负人,太欺负人了……你坏

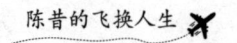

透了，你知道吗？"

夏小野心里一痛，内疚席卷了全身。

"对不起。"她说。

"对不起……呵呵。"秦禹坐起来，下床。

夏小野又一次往后退，给他让出一条路。

秦禹扯了下嘴角，最终没说什么。

电子门锁"嘀嘀嘀"响了几下，终于"砰"的一声关上。

屋里陷入宁静。

夏小野跌坐到床上，仰面重重地砸下去，又胡乱扯过被子，盖在自己脸上。

许久。

夏小野用力地扯了一把自己的头发，头皮传来的刺痛把理智唤回。

她一向是个理性多过感性的女人，大学里忙于学业，毕业后忙于工作。齐浩是她的初恋、初吻、初夜，但她并不以此为憾，反而觉得情感单纯是好事，与其把时间精力浪费在爱生爱死上，不如多看几本书，多写几篇文章，多赚些钱，多陪陪家人孩子……也因此，当齐浩向她提出离婚时，她虽然愤怒、伤心、痛苦，但更多的还是反思和推演——反思这"离婚"背后的动机和原因，推演一旦真的离婚，会发生什么，要如何趋利避害……现在想来，似乎有些太冷漠了。

或许，是她对感情的理解还远远不够？

夏小野把手移到左胸的位置，那里正一阵一阵地作痛，痛得清晰分明。

"秦禹——"夏小野喃喃着。

她千方百计地规避，可到头来，还是辜负了那个无条件对她好的人。

餐厅里，陈昔点了四菜一汤，等夏小野到时，饭菜已经冷了，陈昔又单独给她点了一份炸酱面。

"你要多吃一点，不吃东西哪有力气。"陈昔劝她，"明天还要跑一家医院，我还指望你呢！"

"小野姐姐，你吃完饭，我请你吃冰激凌吧。"稳稳笑嘻嘻地凑过来。

"其实是他自己想吃，拿你当借口。"齐浩温和地补充。

陈昔笑着摇头，"这孩子，做了一次核磁共振，脑子突然灵醒了，鬼主意层出不穷。"

"我就说他没事，你非不相信。"齐浩摸摸儿子的小脑袋。

"哎呀，我不也是不放心嘛。"陈昔嗔怪。

夏小野感激地笑笑，这俩都是聪明人，对刚才发生的闹剧只字不提，用插科打诨的方式让她宽心。

隔了两天，专家的意见终于出来了。结合脑部核磁共振的报告，最终确认稳稳没有病理性的问题，他的情绪和行为失控是由心理因素引起的，归根结底是因为家长疏于陪伴。

专家说得很生动，每个孩子对陪伴的需求是不一样的，有的孩子像猫，家长每天多看两眼少看两眼没太大区别，他都可以过得不错；但有的孩子像狗，如果家长陪伴少了，他就容易出问题，会导致抑郁、焦虑等种种问题。而稳稳就是个对陪伴非常高需求的孩子。

陈昔一出诊室就恍然大悟道："这么说来，稳稳这两天进步很大，原来是因为我们这几天一直和他在一起。"

"看来我们真的得多花时间陪孩子了，可是公司……"她揉了揉眉心，"算了，不提公司了，我尽量抽时间。"

"你抽不出什么时间了,"齐浩摇头,"这两天你每天只睡四个小时都不到,再这样下去,我怕你先倒下了。"

陈昔急了,"那我也没办法啊!那么多会,那么多邮件,还要写稿子……"

"我多带一点,"齐浩果断地道,"反正我现在没什么工作了,我多陪陪孩子。"

陈昔张了张嘴,有些情绪翻涌,但没说什么。

"还有,不能再让孩子跟保姆睡了。我们自己带着睡吧,这样你哪怕再晚回来,也能和孩子相处。"

"呃,稳稳和定定都一起带吗?"陈昔愣了下,"那床不够大吧?"

"换个床,定做一个,两米四,或者两米七!"

陈昔扑哧一下笑出来,"那一个房间就都是床了,还不如改成榻榻米算了。"

"可以啊,我看榻榻米很好,孩子掉下来也不怕了。"齐浩果断地道。

陈昔眨了眨眼,"好,就这么办。"

不远处,正在陪稳稳玩"剪刀石头布"的夏小野听了这段对话,感觉一层细细密密的柔软从心底泛起,她点点稳稳的鼻尖,"稳稳回家要睡榻榻米了呢!"

"榻榻米是什么?"稳稳好奇地问。

陈昔出神地望着眼前这一派安稳和乐的景象,真希望时间就此驻足。

回到 H 市后的第一次选题会,陈昔破天荒地"独裁"了一回,

"这篇稿子我在飞机上就写好了,下周一发。"

她像夏小野那样,把打印稿发到每个人都手里。标题是《我的孩子被要求退学了……》

文章里,陈昔用极其平实细腻的文字,记录了当她得知稳稳要被退学时的心情。

"我想喊,想哭,想迁怒旁人……是啊,我多想有一个人能责怪,可我能怪谁呢?老师没有错,学校没有错,别的家长也没有错……有那么一瞬间,我突然觉得,其实一切都是我的错,如果不是我把这孩子带到世界上,他就不用去承受那些责难了吧?……如果世界上有神灵,我愿意用我的一切与神灵交换,什么事业、什么粉丝、什么名利,我统统都可以不要,我只想求神灵给我一个健健康康的稳稳。……所谓万念俱灰,不过如是。"

屋里鸦雀无声,有人抽了抽鼻子。

最后还是简安举手,冷静地道:"这篇公众号文章肯定能爆,不爆我把电脑吃下去。我就一个意见,不要等到下周一了,换到这周四。周四人们累了一星期了,再看这一篇,情绪会崩溃得更快一点儿;跟着就是周五,对上班的怨恨结合对孩子的自责共同服用,可以让悲伤和痛苦疯狂滋长……"

全场一下被她逗乐了。接着是其他人报选题,轮到夏小野时,她苦着脸道:"不好意思,我没准备好,能不能请一次假?"

她现在已然是陈昔跟前的大红人,偶然少报一次选题,没有人会为难她。

散会后,陈昔特意找她来问:"你和你男朋友怎么样了?还是决定分手吗?"

夏小野点了点头,"他已经搬出去住了。"

秦禹是先她一天回H市的,她隔天到光明新村时,秦禹已经搬到新的办公地点去住了。夏小野一想起那空旷的大开间,裸露在外的钢结构,放在角落的一冰箱可乐,外加呼呼的穿堂风,就越发觉得对不住秦禹。

"你现在心情怎么样?实在不行,要不你休一天假?"陈昔关心地道。

夏小野笑了起来,"陈总,我前面没有报选题,不是因为我没心情写。"

陈昔眉毛一扬,"哦,那是?"

她打开手机,转发一篇选题策划案给陈昔。看到标题,陈昔顿时笑了——《再强大的妈妈,也有崩溃的瞬间》。

"看来我们俩想到一块儿去了,不过也是,我们经历了同一件事嘛。"

"也有不一样的地方,"夏小野如实道,"虽然都是写稳稳被退学的事,但我是打算用春秋笔法藏着写的,不让人知道是真事;而你写的全是实情,虽然读起来更加真情实感,但我怕——"

"你怕让别人知道我的私生活?"

夏小野点了点头。

"我一开始也没想完全实话实说,你也知道,我的大部分文章,尤其是后期的,基本都是报喜不报忧,"陈昔自嘲地笑了笑,"大家也觉得,稳稳妈越来越成功,事业顺利,家庭幸福,孩子也活泼聪明。

"但这次在京市看病,就那个小儿康复科外的那条走廊上,有那么多爸爸妈妈抱着孩子。好多也是和我们一样,坐着飞机、火车来看病,看这个科的孩子要么是发育迟缓,要么是多动症,反正都是让人头疼的问题。他们都那么焦虑,那么着急,而我也是他们其中的一员。

"当时我就想,我有什么光鲜靓丽的啊,那些钱啊、事业啊,有什么意思,遇到孩子的问题,我也焦虑得要死,我也束手无策,好几个晚上我都根本睡不着……'稳稳妈'的一大部分读者,等于是通过我的文章,看着稳稳和定定长大的,我不能光报喜不报忧,我得让她们知道真实的情况。"

陈昔揉了揉眉心,缓了缓,问夏小野:"你觉得呢?"

"我觉得,这样很好,"夏小野真诚地道,"作为你的读者,我会更希望看到你这样写。"

晚上,夏小野在办公室加班,姚蓉蓉在微信上冒头,"你今晚几点回来?"

"还要有一会儿,估计 10 点半左右到家吧,怎么啦?"

"没什么。"姚蓉蓉发了一个笑容表情,小黄人儿龇着两排白牙,一副欠揍的模样。

夏小野望着这个小黄人,直觉姚蓉蓉一定"有什么"。

果然,夏小野一进 403 的门,就发觉氛围不对。客厅里的灯亮着,姚蓉蓉的卧室却房门紧闭,夏小野走到阳台上收衣服,发现移门旁边堆着四五箱水果。

她本想敲敲姚蓉蓉的房门的,转念一想,还是觉得要尊重别人的隐私,便就在微信上问了一句:"你睡觉了?"接着去厨房煮面条吃。

水刚烧开,夏小野正准备放面条,就听到身后移门处有响声,她头一回,顿时吓得差点把筷子都给扔了。

"你谁啊!"夏小野叫了起来,警惕地望着眼前的陌生男人——这厮竟然还光着上半身,下半身也只穿了一条裤衩。

男人还没开口,姚蓉蓉的声音就从她卧室里传来了,"是我男朋友！"她紧跟着冲出来,"他叫沈思翔,是我新交的男朋友,这是夏小野,我室友。"

"幸会,幸会！"

夏小野对着沈思翔挤出一个笑,眼睛却离不开姚蓉蓉。她就穿了一件摇粒绒睡袍,领口能看到胸部轮廓,下摆能看见大腿,显然是不着寸缕,全靠一根腰带维持,再加上一头乱发……这眼角含媚春意融融的样子,明眼人一看便知发生了什么。

"久仰,久仰,"沈思翔笑着道,一手揽住姚蓉蓉的肩,"蓉蓉经常跟我提起你。"

"呵呵,"夏小野不知道说什么好,"那个……你们忙,我煮点儿面条吃。"

她飞快地下好面条,端着面碗溜回自己房间,吃完把空碗送出去时。好死不死的,竟然又赶上沈思翔上厕所,客卫的门是对着客厅的,那哥们儿竟然还不把门关严实,夏小野都能看见他站在马桶前的背影……

第二天一早,沈思翔总算走了。夏小野终于有机会单独和姚蓉蓉说话,"什么时候交的男朋友啊？你怎么从来没说过？"

"前天下班在地铁上认识的。"

"哈,地铁上认识的？他搭讪你的？"

"也不算搭讪……下班地铁不特别挤吗,到安西路站刚好有个位子空出来,我和他同时到的那个位子旁边,他就把位子让给我了。后来我旁边的人下车了,他就坐了下来,我俩聊了一路,然后就……"姚蓉蓉摊摊手。

"听着人倒是不错,可你俩前天晚上刚认识,昨天晚上你就给他领回家了？"夏小野忍不住道,"这进展是不是太快了？"

"快是快了一点啦,但也正常吧。本来昨晚我俩只是约了一起坐地铁,后来他送我到小区门口,我就问他要不要上楼来坐坐,结果就——"姚蓉蓉脸红了下,又飞快地道,"不过他工作蛮好的,和你那个吴建是一个大厂的,年薪 100 多万呢!"

"哦,是吗?"

"是,而且他还是 H 市本地人。"

"条件不错啊,那家里应该有不少房子。"

"那倒是还没聊到,不过应该有。"姚蓉蓉眼睛里闪着快乐的光,"我打算好好抓住他,我还蛮喜欢他的呢!"

"那你加油。对了,阳台上那几箱水果是怎么回事?你买的?"夏小野问道。

"哦,那是我的货。我准备做水果微商了。"

夏小野愣了下,"你不是在那个什么'奕迅'上班吗?又不上了?"

姚蓉蓉自从被"爱家"裁员,工作就一直没找到特别好的。前一阵才进了一家短视频公司,公司的规模很小,但也算安顿下来了。

"上还是上的,但我觉得上不了几天。"姚蓉蓉苦着脸,"公司太小,拉不着什么像样的活儿,前天老板还在骂我们,说给我们发工资不是让我们交出那样的产品……总之讲话超难听的。"

夏小野无语,这年头,作坊型的公司的确生存艰难,指不定哪天就倒闭了。

"我先做点儿微商,卖卖水果,发不了财,但至少能混口饭吃,"姚蓉蓉叹了口气,"夏小野,我是真觉得你不应该蹬了秦禹。你俩都苦好几年了,眼看着他开了公司,走上坡路了,你怎么反而不要他了呢?"

夏小野说不出话来。

好在姚蓉蓉也不求答案，摇摇头进房间换衣服去了，留下夏小野一人在客厅里发呆。谁知没过一分钟，姚蓉蓉又冲了出来，"秦禹的同事给我打电话，说他高烧两天不退，还不肯去医院。"

秦禹和夏小野分手那天，还没回到H市，人就已经互相拉黑了。

"……他现在在哪儿？"夏小野问。

"我问问……"姚蓉蓉又打回去，问明白了告诉夏小野，"在那个什么'原子空间'。"

夏小野就"哦"了一声。

"你要不要去看看他？"姚蓉蓉问，"他同事给我打电话，肯定是想叫你去劝劝的。"

"我还是别去了，又不可能复合，去了也只会吵架，没准病情加重了。"夏小野冷静地道。

"也是，"姚蓉蓉同意，"不过这人，发烧不去医院，也挺愣的啊！"

夏小野想了想，"如果他同事再来跟你说他发烧的事，你就说，作为一个企业创始人，这么不把自己的身体当回事儿，那他也不配当一个团队的领袖。"

"这话……有点儿狠啊！"姚蓉蓉咂舌。

"狠归狠，有用就行，"夏小野叹气，"我是为他好。"

夏小野嘴上说得坚决，心里还是记挂秦禹的，担心那个愣头青真的拿自己的身体"作"，于是开会时也心不在焉，最后她实在忍不住，发信息问姚蓉蓉："秦禹去医院了吗？"

姚蓉蓉回复她："不知道，没联系过。"又坏坏地怂恿，"你要是不放心，就自己打电话过去问呀，我把他同事的手机号发你。"说完，真的发了号码过来。

夏小野瞪着手机上的那一串号码，纠结了很久，总算想到一个借口，刚要打过去时，贾思柏却找了过来。

"小野，你看看这个。"

贾思柏将一页打印稿递给她，是D&T事务所发来的邮件。夏小野一看，顿时皱眉，"他们是要故意搞事情？"

对方要求"稳稳妈"所有用到D&T贴牌的产品，都必须提前拿给事务所审核，他们通过后才能生产。这一条在合同里是没有明确的，因此就形成了一个可以扯皮的地带。问题是扯皮太耽误工夫，"稳稳妈"刚引入投资，正准备在快车道上加速奔跑，捋起袖子就是干。

"是啊！合同都续约了，明摆着在没事找事，"贾思柏盯着夏小野的眼睛，"也不知道是为什么。"

夏小野一看他那眼色，就明白了，"贾总，你有什么话，可以直说。"

"行，那我就直说了。"贾思柏一点头，"这封邮件我前几天就收到了，那时候你和陈总都在京市，我也没打扰你们，我就去请郭鑫年的秘书吃饭。一开始他说这是突然做出的决定，他也不知道怎么回事，后来架不住我软磨硬泡，他就说，依稀听说，是因为你。"

夏小野眼皮一颤，没吭声。

"小野，我这人心直口快，如果说错了话，你别往心里去。郭鑫年喜欢你这事，咱们都心知肚明，你是不是哪儿得罪他了，或者拒绝了他，所以他才故意搞事情，跟我们过不去啊？"

夏小野眨眨眼，"我不知道呀。"

"你——！"贾思柏心里着急，又不得不按捺下情绪，"小野，你和郭总的关系，可不仅仅是你的私生活啊。这是关系到咱们两家公司的合作，关系到大几千万生意的事，你不能不闻不问，坐视不理啊！"

"那你希望我怎么个理法?"夏小野反问道。

"我希望你能想个办法,劝劝郭总,别整那么多幺蛾子,"贾思柏沉着脸道,"如果你说这事你办不了,那我也没办法了,只能交给陈总决定了。"

夏小野想了想,"行吧,我想想看怎么做。"

"好嘞!"贾思柏顿时喜笑颜开,"那我等你消息。"

夏小野拿起分机,一个电话打到 D&T 事务所的前台,"你好,我找郭鑫年郭总。"

"请问您哪位?"

"我是'稳稳妈'公司的夏小野。"

"请稍等——"

隔了一分多钟,前台的声音再次出现,"郭总正在开会,暂时没法接听您的电话。"

"谢谢,那先这样。"

夏小野异常爽快地挂断电话,完了拎着包就出去了,直奔 D&T 公司,到楼下给郭鑫年发了个微信,"郭总,我在您楼下的咖啡馆"。

隔了十来分钟,郭鑫年回复过来,"你上来。"

夏小野走进郭鑫年的办公室,无视后者阴沉着的一张脸,"给您带了一杯拿铁。"她把纸杯放在郭鑫年面前。

郭鑫年看都没看那杯子一眼,向后一靠,"你这是又替陈昔来当说客了?"

"不是,"夏小野果断摇头,"陈总不知道我来你们公司,我也不是来当说客的。"

"哦,那你干吗来了?"他故意作态,"哎呀,该不是你那男朋友又在哪个洞里躲着,想出来揍我一拳吧?"

"那天就是个误会。"

"误会？"郭鑫年冷笑一声，"你的意思是，我这打白挨了是吧？"

夏小野瞥他一眼，"我早就和他分手了。"

郭鑫年愣了一下，"……你这弯转得有点儿快，我有点儿猝不及防。"

"那您想多了，我只是想告诉您，打您的人是秦禹，我们现在分手了，所以，我也没法解除误会了。"

郭鑫年换了个方向架起腿，"那你到底干吗来了？"

夏小野拿出那张邮件打印稿，递到郭总面前，"我来就是想找您要一句痛快话，贵公司这么为难我们公司，是不是因为我？"

郭鑫年捏着打印稿的一角，抖了一下，抬眼看她，"是又怎么样，不是又怎么样？"

"是的话，那我一会儿回去，就向陈总辞职；"夏小野一脸平静地道，"不是的话，那我就放心了，回去让同事看怎么推进，反正这个业务不归我管。"

郭鑫年双手十指相握搁在肚子上，整个人朝后靠，瞪了夏小野半天，扑哧一声乐了起来，一根食指点着她，"好你个夏小野……我之前怎么没看出来，你还有点儿滚刀肉的本事呢！"

夏小野见郭鑫年态度好转，立刻就坡下驴，叹起苦经，"没办法啊，打工不易，生存艰难啊。"

"行吧，这事儿我心里有数，你回去就回去，也不用辞职，也不用管了。"郭鑫年挥挥手。

"那好，有您这句话我就放心了，"夏小野笑吟吟地道，"那我不打扰您了。"

"站住！"郭总痛心疾首地道，"你说你这人怎么这么势利呢？你就算不想跟我有什么，那我好歹也是你们公司甲方老板吧，懂不懂点礼貌尊重啊？"

夏小野只好转过身来，"有事您吩咐。"

"晚上陪我吃个饭。"

"好啊，那我叫上陈总。"

"……你够了！"郭总使劲揉了把脸，"我问你，今天我要是坚持不见你，你打算怎么着啊？"

"您不会不见我的。"

"为什么？我可恨你了！"

"不会，您要是真恨我，早就把我给拉黑了，怎么可能还让我留在您的微信里？"夏小野笑道，又想起某个把自己拉黑了的人，谁是真恨、谁是假恨，不言而喻。

郭总已经无语了，"我服了你了，行了行了，我也是逗你玩的。我晚上有饭局，你回去吧，我看见你就头疼。"

夏小野出了 D&T，先给贾思柏打了个电话复命，告诉他这合同的幺蛾子应该已经化解。解决完一个难题，她也不着急回公司，沿着街道慢慢走。

时光如流水般过去，这一晃，她来到这个时空成为夏小野，已经快 3 个月了。

天气不断转冷，天气预报说，明天凌晨又将有一波冷空气来袭。她信步走进一家咖啡馆，点了杯拿铁，快喝完的时候，才意识到，过去的这一杯咖啡的时间里，她居然没有刷手机，没有刷机票。

FO3095。

她打开机票 App，搜了一下，还没出来，心里也不急。似乎也就刚来时着急"回去"，现在过了那么久，反倒没那么着急了，可能也是一点点地接受了眼下的生活。

她平心静气地又坐了一会儿，正打算起身去坐地铁，手机响了起来，是个陌生号码，她看了一眼，觉得是垃圾电话，直接挂断。

谁知不一会儿，那号码又打了回来，她没好气地接起来，"谁啊？"

"我！"那头声音硬邦邦的，"秦禹！"

夏小野愣住了。

"你这人怎么这么狠心啊！我都烧成那样了，都40度了，你还对我不闻不问，置之不理，你心也太硬了吧！你忘了你生病的时候，我是怎么照顾你的了吗？我背着你爬医院楼梯，四楼啊！你很重的！"

夏小野定了定神，关切道："那你现在怎么样？还烧吗？"

"你管我？"秦禹冷笑一声，"你在意我的死活吗？"

"嗓门那么大，那看来是不烧了。"

电话那头，秦禹被噎得好险一口气没缓过来，脸色彻底难看下去，"是啊，我不烧了，你挂电话吧！"

夏小野没说话，默默地思忖着，挂电话肯定是不行的，这一挂断，对面的人就真急眼了，谁知道会不会做出什么过激行为。

她不吭声，秦禹也没挂断。两人僵持着，手机贴着脸，电流伴随着双方的呼吸声，谁也没有打破沉默。

隔了好久，夏小野才又问道："你到底怎么样了，你同事说你不肯去医院？"

秦禹冷笑，"是啊，去医院干什么？死了才好呢！"

"还是去一趟吧。"

"不去，不关你的事。"秦禹梗着脖子。

"怎么不关我的事，"夏小野耐着性子，"连续发烧两天，我担心你感染了病毒。你要么自己去医院，要么我打电话报警。"

"你打呀,快点儿打,110、120一起打,我等着。"

夏小野听到那似乎快活起来的声音,又是好笑,又是烦躁,手机又有电话进来,"不跟你开玩笑了,我还有事,先这样。"

"夏小野!"秦禹急了,"你怎么能这样?我已经打电话来求你了,你为什么还这样?你的心怎么就能那么狠?"

夏小野闭了闭眼,"对不起,秦禹。"

秦禹握着拳头,再也忍不住,一拳砸在身边墙上,动静大得外间办公的同事全都看了过来。

"知道了,"秦禹觉得自己呼吸里都要带血丝了,"你既然这么决绝,那我知道了,我以后再也不会跟你打电话,再也不会犯贱来联系你了……"他声音颤抖着说,"再见。"

夏小野默然无语,挂断了电话。

秦禹死死地握着手机,最后一扬手,把它冲着面前的电脑屏砸了出去。"砰"的一声,手机跌落在桌上,又滚落到地上。电脑屏则是裂开了一条缝,只有那幅二次元风格的屏保图还不屈不挠地转来转去。

和秦禹的这一架吵得很彻底,接下来的几天,秦禹再也没有动静。

陈昔这一头则是越发地忙碌起来,不出他们所料,那篇《我的孩子被要求退学了……》小爆了一把,从周五晚上到周一上午10点,阅读量已经突破了100万。

文章底下是各种各样的评论,许多妈妈在分享同样的经历。"听说孩子得病时,真的连呼吸都觉得痛。"

也有不少读者在争论幼儿园的对错,什么样的情况下可以让孩子退学？

更多的读者则是留言鼓励，此外，还有很多是在推荐医生。

最令陈昔感动的，是一位老读者的留言："这个号发第二篇推送时我就关注了，第一年我几乎每一篇都会留言，但这两年我已经很少再评论什么，因为我觉得你的生活已经离我越来越远，但今天这篇让我看哭了。加油，稳稳妈，稳稳一定会好起来的，大家都会好起来的！"

陈昔颇为感慨，特意让人把这个评论放大打印出来，贴在她的办公室里，她还在会上说："这才是我们应该坚守的东西。"

复盘会开完，陈昔特意告诉夏小野，已经给稳稳和定定报名了一家新的幼儿园。没有玛丽幼儿园那么高大上，最大的优点是离她家近，离小区大门不到300米。

"那很好啊，接送方便。"夏小野很赞成这一点。

"是啊，这也是齐浩最看重的，"陈昔耸耸肩，"他负责接送，他说了算咯。"

夏小野笑了起来。

"哦对了，他们幼儿园这个周六上午有个冬季音乐会，稳稳和定定也要表演节目。昨晚稳稳特意问我，你会不会去看，"陈昔说到这里，不好意思地吐了吐舌头，"我未经你同意，就说你会去看了。"

"我会去看的！"夏小野毫不犹疑地道，"我会准时到。"

周六，夏小野一大早就赶到幼儿园门口，却只等来齐浩一个人，原来临出门前朱莉打来电话，让陈昔赶去环球中心开个早餐会。

"说是某位大佬有严重失眠，喜欢一边吃早饭一边开会。"齐浩温和地解释。

"太可惜了，"夏小野很无奈，"这是稳稳和定定第一次在新幼儿园表演，陈总一定很想出席的。"

"人在江湖，身不由己。"齐浩笑笑，提起地上的两只大纸盒，"走吧！"

大纸盒里装的是陈昔早就准备好的迪士尼周边玩具，男孩一箱、女孩一箱，是给孩子们的礼物。

谁知新的园长得知盒子里的内容后，委婉地拒绝道："心意我们领了，但我们幼儿园不鼓励家长给小朋友们发礼物，那样容易引起攀比。"

齐浩看园长很坚决，只好把两只大纸盒留在门卫室，等散场了再领回去。

"这家幼儿园和玛丽幼儿园风气很不同啊。"坐在观众席上，夏小野低声评价。

"嗯，这家好。"齐浩肯定地道。

音乐会举办得非常成功。稳稳和定定把在玛丽幼儿园时排练的节目又拿了出来，一只小蜜蜂和一头小胖熊一起唱歌，一起采蜜，台词竟然还是全英文的。在场的家长们都被镇住了，纷纷打听这俩孩子的英语是在哪里学的。

"看来玛丽幼儿园也不是完全一无是处。"齐浩撇撇嘴。

夏小野被逗得笑了起来。

接下来是合唱《小雪花》，这个稳稳和定定只练了没几天，但他们也换上了白色的演出服，戴着毛茸茸的小帽子，背着一个六边形的雪花图案，站在队伍里，张开小嘴放声歌唱：

　　　　　是谁敲我窗，
　　　　沙沙沙沙沙？
　　　　是我，是我，我是小雪花

> 我从天空飘下来,
> 告诉你,告诉他,
> 冬天来到了。

....

演出胜利结束。

"爸爸!"

"小野姐姐!"

稳稳和定定迈着小短腿飞奔过来,夏小野和齐浩连忙一人抱起一个,幼儿园安排的摄影师在旁边喊道:"来,拍个照!"

他俩抱着孩子站到一起。

一、二、三!

定格!

结束时,夏小野把稳稳和定定送到齐浩的车旁,挨个儿抱上安全座椅。齐浩放下手机,"陈昔来不了了。"

"我知道,中午又加出来一个饭局,还是我刚订的座。"夏小野笑笑。

"真是辛苦你了。"齐浩由衷道。

夏小野给孩子们系上安全带,"乖乖地跟爸爸去吃饭,好吗?"

"小野姐姐一起去!"定定发出邀请。

夏小野有点儿惊喜,因为和稳稳相比起来,定定和她相处不多,不算很熟。

"对,一起去吧,"齐浩笑容和煦,"总不能让你饿着肚子走。"

夏小野欣然同意,能和孩子们多待一会儿,她肯定是愿意的。

他们去的是"迷你星球",那是一家眼下非常流行的亲子餐厅,里面有数不清的玩具设施,可以让小孩子疯玩,好让大人能踏踏实实地吃顿饭。除了菜价高昂，简直没有缺点。

稳稳和定定连饭都不想吃，一进餐厅就嚷嚷着要去玩。

"不可以！"夏小野马上拒绝，"已经12点了，你们得先吃点儿东西，休息一会儿再去玩。"

"没事，让他们先去玩吧，"齐浩反倒拦着，"前面在幼儿园吃了不少点心。"

夏小野看他一眼，人家才是正牌家长，"那你们也得先去洗手，洗干净了才能去玩，并且只能玩半小时，之后要回来吃饭。如果你们同意，那饭后还可以再玩一会儿。"

稳稳和定定赶紧表示同意，又乖乖地跟着夏小野去洗手。

小哥俩欢呼着扑向海洋球池时，齐浩松了一口气，扫二维码点了单，"你那是什么眼神！"

"什么……眼神？"夏小野莫名其妙。

"就你刚才看我的眼神，"齐浩直摇头，"充满了鄙视。"

"是啊，我觉得你太急于把两个孩子脱手了。"夏小野笑了起来。

"有那么明显吗？"齐浩不好意思地道，"我可能不擅长和孩子在一起待太久。"

"哪有，其实你很会带孩子的。"夏小野夸他。

"真的假的——"齐浩话还没说完，手机响了起来，"喂，发照片？我发了啊……没收到？但我真的发了啊……行了行了，我看看。"

齐浩没好气地挂断，打开微信，发现是信号不好。他皱着眉，又重新操作一遍，完了把手机往桌上一扔，疲惫地往后一靠，发现夏小野正看着自己，顿时有点儿尴尬。

"是陈昔，叫我发孩子表演的照片，"齐浩吐槽道，"这个人哪，又要应酬，又记挂着孩子照片。永远是这样的，什么都想要，什么都要做到最好，既不放过别人，也不放过自己。"

夏小野看着他，沉默着。

"我跟你说，刚创业那会儿，不管多晚，她每天临睡前还要拉着我复盘一天的工作，有时候我困得眼睛都睁不开了，她还说啊说啊，"齐浩往嘴里丢了一根薯条，"有时候，我真觉得人和人的构造不一样，按理说她也累一天了，可她就是能那么亢奋，跟永动机似的！"

"陈总……挺不容易的。"

"是，可谁又容易呢？"齐浩笑了下，忽然打量起夏小野，"你别说，我觉得你和陈昔还挺像的。"

"是吗？"

"嗯，很像。"

夏小野翻了个白眼，"你上回还说我像一个不太熟的朋友，这次又说我像陈总。"

"哈哈哈，现在我确定了，你更像陈昔，努力拼命，认真固执，完美主义。"

"怎么听着不像表扬呢？"

"那是你想多了，我用的每一个词都是褒义的。"

夏小野干笑一声，"给你看个东西。"

她掏出手机，点开备忘录，递到齐浩跟前。

"这是什么？"齐浩愣了下。

"这是陈总下周一的行程。"

密密麻麻。

"上午10点钟到公司，选题会、运营会、午餐会、视频拍摄、采访……我们往前推吧，9:30到10:00，是来公司路上，7:30到9:30，是她每天写头条文章的创作时间，再往前一个小时，就是陪稳稳和定定起床，吃早饭，和他们道别；再往前是跑步和洗漱，起床的时间，是5:30。假设前一天晚上没应酬，那陈总大概能赶在12点之前睡觉，有应酬就没底了。也就是说，每天她最多只有五个半小时的睡眠。"

齐浩不自在地转了下脖子。

"你说我和陈总很像，但我比陈总容易多了。"夏小野往后靠了靠，"我没有结婚，没有孩子，没有一大家子的压力。我还很年轻，她却有两个孩子、三个家庭——你们的、她父母的，还有你父母的，再加上整个公司，这些都需要她来承担。"

"当然了，和很多妈妈相比，陈总已然是幸运的那一个了，"夏小野想起某月某日某个时空，一位妈妈抱住陈昔，哭诉自己什么也做不好，"至少她能赚到钱，她还有很多帮手，许多妈妈比她更难。"

齐浩深深地看着她，"你想问题想得很深。我经常觉得，你不像这个年龄的女孩，包括你做的选题策划，不应该出自一个20多岁未婚女孩的手。"

"可能我有个老灵魂吧。"夏小野俏皮地眨了眨眼。

回去的路上，两个孩子都睡着了，车里放着低低的音乐。一个不知名的女歌手，嗓音沙哑，轻吟浅唱，是一首很老的《千千阙歌》。

夏小野不由自主地跟着哼了几句。

"你果然有老灵魂，这么老的歌你都会唱，"齐浩笑起来，饶有兴趣地问："你觉得这歌手唱得怎么样？"

"唔——"

"不好吗？"

"唱功肯定是好的，但是没有情感。"

"你和陈昔的评价一样，她说这些歌手为了生计来录口水歌，一张CD只卖10块钱，不能再赔上情感了。"

夏小野嘴角弯了弯，她自然知道这张 CD 的来历，但又一次从齐浩口中听到，就觉得好有意思，"我和陈总真是志同道合。"她笑眯眯地说。

齐浩看她一眼，"你前面跟我说的那些，陈昔的辛苦，其实我都知道。"

夏小野诧异地看他一眼，没想到他又将话题绕到了这里。

"我也不是不体谅她，我也很想替她分担，"齐浩低声说，"但她太强大了，强大到我觉得她根本不需要别人，甚至于别人的存在，说不定还会拖她的后腿……"

齐浩没有说下去，但夏小野已经明白了。

在"稳稳妈"那里，齐浩的能力长期得不到认可，他被员工评论、被投资人嫌弃，还有取代他位置的彭志云……这些全都是他的压力。

陈昔一直对他恨铁不成钢，但他又何尝不恨自己？

"我明白……"夏小野斟酌着措辞，"但陈总是需要你的。"

齐浩苦笑。

"真的，我是她的助理，我每天和她在一起那么久，我能看到她也有脆弱的时候，"夏小野非常确定地说，"她是需要你的。"

"谢谢你啊。"齐浩随口道。

"我说的是真的啦！"夏小野无奈地强调，"每个人都有脆弱的时候。"

"那下次你看到她脆弱的时候，记得通知我。"

"你错啦，她最脆弱的时候，一定是暴露在你面前的！"

"这样啊……"齐浩想了想，"好像有点儿道理，那我要是看到了，我就……不通知你了。"

夏小野哈哈大笑起来，齐浩也跟着笑了起来，后排的稳稳不耐烦地嘟哝了一声，吓得他俩又同时噤声。

"嘘！"齐浩伸出一根手指竖在嘴唇前。

夏小野转头看向窗外，嘴角弯弯。

记忆里，似乎很久没有和齐浩这样融洽地交谈了，她想。这是一个好的开始，或许很快，她就能找到齐浩想要和陈昔离婚的理由——即使找不到也没关系，只要能改善他们的关系，离婚就根本不必发生。

第十一章
深刻的错

夏小野眼皮忽地一跳。

一道竹篱笆后的池子里,一男一女正在泡温泉。他们没在说话,男人靠着池壁坐着,微微仰头,看不清是闭着眼还是睁着;女人站着,用一只木勺舀起水,又"哗啦啦"漫无目的地倒下去。

是齐浩和周莹然!

夏小野轻声哼着歌回到家，门一开仿佛进了百果园，泰国的柚子、美国的车厘子、澳大利亚的猕猴桃……甚至有西双版纳的玉米，简直没地方下脚。姚蓉蓉的房门紧闭，夏小野正要进自己房间，却看见阳台上站着一个人。

"秦禹？"她愣了下。

好些日子没见，秦禹瘦了很多，脸颊都有些凹陷，朝南卧室的门是开着的，他却站在阳台上。

"我来拿些东西，"秦禹飞快地打断她，并不看她，"有些东西放在姚蓉蓉那里了。"

夏小野默默地点头。

估计是秦禹搬得着急，有些东西来不及拿，可他太伤心了，以至于宁愿把东西寄存在姚蓉蓉的房间，也不愿意留在原来的卧室。

"姚蓉蓉她——"

"她在里面。"

夏小野微微诧异，然而紧接着，就听到"啊"的一声，长长的、尖尖的，像刚刚钻出水面又沉下去，既压抑又畅快。

那是姚蓉蓉的声音。

夏小野的脸一下红了，大家都是成年人，都知道那屋里正在发生什么。很显然，秦禹用他的钥匙进了403，然而进不了姚蓉蓉的房间，更不便打扰。

"这个姚蓉蓉……"夏小野嘟哝一句，这才下午……

客厅不大，夏小野和秦禹像两个木头人那样戳着。

"要不，我们下楼走走吧。"夏小野说。

秦禹点了点头。

他俩慢慢走到小区外面，秦禹忽然抬头，看向街对面另一个小区的大门，"你还记得咱们第一次见面吗？"

"嗯？"

"就是那边顶楼的那套，当时中介死活非要拉我看一眼，说有个房子性价比很高，得赶紧租。我稀里糊涂地跟着他去了，刚一进屋，就看见了你，我还没来得及搞清楚状况，你就把我拽到一边，对我说，这中介是在玩抬轿子，让我退出，这套房你势在必得。"

"你当时那个样子好凶啊，"秦禹笑笑，"但又好漂亮……"

"……"

"你知道我当时想的是什么吗？"

夏小野不置可否。

幸亏秦禹自己说下去，"我当时就想，如果你是我女朋友就好了，所以我故意说，我可以退出，但你得请我吃饭。"

原来如此。夏小野有些好笑。

"你反应真快啊。"她模棱两可地评价。

"过了几天你请我吃饭，就在那家小火锅，我没想到你还是没有租那套房，因为房东总抬价。我就问你，那你为什么还愿意请我吃饭，你记不记得你怎么说的？你说，言出必行，既然我退出了对面那套房，那你就得遵守承诺，请我吃饭。"

"所以,你那天对我说,你不爱我,我一听就知道,你说的是真的。因为你言出必行。你说出来的话,你都会去做。但我还想努力一把,想着能挽回。我出去跑了个步,再洗了个冷水澡,然后叫我同事给姚蓉蓉打电话……呵呵,果然没用。"

夏小野心脏抽了一下,把头别过去,不敢看秦禹,他那么伤心。

秦禹从口袋里掏出一把钥匙,递给夏小野,"姚蓉蓉屋里的东西,我不要了……其实也不是什么重要的东西,只是借口,再回来一次的借口。"

"我死心啦,"他看着夏小野,"再见。"

"秦禹!"她忍不住叫住他,"不要怪我。"

夏小野还没到12号楼下,远远地就看见楼门口堵着一辆救护车和一辆警车,旁边围着很多小区居民。夏小野连忙往前走几步,就听到人群中议论纷纷,是404捡垃圾的老太太。

人们讨论着事情的原委,说是404的老太太很多天没出门,一直没人发现。还是收垃圾的那家外地人觉得不对劲,告诉了居委会的干部,又派了楼组长来看,才发现人早就去世了。

有人说,老太太是个孤老;有人说,不是孤老,有个儿子在国外的;又有人说,有没有、在不在,都等于零,人都没了。

夏小野开门时,404的门是敞开着的,难得有亮光透出来,很多人在进进出出。

她回到403,姚蓉蓉的房门已经开了,沈思翔刚好从卫生间出来,看见夏小野,点个头算打过招呼。姚蓉蓉趿拉着拖鞋出来,看见夏小野坐在沙发上不动,问道:"刚才是不是秦禹来过了?他人呢?"

"走了,让我跟你说,他留下的那些东西不要了。"夏小野没精打采。

"哦,你看上去不太对劲啊?"姚蓉蓉疑惑地道,"怎么了?病了吗?"

"没有。"

一声惨叫从朝北卧室传来,跟着沈思翔黑着一张脸走出来,"姚蓉蓉,你能不能把你的水果堆堆好?你们隔壁垃圾婆的垃圾都比你码得整齐!"

"哦哦哦,不好意思,不好意思,"姚蓉蓉赶紧走过去道歉,"砸到你脚了吗?"

"废话!"沈思翔没好气地说。

"她死了。"夏小野说。

"啊?"姚蓉蓉和沈思翔都愣住了。

"隔壁404的老太太,刚被人发现的。"夏小野平静地转述了下所见所闻。

姚蓉蓉打开门去往外瞅了一眼,又"嗖"地赶紧关上,拍着胸脯,"吓死我了,正在往外抬呢,脸是盖着的。"

沈思翔拿着外套出来,"我得回趟公司,我先走了啊。"

"你能不能别走啊?"姚蓉蓉拉住他,"隔壁死了人,我有点儿害怕。"

"你怕什么,不是还有夏小野吗?你们两个人呢,不用怕!"沈思翔拍拍姚蓉蓉的背,"我真有事,有个会要开。"

"不要啦,我真的害怕,你能不能请个假留下来陪陪我?"姚蓉蓉撒娇。

沈思翔想了想,在姚蓉蓉耳边低语了几句。姚蓉蓉顿时笑了,点了点头,这才放沈思翔走。

没过多久，又有街道干部来敲门，问夏小野和姚蓉蓉，最后一次见到隔壁老太是什么时候，有没有她家人的联系方式什么的。夏小野和姚蓉蓉面面相觑，一问三不知。

"我们住在这儿两年多了，我连她姓什么都不知道。"

姚蓉蓉脸上浮现自责的神色，不一会儿，她提着一个布袋从卧室里出来，有些不好意思地说："沈思翔说，今晚带我去住酒店……那个……你一个人在家行不行？要不你和我们一起去住酒店吧？"

"不用，"夏小野笑笑，"我不怕，你去吧。"

"哎，那你要是害怕或者睡不着，你给我打电话……或者你打电话给秦禹？"

"那就太不厚道啦，"夏小野把姚蓉蓉往门外推，"你走吧，好好享受二人世界，我一会儿去公司加班。"

姚蓉蓉听说夏小野也要走，顿时释然了，"也好，这两天宁愿加班。公司人多，阳气重。"

这些天已经彻底冷下来，路上的人都穿上了羽绒服。夏小野出了地铁站，买了杯奶茶，一边喝，一边漫不经心地往安怡国际走，顺便看看沿途的房屋中介。

和秦禹的分手彻底提醒了她，不只是秦禹，其实她应该和更多的人告别，至少要先分开。

反正姚蓉蓉现在也有了沈思翔，她搬出去住，也不会有太大的心理负担。

夏小野不看不知道，一看吓一跳，安怡国际附近的房租居然那么高，最普通的一室一厅，每月租金都高达9500元——她以前也知道这一带很贵，但由于不用面对，也不会放在心上，现在这数字如此具体地摆到她眼前，这才感觉心脏一阵抽搐。

"美女，看房啊？"中介热情地走出来招呼她，"进来看吧，我给你推荐几套。"

"不用了，"夏小野苦笑，"这儿的房子我租不起。"

"没事，你说个预算，我给你找合适的。"

"真不用——"

夏小野还未说完，忽然眼前一辆白色SUV经过，她看了眼开车的人。

齐浩？

几个小时前他刚送稳稳和定定回家，怎么现在又出来了？

"喂，美女，美女别跑啊！"中介喊着，心想，这美女怎么突然就跑了？

夏小野像只灵活的小鹿，穿过车流，往对街跑。

刚才那一瞬，她不仅看见了齐浩，还看见了一个女孩。那女孩坐在副驾驶，穿一件黑色亮面的羽绒服，青春洋溢。女孩正侧着头在跟齐浩说话，看不清脸，但能感觉到她对齐浩的态度非常亲昵。齐浩的表情也很放松，他微笑着，还伸手去摸了摸女孩的额头。

此时已是华灯初上，他俩应该是去吃晚饭吧？

那女孩是谁？

夏小野踮起脚，朝车流里望去，刚锁定那辆白色SUV，前面红灯跳绿灯，一长串车辆朝左侧转弯开走。

追不上了！

夏小野停下脚步，寻思自己应该没有看错。那个女孩有一种熟悉感，她肯定在哪儿见过。

新的一周。

"武侠小说里说，武功境界有三个阶段：第一阶段，见山是山，见水是水；第二个阶段，见山不是山，见水不是水；第三个阶段，见山还是山，见水还是水。"陈昔对着记者侃侃而谈，"若把创业比作练武功，我觉得，我现在还处于第一阶段……"

这是《财经》杂志的专访，陈昔已经和朱莉达成共识，等开春就要进行 B 轮融资，因而在投资人公关这一块下了不少功夫。最近这一阵，各大财经类媒体常常能看到关于陈昔的报道，她现在已然被视作一颗冉冉上升的创业明星。

"稳稳妈"电商部分的单月销量已经突破了 5000 万。最高兴的人是朱莉，她投资了好几个项目，"稳稳妈"是回报率最高的那一个。

夏小野坐在离陈昔远一些的地方，有些心不在焉。

她一直在想前天看见的那一幕，在想那个女孩是谁，她在记忆里反复搜索，依次比对，始终没法锁定哪个具体的人。

"小野？"

夏小野回过神来，"啊？"原来是记者采访完了。

她送记者进了电梯，眼看电梯门就要合上，身后却有人一个箭步赶上来，"等一下！"

是齐浩。

夏小野犹豫了三秒，见齐浩那部电梯已经往下，立刻冲上去，再次摁了下行按钮。

她一路下到地下车库，没走几步就看到齐浩那部白色 SUV 停在专用车位上。

看来他没有开车。

夏小野舒了口气，又觉得自己实在是太疑神疑鬼。齐浩即便与人出轨，也不可能天天约会，更不可能约在安怡国际的旁边。

陈昔给她打来电话,"你在哪儿?"

"哦,我在外面吃饭。"

"那正好,你帮我带一盒 TOGO 的三拼沙拉吧。"陈昔笑着说,"这两天动不动就要拍照,我得减减肥。"

夏小野答应了。

沙拉店离安怡国际隔着两条街,与其说是一家店铺,不如说是一家小摊。整个档口不超过四平方米,没有堂食的座位,只能外卖或者自提,每份沙拉单价在 50 元以上,出品也极为优秀。

H 市有大量这样的街头小店,你看它不起眼,却能提供非常高质量的饮食。

"要一个三拼,但是不要松仁。"夏小野对陈昔的偏好了如指掌。

沙拉都是现做的,夏小野看着那个穿着围裙的大男生操作,忽然耳边响起一个熟悉的男声,"怎么样,我够有诚意了吧?"

"唔,我还得再想想。"女孩声音娇俏地道。

夏小野立刻抬起头,果然是齐浩,他旁边正是那个穿亮色羽绒服的女孩。他俩背对着夏小野,一边说一边朝前走。

夏小野一把接过纸袋,就想跟上去。

"喂!你钱还没付!"店员叫住她。

"哦哦!"夏小野只好回来扫码付钱,"好了。"

她赶紧往前跑,还好,没有跟丢。她跑到马路对面去,这样可以看清楚那女孩的脸。

是周莹然?

就是之前英文名也叫 Vivian 的著名写手,就因为她,乔伊非要逼夏小野把英文名改了。陈昔把她挖到内容部当撰稿人,但她并不需要按时打卡上班,只要有源源不断的作品产出即可。

事实证明，陈昔的眼光还是很准的，周莹然来"稳稳妈"后，也贡献了好几篇不错的小爆款。但印象里，齐浩和周莹然基本没有接触，他俩什么时候起这么有说有笑了？齐浩还摸她额头呢，动作相当亲昵。

夏小野默默地看着他俩进了一家简餐店，今天的选题会改到了下午，周莹然肯定还要回公司。夏小野想了想，决定先回去把沙拉带给陈昔。

选题会上，夏小野临时修改了计划，报了个与出轨相关的选题。

她思前想后，觉得自己虽然没有任何证据，但还是应该给陈昔提个醒。这段时间刚好有个明星离婚闹得很难看，夫妻俩在网上互相攻击，女方指责男方"出轨"，男方指责女方"就知道要钱"，她报这个选题，也不算突兀。

夏小野站在台上，一边讲PPT，一边观察陈昔和周莹然。齐浩不在，他已经缺席了很多次选题会。

陈昔面无表情，看不出什么。周莹然托着腮听着，倒是一脸饶有兴趣的样子。

"这个选题是不是有点过于跟风了？"内容总监简安蹙眉，"不过，把婚姻放到男强女弱和女强男弱两种情境下分析，还是很有趣的。"

"目前大环境下大家都觉得男强女弱，所以男人要出轨，那么女强男弱呢？是不是男人也要出轨？"资深编辑贝拉抛出问题。

有人立刻说："当然啦！不管什么情况，男人总是要出轨的吧。"

"这是男人的动物性特征决定的。"

"所以，上半身就理所当然的管不住下半身了？拜托，人类与动物的本质区别，难道不是人有道德感和羞耻感，以及人有自控力吗？"

"你们会不会觉得把出轨的原因归纳到动物性特征上,其实是男人们为自己找的一个借口?"

"有可能,达尔文是男的,就是不知道有没有出过轨。"

众人讨论得热火朝天,出轨这种话题永远能拉到关注。

"Vivian,你怎么看?"简安点名,问周莹然。

"我很喜欢两种婚姻情境的划分法,但我有一点异议,"周莹然俏脸一扬,"我们一直在讨论男性出轨,女性呢?女性会在哪种场景下出轨?"

一屋子的女性都笑了起来。

"沿着这个思路想下去,应该会提炼出很好玩的结论,"简安很高兴,"说不定又能引领一波话题。小野,我认为你这个选题还应该再往深处扎一下。"

"好啊。"夏小野笑吟吟地说。

"没必要,"陈昔忽然出声打断,"这种选题,不管最后得出什么结论,这个结论也一定是负面的。我们现在的影响力越来越大,更要多注意舆论导向,尽量多做温暖的、正向的内容,而不是去追热点、去煽动情绪。"

虽说"稳稳妈"的选题会是一人一票制,但有陈昔这段话放在那里,投票结果出来,"出轨"这个选题颗粒无收,连夏小野自己都投了反对。

简安特意来找她,不解地问道:"你怎么能连自己的选题都不支持?就算你是老板的助理,你该坚持的还是要坚持的!"

夏小野笑道:"我投了反对票,老板没准会来问我为什么,那我就有机会再说服她了。"

简安怔了下,才抿了抿嘴,道:"果然不是谁都能当老板助理的,你这心思……"

然而陈昔并没有问夏小野为什么，相反地，她对这事连提都没提。这越发让夏小野觉得蹊跷，总感觉陈昔在刻意回避什么。

年底一天天逼近，"稳稳妈"的年终"尾牙"是泡温泉，距离H市100公里的南都市，有着全国最好的温泉。陈昔大手笔，将最好的一座温泉馆包了下来，感谢客户，犒劳员工。

陈昔高度重视这次活动，连筹备会都出席，还翻着活动方案，"这个节目是不是有点儿太常规了？要想点儿新意……还有这个晚宴菜单，净是松鼠鳜鱼什么的常规菜，特别没意思。"

结果中午吃饭时，蕾娜拉着夏小野吐槽："咱们这位陈总，真是事无巨细，都估值几个亿的大老板了，还要事无巨细，一路管到松鼠鳜鱼。"

"可能是当妈妈习惯了吧。"夏小野随口说。

"就是妈味儿过于浓郁，含'妈'量太高了。"蕾娜脱口而出。

夏小野一怔，她知道"妈味儿"，那是"浪漫""爱情""少女""未婚"等所有的反义词，约等于"啰唆""老了""婆婆妈妈"。"妈味儿"用在哪个女人身上，那个女人就直接从男欢女爱的语境里被剔除出去了。

她忽然发现蕾娜一脸紧张地看着自己，明白过来，"你放心吧，我不会什么都跟陈总说的。"

蕾娜顿时松了口气，"哈哈，我就那么一说，陈总虽然管得细，但也避免了我们犯错误啊。就是齐总惨点儿……呃！"

她再次意识到嘴又快了，抬手照着自己的脸假装打了一巴掌。

夏小野就当没听见。

尾牙宴那天很快到来，参加活动的除了"稳稳妈"的300多号员工，还有包括朱莉、郭鑫年、顾言等人在内的一些重要嘉宾和股东。因为陈昔一句"要有节目，要有新意"，行政部干脆请了一位参加过综艺节目拿过奖的DJ来，又找了专业的灯光队伍，能将晚宴现场随时改造出迪厅的效果。

今晚的陈昔美极了，造型师给她挑了一件大红色的连体裤。她本来还觉得从头红到脚太可怕了，还是夏小野积极鼓励才试了试，结果只要见过的都夸她肤白胜雪，明艳动人。

"陈总、齐总，来拍个照！"宴会厅门口，摄影师大声招呼。

齐浩今晚穿了一件黑色礼服西装，领子是亮闪闪的缎面，站在陈昔旁边，两人郎才女貌，然而他却一直一副心不在焉的样子，摄影师拍了没几张合影，他就不耐烦地问："好了没有？"

"再来一张吧，"摄影师看了看前面拍的，都不太满意，"齐总笑一下。"

齐浩扯了下嘴角。

摄影师见状说："陈总单独来几张。"

齐浩立刻放开陈昔，走到一边去。夏小野侧头看他，发现他靠在墙根刷手机，连头都不抬，隔了一会儿又开始打电话，边打边独自朝通道里面走去。

拍完照片，夏小野陪陈昔到特意给她留的休息室，一路上陈昔都不停地跟人打招呼。好容易到地方，关上门，陈昔长舒一口气，"我的脸都笑疼了。哎，齐浩，你干吗呢？你倒是舒服，在这儿看电影？"

齐浩摘下耳机，"你在说什么？"

陈昔甩甩手，转身对夏小野说："我在想，一会儿我就别上去讲话了吧，看节目多精彩，我一说话，会不会冷场？"

"不会的,肯定不会。"夏小野忙道。

"不会冷场的,"齐浩接了一句,"你是老板,是今晚的主角,谁敢让今晚冷场?"

"喂,"陈昔在齐浩胳膊上拧了一下,笑骂道,"你这听着不像好话啊!"

可不就是不像好话吗?夏小野瞥了齐浩一眼,顿时皱眉,"齐总,您要不要换身衣服啊?"

陈昔也发现了,"你这衣服怎么皱成这样了?"

"刚才躺了一会儿,没关系,皱就皱,我又不用上台讲话。"齐浩淡淡地说。

陈昔还想再劝两句的,然而已经来不及了,贾思柏在外面敲门,"陈总,该入席了。"

"这么快!我还想眯一会儿呢!"陈昔抱怨。

大厅里,陈昔和齐浩并肩往前走。

"让我们有请陈昔,陈总!"主持人在台上喊,音响嗡嗡的。

全场都聒噪起来,陈昔朝四周挥手致意。

主持人又喊了:"陈总快来!"

陈昔直摇头,"不来,不来,我饿了,要先弄点吃的。"

大家都捧腹大笑,朱莉不知道从哪儿冒出来,一个箭步蹿上台,抢过主持人的话筒,"穿这么漂亮怎么能吃东西,快上来啊!"

朱莉的面子当然要给,陈昔笑着朝台上走去,大家一起鼓起掌来,一开始还有点儿乱,后面都有节奏了。

啪!啪!啪!啪!

三百多号人一起鼓掌,声势还挺浩大。

朱莉手臂张得开开的,和陈昔相拥,接着,两个女人站在一起,陈昔一只手接过话筒。

"哇哦!"陈昔开口。

麦克风发出一声杂音,陈昔做出吓一跳的样子。"我就说我还是别上台了吧,你们看,这麦克风都提反对意见了。"

台下一片哄笑。

"来都来了,那就说两句。"陈昔歪着脑袋,清清嗓子,"第一,这几个月,公司挣钱了!"

台下一片口哨声。

"第二,这几个月,大家辛苦了!"

口哨声、尖叫声、鼓掌声响起。

"第三,"陈昔环顾四周,"说不出来了!"

下面人哄堂大笑。

夏小野也兴奋地拍着巴掌,看着陈昔在台上众星捧月,那感觉就像喝了世界上最醇厚的美酒一般,轻飘飘的——怕是看到稳稳、定定拿诺贝尔奖,也就是这份心情了吧?

怎么像看闺女似的呢!

夏小野好笑地想,忽然想起蕾娜那句"妈味儿",心想,看来自己甭管身体有多年轻,那股"妈味儿"怕是挥散不去了。

想到这里,她情不自禁地朝齐浩的方向看去,不看还好,这一看,顿时皱了眉。齐浩虽说双手举着也在拍,眼睛却是往下的,盯着手机屏。

震耳欲聋的音乐响了起来,几十个穿着背心短裤的小伙子随着音乐小跑着拥到舞台上,列队跳起了一支流行舞蹈,甩甩头发,叉叉腰,还时不时朝台下抛个媚眼……竟然是女团舞。

全场都沸腾了。

"稳稳妈"团队本就是女性人数占优,这支硬汉女团舞立刻引起了所有人的欢呼。

陈昔刚从舞台上下来,就被一位股东拉着说话,接着又被彭志云拦住,仿佛要给她介绍个什么人。总之,从舞台到主桌不到十米的距离,她怎么都走不回来。

高管们都忙着社交,拿个酒杯满场飞,唯独齐浩哪儿也不去,一个人坐在空空如也的主桌上,显得特别扎眼。夏小野看见好几个同事在指指点点,贾思柏走过来,对她说:"你去提醒一下齐总吧,这样不好看。"

夏小野想了想,却走向了陈昔,等陈昔和人聊得暂告段落,才在她耳边低声道:"陈总,齐总今晚看着,情绪不太好。"

"哦。"

陈昔朝齐浩看了一眼,随即皱着眉走过去。

夏小野看她坐到齐浩旁边,夫妻俩说了几句,又站起身,本以为是要一起去应酬,谁知竟然分道扬镳。齐浩走到场边,向大厅外走去。陈昔一个人走了回来,见夏小野眼神满是疑惑,低声烦躁而急促地道:"随他去,我没工夫管他。"

晚宴一路持续,陈昔是众人最主要的敬酒对象,饶是有夏小野、贾思柏和彭志云三驾马车护航,可几轮下来,陈昔还是无可避免地醉了。夏小野将陈昔送回房间,却发现齐浩并不在屋里。

她把陈昔安顿好,正准备回自己房间,一摸身上,才发现房卡没带。她今晚是和蕾娜一个房间的,打电话过去,蕾娜说,她已经在泡温泉了,让夏小野去露天温泉区找她。

夏小野只好下楼,这时候已经很晚了,员工们也都各自娱乐,以至于各处都显得有些空旷。

这家温泉山庄走的是日式风格，假山嶙峋、竹篱掩映，到处都是云雾缭绕，一盏盏红色的纸灯笼点缀其间，间或听到几句细不可闻的人语，伴随着流水淙淙，让这山间的夜晚显得格外静谧。

夏小野眼皮忽地一跳。

一道竹篱笆后的池子里，一男一女正在泡温泉。他们没在说话，男人靠着池壁坐着，微微仰头，看不清是闭着眼还是睁着；女人站着，用一只木勺舀起水，又"哗啦啦"漫无目的地倒下去。

是齐浩和周莹然！

夏小野站在原地，情绪如火山喷发般汹涌，她用尽了全身的意志力，才没让自己喊出来。

"啪！"

夏小野照着竹篱就踹了一脚，很快，她就听到池子里窸窸窣窣的声响，然后就听到周莹然说："我先回房间啦。"

齐浩没吭声。

夏小野没继续停留，快步往前走，绕了一个大圈又进了酒店前厅，这才意识到，自己忘了找蕾娜要房卡。

她也不想回房间了，以她现在的情绪，压根儿不适合和蕾娜待在一个屋里。

夏小野四处看了看，决定去温泉山庄里一个单独的茶室坐一会儿。

她刚走进去，就看见陈昔独自坐在角落里。

"小野！"陈昔也看见她，笑着抬手招呼。

"陈总？"夏小野很惊讶，"你不是睡着了吗？"

"又醒了，吐了几口，反倒睡不着了，下来喝点茶，*解解酒*。"陈昔笑笑,"你呢,怎么没去泡温泉?"

"我不太习惯和别人混浴。"夏小野说,这也是实情。

"我也是,有点别扭,"陈昔抬手叫服务员,"那就坐会儿,他们这个白茶很不错。"

茶很快就泡好了,一股清香。夏小野闭着眼深深地吸了一口气,觉得胸口的郁结渐渐消散。

"你那么聪明,为什么要报那个选题?"陈昔冷不丁地问。

夏小野怔了下,"我……我没想什么,我确实就是因为那个明星离婚的事,有感而发。"

"男强女弱,从古到今,大家都习惯了;但女强男弱……呵呵,"陈昔轻声笑了下,"我那个微博私信里,一天能收到十几个类似的问题。好像大家都觉得,我和齐浩过不下去才是正常的;我俩要是感情和睦,婚姻幸福,那才不正常。"

沙发很宽大,陈昔慢慢地陷进去,眯着眼,"最近我常常想起我和齐浩谈恋爱时候的事。"

"是吗?"

"嗯,想着想着,我发现很多事,我居然已经想不起来了。"

"……不会吧?"

"真的,很多细节,以前历历在目的,现在居然都模糊了。我都不明白怎么回事,可能结婚时间长了都会这样?"

"那你还记得什么吗?"夏小野好奇地问。

"恋爱时代的事都记不太清,记得最牢的,反倒是生孩子那天。那天齐浩是全程陪产的,他妈妈当时还不太愿意,但齐浩坚持要陪产,他还带了个摄像机,于是我还化了个妆。一开始我还觉得自己美美地叫他拍呢,后来不行了,实在是太疼,我就不许他拍了,这面目狰狞的，拍完回头看了跟恐怖片似的……啊，我说这些你会不会烦？"

"不会啊，"夏小野笑了笑，"我很喜欢听。后来呢？"

"后来就一直疼啊，我还是无痛分娩呢。可到了医院才知道，要先开三指，开到三指才能打麻药，可这三指之前太疼了，我疼得不行，就叫齐浩去找医生，我说我要转剖腹。齐浩就出去了，转了一圈回来跟我说，要求提晚了，能做剖腹产的医生下班了……那时候我可能疼糊涂了，还真信了他的邪！"陈昔直摇头，"我心想，这医院太不靠谱了啊，我就叫齐浩去把我手机拿来，我说我要在点评上给这家医院差评，打一星！"

夏小野"扑哧"一声笑出来，"打了吗？"

"没有！齐浩劝我，说你人还在人家手里呢，你怎么敢给人家打差评？你好歹等生出来再打啊！我一想他说得对啊，我还指望他们呢，就只好忍着了。后来打了麻药，一下就好多了……我还吃牛肉面呢，那味道到现在还记得，是真的香。"

"难怪你有一期文章特意写了无痛分娩。"

"是啊，麻药真是天下最伟大的发明，这一打就不疼了。"陈昔笑着道，"再后来，两个娃就生出来了，并排放在一辆小车上，我躺在另一辆车上。我就对齐浩说，我说一会儿医生把我们推出去，你一定要站在我的车旁边，千万别跟着孩子的车，为什么呢？因为我爸妈就在外面等着呢，如果他们看到你跟着孩子没跟着我，就会觉得你有了孩子就忘了老婆了，没准要记恨你一辈子……旁边的护士都听傻了，说你这个产妇刚生完孩子，怎么这么能操心？我说你们觉得我说的有没有道理，护士说，有有有……"

陈昔捧着茶杯喝了一口，"那时候只觉得我这人还真是操心的命，前两天和朱莉聊了聊，你猜她跟我说什么，她说我这不是操心，是控制欲。"

"嗯？"

"哪怕是刚生完孩子，女人一生中最脆弱的时刻，我还是要把一切牢牢地抓在手里，不允许身边的人出现一丝失控，"陈昔淡淡地道，"这不是控制欲，是什么？"

夏小野有些愣怔，她从未往这个角度想过。

就听陈昔接着说："齐浩常常说我爱逞强，呵呵，我现在理解他了，跟一个控制欲很强的女人朝夕相处，他也很难吧……但我也没办法，那么多事、那么多人逼着你往前走，我也学不会示弱。"

"你不用学示弱啊，"夏小野忍不住说道，"你也没有逞强，你是真的强。"

陈昔笑了起来，"你啊，就拍我马屁吧。"

"我是实话实说，需要逞强的强不是真的强，是外强中干；故意向对方示弱来成全对方的自尊心，其实也是一种变相的蔑视，那又何必呢？至于控制欲，"夏小野皱着眉，"那也很正常吧，你是老板啊，没有控制欲的人怎么可能当老板？"

陈昔愣了一下，点头道："也是啊！你这么说也很有道理。哈哈，看来我是被朱莉绕进去了，她这个人哪，说服力非常强大的。"

夏小野决定把藏在心里很久的话讲出来："朱莉确实很厉害，尤其是生意上，但婚姻这种事，是如人饮水、冷暖自知的。"

陈昔讶异地挑起眉，看着夏小野半响，才笑道："我真是好奇，你一个未婚姑娘，怎么会对这些事看得那么透……你这样的，你男朋友能接受吗？"

"我们分手了。"

"啊？为什么？"

"性格上还是不太合适。"夏小野含糊其词。

"哦，那挺可惜的，他不是还为了你，打了郭鑫年一拳吗？"

夏小野一愣，"你也知道啦？贾思柏说的？"

"郭鑫年自己说的，就今晚，他喝多了，哈哈。"陈昔连两条腿都盘到了沙发里，"他自己承认了，说他喜欢你，一堆人都听到了。"

陈昔接着道："你要不是我的人，我可能还能撮合撮合你俩。但你是我助理，他又是我们公司的合作方，我反倒不能做什么了。如果你俩真要有什么，我也没意见。"

"我和郭总之间不会有什么的。"夏小野赶紧道。

"好啦好啦，这是你的私事，我不管。郭鑫年虽然心眼很多，但本质上不坏的，之前结过一次婚的，没孩子，很有钱，比我有钱多了。"陈昔笑嘻嘻地，一脸八卦，"怎么说也是钻石王老五了，就是岁数比你大得多了点，你今年27岁了吧？他是1978年的，属马，比我还大好几岁呢！"

"陈总！"夏小野一脸无语，"我不会跟郭总怎么样的，你能不说他了吗？"

"哈哈哈哈！好，不说了不说了。"陈昔开心地笑了起来。

夏小野的手机"嘀嘀"响了两下，她打开微信，看到是一个深度用户群里转来的一篇微博。她看了两眼，眉头微皱。

"怎么了？出什么大事了？"陈昔问道，她身为 CEO，已经不再深入每个工作群。

"一个妈妈，买了我们商城的一款儿童面霜，用完后孩子出现了过敏症状，那个妈妈写了个微博投诉我们。"

"她没有先找客服吗？"

"找了,我们的客服说已经用过的面霜没法退,她不能接受。"

"哦,那就按照流程处理吧。"陈昔没太在意,"稳稳妈"越做越大,隔三岔五都能遇到客户投诉,这都不算什么事。她打了个哈欠站起来,"不行了,我困了,我先回去了啊。"

"嗯嗯。"

夏小野坐在茶室里,把那篇微博又仔仔细细地看了一遍,越想越不对劲。她拿起电话要打,想想还是算了,披上外套直接去温泉区找,问了好几个人后,终于找到了相关的客服主管。

"你看她贴的这个聊天记录,"夏小野指着手机屏幕,"这事是上个月月底发生的,已经一星期了!"

"是啊,我知道这个事,"客服主管泡温泉泡得脸颊红通通的,"怎么啦?"

"怎么了?"夏小野顿时有些上火,"一个星期已经很久了啊,你看这孩子的照片,都有点儿流脓了。如果一个孩子的脸过敏成这样,还持续了一个星期,那孩子的妈妈能疯啊。"

"呃,可那还是在响应时间内啊。我们客服也跟她说了,让她把医院的检查报告拍照发给我们,就可以给她退款,然后她就一直没回。"

"因为医院的报告无法证明症状是面霜引起的。"夏小野冷静地推理。

"是啊!所以她叫我们退款也没道理啊!"

"于是,她就更憋屈了……现在是几点?"

"快 12 点了。"

"这篇微博是 11 点发的,应该是孩子睡着后,她越想越生气,才写的这篇微博。"夏小野掐了掐眉心,"这已经不仅仅是客户投诉的问题了。这样,你立刻私信联系这位妈妈,跟她说我们可以给予补偿,不用看医院报告了。"

"她要是没回呢?这么晚了。"

"那就后台先把钱退给她。"夏小野严肃地道,"你记住,如果半小时内她还没回复,你就把钱退给她。"

"哦哦,这么严重?"

"希望我的预感是错的,"夏小野咬咬牙,"谁知道贾思柏在哪儿?"

不出夏小野所料,第二天一早,一篇很长的文章,以图片格式,出现在了数以百计的妈妈群里。

每一个妈妈群都有几百号成员,这些妈妈一看到文章里那张孩子一脸红疹的照片就不行了,立马火冒三丈地进行了转发。

然而10分钟不到,"稳稳妈"的官博发出声明,表示已经退了货款,并给予了一定的赔偿,但还是要向对方表示诚挚的道歉。

紧接着,官博又再次发出一个长微博,内容讲述了整件事的始末,并清晰地标出了每个时间节点,态度客观,措辞中肯。

下午1点,"稳稳妈"提前推送了文章,《无论如何,这次是我同理心不够》——"我们的错,是机械地按照'响应期'一板一眼地来解决问题。对于系统而言,七天就是七天,而对于一个焦虑中的妈妈,每过去一天,她的担心和痛苦都是几何倍数地增长……这一点,作为两个孩子的妈妈,我本该感同身受。"

文章的末尾,是陈昔和那位孩子妈妈的合影。

"这次幸亏你警觉,"复盘会后,陈昔一边伸懒腰,一边对夏小野说,"要不是你及时应对,又做好了应急预案,没准要出大乱子。朱莉还在帮我树立优秀女创业家的名头呢,这节骨眼儿可不敢出公关危机。不过你也够狠的,大清早5点,就把我叫起来写文章!"

夏小野笑了起来,"我也很纠结啊,想想还是叫你起来吧,文章写好了放着比较放心。"

陈昔哈哈一笑,又由衷地道:"谢谢你,小野,你做得很好。"

夏小野一回到自己工位,就觉得浑身上下像散了架似的。她早上5点把陈昔叫醒,她自己却是一夜未合眼。让售后退款后,她就开始和贾思柏商议对策,又准备了各种各样的文案,包括陈昔发的那篇文章,标题和策划案都出自夏小野之手。

当然,成就也是显著的,连一贯油滑的贾思柏都对夏小野感激不尽,"小野啊,这次多亏了你,我欠你一个人情。"

贾思柏是商务部负责人,电子商城是归他管的,一旦出了事,他肯定要被追责。

正准备打道回府睡一觉,眼前却多了一个人。

"小野,有没有时间喝杯咖啡?"

居然是周莹然。

夏小野掐了掐眉心,"有。"

她俩来到安怡国际外的咖啡馆,周莹然开门见山,"昨晚在温泉外面弄出响动的人,是你吧?"

夏小野微微挑眉。

"别否认,我看见你了,"周莹然嫣然一笑,"你虽然站在竹篱后面,但你头上有灯笼,我在池子里暗,隔着缝隙能看见你的脸。"

既然她都这么说了……夏小野一点头,"没错,是我。"

"我以为你会告诉陈总,想不到你一直没说。"

"那是老板的事,轮不到我管。"夏小野捶了下后腰,"而且这一天忙的，我确实也没心思想你这事。"

"啊，对啊，你在忙那个面霜的事，"周莹然吐了吐舌头，"总之，我和齐总之间没什么的，你别误会啊。"

夏小野干笑一声，不置可否。

"真的呀，你也看到了，虽然我们在温泉池子里，但我和他之间是有距离的，我们聊的内容也都是关于工作的。"

"什么工作？"

"就是内容相关的。"周莹然语焉不详地道。

夏小野"哦"了一声，"既然你主动来找我，那有些话我就直说了。"

"好呀，你说。"

"你这一天，其实是在担心，怕我跟陈总说吧？"

"……"

周莹然的脸色飞快地僵硬了一下，旋即又恢复正常，"哈哈哈，我担心也正常啊，对不对？万一别人多心呢？大家低头不见抬头见的，那多尴尬呀。不过，你没有讲就最好啦。"

"嗯，你和齐总聊的工作，是给他写稿吧？"夏小野放下咖啡杯，冷不丁地道："你把本来应该给公司的选题，私下里卖给了他，发在别的公众号上，对不对？"

周莹然的脸色唰地白了。

"你知道了？你怎么知道的？"她脱口而出。

"若要人不知，除非己莫为。"夏小野平静地道，"你这几周拿出来的稿子，水平严重下滑，一看就是找枪手代写的，而某个新出现的公众号上，一连出现了好几篇高质量的文章，和你的文风非常相似。我原本就疑心是你，昨晚看到你和齐总在一起，大概就明白了。"

周莹然眉毛一扬,"闹了半天,都是你的猜测啊,你没有证据。"

"但你前面已经承认了,"夏小野心平气和地道,"我录音了。"

"你——!"周莹然有些急了,她今天只是想来澄清一下自己和齐浩没有暧昧关系,完全没想到话题竟然朝另一个方向走去,"是他向我约的稿。"

"但你不应该答应他,你是公司请来的撰稿人,跟我们签的是独家的协议,你怎么能在别的公众号上发稿?"夏小野直视她的眼睛,"即便那个公众号是齐总的,那也不行,你还是违约了。"

"你想怎么样?"周莹然态度冷硬起来。

"我不想怎么样,我也不会做什么,但我希望你能主动去处理好,陈总一直当你是朋友。"

话说到这份儿上,再讲什么都是多余的,夏小野站起来,准备告辞。

"我是不应该答应齐浩给他写稿,但他来找我约稿,问题难道不是更大?"周莹然抬头看向她,带了丝挑衅,"他是陈昔的老公,却私底下开新号,还挖自己老婆的墙角。"

夏小野没吭声。

周莹然语气带着明显的讥讽:"还有,你看到我和齐浩一起泡温泉,其实我俩是前后脚。本来那个池子就我一个人,齐浩是后面来的,他明明看到池子里只有我一个,他还是下来了,这说明什么?"

夏小野沉吟了两秒,"说明……以后不应该去温泉山庄搞活动?"

"……你还挺逗的。"

"你不用跟我说这些,这是老板的家事,我管不着。"

说完,夏小野大步走了出去。

不得不承认,周莹然最后那两句话,还是在她心里掀起了些波澜。

夏小野一觉醒来,看了眼时间,才7点半,她以为自己已经睡了很久,没想到才到晚饭时间。

客厅里依旧是无处下脚,云南的火龙果、泰国的柚子、美国的车厘子……姚蓉蓉坐在一堆纸盒当中,长长的头发披着,手里捧着手机,眼睛却是没神的。

"你今天回来挺早啊。"夏小野随口道。

"哦。"姚蓉蓉回过神来,没说话。

夏小野喝了两口水,外面隐隐约约传来音乐声,她开门探出头去看看,果然是哀乐。

"今天是不是老太太头七……你怎么了?"她看见姚蓉蓉在抹眼泪,"你在哭?为什么呀?"

"他在外面相亲。"

"谁啊?沈思翔?"

姚蓉蓉点点头,又抽鼻子。

"你怎么知道的?"

"他告诉我的。"

此时此刻的沈思翔,正在和另一个姑娘相亲。对方是个H市的本地人,家里拆迁分了六套房。

"他和你一样,也是被父母逼得没办法了,只能去相亲。我知道他喜欢的是我,可我一想到他在和别人吃饭,想到他家里不认可我,我就太难受了。"姚蓉蓉说着,眼泪像断了线的珠子一样落下来。

"夏小野,我现在真的特别佩服秦禹。他明知道你在外面相亲,可他还一直忍着,你爸妈来,他还要住到旅馆去,他该多痛苦啊。"

夏小野哑口无言。姚蓉蓉这一席话，听得她心都裂了。

"我确实对不起秦禹。"

"你也是不得已，"姚蓉蓉擦了把眼泪，"秦禹也是不得已；我和沈思翔，我们都是不得已。这年头，每个人活得都难。"

"你很爱沈思翔吗？"

"爱啊。"

"嗯，我其实没那么爱秦禹，"夏小野缓缓地道，"我这么说有些残忍，但我如果真的很爱秦禹，我不会瞒着他出去相亲。"

"可，可你是因为爸妈逼你啊，而且你不是也拒绝了吴建吗？"

"我拒绝吴建，不代表我爱秦禹，我早就知道秦禹知道，但我还是揣着明白装糊涂。"夏小野自嘲地笑了笑，"我现在觉得，其实我是既不想失去秦禹，又不想错过认识别的男人的机会。"

自从和秦禹分手，她思考了很多。

"当然，也许我这么说有点太过分了，但我还是觉得自己很自私，"她想了想，加重语气，"对，自私。"

"我那样做，对秦禹太不公平了。"她顿了顿，又道，"秦禹说我欺负人，他没说错，我一边吊着他，一边在外面相亲，确实太欺负人了。"

"你为什么要这么说？"姚蓉蓉听呆了，忽然爆发，"你跟我说这些干什么？你要我跟沈思翔分手吗？我不会的！而且我和秦禹的情况不一样，你是一直瞒着秦禹，但沈思翔没有骗过我，我们从一开始就说得很清楚，"姚蓉蓉梗着脖子道，"是我自己的选择，我不想失去他。"

夏小野点点头，"你想清楚就好，我只是把我的心理讲给你听。"

"你的心理，不代表就是沈思翔的心理！"姚蓉蓉面带愠怒。

"也是。"

夏小野不想再多说什么,这是别人的恋爱,更何况她已经打定主意要搬走。

她往卧室走去,打算接着睡。

"小野!"姚蓉蓉可怜巴巴地叫她。

"嗯?"

"我,我想去看看,"姚蓉蓉低着头,"你能不能陪我?我觉得我有点儿神经了……"

夏小野苦笑了下,"那就走吧,得赶紧的,再晚散场了。"

沈思翔确实对姚蓉蓉言无不尽,连相亲的地点都告诉她了。

姚蓉蓉一看到那饭店,立刻心态就爆炸了。

那饭店盖在一所草木扶疏的公园里,夜晚天高云淡,绿树丛里打着灯,一栋白色三层小楼亭亭玉立于其间,宛如童话世界里的场景。

"他从来没带我来这么好的饭店吃过饭,"姚蓉蓉咬着牙,"不管他怎么解释,老娘跟他没完了!"

夏小野默然。

她俩走到饭店门口,迎宾带着亲切的笑容问:"两位预约了吗?"

"有,沈思翔先生,"姚蓉蓉面无表情地背出一串手机号码。

迎宾翻了翻本子,"沈先生两位已经到了——"

"他应该订的是四位,"姚蓉蓉打断她,"你们是不是搞错了?"

"哦哦,有可能,没关系,四位也是可以坐的,"迎宾吓了一跳,"两位这边请。"

夏小野悄悄给姚蓉蓉竖个大拇指,眼神示意"你可以啊。"

刚走到二楼屏风后,姚蓉蓉突然不走了,两只脚像被钉在地板上了似的，迎宾一脸莫名其妙，"两位……？"

"我们要上洗手间，"夏小野急中生智，"你不用给我们带路了。"

"哦，洗手间在那边。"

夏小野拉着姚蓉蓉躲到洗手间里，"你怎么回事？你不是要跟他没完吗？"

"我也不知道我怎么就怂了，"姚蓉蓉一脸慌乱，"我这会儿真的心跳得不行，我就不敢——"

"你还是不敢面对啊，"夏小野也有点气馁，"那算了，别看了，回去就当什么都没发生过。"

姚蓉蓉一把抓住夏小野，"要不你替我去看看吧？"

"我？"夏小野哭笑不得，"我看看算怎么回事？没有你的授权，我既不能骂他，也不能打他，纯偶遇吗？"

"你就替我看看，看看那女的长什么样？看看他俩相处的样子……"姚蓉蓉嘴唇都咬白了，"多看看，回来告诉我，好让我死心。"

"行吧。"夏小野万般无奈。

她回到二楼大厅，拐过一道屏风，就看见了坐在窗边的沈思翔，白色的休闲外套，白色的运动裤，下面是一双鲜红的老爹鞋——一看就是精心打扮过的，配上那张白净斯文的脸，还真是挺顺眼的。

沈思翔对面的女孩人高马大，皮肤黝黑，穿一条黑色蕾丝的长袖连衣裙，坐在那儿像一座黑铁塔。她脸上带着笑，眼睛直勾勾地盯着对面的男人，身体前倾……光是肢体语言，就说明她对沈思翔是极富好感的。

夏小野静静地看了一会儿，心里已经有了结论。

刚好有服务员经过，见她站在原地不动，问道："女士有什么可以帮助您的？"

"啊，我找——哎，沈思翔？"

沈思翔闻声望来，见是夏小野，顿时脸上闪过一丝慌乱，但他很快镇定下来，"嗨，这么巧，你也来这儿吃饭？"

"对啊。"

夏小野笑笑，又看看女方，那姑娘看看她，又看看沈思翔，气氛顿时微妙起来。

"那个——"沈思翔硬着头皮，介绍女方，"这是我一朋友。"

"哦哦，"夏小野仿佛一瞬间醒悟过来，"没事，没事，你们聊你们的。"

她转身就走。

"……五、六、七。"夏小野等在楼梯口，心里默数。

"夏小野！"沈思翔果然追了上来。

"怎么啦？"夏小野笑吟吟地问。

"那个……咳，我……我是来见个人，家里要求的，没办法，"他低语，"姚蓉蓉知道的，你不要误会。"

夏小野会心一笑，"我懂我懂，这是你们俩自己的事，我不会乱说的。"

"嗯嗯，那就好，谢谢你啊，"沈思翔也高兴地笑起来，"那我先进去了。"

"沈思翔！"姚蓉蓉突然出现在楼梯口，嗓音都带了哭腔。

"你怎么来了？"沈思翔顿时脸色大变，他看了一眼夏小野，"你俩是一起来的？"

他反应很快，立刻上前一步去拉姚蓉蓉，"这儿说话不方便，咱们到外面说吧。"

"不!"姚蓉蓉甩开他的手,"就在这儿说。"

"你这是……"沈思翔眼珠转了转,忽然一笑,"行吧,我知道你很生气,但我不是都跟你说过了吗?你也说你都能理解,我才和你继续的,如果你说你有意见接受不了,那我们可以分手,你没必要这么鬼鬼祟祟地跟踪我。"

"谁鬼鬼祟祟了?"姚蓉蓉被他气得眼泪扑簌簌直往下掉,"你别欺人太甚。"

"我怎么欺人太甚了?"沈思翔直摇头,"算了算了,我也不想和你吵架,既然事已至此,那我们就此结束呗。"

"你站住!"姚蓉蓉喊道,"你就不怕我把我们的事告诉你那个相亲对象?"

"告诉呗,就在楼上,"沈思翔怒极反笑,"反正这顿饭我也有点儿坚持不下去了,你去告诉她吧,我买单去了……哦对了,其实她也知道你,我跟她也都是实话实说的。"

姚蓉蓉彻底噎住,一个字也说不出来。

那边,相亲对象等沈思翔半天不来,也走了出来,一见这场面,顿时也愣住,"这是?"

"她就是我刚跟你说的那姑娘,"沈思翔一脸无奈地道,"我没想到会这样,抱歉啊,让你见笑了。"

"哦哦,"那姑娘虽然也尴尬,但还是保持了礼貌,"那我先走了,咱们再联系。"

"好嘞!不好意思啊。"

沈思翔笑吟吟地目送相亲对象下楼,才转头看向姚蓉蓉:"你看,我没骗你吧?我这人不爱骗人。"

夏小野无语了,这个沈思翔真是渣男中的滚刀肉,渣出新境界了。

"我们走吧，"姚蓉蓉心灰意冷，"就当我瞎眼了。"

"等下，"夏小野冲着沈思翔，"你是大厂的吧？"

"嗯？"沈思翔挑眉，"哟呵，你还想去我公司闹啊？去吧去吧，发帖，发微博，发朋友圈，随你便。"

"倒也不用那么麻烦，我在你们公司，认识点熟人。"

"我知道你认识吴建，"沈思翔冷笑一声，"你想多了，我和他不是一个事业部的，他管不着我。"

夏小野无奈地看姚蓉蓉一眼，这人真是什么都说啊。

姚蓉蓉低着头，不敢看夏小野。

"柴蓉，是你老板对不对？"夏小野翻着手机，"她最近刚离婚呢，刚好前夫也是个渣男，听到你的故事一定很有共鸣……你是不是觉得我在诈你啊？我没有哦。"

她举起手机，上面是一张合影照片，照片上三个女人，陈昔和一个戴眼镜的中年女人搂在一起，另一侧则是夏小野。

"这个是你老板，柴蓉；这个，是我老板，陈昔；这个是我。"夏小野好整以暇地道，"我老板和你老板是闺密呢，你说巧不巧？"

"男女之间谈个恋爱玩一玩，非要闹到鱼死网破吗？有什么意义？"沈思翔终于脸色铁青，"你到底想怎么样？你要我道歉吗？OK，姚蓉蓉，对不起，行了吗？难不成你还想要点分手费？那我可给不起。你别忘了，我手机里还有咱俩的照片呢，你要是恶搞我，我也不会放过你……"

姚蓉蓉再也听不下去，一跺脚，哭着朝外面跑去。

夏小野没办法，赶紧追了出去。

一路追到公园的大门口，姚蓉蓉号啕大哭，扑到夏小野怀里，

"我怎么那么傻?"

夏小野叹了口气,什么也没说,只是拍着姚蓉蓉的背,让她尽情地发泄。

过了好一会儿,姚蓉蓉总算抬起头来,胡乱抹了把脸,"好了,我好了,为这种人流眼泪不值得。"

夏小野递给她一张纸巾,她大声地擤着鼻子,"我想好了,这事儿到此为止,我姚蓉蓉在挣到钱之前要是再谈恋爱,我就是狗。"

"那你得说清楚,要挣到多少钱?"

"100万!"姚蓉蓉狠狠地道。

"那得挣好几年呢,把话说死了不好,"夏小野劝她,"要不少点儿吧?"

"80万?"

"还是多了……"

"那就……50万?"

"嗯嗯,50万还行。"

姚蓉蓉"扑哧"一声,"行什么行,50万我少说也得挣8年呢!"

"哎呀,某人总算会笑了。"夏小野捏捏她的脸。

姚蓉蓉不好意思了,"今天真丢脸。"

"在我面前丢脸怕什么,"夏小野笑笑,"我在你面前也没少丢脸呀。好啦,这一通闹的,我都快饿死了,走,我请你吃好吃的去。"

她俩沿着街往商场的方向走。这一带20年前是H市最早的夜店区,一到晚上就灯红酒绿,歌舞升平。现在有些落寞了,但人少了,景色却没变,路两旁高大的梧桐树,让秋风染得红的红、黄的黄,层次分明,煞是好看。树荫后头掩映着白色的建筑,颇有些"庭院深深深几许"的味道。

夏小野一边走，一边留意沿街房屋中介的橱窗，好些都是新式里弄房子，照片看着特别美。

"你是不是想搬出去一个人租啊？"姚蓉蓉冷不丁地问，见夏小野面色迟疑，又说道，"搬吧，你和秦禹分手了，再住在403你肯定也没劲。而且你现在比以前挣得多，可以租你的梦屋了。"

"我的梦屋？"夏小野好奇心起，"你还记得我的梦屋呀？"

"我怎么会不记得，你电脑里存了那么多图。"姚蓉蓉指向沿街的一栋房子，墙面斑驳，有个小阳台，黑色的铁栏杆焊出郁金香的花样，有点像历史保护建筑，"我喜欢江景豪宅，你喜欢弄堂老屋。"

第二天上午，夏小野进公司没多久，周莹然就来约陈昔了。俩人聊了半个多小时，周莹然一走，陈昔就去了齐浩的办公室。

"她主动提辞职，那我也就不追究了，我说我OK，但临走前，她给我撂了一句话，她说她和你之间什么都没有，让我别听夏小野瞎说。"陈昔接着道，"她这话什么意思？"

"我不知道她什么意思。"齐浩淡淡地道。

"是吗？可是，你们俩在一个池子里泡温泉呢。"

"那不能代表什么，我们单纯聊天而已。"

"聊你那个公众号？"陈昔语气讥讽，"我都不知道你也想做公众号，你完全可以跟我说的，公司好几个矩阵号呢，你何必非要自己从零开始？还叫什么'难忘洛丽塔'，这名谁起的啊？你是来搞笑的吗？"

"不要讽刺我，我有开公众号的权力。"

"不，你没有，"陈昔斩钉截铁，"你是'稳稳妈'的创始人之一，是老板的丈夫。你私自开了个和公司毫无瓜葛的公众号，而且我们正在做 B 轮融资，这事传出去，你让投资人怎么想？人家会不会觉得我们夫妻有矛盾？会不会觉得我们要分裂？"

"难道我们没有矛盾吗？"齐浩反问。

"你能不能别那么幼稚？"陈昔气不打一处来，"看来我真的有必要给你请个高管辅导了！"

"高管辅导？你干脆给我请个做人辅导好了，教教我怎么做人。"

夏小野站在女厕所的小隔间里长叹一声，很显然，周莹然压根儿不信夏小野没有对陈昔说过那些事，她辞职归辞职，临走前还非得给每个人留个大雷。

中午夏小野给陈昔送饭，陈昔冷不丁地问起，"你早就知道齐浩在外面做了个公众号？"

"也不早，就去温泉山庄之前，而且我是先查的周莹然。"夏小野坦言道："她这几周的稿子质量很低，我拿她没过的选题搜了下，意外地发现，同样题材的文章出现在了好几个别的公众号上，其中一个居然是齐总的。"

"很多撰稿人都这么干，同样的题材，换不同的写法，供应给不同的公司，赚好几份钱。"陈昔冷笑一声，"我可以理解周莹然，但我真的理解不了齐浩，他怎么就一点儿主人翁精神都没有呢？"

她又叮嘱夏小野："你这次处理得很好，我已经让齐浩把号给删了，周莹然也答应我封口。你是我的人，我知道你不会多口，我也就是多嘱咐你一句，不要往外传。"

"当然，"夏小野保证，"我肯定不会多说什么。"

然而，世界上没有不透风的墙。

就在整个"稳稳妈"公司因为即将到来的 B 轮融资而欢欣鼓舞时，关于陈昔和齐浩夫妻感情不好的传言也甚嚣尘上。

蕾娜告诉夏小野，周莹然在外面传，说齐浩心里早有"她"人，问她是谁，她又不肯说。

"装神弄鬼！"陈昔也听到了传言，不屑一顾。她虽然嘴上轻描淡写，私底下却和齐浩夫妻合体，频频出现在各种饭局上，力破谣言。

12月当月，"稳稳妈"的营收首次突破了一亿大关，整个公司士气如虹。

而另一边，夏小野也在永安里一带订下了一套小房子，外墙是老破小，但里面别有洞天。一室一厅的格局，附赠一个露台，采光极好，连卫生间都有阳光。客厅里有一个大书柜，顶天立地占据了整整一面墙，其余家具也都不俗，有一把椅子还是房东淘来的中古款。

租金有点儿高，每月八千五，好在夏小野这段时间拿了不少内容奖金，颇有些积蓄，便爽快地签了约。

元旦假期的第二天，夏小野搭着搬家公司的车，正式入住新居。

素色的床单，宽大的桌子，棋盘格的扶手椅，乃至一瓶绿色的乒乓菊和一盆摇曳的龟背竹，东西不多，清清爽爽。

"这屋子太舒服了，你应该改行去当室内设计，"姚蓉蓉作为新居的第一位客人，瘫在沙色的懒人沙发上，望着从天花板上垂下来的一串泡泡风铃，"你在光明新村住两年了，怎么就没想着把房子打扮打扮呢？"

"没心思，也没钱。"夏小野笑笑。

这屋子的陈设其实是照着原主电脑里的一张设计图去做的，正如姚蓉蓉所说，原主保存了大量的家居图片，品位相当不俗。

夏小野踩着一辆共享单车前往公司加班，沁凉的风吹在脸上，不过15分钟，她已经抵达安怡国际楼下，这速度让她越发觉得搬家是对的。

今天"稳稳妈"来了一位心理学家,随着公司越做越大,陈昔对内容的重视也日益提高。为了丰富选题,她开始大量地引入外脑,不断有各个方向的专家参与进来,成为公司的特邀选题顾问。

与此同时,陈昔自己却越来越忙了,她现在已经很难抽时间参加选题会,估计用不了多久,她坚持亲自写头条文章的习惯也再难保持。

心理学家不仅是著名的学者,自己还经营了一家心理咨询室,为人风趣健谈。开会中场休息的时候,几个年轻的编辑就一起央求给她们也做做心理测试。

"可以啊,"心理学家欣然同意,"我给你们做个房树人测试吧。"

所谓房树人测试,就是在一张白纸上画出房子、树和人,只需按照自己想象的方式画,不用担心画得像或者不像,只需要表达出意思即可。

众人一听全都来了兴趣,纷纷作画。夏小野也没多想,拿着笔就唰唰地画起来,她向来不擅长美术,能画个差不离就好。

不一会儿就有人交稿,心理学家拿过来一看,"哎,你这是想买房啊!"

那小伙子眼前一亮,"这都看出来了?"

"嗯,你对家有着很美好的向往啊……"

"对对对,他天天让人给他介绍女朋友,可不就是美好向往吗?"有人立刻补刀。

"还有吗,老师?"小伙子兴致勃勃地问。

"有。你看你把这个人画得很漂亮,说明你对自己还是很肯定很欣赏的,也希望得到别人的重视。哦,你还画了一只大肥猫,还有个大鱼塘，可见你心情是相当好，过着幸福的生活。"

另一个责编点头，"太准了，他每天都在算公司上市后他能挣多少钱，要怎么花。老虎还没下山，皮都已经扒完了！"

众人哈哈大笑。

这时大家都画好了，心理学家翻了几张，笑着说："这些心理状况涉及个人隐私，要不这样，我回去整理好后，把各人的分析发给各人，就不在这里当场说了。"

晚上，夏小野正在加班，意外地接到心理学家的电话，"戴教授，您找我？"

"我仔细看了看你画的这张图，觉得还是有必要给你打个电话。"

"怎么啦，您别吓我呀。"

"别太担心，测试只是帮助我们更了解自己。是这样，你的画里有许多自相矛盾的地方。你看你这棵树上，不但有树冠，有树叶，有果子，还有毛毛虫，毛毛虫还长了个笑脸；而你画得这个人呢，偏偏连五官都没有，还画得特别小。这只是其中一点，还有很多矛盾的地方。"

"这些说明什么呢？"

"这么说吧，如果我不认识你，单纯看这幅画，我会觉得这个人可能是早就知道这个测试，而刻意做出的掩饰。"对方说得很委婉。

"呃，我不知道这个测试，我也没有刻意掩饰什么。"

"呵呵，我就那么一说，你不要有心理负担，现代人很多都有心理问题，我觉得你压抑了很多东西。如果你不介意的话，你可以来我的心理咨询室，我认为你需要一些帮助。"

夏小野当然没有去心理学家的心理咨询平台，不仅是因为他和"稳稳妈"的合作关系，她要是去他那里咨询，没准隔天就被人知道了。更因为她知道,自己没有心理问题,顶多算是灵魂问题……

但心理学家的话,的确给了她一个灵感。

她来这个时空好几个月了,却连一个可倾诉的人都没有,现在想来,心理咨询倒是一个不错的渠道,她可以想说什么就说什么,最多人家当她是神经病好了。

她在公众号上预约了第一医院的心理门诊,周五下午五点,她准时抵达。等候区的人看上去都挺正常,不一会儿就轮到她。医生是一位胖胖的女士,她让夏小野坐在对面沙发上,和蔼可亲地问:"有什么我可以帮你的吗?"

夏小野问:"我跟你说的内容,你都会保密的,对吗?"

"当然。"医生笑眯眯地说。

夏小野把这些日子的遭遇说出来,大约就是,她曾经是陈昔,出了一趟差回来,变成了夏小野。

"陈昔是个什么样的人?"医生问道。

"很自信,能力很强,而且非常自律,"她想了想,"她是个完美主义者,对自己的要求很高,对别人的要求也很高。"

"那你呢?你的自我评价是什么?"

"你是说夏小野?"她无奈地道,"我不知道啊,我不知道夏小野原本是个什么样的人。"

医生又问:"我们现在从头来回忆,你说你出了一趟差,这一趟差,有没有发生什么特别的事?"

"没有,我都想过了,一个小时一个小时往前推着回想,没什么特别的。"

"那有没有收到什么特别的信息,导致你情绪巨大起伏的那种?"

"有,去机场的路上,我老公给我打电话,说要跟我离婚。"

"可你是未婚。"

"那时候我还是陈昔好吗？"夏小野开始有些后悔来这里，本以为可以找个倾诉对象，结果害得自己着急上火。

"那现在你觉得自己已经是夏小野了？"医生追问道，"你说还有一个陈昔在，你现在看着她，你觉得你是陈昔，还是夏小野？"

"……"她有点儿蒙，"你把我绕进去了。"

"你喝口水。"

夏小野捧起杯子喝了一口，又道："不瞒你说，每次看到齐浩，就是陈昔的老公，我都觉得那是我老公……但有时想想，其实他是不是我老公我也不在乎，反正都要跟我离婚了。我就是舍不得孩子，可他们明明有妈妈，他们不觉得自己是我的孩子——"

"你还是没有回答我的问题，"医生执着地问，"你觉得你是陈昔，还是夏小野？你的自我认知到底是谁？"

她想了想，"我知道我是陈昔，但我可以接受我是夏小野。"

"为什么可以接受？"

"不接受也没办法啊，"她苦笑，"不管我是陈昔还是夏小野，我这个人——这具肉体，还是要继续活着的，这是不变的。"

"你能这么想，非常不容易。"

"我这人性格就是如此，兵来将挡水来土掩，我对团队也是这么说的，日子总要过下去，也总能过下去。"她说完，又自嘲地说，"看，我就是觉得自己是陈昔。"

临结束前，医生说道："你这个情况很罕见，妄想性障碍患者，会把自己当成另一个人，但把另一个人的老公、孩子甚至团队都当成是自己的，还真没怎么见过。为了确保绝对客观，以后和你聊天，我会使用三个人物代词，夏小野、陈昔，还有你。

"好。"这个主意不错。

"今天的时间差不多了,"医生看了下计时器,"我有个建议,你回去之后,再把家里的东西好好检查一遍,手机啊、抽屉啊、衣柜的角落啊,看看有没有和陈昔相关的东西。"

"你的意思是?"

"我的意思是,可能夏小野在很早之前,就已经认识陈昔了,只是你没有察觉。"

第十二章
原来你就在这里

夏小野望着从舱门口走来的男人,舌头粘在嘴里,都不会动了。

男人走到她旁边,带着一种复杂的表情,"这么巧。"

夏小野眼睁睁地看着他在2C的座位坐下。

谁会想到,陈昔遍寻不着的齐浩,居然会出现在FO3095上?

夏小野觉得心理医生的话不无道理，即便她不是精神分裂，是穿越来的，那这世上这么多人，她为什么偏偏会穿越到夏小野身上？陈昔和夏小野之间，是不是原本就有什么联系？

她从医院出来，立刻又回了一趟光明新村。

眼下403只有姚蓉蓉一个人居住，朝南的卧室里干干净净，连衣柜门都是敞开的，里头什么也没有。

"你找什么啊？"姚蓉蓉看着夏小野在屋里乱转，"是搬家的时候忘了什么吗？那可找不到了，你留下来的都扔了啊。"

"我想看看有没有什么老物件。"

"你找老物件干什么？怀旧啊？"

"对啊。"

"你在这屋子里一共只住了两年都不到，你怀的哪门子的旧，"姚蓉蓉嗤之以鼻，"你是不是老了啊，以后可别跟隔壁老太太似的——"

她本想说别跟隔壁老太太似的囤垃圾，忽然想到那老太太已经去世，顿时闭嘴。

夏小野却已经灵光乍现，立刻开门出去。

老太太虽然已经去世，但门口的垃圾山还剩最后三四摞，都是废纸，用绳子整整齐齐扎着，应该是压在最下面的，有些都发黄了。

"你还真翻垃圾啊?"姚蓉蓉傻眼了。

"找找呗。"

姚蓉蓉也蹲下来,提了一摞拆开。

"这不是我的煤气费单子吗,怎么跑到这儿来了!"姚蓉蓉拿着一张单据,"这老太太真有劲,什么都拿。"

接着她又饶有兴趣地发现了一本粉色的小册子,"要死了,我就说我的手账本哪儿去了,原来在这儿!"

"你还做手账?"

"做了一个礼拜,本子找不到了就不做了。"姚蓉蓉翻着手账本。

一张粉色的纸从本子里飘下,刚好落在夏小野的眼前。

"这是什么?"纸上花花绿绿的,像是一张门票,上面写着"199元包含一顿晚餐",以及夏小野的名字。

"这不是那次线下相亲局的门票吗?"姚蓉蓉接过来,"你忘啦?"

"我没忘。"夏小野随口道。

这个相亲局的主办方是一个相亲App,问题是,夏小野的手机里,压根儿没有这个App。

"你还在用那个App吗?"夏小野装作漫不经心地问。

"我早删了,怎么,你还在用吗?"

"我也删了。"

"嗯,饭又难吃,男人也丑,相一圈回来发现还是秦禹最顺眼,你还被人放了鸽子。还是删了吧,这种网络相亲压根儿没用……"

"找到了!"夏小野喃喃道。

"找到什么?"姚蓉蓉凑过去,看到夏小野已经打开了"软件商店",在下载过的项目列表里,赫然有一个粉白相间的小图标,正是那个相亲 App。

删除时间：9 月 14 日。

夏小野心头一跳，9 月 14 日？那不正是她第一次乘坐 FO9035 的日子？正是那天的那个航班，将她带到了眼下的起飞时间这个时空，变成了另外一个人。

难道这跟原主删除这个 App 有关？

夏小野一时间连呼吸都急促起来。

"你干吗？你又要装回来啊？"姚蓉蓉吃惊道，"你这刚和秦禹分手，就又着急找男朋友了？"

夏小野没有当着姚蓉蓉的面操作，她不知道到时候会发现什么，还是稳着点儿好。

她回到永安里，吃了份外卖，又泡了壶茶，这才平心静气地再次找到那个 App，重新下载安装，人脸识别，登录！

主页一打开，一张再熟悉不过的脸映入眼帘，正是夏小野。

"读到一本可心的书，有了新的感悟。""今天上烘焙课，学会了做蒜蓉面包。""买了新的牛仔裤，裤腿短了，腰身正好。"……

她一页页翻着，原主的网名叫"晓月如霜"，她在这里记录了很多日常小点滴，与她有交流的男用户不多，一共三个。

一个名叫"漠漠"，从照片上看，漠漠长相斯文，身材瘦削。他和原主的第一次聊天里，就把自己介绍得明明白白：1993 年生人，在 H 市某互联网大厂当个程序员小主管，老家甘肃，年薪 60 万，身高 1.72 米，有车无房，但可以买。这段聊天之后就没什么下文了，显然原主对他没什么兴趣。

第二个好友叫 Justin，他和原主倒是聊了好多次。这人是个外企中层，照片上打扮得很洋气，爱好是收集红酒和烟斗，开一辆沃尔沃，起初的聊天里，原主显然对他很感兴趣，甚至为了迎合他，还发了一张红酒的照片，问对方这瓶酒怎么样。直到有一天，Justin 让原主发一张素颜照，原主没有发，结果 Justin 就一去不复返了。

第三个好友名叫"路西法"，头像是一棵孤独的树。

9 月 14 日

路西法：你为什么要这么做？

晓月如霜：因为好奇。

路西法：为什么？

晓月如霜：我只想看看她。

路西法：你疯了？

晓月如霜：或许吧。

…………

晓月如霜给路西法发去一张照片，夏小野试着点开小图，然而文件存档已经过期，图片打开就碎了。

聊天记录是倒序的，接下来便是频繁的网络通话，时间大都在中午，偶尔也有晚上。

夏小野不断往下翻，很快找到了关于那次线下相亲局的信息。

8 月 11 日

晓月如霜：你为什么没来？不是说好见面的吗？

路西法：我临时改变了主意。

晓月如霜：为什么？

路西法：我不敢。

晓月如霜：你怕什么？

路西法：什么都怕。见面了又能怎么样，我什么都给不了你。

……

看来，原主之所以要去那个线下相亲局，就是为了和这个路西法见面。谁知路西法临阵变卦，竟然没有出现。

5月12日

晓月如霜：糟了，给我老板点错外卖了，炒饭里有海鲜，她起了一身的疹子。我完了。

路西法：抱抱，我该怎么安慰你？

晓月如霜：我想听听你的声音。

之后，两人便通了一次网络电话。

就是从这里开始，他俩的文字聊天就减少很多，取而代之的是频繁的网络通话，时间大都在中午，偶尔也有晚上。

在此之前，则都是一些有一搭没一搭的对话。

路西法：你有男朋友吗？

晓月如霜：有一个，可惜见不得光。你呢？你有女朋友吗？

路西法：我结婚了。

晓月如霜：……

路西法：怎么，这就失去了和你对话的资格吗？

晓月如霜：那得看你长得有多帅了。

路西法：哈哈哈哈！你很可爱。我能看看你的照片吗？

晓月如霜发去一张照片，上面是侧脸的半个下巴加一截脖子，耳根后有一颗小小的肉疙瘩。

路西法：就这？

晓月如霜：除非你给我看你的照片，否则我不会让你看到我。

…………

这是两个人的初识。

三个男人里，原主和路西法聊的是最多的，频率有时高达一天好几次，绝大多数聊天发生在白天的上班时间，内容非常琐碎。

夏小野摸了下耳朵后面的那颗属于原主的胎记，再一次翻到最后面。他俩的最后一次网络电话时间是 9 月 14 日的 13:36，由路西法发起，打了大约 5 分钟后挂断了。紧接着，路西法又一次打过去，这次聊了 15 分钟，结束的时候，已经是 14:13。再然后，夏小野就删除了 App。

她心里扑地一跳。

如果她没记错的话，陈昔从深市回 H 市的那个航班，起飞时间是 11:20，14:13？那时飞机应该已经降落 H 市，陈昔正坐在那辆网约车上，朝玛丽幼儿园的方向去，就是在那辆车上，齐浩愤怒地打来电话，接着陈昔就变成了夏小野……不不不，这也太牵强了，总不会是夏小野和路西法大吵一架后，删除了一个 App，就摇身一变成了陈昔。

夏小野闭了闭眼，让自己冷静下来。

她打开新手机里的微信联系人名单，认真地比对每个人的头像和聊天记录，很快，她在一个叫"陌生人"的分类里，找到了漠漠和 Justin。

但没有路西法。

这肯定不是原主不想加路西法的微信了，而是路西法不愿意加。

一个人的微信圈，基本等同于真实的社交圈，你的同学、朋友、同事、家人，全部汇集在此。路西法不愿意和原主加微信，充分证明了他不想网友奔现。

她把 App 由里到外搜了一遍，没有找到更多的线索。也是，心理医生不过是猜测而已,哪有那么容易有发现?

正打算去洗澡,手机忽然响起来,是陈昔。

"小野,先祝你乔迁之喜啊。"

"谢谢陈总。"

"嗯嗯,你明天有没有什么安排?没有的话,我想请你帮个忙。"

"没什么安排,有事你说。"

"是这样,齐浩妈妈明天要在医院做睡眠监测,他爸爸负责陪夜,我父母又旅行去了。我前面接到的电话,明晚临时冒出来一个饭局,我和齐浩都要去,能不能请你帮我去幼儿园接下孩子?顺便照管几个小时?"陈昔有些不好意思,"我不太放心让保姆单独带孩子。"

"好啊,没问题,"夏小野很乐于接孩子,"你放心交给我吧。"

"好好好,你OK那我就这么安排了,明天反正我也不进公司,你3点多就下班吧,打车去幼儿园。"

不到4点,夏小野就和陈昔家的保姆一起,等在幼儿园门口。

"小野姐姐!"稳稳拎着一个萝卜,一头扑过来,"看,我种的萝卜。"

稳稳和定定所在的幼儿园,对自然教育十分推崇,在园子里开辟了两块菜地,老师带着小朋友们种了不少蔬菜,不仅用来观察植物生长,每天放学还能时不时让孩子们捎点儿菜回家,十分接地气。

定定跟在稳稳后面,手里也捧着个萝卜。他有些犹豫,相对稳稳来说,他对夏小野还没有那么熟悉。

夏小野蹲了下来,一手搂住稳稳,另一手从口袋里拿出一个小礼物,"定定,你看这是什么?"

"消防车！"定定是个汽车控，看见汽车玩具顿时两眼放光，也扑了过去，"给我，给我。"

"给你。"夏小野把小汽车塞给定定。

"定定，要说谢谢！"稳稳提醒他。

"谢谢。"

夏小野和保姆都笑了起来。

保姆说："自从京市回来，稳稳的进步一天比一天大。"

夏小野听着就高兴，"我们稳稳最棒了，越来越有哥哥的样子了。"

保姆跟在后头，夏小野一手牵一个，浩浩荡荡地回家。一路上，稳稳率先唱起了夏小野在京市时教他唱过的歌，定定不甘示弱，也大声唱起别的来，结果两人一路叽叽喳喳个不停，像两只出了笼子的小麻雀。

保姆也啧啧称奇："他们俩怎么那么喜欢你？"

陈昔家是四房两厅的大平层，当初装修时，陈昔和设计师一起，光效果图就讨论了十几稿，大到客厅里的沙发，小到厨房里的一双筷子，都是陈昔精心挑选的。哦，还有灯，那盏精美的水晶灯，是陈昔托人在国外买的，在大海上漂了三个多月才到货，还有墙上那幅画……

"小野姐姐，你在哭吗？"定定好奇地问。

夏小野赶紧擦擦眼角，"姐姐没哭，是眼睛痒了。"

"眼睛也会痒吗？"

"会呀。"

"那我帮你挠挠？"

"哇哇哇，眼睛可不能挠。"

说着，夏小野和定定一同笑了起来。

夏小野对保姆说："今晚我给孩子做饭吧，我在'稳稳妈'上了那么多天班，也学了不少适合孩子的菜谱呢。"

保姆乐得休息，"行啊，你和陈总一样，你们都是专业的。"

夏小野高兴地对两个孩子说："你们今晚想吃什么？是猪肉蔬菜小饺子呢，还是南瓜小米糕？或者，我们吃肉末炖蛋好不好？"

"不好！"两个孩子异口同声。

"……那你们说说看，想吃什么。稳稳，你先说。"

"我要吃薯条，还有鸡翅。"稳稳咬着手指。

"还要吃汉堡，"定定一边附和，一边着重强调，"不是家里的汉堡，是肯德基的汉堡。"

夏小野傻眼了，"那些是快餐，对身体有害。小野姐姐给你们做好吃的，按照妈妈的菜谱做，比汉堡和薯条好吃多啦。"

"不要！"稳稳果断拒绝。

"不要妈妈的菜谱。"定定负责补充。

"为什么？妈妈的菜谱不好吗？"

"不好！"定定大声说，"我讨厌妈妈的菜谱！"

"讨厌？"

夏小野内心受到一万点暴击，这是什么时候的事，为什么小哥儿俩讨厌陈昔的菜谱？

"不会吧？"夏小野不信，"你们平时应该都是按照妈妈的菜谱吃饭的呀，怎么会讨厌呢？"

"讨厌！"稳稳点头。

"就是讨厌！"定定强调。

保姆忍不住说道："小孩子嘛，总归喜欢吃那些油炸的，汉堡啊、比萨啊，但他们妈妈不许他们吃，越是不许就越是想吃……今天看到爸爸妈妈不在家，就想偷偷吃一顿了。"

"这样啊，"夏小野看着小哥俩那渴望的眼神，不忍心了，"那要不就叫一次？"

"我随你啊，我都行。"保姆推卸责任。

"行吧，我来叫。"夏小野打开手机下单。

她现在对这些快餐也不怎么抵触，她自己还常常吃泡面呢。

不一会儿外卖上门，汉堡薯条可乐鸡翅应有尽有。稳稳和定定开心到在客厅里来回蹦。夏小野想，确实没见过他俩为口吃的这么高兴。

其实快餐真的是很好吃的，高碳水高脂肪搭配千锤百炼的调味配方，怎么可能不好吃呢？一大两小吃得其乐融融，连保姆都没忍住，一起吃了几块炸鸡。

"小野姐姐，我喜欢你。"定定啃着鸡翅向夏小野表白。

"我也喜欢你！"稳稳赶紧道，并且强调，"是我先喜欢的！"

"我们是一起认识小野姐姐的！"定定比较会说，"我比你先看到她。"

"我和小野姐姐一起去了京市，我们还一起玩！"稳稳扬扬得意。

定定这下被将了一军，脸憋得通红。

夏小野乐不可支，擦擦手，在两个小可爱的鼻尖上分别刮了一下，"下回小野姐姐带你们一起出去玩。现在我们现在来唱歌吧。"

定定立刻来了精神，"唱什么呢？"

"唱《转个圈》？"

"好呀！"

门厅忽然传来窸窸窣窣的声音，接着就听到保姆的声音："回来啦。"

"妈妈！"

"妈妈！"

稳稳和定定立刻不唱了，扭着小屁股朝外冲。

夏小野赶到门口，看见陈昔正坐着换鞋，保姆要替她把皮鞋放进鞋柜，她轻轻一让避开，"不用，我自己就行。"

夏小野就觉得，陈昔的心情似乎很不好。

"陈总、齐总，"夏小野笑道，"今天外面冷吧？又降温了。"

"还行，"回答的是齐浩，"今天辛苦你了。"

"不辛苦，应该的。"夏小野说。

"妈妈！"

"妈妈！"

稳稳和定定围着陈昔转。

陈昔蹲下来，张开手，在两个孩子脸上端详了下，又摸摸他们的头，对保姆说："不早了，带他们去洗澡吧。"

"不要洗澡！"定定大叫，又央求，"妈妈，让我们再玩一会儿吧。"

"不洗澡！"稳稳也附和道，"我还要吃炸鸡块。"

陈昔的表情顿时僵了僵，接着，锐利的目光朝饭桌上看去。

夏小野硬着头皮，"那个，陈总——"

"等下说，"陈昔挥了下手，对两个孩子说道，"现在去洗澡，洗完澡可以再玩一会儿，但炸鸡不可以再吃了，好吗？"

两个孩子都不吱声了，由着保姆领去洗澡。

等孩子一走，夏小野立刻道："陈总，对不起啊，我本来是想给孩子们做饭的，但稳稳说很想吃汉堡，我想难得吃一次也没什么……"

"我也是难得请你帮我带一次孩子。"陈昔脱口而出。

"喀!"齐浩咳嗽一声。

"对不起,"夏小野尴尬极了,"我,我保证不会有下一次。"

"保证有什么用呢!"陈昔冷冷地道,"你明知道我最反对垃圾食品,你还要买来给他们吃,我能说什么?"

"陈昔!"齐浩的脸色难看,"今天已经很晚了。"

他果断地对夏小野说:"走吧,我送你出去。"

"不用了,我自己可以走。"夏小野眼底发涩,她飞快地换鞋,夺门而出。

门在身后关上的一刹那,眼泪夺眶而出。

她不明白陈昔为什么会是那样的态度,蛮不讲理,不留情面,更伤心自己像是被赶走那样仓皇地离开这座房子。她做了那么多,不都是为了陈昔吗?她怎么可以那么不近人情呢?

其实她也知道,陈昔今晚的脾气来得有点莫名其妙,但那几句夹枪带棒的话,还有那种眼神,让夏小野觉得心都被扎出了口子,她能清晰地感觉到其中的刺痛。

有保安巡逻过来,警惕地打量着她。

她赶紧抹抹眼泪,朝外走去,到路边打了一辆出租车,一路恍恍惚惚,直到司机提醒她到了,才回过神。

刚一下车,就看见顶着弄堂门口,站着一个高高大大、精精神神的人。

秦禹?

她一时迷茫,反应不过来。

"我这个元旦回了趟家,带了些土特产回来,给你拿些过来。"秦禹拎起手里提着那一大袋东西,自然得仿佛就是老家回来,给熟人带点东西那样,而不是什么前男友,"我找姚蓉蓉要的地址,她没告诉你啊。"

没有……姚蓉蓉肯定是故意的,夏小野心知肚明。

"走吧,我住二楼。"她发出邀请,人家大老远的给你带东西,你不能门都不让人进吧!

"嗯。"

秦禹跟在她后面,楼梯被两个人踩得嘎吱嘎吱响。

她没话找话,"你来怎么也不给我打个电话,站在外面多冷。"

结果秦禹没吭声。

夏小野这才想起来,分手那次,秦禹一怒之下把她拉黑了,也没放出来。

这个人——夏小野好笑,"这边。"

打开门,开了灯,清雅秀丽的屋子便映入眼帘。夏小野脱下外套挂在门口衣架上,"你坐。"

"你这是什么?"秦禹指着她的胸口,那里有几道红色的印子,紧张得声音都变了,"是血吗?"

"这是番茄酱!我刚才在我老板家,陪她孩子吃了点儿炸鸡薯条。"夏小野随手拿了块纸巾擦着。

"你脸怎么了?"秦禹又道,"你哭过啦?"

"啊!"夏小野赶紧去照镜子,果然,两只眼睛肿得像核桃,头发也是乱糟糟的,看着特别狼狈。

刚才在弄堂口光线昏暗看不清,现在灯光大亮,什么都清清楚楚。

"到底发生什么事了?"秦禹向前一步,"谁欺负你了?你老板吗?"

"没有、没有,她怎么会欺负我。"

"那是谁把你弄哭的?是她家那个熊孩子,还是——还是什么野男人?"

"………"

夏小野看秦禹那横眉冷对的样子,顿时哭笑不得,"什么野男人,你别胡说了。你坐吧,我没事。"

"怎么,跟我分了手,就不想跟我说了,觉得我不配知道是吧!"秦禹一脸不高兴。

"……我真的没事。"

"那你为什么哭?"

"哭一哭不是挺正常的?"夏小野无奈地道,"谁每天不得遇到个十件八件委屈的事啊。"

"可我不想让你委屈。"

"你要喝什么?有咖啡,也有绿茶。"夏小野顾左右而言他。

"喝茶吧。"

夏小野进了厨房,在杯子里放上茶叶,再烧点开水,等水开的时候,她扶着防腐木做的台面,舒缓一下心情,整理一下思路。

忽然,背后多了个温热而坚实的胸膛。

她赶紧转身,"你——"

秦禹盯着她的眼睛,目光又是热切又是委屈……他才是真委屈呢!

"秦禹,"她渐渐心酸起来,不自在地低下头,"别这样——"

秦禹抬起头,轻轻吐了口气,大声道:"哪样啊,我是来找可乐的!有冰可乐吗?"

"有的！"见秦禹松开自己，夏小野赶紧去开冰箱，"给。"

秦禹接过来，看了眼，冷笑道："还是我最喜欢的牌子嘛！"

夏小野一下笑出来，"可乐一共也就两个牌子。"

"怎么，你非要把我也说哭？"秦禹撑回去。

夏小野顿时一缩脖子，啥也不敢说了。秦禹凶巴巴地白了她一眼，转身就回了客厅，跟他是房主似的。

这个天喝冰可乐，虽说开了空调，但依旧是晶晶亮透心凉。夏小野看秦禹喝得太阳穴上青筋都暴出来，想了想，又从卧室里推了一台电暖器出来，调到最大瓦数。

电暖器一开，屋子里瞬间升温。

秦禹从袋子里往外掏东西，"这个是腊肉，这个是风鹅，都是我妈自己腌的。你现在不是会做饭了吗？你可以做着吃。这两盒是梅干菜小烧饼，这两盒是杏仁酥，这一袋是花生糖……"

"这么多！"

"这儿还有！"秦禹又一把扯过自己的双肩包打开，"这几盒是我妈做的卤蛋和卤鸭，你得放冰箱。"

"你是怕我饿死呀。"

"我是怕你以后吃不上了，"秦禹板着脸道，"等分手时间一长，万一我对你感情淡了，就想不起来给你带了。"

"嗯，也有可能是你有了新女朋友，那也不方便给我带了。"夏小野一时调皮心起。

"呵呵，"秦禹冷笑，"我又不是你。"

夏小野讪讪地，又问道："你那个项目做得怎么样了？"

"一直在招人，争取年后新版上线，"秦禹轻描淡写地回答道，"先试运营一下。"

"那就是很顺利呗！"夏小野很高兴。

"嗯，上帝对你关上了一扇门，总要给你开一扇窗的。"

夏小野正想着到底什么话题才能安全点，忽然灯光明灭了两下，"啪"的一下，全跳了。

屋里瞬间陷入黑暗，幸亏窗外有月光照进来，不至于两眼一抹黑。

"肯定是电暖器加空调一起启动，功率太高，老房子电线扛不住，跳闸了。"夏小野跳起来找蜡烛。

"不一定，"秦禹到窗边看了看，"前面那一栋也都黑了。"

一罐香薰蜡烛被点燃，屋里多了一缕昏黄的光，映出两道长长的人影，空气里飘散着一丝淡淡的香。

"你回去吧，"夏小野把香薰放在桌上，"这黑灯瞎火的，我就不留你坐了。"

"夏小野，你是不是应该去医院看看脑子啊？"秦禹突然发起脾气来，"这黑灯瞎火的你叫我走，你一个单身女人在这黑屋子里一个人坐着？你怎么想的？"

"我这不是觉得，你在更不安全嘛。"夏小野哼哼着道。

"……"这回轮到秦禹哑口无言。

"好啊！"秦禹气得站起来，到门边穿鞋子，"原来你是把我当色狼了，我走了。"

夏小野眼巴巴地跟着，不吭声。

谁知下一秒，秦禹忽然直起身子，"我决定不走了。"

"啊？"

"我现在走了，倒像是我承认我对你有色心，我等来电了再走！"他说完，又走回去，往懒人沙发上一坐，还拆了一包花生糖，有滋有味地吃了起来。

夏小野无语了,"那你把外套穿上吧。"屋里的温度下降了。

她自己拿了条毯子披着,半靠在床上,怨念地想,如果秦禹不在,她就能搂着被子睡觉了,但心里又有一个声音在说,此时此刻有秦禹陪着,还是挺有安全感的。

电一直没来,屋里黑漆漆的。窗外有点杂音,估计是维修人员来了,有人扯着嗓子喊:"再等一会儿啊!"反倒衬得屋里越发安静。

夏小野漫无目的地刷着手机,秦禹却没有刷,靠在懒人沙发上不动。

"恭喜你,"秦禹在黑暗里,轻轻说道,"你实现了你的梦想。"

"我的什么梦想?"夏小野不解。

"这个房子,你不是一直想住这样的房子吗?"他停了停,"我以前还想过,等哪天有钱了,就给你买个这样的房子,呵呵,时间上有点来不及。"

他提到"时间"两个字,夏小野的心瞬间悸动了一下。

"买就算了,多贵啊,租着住就行。"她随口道。

"有个问题,我想了好久,还是想问你。"秦禹问道。

"你问。"

"你去深市到底是干什么?"秦禹困惑地问道,"你还去了好几次,我们反正已经分手了,你能不能告诉我啊?我快要好奇死了……你怎么了?"

夏小野霍地从床上坐了起来。

夏小野买完机票,第二天一早刚到公司,她就按照流程,在公司系统里申请事假,然而一直等到快下班,请假单也没得到批准。

她有些急了,正准备去问乔伊怎么回事,结果乔伊对她说,"彭总有请。"

彭总就是彭志云,人力资源副总裁。

彭志云刚从外面回来,一见面就开门见山,"乔伊说你要请今明两天假?"

"对,也不是两天,就一天半吧。"如果没有意外,她明天下午能进公司。

如有意外,那就……不用出现了。

彭志云"哦"了一声,"挺急的啊,是去深市?"

夏小野点了点头。

"我听说过关于你那个同学的事,但最近我又听到另一种说法,说你去深市根本不是为了陪同学,而是有别的事?是什么事啊,能说吗?"或许是因为在玛丽幼儿园有过点私交,彭志云对夏小野说话一直很客气。

夏小野一听就明白了,肯定是秦禹向乔伊打听她去深市的事,乔伊产生了怀疑,因而汇报给了彭志云。

"就是一些私事,"夏小野支吾道,"我能不能就单纯地请个事假?"

"如果你是别的员工,我可以当你是请事假,什么也不问。"彭志云耐心地解释,"问题是你是 CEO 助理,是最靠近公司核心的人。"

"是陈总叫你来问我的吗?"夏小野问道。

"你说呢?"彭志云伸出一根手指点着桌面,"现在的重点也不是你去深市到底干什么,重点是你为什么要撒谎。撒谎是最可怕的,你明白吗?谁敢用个事事隐瞒的 CEO 助理?"

夏小野在心里长叹,"对不起彭总,可我确实有非常重要的事,但我保证是私事，和公司没有任何关系。"

"你——！"彭志云沉下脸去，"好吧，那这样，你的这个事假我是批不了的。你自己发邮件去找陈昔申请，如果她同意，那我也没意见。"

夏小野心里苦笑，这可怎么跟陈昔申请？

陈昔让彭志云来问她，其实就是已经给她留面子了，她自己撞上去请假，那真的是很不识好歹。

而且陈昔这会儿也不在公司，今天陈昔在郊区一家酒店和股东们开闭门会。那样的会议，夏小野是没资格旁听的。

夏小野看了看时间，她快要来不及了，不管陈昔同不同意，她都必须在今晚赶到深市，这样才能赶上明天中午回 H 市的 FO3095。

深市机场。

夏小野刻意避开了机场贵宾厅，登机时也没看见任何熟人。她熟门熟路地在 2D 座位上坐下来，从前面座椅的袋里翻出拖鞋。

"夏小姐，我们又见面啦！"酒窝空姐笑吟吟地道，"还是喝咖啡吗？"

"对，谢谢。"夏小野报之一笑。

这已经是她第五次乘坐这架航班，回去也好，回不去也罢，都随意了，她心态上早已躺平。

门口陆陆续续地有乘客进来，夏小野百无聊赖地刷着手机，一条微信跳出来，是蕾娜，"方便电话？"

"方便。"

蕾娜立刻打了过来，"陈总和齐总是不是吵架了？"

"我不知道啊，他们在吵架吗？"

"你不知道？"蕾娜低呼，"你是陈总的助理，你说你不知道？"

"大概快要不是了。"夏小野苦笑，已经一天一夜了，陈昔始终没跟她联系，肯定是对她相当不满，"你怎么知道他俩在吵架？是上午的事？"

"没有，齐总今天到现在都没进公司。"蕾娜飞快地道，"一早陈总来了，还去了齐总的办公室，看了看没人又走了，说明他俩出了问题啊，否则陈总还需要到公司来找老公？"

"你知道齐总去哪儿了吗？"

"我要知道我就报告老板了！"蕾娜大笑，又感慨，"你说说，这女人都混到陈总这份儿上了，还得满世界找老公，唉……喂，喂喂，夏小野？"

夏小野望着从舱门口走来的男人，舌头粘在嘴里，都不会动了。

男人走到她旁边，带着一种复杂的表情，"这么巧。"

夏小野眼睁睁地看着他在2C的座位坐下。

谁会想到，陈昔遍寻不着的齐浩，居然会出现在FO3095上？

"齐总，你也来深市了？"夏小野忍不住问。

"嗯，昨晚来的，办点儿私事，"齐浩淡淡地，又问，"你呢？又是来陪你同学做透析？"

"是……啊。"说不尴尬是骗人的。

齐浩点了点头，"这世道人情薄如纸，你们还能有这样的同学情谊，实在是难得。"

夏小野一阵无语。

看来齐浩和陈昔确实是毫无沟通啊，陈昔已经在怀疑她了，而齐浩对此还一无所知。

"你怎么会想起来买这个航班？"夏小野假装无意地问。

"嗯？就随便买了个时间合适的，怎么了？"齐浩不解。

"没什么……"

飞机开始滑动，夏小野有心问问齐浩和陈昔是不是吵架了，然而齐浩已经闭上眼睛养神，她只得胡乱翻了几页航空杂志，却是一行字也没看进去。或许对齐浩来说，他订这个航班只是无心之举，但对夏小野来说，这绝不可能是一个巧合。

她现在已经很笃定，朱莉也好，齐浩也好，这些人之所以会出现在FO3095上，都是冥冥之中的安排。

她又看了眼齐浩，发现他似乎瘦了不少，下颌处一片青色，看起来极为疲惫。

飞机腾空而起，夏小野立刻看向面前的屏幕，这次提前起飞了六分多钟。

"叮！"安全指示灯熄灭了，飞机进入平飞状态。

夏小野拿起洗漱包，走向洗手间，飞快地洗了个脸，敷上面膜，坐回座位上时，她发现齐浩醒了过来，表情古怪。

她顿时有点窘，不管怎么说，齐浩也是她老板，她这穿着拖鞋、敷着面膜的样子，是不是过分自在了点……跟自家卧室似的。

幸好，齐浩什么也没说，只是隔着一条过道，眼睛一动不动地盯着她。

"怎么了？"夏小野问道。

"你那儿有个小疙瘩。"齐浩指了下。

夏小野愣了下，这才反应过来，摸了摸左耳后方，那里有一粒小小的肉疙瘩。

平时她都是黑长直造型，耳朵是被遮住的，这会儿为了敷面膜，头发全部扎了上去，这才露了出来。

"是啊，胎记。"夏小野笑笑。

齐浩眼神似乎有些复杂，停了一会儿才道："挺特别的。"

夏小野觉得他有点怪怪的，但也没太在意，因为——气流又来了。

机身一如既往地疯狂抖动，由于太剧烈，连头顶的行李舱都发出嘎吱嘎吱的响声。夏小野死死地盯着左侧舷窗，手心里一片汗湿。

灰色柱状物！

又来了！！！

夏小野两排牙齿咯咯咯地敲打着彼此，一、二、三……第三根灰色柱子，不，不是柱子，是墙，那完全是一堵墙。这堵墙横亘在飞机面前，飞机一无所觉，直挺挺地朝这堵墙冲过去。

又是破冰船挤压冰块似的声音。

夏小野感觉到一股莫名的吸力传来，忽然一阵眩晕，她觉得自己似乎坐在了一个泡泡里，眼前光怪陆离，如一面被摔碎的镜子，每一块碎片里都展示出一幕镜像……她渐渐看清了，那碎片里是一个房间，看着眼熟……那是陈昔的办公室！

她认出来了，办公室的沙发上还坐着个睡着的女人——陈昔！

镜像里的陈昔仿佛正在做梦，她不安地扭动着，似乎想要睁开眼，可又睁不开，像是被什么困住了……

仿佛有人在跟她说话。

"什么？"夏小野猛地回头。

镜像破碎的最后一秒，她看到沙发上的陈昔倏地睁开了眼睛，直勾勾地看了过来。

脑子一炸，耳鸣骤停。

眼前依旧是 FO3095 的机舱，抖动不知什么时候已经停了下来，坐在走道另一边的齐浩正看着她。

"你说什么?"夏小野喘息着问。

"真的是你……晓月如霜?"

"……什么?"

夏小野愣了下,紧接着,一阵寒意爬过夏小野的脊梁骨。

"你——!"她一阵心悸,"你是……路西法?"

"是我。"

夏小野完全说不出话来,心里惊骇恐怖到了极点。

"怎么,没想到会被我认出来?"

"你——"夏小野竭力稳住心神,"你是怎么发现的?"

她自己都是刚发现!

"其实那天在玛丽幼儿园门口遇到你,我就已经觉得不太对劲,虽然我没见过你的样子,但我们打过那么多电话,我认识你的声音……那天我没有深想,谁知你居然又出现在了公司!"他苦笑一声,"当时我都快疯了,后悔不应该告诉你我在'稳稳妈'工作,结果居然让你查出来我是齐浩!"

"难怪你叫陈昔不要录取我……"夏小野喃喃地道。

"不怕一万,就怕万一,你那么疯狂,谁知道你会做出什么事?如果你对着陈昔胡说八道怎么办?就算我们之间什么也没发生过,顶多就是打了几个电话,但这种事解释不清的,我真怕你是个疯子。"

"你没想到陈昔还是录用了我。"

"是的,我没想到你那晚还帮了陈昔,把她送到医院。我实在是想不通这是怎么回事,但我也无法说服陈昔不用你。"

"你为什么不问……我?"夏小野问。

"我不敢,我怕我越问你越来劲,所以我决定暂时先观望,看看你到底要干点儿什么，但后来……"齐浩摇摇头，"后来我发现，你似乎真的不认识我，你不知道我是谁，而且你还有个同居男友。我向你男友的老板打听，他说你们很早就在一起了。"

"然后秦禹就被调了组。"夏小野点点头。

"那是个意外，我也没想到会那样。"齐浩摊手，"再后来，你接二连三地做出爆款，陈昔对你欣赏得不得了。我就想，晓月如霜哪有这样的文采？你还帮陈昔从张老师那里拿回了公章和U盾。"

"果然是你指使张老师的，"夏小野敏锐地道，"别否认，如果不是你在幕后，你就不会说'你帮陈昔'，而应该是'你帮我们'。"

"你很聪明。"齐浩默认了，"当时我对陈昔很生气，我被气愤冲昏了头脑。"

…………

这时，机舱里已经完全恢复平静。空姐又走动起来，问他俩需要点什么。齐浩要了一杯红茶，夏小野要了一杯咖啡。

咖啡很难喝，夏小野在嘴里含了一会儿才咽下去，想到刚才如果不是齐浩喊她，她这会儿已经"回去"了，就忍不住瞪他一眼。

"你刚才为什么会突然挑明？"她低声问道。

"我看见了你的胎记，"齐浩看向她，"你给我发过照片，这个胎记很特别。"

夏小野情不自禁地摸了摸耳根后的那颗小肉疙瘩。

原来如此。

"你到底要做什么？"齐浩困惑地问道，"你之前不是扬言要把我们的事告诉陈昔吗？你已经到陈昔身边了，但这么长时间以来，你什么也没做、什么也没说，你到底是什么目的？"

夏小野一时无言。

她总算搞清楚了整件事，原主和齐浩在相亲 App 上相识，两人越聊越投机，竟是有了网恋的苗头。于是原主就要求齐浩在线下相亲局时见面，齐浩答应了，但又临时退缩。原主此后似乎陷入了愤怒，扬言要把一切都告诉陈昔。

她想起穿越前两天，原主在老许的车上采访陈昔，那些神情、那些话语，现在想来，竟全都意味深长。

"我没什么目的，"她诚恳地道，"我根本不知道你是路西法，我到'稳稳妈'，是因为我想要找份工作。"

"可你——"

"网络和现实是分开的，这不是很简单的道理吗？很多人在网络上叫嚣着要这样那样，可有几个会在现实里付诸实施呢？"夏小野坦然地道，"就比如，你也不知道我有男朋友，对不对？"

"是，你从来没说过。"

"那就是啦，"夏小野笑笑，"所以你大可放心，即便是我现在知道了，我也不会对你有任何想法，我也不会对公司、对陈昔、对任何人不利。"

齐浩长长地舒了一口气。

"啊，等会儿，"夏小野又想起另一件事，"等会儿，你突然到深市，难道是为了跟踪我？"

"那不至于，我是来找朱莉的。"

"你找她做什么？"夏小野顿时皱起眉来，"陈总知不知道这件事？"

齐浩意味深长地看夏小野一眼，"你还真是对陈昔忠心耿耿。"

"这事倒是也用不着瞒你。你还记得那天你在我家，给稳稳、定定点了快餐，然后陈昔突然发飙？她不是冲你去的，是冲着我，你只是被她迁怒了。"

"你俩吵架了吗？"

"何止吵架？"齐浩打开手机里的一个文件，递给夏小野，"她让我签这个。"

夏小野飞快地看下去，"放弃股权……"

她震惊，"陈总要你放弃所有股权？"

"对，她要我从公司全部退出去。"齐浩淡淡地道，"如果我签了这个协议，那'稳稳妈'从此以后就跟我没有半点瓜葛。"

"她为什么要这么做？是朱莉吗？"

"她是这么说的，因为公司现在是奔着上市去了，投资人担心我们一旦有什么婚姻纠纷，会影响上市。"齐浩冷笑一声，"这简直太可笑了，公司是我和她一起创办的，是我们的婚内财富，我已经在业务层面退出了，凭什么还要清退我的股权？这不是丧良心是什么？"

夏小野一时心乱，"那朱莉怎么说？"

"这女人躲了，刚见了不到 10 分钟就说要开会，然后就联系不上了。"齐浩把红茶一口喝完，重重地放下，杯盘敲击，发出"叮"的一声，"这其实是我傻了，我找她干什么呢？这馊主意不就是她出的吗？"

"什么投资就是投人，投的是创业者的梦想、创业者的愿景，什么做创业者最好的朋友，都是屁话！从一开始我就告诉陈昔，像朱莉这种人眼里只有利益，她根本不在乎你过得好不好，你是离婚还是结婚，你哪怕家破人亡她都不在乎的！她只在乎她的钱！"

齐浩愤懑到极点，他的手在空气中大力划过，接着重重地往后一倒，把椅背都震得摇了几下。

"那……陈总呢？"夏小野沉吟了两秒，问道，"陈总怎么说？"

"如果她能说出一个让我满意的答复，我还会去找朱莉吗？她就是不停地让我考虑，花言巧语地劝我签字。"齐浩脸上浮现出一层浓郁的讥讽，"人哪，在巨大利益的面前，真实的面目就暴露出来了，你这位陈总，可不是什么好人。"

夏小野无奈，"你怎么什么都跟我说啊？"这些都是公司机密。

"她都要我从公司退出了，我还在乎什么呢？"齐浩反问，"你对她那么忠心，她不是也一样找人查你吗？"

"她查我？查我什么？"夏小野愕然。

"她怀疑你是商业间谍，找人给你做背景调查了。"

夏小野无语。

一早，夏小野打一辆车去陈昔爸妈家送礼。陈昔是个很讲究规矩的人，每年春节前，都会给长辈们送四色年礼。然而陈昔这几天忙得神龙见首不见尾，只能委托夏小野去做。

或许是那所谓"背调"实在查不出什么东西，陈昔对她的态度又恢复了正常，很多事又交给她办了。

陈昔爸妈看到只有夏小野一人来，露出明显的失望。夏小野连忙替陈昔解释："陈总一直在忙 B 轮融资的事，这不没几天就要过年了吗？春节前一定要完成的。唉，陈总也是辛苦，每天都睡不了几个小时。"

她一提陈昔辛苦，爸妈的慈父慈母心立刻取代了埋怨，"哎呀，睡眠不足可不行，不来就不来吧。你劝她早点睡，千万别熬夜，钱是赚不完的，身体才是第一位。"

"是啊，我也天天劝陈总呢！"夏小野笑着道。

临出门前,陈昔妈妈又问:"齐浩呢?他这几天在忙什么?他不上班吧?他可以来送的呀!"

"呃——"

这个问题有点难度,因为她也好几天没有齐浩的消息了。

夏小野还未开口,陈昔爸爸先替她挡了,"齐浩再不上班,也是公司老板之一,肯定也很忙!"

"忙忙忙!都忙!好了吧?"陈昔妈妈不高兴了,"忙得爹妈都不要了!"一扭头往回走。

"你别理她,她就这个脾气。"陈昔爸爸送夏小野到门口,"外面下雨,你路上小心点。"

夏小野心头一阵温暖。她打着伞走向地铁站,街道湿漉漉的。她想起妈妈常说的一句老话,"邋遢冬至干净年",冬至若是下雨,则春节必然是晴天。

回到公司,陈昔不知道什么时候已经走了,夏小野在微信上问了一句,她也没回。刚好夏小野也有事要忙,她负责的儿童托管中心已经基本完工了,今天特意请了环保公司来做去甲醛。她跟在环保公司团队后面看着,忽然手机弹出个提示窗口,收到一封来自董事长办公室的新邮件。

自从有了外部资本加入,"稳稳妈"就正式成立了董事会,陈昔是董事长兼 CEO。

夏小野迅速点开电子邮件,内容很简单:即日起,免除齐浩在"稳稳妈"的一切职务。

这些日子齐浩虽然退到了幕后,但他其实一直挂着一个副总裁的职务,谁能想到现在竟连这最后一个职务也被免除了!

所有的工作群里一片静默。

中午吃饭的时候,蕾娜问夏小野,"陈总是不是要和齐总离婚了?"

"不会吧,应该不至于。"夏小野眼皮直跳,"公司在融资,怎么会在这节骨眼儿上离婚?"

"可大家都这么说啊,好像是因为齐总不同意签一个什么放弃股权的合同,"蕾娜低声道,"但是彭总、李总、贾总他们几个的老婆都签了。"

"这世界上还真是没有不透风的墙!"夏小野无奈地道。

"所以我说的是对的,是不是?"蕾娜得意起来,"倒也不是我乱传,这话是ZL资本的人传出来的……想想齐总也挺惨的,这一下退出公司,那是不是就什么都没有了?哎呀,陈总也是狠,不过她也没办法,好像说是齐总不签字,那融资就完不成?"

"行啦,吃你的饭吧,"夏小野觉得好笑,"他签不签字,都不会影响你的。"

"也对哦,"蕾娜好脾气地也笑起来,"我这一个小前台,替大老板操碎了心,真是!齐总损失再大,也活得比我强啊。"

夏小野刚买完单,就接到陈昔发来的微信,叫她去幼儿园帮她接一下孩子。

幼儿园门口,保姆对着夏小野絮絮叨叨,"昨晚他俩吵得好响啊,我真怕把稳稳、定定吵醒。早上起来一开门,先生走了,爷爷奶奶把稳稳、定定送到幼儿园,也走了。我看还拿了行李,这是不是短时期不回来了?"

夏小野只得说:"我也不知道……"

"那外公外婆会不会来帮忙啊?"保姆又问。

"应该不会。"夏小野摇头,陈昔要面子,对父母向来报喜不报忧。

保姆"哎呀"一声,"那看来要时常麻烦夏小姐你了。"

定定一看到夏小野就告诉她:"小野姐姐,我爸爸妈妈吵架了吗?"

夏小野又心酸又好笑,看吧,孩子们其实什么都知道。

"是啊,爸爸妈妈吵架了,但吵架其实很正常的呀。稳稳和定定在幼儿园,也会和小朋友吵架的吧?"

"稳稳不会,"定定自信地说,"我会,我吵架非常厉害!"

回到家,一开门,定定立刻冲向书房,又跑到卧室,跟着一张小脸垮塌,"爸爸还没回来!"

"爸爸有工作呢,工作做完了就会回来啦,"夏小野笑眯眯地道,"你们为什么不去自己的房间看看呢?小野姐姐在那里放了礼物哦。"

小兄弟俩顿时被转移了注意力,赶紧跑去儿童房。看到两大盒全新的乐高玩具,顿时激动得哇哇大叫,投入地玩了起来。

保姆在一旁叹气,"唉,父母吵架,孩子可怜。"

夏小野一阵心疼,"你可别当着孩子的面露出来。"

保姆去洗衣服,她削了点水果去儿童房,门一推开,小兄弟俩立即抬头,"爸爸回来了?"见是夏小野,两张小脸顿时堆满了失望。

夏小野用夸张的语气问:"哪个聪明可爱的小朋友要吃水果呀?"

两个人都不动。

夏小野叉了一块蜜瓜递到稳稳嘴边,稳稳没忍住,张嘴吃了,定定说他:"你没有说谢谢,快说谢谢!"

稳稳说:"我不要听你的话。"

谁知定定说道:"不行,妈妈关照过,如果她和爸爸都不在家,

377

你就要听我的，我要负责照顾你。快点儿说谢谢。"

于是，稳稳就对夏小野说："谢谢。"

"不客气，那我们来想想晚饭吃什么吧？"夏小野故作天真，"啊，我好想吃炸鸡啊！你们呢？"

"我也要吃炸鸡。"稳稳说。

"不可以吃炸鸡！"定定又说，"妈妈说，炸鸡不健康。"

"是啊，可是难得吃一下也没事呀，"夏小野存心想让小兄弟俩高兴一点，哪怕陈昔知道也随便了，谁让她害得孩子的情绪这么低落？"或者，咱们吃个汉堡，高兴高兴？"

定定歪着脑袋想了想，"不了，如果我们吃了汉堡，妈妈生气了，晚上不回来了怎么办？"他拉着夏小野的袖子，"小野姐姐，你跟妈妈说，我很乖的，我晚上想吃蒜蓉西蓝花。"

然而他是最厌恶吃西蓝花的，每次一放到嘴里，头都会情不自禁地摇起来。

夏小野看着定定那眼巴巴的小眼神，心一下软得一塌糊涂，"好，小野姐姐给你做，而且小野姐姐还要告诉妈妈，就说定定主动要求吃西蓝花，特别特别乖。妈妈一定会非常高兴的。"

她把定定吃西蓝花的照片拍下来，发给陈昔，又拍了两个孩子背古诗的视频，一式两份，分别发给陈昔和齐浩。

可这两个人一直没有回复。

夜里 10 点半，两个孩子都去睡觉了。保姆打着哈欠，问夏小野，"夏小姐，你要不要去客房睡一会儿？万一今晚都不回来呢？"

"不会的，"夏小野摇摇头，"陈总肯定会回来。"

话音刚落，一阵冷风吹进来，跟着就是急促的脚步声。夏小野站起来，"陈总回来啦。"就她一个人，不见齐浩。

陈昔"嗯"了一声,随手把包甩在沙发上,"孩子呢?"

"睡了。"夏小野见她一脸疲惫,头发都有些散了,"我去给你倒杯水。"

"不用了。齐浩呢?"陈昔问。

"他没回来,你们不在一起吗?"

"他比我先走的。"

陈昔咬了咬牙,拿起手机走到一边,打了一阵字,接着把手机一丢,"没事了,今晚辛苦你,你走吧。"

"哦。"

夏小野只得去穿鞋,忽然听到"砰"的一声——

她赶紧回过头去,只见地上一片碎瓷,中间躺着几支乱七八糟的桔梗。

"陈总!"夏小野吓了一跳,"你怎么啦?"

"没什么,手抖了一下。"陈昔背着身,手撑着餐厅里的桌子。

夏小野走过去,"陈总……"就看到一滴滴眼泪落在了桌上。

"对不起,"陈昔使劲抹眼泪,"我失态了。"

"你坐一会儿。"夏小野赶忙将她扶到沙发上坐下,又拿纸巾给她。

陈昔沉默了好一会儿,才哽咽地道:"这回,说不定真的要离婚。"

"……"夏小野心乱如麻,"真的要到那一步吗?"

"我们今天一直在谈判,我带着我的律师,他带着他的律师,谈到现在,怎么都谈不拢……还说了很多很多难听的话……我都不知道,原来他是那样看我的……真没意思啊,一切都没有意思。"

陈昔说着,又捂住了脸,她压抑着,哭声细细地从底下传出来。

夏小野只能轻轻地拍着她的背,不知道说什么好,她想了很久,最终轻轻地哼起来:"转个圈儿吧,大大的圈、圆圆的圈,大家手拉手,大家手拉手……"

"砰"的一声,里面的门开了。

"妈妈!"

"妈妈!"

夏小野和陈昔同时抬起头来,只见小兄弟俩跌跌撞撞地从走廊里冲出来,后面跟着睡眼惺忪的保姆。

"稳稳、定定,你们怎么出来了!"夏小野叫起来。

孩子是最敏感的生灵,定定看到客厅里的情形,先是怔了下,跟着小嘴扁了一扁,"哇"一声大哭起来。他一哭,稳稳立刻也撑不住,毫不犹豫地也咧开嘴,嗷嗷哭了起来。

夏小野心里一阵疼,顾不上陈昔了,赶紧弯腰去搂定定,又去拉稳稳,"乖啊,别怕,没事的,不要怕。"

定定一把甩开她,他力气好大,夏小野被他甩得一屁股坐到地上。定定扑向陈昔,哭得上气不接下气,"妈妈、妈妈不要走!"

稳稳也扑了过去,死命抱着陈昔的脖子,他口齿不清楚,"妈妈、妈妈——"说得呜噜噜一团。

"妈妈不走!"陈昔也哭起来,"妈妈不走,妈妈哪儿也不去。"

母子三人搂在一起,保姆在旁边抹眼泪。

"对不起,对不起,"陈昔在脸上抹了一把,看向夏小野,"时间不早了,今天太麻烦你……"

她突然停住,表情变得极为难看,接着,她捂住了腹部,滑到了沙发上。

"妈妈!"稳稳又要扑上去。

夏小野先是一愣，紧接着，她一把拉开稳稳，"别碰妈妈！定定也别碰！"

她心跳如鼓，颤抖着拨打了120。

"流产……"

夏小野站在手术室外，看着检查结果，觉得脑子都不会转了。

谁能想到，陈昔居然怀孕了，而且已经七周，但这也的确解释了她这段时间为什么会那么情绪化，因为激素水平发生了变化。

可这个孩子给出的第一个信号，居然是离开。

"夏小野！"齐浩从走道的另一头跑过来，一脸的汗，"陈昔呢？"

"在里面，刚睡着。"夏小野有点儿急了，"你怎么来了，你来了孩子怎么办？单独跟保姆在一起吗？"

前面陈昔突然肚子疼，夏小野先叫了救护车，又立刻打电话给齐浩，让他赶回家。

"我把我爸妈接过去了，她人呢？"

"正在做清宫手术。"夏小野把诊断报告塞给他。

齐浩看着报告，脸色僵硬，好像被雷劈了一样。

"怎么会这样……怎么会这样……"他喃喃自语道，"我都不知道她怀孕，我要是知道，我肯定不会和她吵。"

夏小野走到旁边，坐在椅子上，看到手背上几个抓痕。

是刚才推陈昔进手术室时留下的。

深夜的走廊上，推车轮子摩擦地面的响声清晰可闻。陈昔死死地攥着夏小野的手，疼得脸上又是汗，又是泪，却还不忘嘱咐她，"先别通知我爸妈，太晚了，他们会吓坏的，等明天再说。"

凌晨4点，老城区的天空呈现出一种暗暗的粉红色。

夏小野轻轻地爬楼，新式里弄哪怕是整修过的，也不像钢筋混凝土的新大楼那么隔音。

她连澡也没洗，筋疲力尽倒头就睡。谁知竟然不停地做梦，先是秦禹，走过来笑呵呵地，带了股卑微，"陈总你好，我来接夏小野下班。"

她顿时一愣，"不对啊，我是夏小野啊。"

"你怎么是夏小野呢！"秦禹笑了起来，"你是陈昔啊，夏小野是我女朋友。"

她心想，哦，我这是又变回陈昔了不成？

又有一部GL8开过来，门一开，稳稳和定定冲了下来，嘴里喊着"妈妈""妈妈"。她赶紧蹲下来，张开双臂，谁知车里又跟着走出了陈昔，"稳稳、定定，你俩去哪儿啊，妈妈在这里。"

她傻眼了，怎么还有一个陈昔？

稳稳立刻停住了脚步，看看那个陈昔，又看看她，犹豫不定，只有定定还没头没脑地朝她扑，"妈妈！"

她糊涂了，怎么稳稳突然比定定机灵了呢？

"你是谁？"那个陈昔冷不丁地问。

"我是陈昔啊。"

"你胡说，你要是陈昔，那我是谁？"

"那……那我是夏小野？"

"你怎么是夏小野呢？"那个陈昔朝她身后一指，"那才是夏小野。"

她一回头，看见夏小野正坐在工位上埋头忙碌。她再看看四周，居然不是"稳稳妈"公司，竟然是"爱家"？

夏小野忽然抬起头，满眼放光地对她说："陈总，你是我的偶像，我就想成为你这样的女人。"

"你已经成为我了啊。"她说。

"真的吗？"夏小野从桌上拿起一面化妆镜，"还真是哎！"

她朝夏小野看去，发现对方赫然变成了陈昔。

怎么会有那么多陈昔……

"不对，不对，你们都不对，"她心脏狂跳起来，"怎么会有那么多陈昔？不对，你们都不是陈昔，只有我才是陈昔！"

"你胡说！"

似乎突然有很多人在反对，"你怎么证明你是陈昔？"

"可以找我妈，我妈一定可以证明的！"她急中生智，大叫起来。

"是她吗？"有人在问。

会议室的门一开，走出来一个60多岁的女人，背着一个新款的名牌包。

"不是，不是，"她急了，"这不是我妈，这是夏小野的妈。"

"那你妈呢？"

"我妈……我妈……！"她仓皇起来，"我妈去哪儿了呢？妈？"

…………

她一下醒过来，在午后的阳光中大口大口地喘着气。

冬天的梧桐树枝丫寥落，衬着斑白的马路。行人戴着厚厚的绒线帽，牵着狗，就像电影旧片里的场景。

夏小野很想给陈昔买点儿什么，可她知道刚做完手术的人，最好还是只吃医院提供的东西，而鲜花的花粉也容易导致过敏，于是她去了商场的玩具店,挑了一只毛茸茸的小熊。

她到医院的时候,正赶上朱莉和彭志云从病房里出来。齐浩陪着他们,三个人都带着笑容,朱莉尤其笑得欢快,"我们就不打扰你们夫妻培养感情啦!"

齐浩淡淡地,"我送你们。"

看见夏小野,他才露出一丝惊讶:"你怎么来了,不是让你在家休息一天?你昨天忙到那么晚!"

"我已经睡醒了,还是来看看陈总。"她举了举手里的小熊。

"那你进去吧,陪她聊聊天。"齐浩温和地道,看得出来,他心情不错。

陈昔一看到小熊,立刻伸出双手,拥在怀里,"还是你懂我,别人都把我当成刚流产的可怜妇女,只有你当我是可爱的小女孩。"

"你心情看起来不错。"夏小野打量她。

"一开始有点儿失落,后来想想,也是胚胎没发育好,就算保下来也会有缺陷,现在已经好多了。"

"真好,"夏小野高兴地道:"我发现你和齐总也和好了呢!"

"是啊,和好了。"陈昔从枕头下面拿出一个文件夹晃了晃。

是那个股权放弃协议。

夏小野吃惊地道:"他签字了?"

"签了。我一觉醒来,映入眼帘的第一样东西,就是'齐浩'两个字!"陈昔翻了个白眼,"我当时着急上厕所,他塞个合同给我,真是服了。"

"难怪朱莉看起来那么高兴。"夏小野低声道。

"她看起来很高兴吗?"陈昔摇摇头,"她是装的!"

"装的?"

"我把这个协议给拒了。"陈昔搂着小熊，笑着往后一靠，"我跟她说，这个东西，我不想让齐浩签了，而且，不仅齐浩不签，我们核心团队的配偶们全都不签。"

"那投资怎么办？"

"随便，爱投不投。反正不融资公司也不会就关门了，我都流产了，也不想太忙，总不能把命搭上，是不是？"

"齐总知道这件事吗？"

"我还没告诉他。"陈昔耸肩，"我也是看到朱莉的一刹那才决定的，先拖一拖，让齐浩感受一下失去财富的痛苦，这样失而复得后会更喜悦。"

"哈哈哈！"夏小野大笑起来，"我看齐总这会儿也挺喜悦的。"

"他还行，昨晚一宿没合眼陪着我。"陈昔笑了笑。

"你们都想开了啊！"

"想开了！彻底想开了！"陈昔使劲抻了抻手臂，"昨天半夜，我躺在手术台上，突然就想明白了。何必呢？为了点投资，就要闹成这样，市还没上，家先散了，犯不着啊，你说是不是……哎，你怎么这么看着我？我没化妆呀。"

夏小野回过神，扑哧一声笑出来，"你不化妆也很好看，来，我给你剥个柚子吧。"

她从床头果盘里拿了个柚子，用刀剖开一点儿，再用手使劲一掰，柚子就被分成了两半……她知道陈昔在看着自己，她慢慢地把柚子上的纤维撕去，心里突然安宁下来。

"给。"

陈昔接过咬了一口，"这柚子很甜啊，你也吃。"

她靠在那儿吃完一瓣柚子，忽然道："真闲，闲得我都不习惯了。"

"你平时太忙了。"

"是啊！对了，有个关于你的事，"陈昔笑道，"我想把售后团队交给你。"

夏小野一怔，"交给我？"

"对，你是 CEO 助理，兼售后部总监，怎么样？按道理呢，如果让你去管业务，就不能再让你当助理了，可我好像离不开你，哈哈——啊，朱莉。"陈昔冲夏小野眨眨眼，任由铃声响了几下，才接起电话，"喂……方便……你说……"

朱莉说了好一阵子，陈昔才笑道："好啊，只要你们没意见，我肯定没意见，那咱们接着往下走呗！"

陈昔挂了电话，"朱莉认栽了。"

"啊？"

"她同意我们不签那个放弃条款了，融资继续推进，"陈昔调皮地吐了吐舌头，"这些资本家啊，总是不断地试探你。你要是让一让，她就往前进一步；你要是真不让，她也就算了。"

"说明还是公司有价值！"

"没错，你说得对，"陈昔人逢喜事精神爽，这会儿原本苍白的脸都泛起了红晕，"说回咱们前面那个，售后部总监——嗯？"

"我——"

夏小野话还没说完，就听到一声门响，陈昔爸妈急匆匆地走了进来。

"爸！妈！"陈昔惊讶地叫了起来，"你们怎么来了！"

"是齐浩叫老许来接我们的！"陈昔妈妈三步并作两步走来，坐在床前，"你说你怎么那么不小心呢……"说着眼泪就往下掉。

…………

"妈妈!"

"妈妈!"

是稳稳和定定,被齐浩爸妈带来了医院。

病房里人越来越多,夏小野弯了弯嘴角,悄悄退了出去。

春节终于来临。

姚蓉蓉回老家了,夏小野没有回丽水,就一个人过年。

她提前囤了些菜,可到了除夕,打开冰箱看了半天,却什么都不想做,最后干脆叫了比萨外卖。不知道为什么,她自己都觉得现在越来越懒。

夏小野爸妈在家庭群里发照片,是在未来嫂子家的农家乐。一大堆人搓麻将,未来嫂子长得福气团团的样貌,夏小野也说了几句吉利话,又给爸妈每人发了个大红包。

她开了瓶红酒慢慢地喝,听到电视机里的主持人在说:"世界各地的华人们发来贺电",接着便昏昏欲睡。

等到她一觉醒来,已经日上三竿。打开手机,一下子涌出几十条拜年微信,其中一条是陈昔的群发拜年信息:"祝你新年快乐,万事如意。"

搭配一张全家福拜年照,照片上,陈昔、齐浩、稳稳和定定一家四口都穿着大红的中式服装,坐在一面屏风前面,笑吟吟地拱手拜年。

秦禹发了个红包过来,1314元,这个人的项目蒸蒸日上,出手也越来越大方了……夏小野笑了笑,没有点开,却仿佛心有灵犀般,切换到旅行App页面。

FO3095。

七天假期转瞬即逝,"稳稳妈"公司节后第一天开工,就召开了盛大的发布会。陈昔穿了一件大红的旗袍,喜气洋洋地宣布 B 轮融资正式完成,公司估值到了八个亿,俨然已经是一家合格的独角兽企业了。

陈昔把话筒交给朱莉,走下台来,坐到台下和众人一起鼓掌。眼看大家沸腾起来,陈昔和齐浩眼神示意,趁人不备,两人匆匆朝一扇小门走去。

老许开车,半个小时后,GL8 停在了永安里的门口。

陈昔下车,打量了下四周,凭着梦里的印象走进第三个楼门,一路飞快地上楼,齐浩紧紧地跟在她后面。

两人停在二楼的一扇门前。

陈昔深深地吸了口气,摁下了门铃,只觉得心怦怦乱跳,连呼吸都微微发颤了。

门开了。

"小野!"

陈昔大喜过望,对着屋里的女孩笑道:"原来你在家啊,我还担心——"

"你是——你是陈总?"女孩露出惊讶的神色,又飞快地看了一眼齐浩,"你们是来找我的吗?怎么知道我住在这里……"

陈昔脸色瞬间白了,也看向齐浩,发现后者和她一样震惊。

…………

"我前段时间生了一场病,就回老家休息了一阵,最近刚回,你们就来了,"夏小野表情惊疑不定,"你们为什么要来找我?"

"喀!"齐浩咳了一声。

陈昔从窗前转过身,她已经恢复自然,"我们不是特意来找你的,是我做了一个梦,梦里有这间房子,你介不介意我参观一下?"

"哦哦,不介意,你看吧。"夏小野不自在地道。

屋子很小,可以说是一览无余。陈昔四处看了看,一切陈设都素雅干净,"你这屋子很漂亮。"

"是前面房东留下的,我也觉得好,就一点没动。"夏小野说着,时不时看齐浩一眼。

陈昔看不出什么,"挺好的,那先这样吧,我们先走了。"

"哦哦。"

"那个——"齐浩咳嗽了一声。

夏小野的表情僵住了。

陈昔会心地笑了笑,"我到楼下等你。"

陈昔站在弄堂口,太阳暖融融地照着,满街的梧桐透出了新芽。乍暖还寒乱穿衣,这一带又是潮人聚集地,于是放眼望去,行人个个都穿得有风格,毛衣配热裤,露脐装搭迷笛裙……

手机响了起来。

"喂,你这会儿在家吗?"对方是个大嗓门。

原来是快递。

"我不在家,你可以放到我们物业。"

"那不行,这一单规定了必须要本人签收,那你晚上在不?"

"晚上要看几点——"陈昔说到这里,忽然心里一动,"你等会儿,你这个快递,是送的什么地址?"

"啥?永安里8号啊!"

"你等等!"陈昔一个转身,"我看见你了,我就在楼下。"

"你是陈昔本人吧？"快递小哥问。

陈昔亮出身份证。

"那行，给。"小哥把一个厚厚的大信封塞给她。

陈昔看了眼信封上的标签。

收件人：陈昔

收件地址：永安里 8 号 201。

手机号码：139****260。"

大信封里是好几封信，数了数，一共有六封，每一封都写着"陈昔收"。

她拆开其中一封，熟悉的笔迹映入眼帘。

Hi，陈昔！

不知道这一回能不能回去，还是先把信写了吧。

我跟你讲啊，玛丽幼儿园是真的不行，如果你有机会看见这封信，那你就赶紧给稳稳和定定换个地方吧。这家幼儿园的老师和家长都太势利了，不利于孩子成长。

你也不用找那种特别高大上的，也不用学什么英语、高尔夫球的，找个老师慈祥、家长和睦、同学友爱的幼儿园就行。

你工作那么努力图什么呢？你和你爱的人开心才是第一位的，不是吗？

哦，对了，还有你的问题，我觉得你变了！

我作为你的助理，为了稳稳和定定挨了一巴掌，若你还是过去的性格，肯定早就跳起来找对方算账了。你居然给我拿了点钱，就想让我算了，这还是你吗？

或者说，这还是我吗？

我就陷入深深的反思了，反思的结果就是，玛丽幼儿园这个地方有毒，快把稳稳、定定转走吧！

…………

陈昔忍不住笑了起来，又看了眼信封，发现上面写了个4。她又拿起编号为1的那一封，拆开看。

陈昔：

写下这两个字的时候，我的心情，复杂莫名。

我没有想到，我竟然会在另一个时空，用另一个身份，给另一个我写信。

就在今天，我正式成为你的助理。你知道吗，隔着窗户看着你在办公室忙碌，我就好想照顾你啊。当年高考复习，妈妈一会儿削个苹果进来，一会儿送杯水进来……我现在的心情，应该就和妈妈那会儿一模一样。

那种感觉，像是冥冥之中又多了一个孩子，真是奇妙极了！

让我来照顾你吧，亲爱的！

没有谁会比我做得更好，对不对？

…………

她闭了闭眼，又拆开写有6的那一封。

陈昔：

你那天在病床上跟我说，"想开了！"那一刹那，我突然有种预感，这一次，我多半是真的要走了，不会再回来。

说真的，刚来的时候，每天都想着该怎么回去，可现在真的要走了，却又那么舍不得……

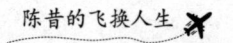

你会不会想我？

我有一个办法，如果你想我了，那就伸出手臂，抱抱你自己，就当是替我抱你了。

…………

一滴眼泪落在信纸上。

她赶紧擦了擦眼角，看到齐浩朝自己走过来。

"'她'给你留的信？"齐浩小心翼翼地问。

"嗯，"她点点头，朝二楼努努嘴，"你处理好了？"

"没什么可处理的。"齐浩表情有一丝古怪和尴尬，"我刚说了个开头，人家就吓坏了，跟我说网上说的话都不作数，让我千万别放在心上，我还是第一次被人这么嫌弃。"

"噗，"陈昔笑起来，"谁说是第一次，我一直很嫌弃你的好吗？"

"是是是，"齐浩扶着她的腰，"那咱们现在是去哪里？回发布会，还是回公司，还是回家？"

"发布会这会儿还没结束，晚宴还要一个多小时才开始，"她眨了眨眼，"我有个想法。"

"你说？"

她凑到齐浩耳边，小声嘀咕了几句，"……到晚宴所在的酒店开个房间，怎么样？"

"不行不行！"齐浩大摇其头，"你刚小产没多久，瞎胡闹你！"

"我又没说要怎样，就躺躺嘛，躺着说说话还不行？"

"行行行！"齐浩无奈，"陈总说了算……哎？"

陈昔顺着齐浩的目光看去，只见一个高高大大、笑容阳光的小伙子擦身而过，朝弄堂里走去。

"那是不是那个谁?"陈昔眼睛发亮。

"对,秦禹。"齐浩说。

"长得真帅啊,"陈昔看了两眼,又揶揄道:"难怪人家嫌弃你呢!哈哈哈哈!"

(全文完)

图书在版编目（CIP）数据

陈昔的飞换人生 / 右耳著 . —北京：北京联合出版公司，2023.6
ISBN 978-7-5596-6754-0

Ⅰ.①陈… Ⅱ.①右… Ⅲ.①长篇小说—中国—当代 Ⅳ.① I247.5

中国国家版本馆 CIP 数据核字（2023）第 041604 号

陈昔的飞换人生

作　　者：右　耳
出 品 人：赵红仕
策划出品：一未文化
版权统筹：吴凤未
监　　制：魏　童
责任编辑：高霁月
策划编辑：张爱宁
封面设计：佳　菲
内文排版：麦莫瑞

北京联合出版公司出版
（北京市西城区德外大街 83 号楼 9 层　100088）
北京联合天畅文化传播公司发行
北京美图印务有限公司印刷　新华书店经销
字数 287 千字　880 毫米 ×1230 毫米　1/32　12.5 印张
2023 年 6 月第 1 版　2023 年 6 月第 1 次印刷
ISBN 978-7-5596-6754-0
定价：49.80 元

版权所有，侵权必究
未经许可，不得以任何方式复制或抄袭本书部分或全部内容
本书若有质量问题，请与本公司图书销售中心联系调换。
电话：010-65868687　010-64258472-800